葛剑雄说城

葛剑雄 著

河北出版传媒集团
河北教育出版社

图书在版编目（CIP）数据

葛剑雄说城 / 葛剑雄著 . -- 石家庄 : 河北教育出版社 , 2022.6
ISBN 978-7-5545-6977-1

Ⅰ . ①葛… Ⅱ . ①葛… Ⅲ . ①杂文集 - 中国 - 当代
Ⅳ . ① I267.1

中国版本图书馆 CIP 数据核字 (2022) 第 048863 号

书　　名　**葛剑雄说城**
　　　　　GEJIANXIONG SHUOCHENG
作　　者　葛剑雄
策　　划　董素山　王艳荣
责任编辑　王　磊　姬璐璐
　　　　　张亚楠　张柳然
装帧设计　郝　旭

出　　版　河北出版传媒集团
　　　　　河北教育出版社　http://www.hbep.com
　　　　　（石家庄市联盟路705号，050061）
印　　制　河北新华第一印刷有限责任公司
开　　本　787毫米×1092毫米　1/32
印　　张　14.75
字　　数　316 千字
版　　次　2022年6月第1版
印　　次　2022年6月第1次印刷
书　　号　ISBN 978-7-5545-6977-1
定　　价　78.00元

目录

城市品性

城纳百川

古城遗风

异域之城

城市品性

中国的城市在哪里

1997年，在第八届全国人民代表大会第五次会议批准设立重庆直辖市后不久，一家通讯社向全世界发布了一条消息：重庆市超过上海市，成为中国人口最多的城市。接着有人补充，新设的重庆市有3000万人口，不仅超过上海市，而且是世界上人口最多的城市。然而稍具地理知识的人不禁为之愕然，因为新设置的重庆市面积达8万多平方千米，辖境包括大巴山、巫山、武陵山、大娄山，大多数地方是山区农村，哪里是什么城市！显然，发布这条消息的记者和编辑都没有明白一个最简单的道理，在中国，直辖市是一个省级行政区，只是在它的名称中有“市”这个字，却并不是一座城市。重庆直辖市范围内的3000多万人口中，大部分生活在城市之外。被用来与重庆市相比的上海市也是一个省级行政区，尽管上海市的大多数人口生活在城市内，但还有一部分生活在农村，所以作为城市的上海也并不拥有上海直辖市的全部人口。

1988年，安徽省的徽州地区改设为黄山市。本来黄山是中国一座名山的名称，至此兼了一个行政区的名称，而这个政区又选择了“市”字，这自然使不明就里的人产生了一座城市的联想。而黄山市和黄山难免不被混淆，何况在黄山市下还设有黄山区和黄山风景区！本来，徽州专员公署驻地在屯溪，现在的市政府也是驻于屯溪。历史上屯溪还设过市，现在则设有屯溪区，当地民众称之为“老屯溪”。这可苦了不知道那么多的外地旅客，明明想到市府所在地的“黄山”，出租司机却将其送到了黄山风景区的黄山；而兴冲冲在“黄山”下火车的游客，想到真正的黄山还得另外换汽车。整个黄山市面积 9807 平方千米，人口只有 150 多万，其中市府所在的屯溪区只有 10 多万人，所以在黄山市的大部分地方，是不会有城市的感觉的。

几年前我应邀担任中央电视台“十大魅力城市”的评委，在观看各参选“城市”的录像片时发现，原来这些“城市”一部分是县级市，大部分则是由“地改市”而产生的行政区划的“市”，而不是一座城市。所以我看到的景观，根本不在同一城市。如我的出生地浙江湖州市，在展示片中不仅有湖州城里的街景，还有南浔镇的小莲庄、长兴县的竹林等，而这些景点离湖州城都有数十里或上百里，只是因为都在同一个行政区“湖州市”。即使是县级市，也包括县城外的整个政区。显然，所谓“魅力城市”，实际上是“魅力市级行政区”。幸而这项评选只限于省以下，否则还得加上中央直辖市和省会所在的“市”。

看来，在当今的中国，多数人已经将城市与带“市”的行政区完全混淆了，而这多数人中包括主流媒体的记者和编辑、不少专家学者；等等。

先师谭其骧先生一辈子研究历史地理，对历代行政区划的变迁了如指掌。他曾多次感叹："中国历史上行政区划的通名那么多，为什么用来用去都是'市'？"他以日本为例，东京称都，大阪和京都称府，北海道称道，其他都称县。而"市"只用于真正的城市，无论其大小，而都、府、道、县下都可以设市，名称却不会混淆。他曾建议，将直辖市的名称改掉，如北京可称都，上海和天津（那时还没有设重庆市）可称道，而北京、上海、天津的城市部分才可称市。可惜他的建议至今未被重视。

不过，即使他的建议被采纳，还是无法解决一个更加复杂的问题——在这些大大小小的"市"的内部，究竟哪里是真正的城市。

到 2006 年底，中国（不含港澳台地区）共有 283 个"地级市"，而不称市的地方只有 17 个地区、30 个自治州和 3 个盟，主要集中在新疆、西藏、青海和少数民族聚居地区。大多数省已经全省皆"市"，连广西壮族自治区和宁夏回族自治区也已全区皆"市"了。要是"市"等于城市的话，那么这些省到 2006 年底已经百分之百城市化了。可是，有些统计数字却只能使人啼笑皆非：西藏拉萨市面积 31662 平方千米，只有 40 多万人口。其中城关区的人口虽不足 20 万，但面积也有 523 平方千米，显然也不全是城市。但拉萨还算不上全国面积最大的"市"，青海的格尔木市只是县级，人口只有 10 万余，面积却大至 123460 平方千米，比有些省还大，而其中真正的城市占百分之几呢？

一般认为，中国目前的城市化率在 40% 左右，不久前的一项统计数字称上海是中国城市化程度最高的政区，已超过 80%。但城市化的标准是什么？是指实际长期生活在城市中的人口占当地总人口的百分比，还是指城市或城镇户口占当地总人口的百分比？如果是前者，那就首先得划定城市或城镇的范围，而改革开放以来，随着原有城区的扩张和新城区的出现，已经很难与现行行政区划相一致。一些被称为“城中村”“城中乡”的地方，无论从景观和内容看都已与城市无异。而处于城市边缘之外的一些地方，尽管已属不同政区，却已与城市连成一片。如果是后者，同样无法反映实际，因为在城市里生活了一二十年，已经成家立业、生儿育女的家庭，可能都还是农村户口；而一辈子保持城市户口的人已经迁入位于乡村中的别墅或“农民房”。

看来要弄清中国的城市在哪里，要弄清一座城市具体的范围有多大，有多少人口，实在并非易事。

2009 年 5 月 3 日

城市和市

前几年报上曾宣传四川重庆的人口已经超过上海，成了中国人口最多的城市。最近又传来了这样的消息，一旦重庆直辖市建立，它将超过上海，成为中国最大的城市。

其实，这是混淆了两个概念——城市和市。

城市，尽管各国的标准并不完全相同，但大致还是明确的。根据《中国大百科全书·地理学》的定义，城市是规模大于乡村和集镇的以非农业活动和非农业人口为主的聚落。而我国的市——无论是直辖市、地级市还是县级市——都是一种行政区划，都是既有城市，也有农村。以上海市为例，它是我国一个省级行政区，目前包括14个区、6个县。其中黄浦、南市、卢湾、徐汇、长宁、静安、普陀、闸北、虹口、杨浦等10个区基本上是城市，闵行、宝山、嘉定、浦东新区这4个区既有城市，也有农村；而6个县则以农村为主。但当我们讲上海这座城市时，一般就只指黄浦等10区和闵行等4区，以及与这些区相接的部分，是一个基本连成一片的大城市，而不包括闵行等4区的农村部分和6个县。当然在一个县里也有城市，如松江等县的城区完全够得上一座小城市，但我们不会将它们当作上海这个城市的一部分。试想，当我们在崇明的南桥或堡镇，或者在长兴岛上，会认为自己是在上海这个大城市里吗?

城市的大小、其人口的多少有一个发展变化的过程，所以变化会有快有慢，但不可能完成于一朝一夕。但作为政区的市的范围却是可以随时由上一级政府调整的。像1958年的那次调整，就将原属江苏省的10个县划入上海市。如果重庆要建为直辖市，国务院的一项政令就能使它的面积和人口增加。但1958年后的上海城市并没有一下子扩大到新划入的10个县，未来的重庆城市部分也不可能随着市辖县的增加而立即扩大。

拉萨市辖7县1区，面积近3万平方千米，是上海市的4倍多，有谁认为拉萨是比上海大的城市呢?

产生混淆的根本原因，是我国政区中的“市”有多种规格，而且没有一个适当的名称来称上海、重庆等市的城市部分。但在目前情况下，我们如果注意加以区别，也就不会老是闹这样的笑话。

城市史，还是地区史?

“深圳城市史可能有1700年”在某报看到这样一个标题时，我不禁怀疑自己的眼睛，因为谁都知道深圳是改革开放后在原广东宝安县的一片海滩上建设起来的新城，怎么可能有1700年的历史呢?

看了报道的内容，原来是因为在深圳市宝安区西乡镇北部海拔230米的铁仔山南坡发现了一片自东晋至明清的古墓葬。报道者又称参加论证会的专家“一致认为”：331年东官郡的郡治和所属的宝安县治同设在今南头，“深圳的城市历史至少已有近1700年”。

其实，这是混淆了两个概念——城市和市一级行政区划，前者是指深圳这座城市，后者是指作为一个行政区划的深圳市的全部辖境。

一个城市的历史应该从这个城市或其前身形成开始，至多只能追溯到在当地的聚落。一般来说，这个城市的基本位置不能改变，或者有很明显的迁移或继承关系，距离也不能太远，否则就应该看成是另一个城市。例如，我们说苏州城有2000多年的历史，是因为从春秋时的吴国在此地建都开始，这里一直是一个城市，位置也没有什么改变。在2000多年前，苏州城这片土地上不一定没有人、没有聚落，但却没有城市，所以讲城市史只能从那时算起。

即使报道所说都是事实，也只能说宝安县城已经有1700年历史。深圳并不是宝安县城的扩大或迁移，而是一个在宝安县境内完全新建的城市，与这“1700年历史”有什么关系？要不，中国境内大概不会有新建的城市，因为任何一个市级行政区域内几乎都能找到年代久远的古迹或文化遗址。

类似的例子曾出现在有关上海历史的表述中。说上海有6000年历史，因为在今天上海市辖境的西南部发现了6000年前的文化遗址。但如果说上海这个城市有6000年历史，那就大错特错了。因为今天的上海城市是在原来上海县城边缘建设起来的，作为现代城市，上海只有160年的历史；作为传统的县城，上海也只有700年历史，绝不能说有6000年。可是人们往往将上海城市与上海市的辖区混淆，有意无意地说“上海已有6000年历史”。

所以应该分清城市史和地区史。如讲城市史就只能指深圳这座城市，讲地区史就可以包括深圳市全部辖境，包括原来的宝安县城在内。说深圳市这一地区或宝安县城有1700年历史未尝不可，但不能说“深圳城市史”也已有1700年。

其实，一个地方历史悠久固然可贵，一座城市年轻而有活力同样值得自豪，何必非争“1700年”或“6000年”的历史呢？

尊重历史，立足未来

如果从秦始皇统一六国、在全国普遍推行郡县制算起，中国全国性的行政区划已经实行了2200多年。在此漫长的年代间，不仅以中央集权制度为基础的行政区划制度长期保持稳定，而且一些具体的行政区域也往往持续几百上千年，有些县的存在甚至已超过2200年。在中国所有的制度中，行政区划制度是持续时间最长、相对最稳定的制度。正因为如此，我们今天对现行行政区划制度的认识和任何可能的改革，都必须建立在充分了解历史的基础之上。限于篇幅，这里就谈两个方面。

一是一级政区设置中的一些特殊因素。

行政区域的设立和划分，既是国家进行日常管理的需要，也关系到政权的巩固，因此必须兼顾内政和外交、自然和人文、经济和文化、传统和现实等各种因素。由于不同时代、不同形势、不同区域、不同统治集团的需要和利益不同，侧重点和出发点也有差异，但基本原则却是一致的。一方面，一种行政区域或区域类型的设置如能长期延续，特别是在政权更迭后仍不改变，就足以证明这类设置的合理性，至少能证明是利大于弊。另一方面，由于时过境迁，客观条件发生了变化，原来的利也可能转变为弊，因此适当进行必要的调整，也是完全必要的。

在生产力落后的古代，自然地理条件对人类社会起着更大的，有时甚至是决定性的作用，对行政区划也是如此。因此古代对行政区域的设置，往往强调按照自然地理条件，即“山川形便”。即使如此，自然条件也只是诸多因素之一，“山川形便”并非唯一或决定性的条件，必要时中央政府会有意识地打破自然条件的制约，造成“犬牙交错”的局面，以防止或破坏分裂割据。

这一点已经被在长沙马王堆汉墓出土的古地图证实。在其中的《驻军图》上，汉朝与南越国之间的界线，并非沿南岭山脉的分水岭划定，而是或南或北，不时越过山脉深入南侧。显然，这样的划界使中央政府能控制南越的战略要点，使南越无法利用天然屏障形成完整的防线。

这一原理在元朝得到进一步运用，具体反映在秦岭南北政区的变化。自秦汉至宋金，秦岭历来是不同行政区之间的天然界线。但从北宋末年开始到元朝，秦岭一直是南北政权争夺的焦点，也是南方政权对抗北方政权的有利因素。元朝统一南北后，首都设在北方，自然希望造成北方对南方的优势，因此将地处秦岭之南的汉中盆地划给本来在秦岭以北的陕西，打破以四川盆地为中心的封闭性地形。这样的划分当然不无弊病，特别是在经济和文化方面。直到今天，汉中盆地一带的经济文化与关中还有很大区别，而更接近于四川，由汉中至关中的交通比从汉中去四川更困难；但政治和军事上的优势是相当明显的。由于此后的明、清都建都于北方，所以这条界线延续至今。

1368年朱元璋建都于应天府（今江苏南京）后，曾划定一片范围很大的中央直辖区。他深知南京偏于南方，不利于控制北方和西北，曾先后将西安和开封列为迁都候选对象。在得知西安、开封完全不适合建都后，又决定在故乡（今安徽凤阳）兴建中都。这一宏大规划虽因不切实际及朱棣迁都北京而废置，却留下了一个相当于今江苏、安徽和上海市在内，跨长江和淮河两个流域的一级政区——南直隶。清初继承了这个政区，只是改名江南。但这个政区毕竟太大，长江以南部分又是天下财赋之地，在全国所占比例过高，因此决定由北而南一分为二，成为此后的江苏（含今上海市）和安徽两省。当年分省时当然不会不考虑自然条件，也可以将这一区域按南北划分，即将长江流域和淮河流域分别划为不同的政区。但苏南与苏北，皖南与淮南、淮北之间在经济和文化上的差距实在太大，如果按南北划分的话，就会出现一个全国最富的政区和一个相当穷的政区，所以结果还是由北而南划分为东、西两个政区。这样的分法并非没有矛盾，因此从清末至民国期间都有重划苏、皖省界或设立“淮海省”等各种建议。不过直到今天，除了上海市早已另设为直辖市以外，苏、皖两省的界线基本还是明朝的南京和清初的江南的旧界，而两省间的界线也与当初划界所定大致相同，说明这样的划分的合理性是主要的。

大政区的设立和划分往往体现中央集权的需要，甚至出于某种特殊的需要。例如，天津始而由直辖市降至河北省会，又降至地级市，但在20世纪60年代初又升为直辖市。本来，在离北京如此近的地方没有必要再设立一个直辖市，因为当时全国除了北京市外只有一个上海市。即使要设第三个，完全可以选择东北、西北、西南、中南、南方中的任何一个城市，无论如何都不必在华北设第二个。从天津在经济、文化甚至军事上的重要性来说，也找不到明显的理由。时至今日，天津虽还维持着直辖市的地位，却一直处于相当尴尬的处境：作为中国仅有的四个直辖市（且不说重庆实际是一个特殊的省）之一，天津能发挥的地区性作用却相当有限，更不用说它的全国性影响。相反，北京东扩、“大北京”（即包括天津在内）和“京津唐城市带”的建议或规划不时见于报道。今后天津如不并入北京，或与北京有明确分工以便互补互利，就不可能摆脱“直辖市”名实不符的窘境。

总之，一级政区的形成、变化或稳定都有其多方面的原因。尽管其中一些因素因时过境迁，已不再起作用，甚至起相反的作用，但是否已达到必须使一级政区实行相应的变化的程度，必须做深入细致的了解和评估。

二是确定政区层级的根据。

行政区划的另一个重要方面是政区设置的层级。秦始皇建立郡县制时，从中央到地方只有两级，即郡和县。开始全国号称“三十六郡”，以后经过增加和调整，有近 50 个（一般说法有 46 至 48 个，但近年从湖南里耶秦简所见又有“洞庭郡”，可能还有个别未见于现存史料记载者）。到公元初的西汉末年，全国设有百余个郡级政区和 1500 多个县级政区，管辖面积三四百万平方千米。中央政府直接管辖百余个郡级政区，平均每个郡级单位管理一二十个最多三四十个县级单位。在当时的交通运输条件下，政令的上通下达、人员和物资的征调流通大致能够正常维持，所以两级制尚未发生根本的变化。

但早在西汉中期的武帝时代，随着疆域的扩展、中央政府对边疆地区的政区已有鞭长莫及之势。例如，在平定南越国后，最南的郡县已在今越南中部；东北最远的政区已在朝鲜半岛中部；西南的郡县达到今中缅、中老边境；河西诸郡的西端直抵玉门关（今甘肃敦煌西）。因此，朝廷在首都所在的特别监察区“司隶校尉部”以外又设置了十三个监察区——“州”。每州分别监察若干郡级政区，全国的郡级政区无一例外。汉宣帝时在今新疆和中亚设置西域都护府。由于距离遥远，范围又过于广阔，因此只派遣少量将士和行政人员，实行军事监护，在其内部实行高度自治，原来的治理方式，包括众多的“国”完全保留。

东汉期间，原来监察性质的州逐渐演变为郡以上的一级政区，郡县两级制变成了州郡县三级制。此后，虽有相当复杂的变化，但都不外乎虚实两种三级制。对此，先师谭其骧先生做过总结：“秦和西汉初期疆域比较小，其时所采用的单纯二级政区制，自汉武帝扩展疆域以后，已不宜于继续采用。但多级制亦不利于政令民情的上下传达，所以两千年来最常用的是三级制。有时用实三级，有时用虚三级。这里所谓虚三级，是指第一级或第二级并不全面掌握地方权力，或一级权力分属于几个机构的三级制。粗略统计一下：汉武帝以后的两汉三百年是虚三级；魏晋南北朝四百年是实三级；隋至唐初期一百四五十年是二级制；开元以后先是虚三级，二十多年后即转为实三级；历二百余年至宋初始改为二级，但旋踵即转入虚三级；历三百年至元代始变为多级制。元明清六百多年显然都是多级制，大多数地区的实级一般都是省、府（路、州）、县三级。辛亥革命后七十多年北洋军阀、国民党、新中国三个阶段，分别采用了不同的虚三级制。”“政区的这些演变规律，一方面正好说明了中国自秦汉以来长期在中央集权制统治之下，所以中央的使者能以监督的名义侵夺地方官的权力，终于使中央使者成为最高地方长官，原来的地方长官降而成为他的下级或僚属。但另一方面，因为由这种方式形成的一级政区辖境、权力过大，所以一到乱世，这种政区的首长很容易成为破坏统一的割据者，犹如东汉末年时州牧刺史，唐安史之乱后的节度使和民国的督军、省主席等。”①

中华人民共和国成立之初，一度设立大区，即省级政区之上再按地域设立华北、东北、华东、中南、西南、西北六个行政（军政）区，这样在中央之下就形成了大区—省—专区—县四级制。但不久大区撤销，又恢复到三级制。而且三级中的专区一级是虚的，即专员公署只是省政府的派出机构，其首长专员是省长的代表，都不是实际一级政府或行政首长。正因为如此，专区一级不能召开人代会，也不开政协，只有省人大和省政协派出的工作组或联络组。唯一的例外是少数民族自治地区，可能出现省、自治区下辖自治州，州下辖县（或自治县），是实三级。

民国初年废除了清朝的府一级，将实三级变为虚三级，并且延续了近七十年，并不是偶然的。因为由专制而共和，体现在行政区划的层级上应该是中央集权的削减和地方权力的增强，是各级行政区治理权的合理分配。同时随着火车、汽车、轮船、自行车、飞机、电报、电话、邮政等交通运输和通信手段的运用和普

① 谭其骧:《中国历代行政区概述》，载《长水集续编》，人民出版社，1994 年，第 44—46 页。

及，政令的上通下达、人员和物资的运送都达到了前所未有的便捷，因而一个政区的有效管辖范围可以扩大，中央政府的控制能力可能增强，省和县两级之间的府一级能够虚化。将中间一级政区虚化，也可以精简机构，减少行政人员，节约政府开支，并提高行政效率。

但是改革开放以来，随着“市管县”和“地改市”的推行，中国的虚三级实际已变成实三级，即省—市—县（市）。其中的市（地级），不仅已设置与省级机构和县级机构相应的全套政府，实际管辖着所属的县或县级市，并通过召开人代会设立了人大常委会。而现行《宪法》第三十条规定：全国分为省、自治区、直辖市；省、自治区分为自治州、县、自治县、市；县、自治县分为乡、民族乡、镇。直辖市和较大的市分为区、县。自治州分为县、自治县、市。也就是说，一般情况下，只能有省—县、市两级，只有在“较大的市”才能下辖区、县。严格说来，《宪法》中这个“较大的市”是模糊的、不规范的。因为“较大”既不是定性，又不是一个级别，更没有确定具体的标准，以至原来的“地区”几乎都成了“较大的市”，不仅直接管辖县，近年已像直辖市一样，将下辖的县改区了。

今天的交通运输和信息手段比20世纪又有了飞速进步，照理说，同一级或同一个政区的有效管辖范围和层级都可以大幅度扩大。中央和地方政府合理分权、精简行政机构、减少行政人员、提高行政效率，正是未来改革的目标。那么，中国的政区层级究竟应该是实三级，还是虚三级，甚至实二级呢？

原载《江汉论坛》2006年第1期

从历史地理看西北城市化之路①

国家实施西部大开发计划以来，如何根据西部地区的自然和人文条件，寻找切实可行的发展方式，不仅是学术界探索的热点，也是举国上下关注的问题。从历史地理的角度看，在西北地区实行城市化既有其便利条件，也有利于自然环境的保护。

一

要确定历史时期的经验在今天是否有效，一个重要的前提是必须比较当时的地理环境与今天是否相同。如果大致相同就具有可比性，否则就毫无意义，甚至会得出错误的结论。

有一种说法认为，在历史时期，特别是两三千年前，西北地区曾经有过相当好的自然环境，森林茂密，水草丰美，气候湿

① 据2003年9月在乌鲁木齐市党政干部报告会上的报告和在“中国西部城市化昌吉论坛”的报告整理。

润。只是由于人类活动的破坏，才使环境逐渐恶化。但近年来的大多数研究结论显然不同意这种看法。一般都认为，西北地区近两三千年来的自然环境变化不大。

实际上，从早期的历史文献记载就可以看出，西北地区早就存在着大片的沙漠和戈壁。例如，《尚书·禹贡》有“导弱水，至于合黎，余波入于流沙”的说法。“弱水”即今河西走廊的张掖河，“合黎山”即今山丹、张掖、高台、酒泉北的山脉，[①]则此山之北当时已是一片沙漠。《汉书·地理志》张掖郡居延下注文称：“居延泽在东北，古文以为流沙。”根据《尚书·禹贡》成书的年代判断，这种状况至迟到战国后期或西汉初就已形成。而在西汉人的地理概念中，位于今内蒙古额济纳旗的居延泽一带就是古代所谓“流沙”。《汉书·地理志》敦煌郡注文称：“正西关外有白龙堆沙，有蒲昌海。”这里的“关”就是玉门关，遗址在今敦煌市西北荒漠中。蒲昌海即今新疆罗布泊。这一带的地理景观看来与今天也没有十分大的差别。《史记·大宛列传》记录了张骞根据亲身经历向汉武帝的报告，“于阗之西，则水皆西流，注西海；其东水东流，注盐泽。盐泽潜行地下，其南则河源出焉”。盐泽也即罗布泊，说罗布泊以东有地下水道通往河源固然完全出于臆断，但也证明了罗布泊以东已是一片荒漠，所以才会造成那样的误解。总之，汉代和此前的文献记载中类似的描述并不少见。

有关西北地区干旱少水的记载也不少，就是近年备受关注的

① 据顾颉刚《禹贡》注释，《中国古代地理名著选读》第一辑，科学出版社，1959年。

沙尘暴当时也已出现。如《汉书·五行志》载“成帝建始元年（前32年）四月辛丑（初八）夜，西北如有火光。壬寅（初九）晨，大风从西北起，云气赤黄，四塞天下，终日夜下，著地者黄土尘也”。这次沙尘暴的范围已经包括当时的首都长安在内，波及关中平原。沙尘暴来自西北，可见其源头必定包括河西走廊或更西北的地区。这样的沙尘暴自然不可能突然形成，只是这一次正好与某项人事巧合，才被作为天人感应的例子记录下来。由此可见，公元前1世纪后期的西北地区并非森林茂密、植被完好，否则就不可能产生如此大的沙尘暴。

但由于当时人口稀少，不仅很多地方还无人居住，即使已经有人定居的地方人口密度也相当低。所以多数地方的原始植被和环境尚未受到人类活动的干扰和破坏，水和其他自然资源比今天要丰富得多，因此有关记载往往造成今人的误解，以致一些研究者以此来证明当时的自然环境如此完美。在论述河西地区的水文变化时，史念海先生提出：“是什么原因促成这些泽和海干涸和消失的？问题可能相当复杂，气候过于干燥也许是其中一个因素。可是问题显著的形成却是在由现在上溯的125年之间，说得更严重的是在最近50余年间。百余年来或50余年来气候能有如此显著而剧烈的变化，殆属不可能。”他进一步分析认为：“河流水量来源不外两途：一是地下泉水，又一空中降水。地下泉水若未遇到像剧烈的地震等引起地壳或岩石的变动，就不至于阻断泉水的来源。而近百年来尚未闻及当地曾经有过可使地壳或岩石变动的地震，亦未闻及气候有明显的剧变，使降水长期减少，以致影响河流的流量及各自下游所入的泽或海的储水量。”因而“只能在与涵蓄水分有关的森林多事推敲”。[①]森林覆盖率的高低固然与涵养水分有关，但森林只能起调节作用，却不能增加降水量，特别是在降水量极少的干旱地区。史先生似乎没有注意到人口这一重要因素，而实际上，农业人口的增加不仅需要更多的生活用水，生产用水的需求也会大幅度增加。而河西走廊的水源主要来自祁连山积聚的冰雪，并非本地的降水，水量变化不大。在使用量不多时，河流中水量充足，并有余水从下游流入终端湖；地下水位也不会降低。但当使用过量时，即使水源没有减少，也可能导致下游河道干涸，地下水位下降，终端湖因缺乏水源而干涸，并最终消失。

在公元前 2 世纪后期汉朝据有河西走廊之前，这一带是匈奴等游牧民族的牧地，水的用量相当有限。但在河西四郡设立以后，内地移民急剧增加，到西汉末年西北各郡的人口已近 300 万，其中河西走廊约 30 万。[②]这 30 万人中还包括一些从事牧业的人，[③]农业生产的规模毕竟还不大，用水量有限。清嘉庆二十五年（1820 年）甘肃甘州、凉州二府与安西州的人口合计约 250 万，1953 年合计约 200 万，[④]大致即河西走廊的人口。至 1982 年全国第三次人口普查时，河西走廊地区的人口已经增加到约 400 万。[⑤]而且据了解，河西走廊作为甘肃的粮仓，每年输出的粮食足够供

---

① 史念海：《河西与敦煌》，载《河山集》五集，山西人民出版社，1991 年，第 313—317 页。

②《汉书·地理志》。并见拙著《中国移民史》第二卷，福建人民出版社，1997 年，第 154 页。

③ 河西走廊适宜牧业，匈奴降人也不会全部迁尽。《汉书·匈奴传·赞》称西汉后期西北“边城晏闭，牛马布野”，自应包括河西四郡在内。

④ 参见曹树基《中国人口史》第五卷，复旦大学出版社，2001 年，第 432 页。

⑤ 据苏润余主编《中国人口·甘肃分册》，中国财政经济出版社，1988 年，第 187 页。

养数百万人，加上流动人口，当年实际供着近千万人的食粮。加上工业和生活用水，耗水量比西汉时至少增加了数十倍，而近代的增加更加突出。在降水量没有多大变化的条件下，这才是当地河流水量锐减，下游湖泊迅速干涸的主要原因。

总之，据现有证据分析，西北地区的自然环境在以往 2000 年间并没有显著的变化。因此，先民在此环境开发的成功经验同样适合于当前。

二

西北的河西走廊和新疆两个地区是两个不同的典型。河西走廊原来是游牧民族的牧地，或者是从未开发的处女地，到西汉元狩二年（前 121 年）才因汉军击败匈奴和匈奴浑邪王率众投降才归属汉朝。随浑邪王降汉的部众有 4 万余人[①]，加上此前的死亡和外逃，估计当时河西走廊的经常性人口不过五六万人，至多不会超过 10 万。人口少又从事游牧，自然不会形成城市，甚至不会有什么聚落。但当时西域（今新疆和境外中亚相邻地区）的情况就不同，在汉朝的势力到达前就已经形成不少依托于绿洲或内陆河流的城市。在《汉书 · 西域传》的记载中，以城市为主的“城郭之国”占了汉朝西域都护府所辖国的大部分。这证明早在 2000 多年前，当地人口为了适应特殊的地理环境，选择了聚居于城市

①《汉书 · 匈奴传》。

的生存方式。只有那些没有稳定的绿洲或水源可以依靠的人口才"逐水草而居"，形成游牧的"行国"。也就是说，公元前 2 世纪后期时，河西走廊可以看作一片城市的空白区，而新疆已是一个城市相对较多的区域。

在河西走廊，西汉先后设置了武威、张掖、酒泉、敦煌四郡，并从内地迁入大批移民。当地到西汉末的 30 万人口全部是移民或其后裔。这些人口的分布情况如表 1：

表 1 西汉末河西四郡人口统计

郡名	人口数	县数	县均人口
武威	76419	10	7642
张掖	88731	10	8873
酒泉	76726	9	8525
敦煌	38335	6	6389

资料来源:《汉书·地理志》。

从表 1 上我们不难发现：当地每个县的人口都不足万人，比西汉全国平均数 3 万以上低得多。但四郡之间的差距并不大，县均人口最多的张掖郡与最少的敦煌郡之间仅差 28%。四郡中武威属过渡地带，其余三郡的县均人口的多少正好由东向西下降，与移民离来源的距离成反比。

《汉书·地理志》还记录了四郡县以下的聚落或军事据点：武威郡有都尉治所熊水障、北部都尉治所休屠城，张掖郡有都尉治所索泽谷，酒泉郡有北部都尉治所偃泉障、东部都尉治所东部障、西部都尉治所西部障，敦煌郡有中部都尉治所步广、宜禾都尉治所昆仑障、都尉治所阳关和都尉治所玉门关。这10个都尉治所中有1座城、2座关和6座障，这些都是军事据点，自然都有围墙或城墙环绕，城内以驻防军人为主，应该也有些民政人员，或许还有家属居住在内。步广虽然没有说明是城或障，但注明是“候官”驻地，应该也是有围墙的军事据点。唯有泽索谷难以断定，但既然作为都尉治所，肯定不会不建军事设施，筑起围墙是应有之事。所以这10个据点都可以看成是人口集中的小城。

如果扣除这10个据点的人口，考虑到四郡治所在县的人口应该稍多，那么四郡中大多数县的人口平均约四五千人，小的县可能更少。由于这些县和据点的居民几乎全部是内地移民及其后裔，迁入的时间又相当集中，所以这些县城和据点都是新建的。

河西走廊属于祁连山地槽边缘坳陷带。喜马拉雅运动后，祁连山大幅度隆升，河西走廊接受了大量新生代以来的洪积、冲积物。自南向北，依次出现南山北麓坡积带、洪积带、冲积带和北山南麓坡积带。沿河冲积平原形成武威、张掖、酒泉等大片绿洲。其余广大地区以风力作用和干燥剥蚀作用为主，戈壁和沙漠广泛分布，尤以嘉峪关以西戈壁面积广大，绿洲面积更小。以黑山、宽台山和大黄山为界将走廊分隔为石羊河、黑河和疏勒河三大内流水系，均发源于祁连山，由冰雪融化水和雨水补给。各河出山后，大部分渗入戈壁滩形成潜流，或被绿洲利用灌溉，仅较大河流下游注入终端湖。[①]从《汉书·地理志》的记载看，西汉时的河西走廊的自然条件与今天基本相同，水系也与今天无异：在

① 《中国大百科全书·中国地理》“河西走廊”（卓正大撰），中国大百科全书出版社，1993年，第182页。

武威有谷水（今石羊河），发源于祁连山，“北至武威入海”；还有松陕水，“北至揟次入海”。这个“海”就是如今已经消失的休屠泽，又名猪野泽。张掖郡有羌谷水（今黑河），“东北至居延入海”，此海即今内蒙古额济纳旗境内的居延泽。酒泉郡有呼蚕水（今北大河），“东北至会水入羌谷（水）”。敦煌郡有籍端水（今疏勒河），西北流入冥泽（今已消失）；还有氐置水（今党河），流入某泽（今已消失）。这些河流尽管不长不大，却是河西走廊的生命线，也是每个绿洲的水源，所以当时新建的县城和据点，除了少数依靠泉水外，其他都是沿河而建，以便利生活和农业生产。

河西四郡毕竟处于汉朝的边疆，与匈奴、羌、西域诸族为邻，也是汉朝隔断匈奴与羌人的联系、保持与西域的联系的战略要地。出于边防和安全的需要，居民与士兵也以集中居住为宜，所以形成这样的格局是很自然的。

《汉书·地理志》论述当地风俗称：“自武威以西，……习俗颇殊，地广民稀，水草宜畜牧，故凉州之畜为天下饶。保边塞，二千石治之，咸以兵马为务；酒礼之会，上下通焉，吏民相亲。是以其俗风雨时节，谷籴常贱，少盗贼，有和气之应，贤于内郡。”这说明由于人口数量不多，水等自然资源绰绰有余，农业与牧业都相当发达。而吏民之亲和也从侧面证明他们居住得相当集中。《汉书·匈奴传》赞称西汉后期与匈奴相邻的边疆，“城门晏闭，牛马布野”，也值得研究。当时对长城及其关隘一般称塞、障，这里的“城门”应指边城的门。城门关得晚的原因一方面是没有匈奴的威胁，另一方面是因为那些牛马的主人是住在城里的。

由于这种居住与开发模式适宜自然环境，在东汉时得到延续。据永和五年（140年）的户口统计数，河西四郡旧地的人口比西汉末要少，但设县却从35个增加到了43个。由外郡划入的仅2个，比西汉末净增6个。新增的县中有张掖属国的候官、左骑、千人、司马官、千人官和武威的左骑千人官，显然都是军事性质。值得注意的是，在人口并不多的情况下，还是分设了这几个县，证明这些人口的确是集中居住在县城中的。

表2　东汉永和五年（140年）河西人口统计

郡（属国）名	人口数	县数	县均人口
武威	34226	14	2445
张掖	26040	8	3255
酒泉	12706户	9	1412户
敦煌	29179	6	4863
张掖属国	16952	5	3390
张掖居延属国	4733	1	4733

资料来源:《续汉书·郡国志》。

河西走廊的人口数量不多，人口密度很低，这些城市的规模一般很小，但城市人口在总人口的占比相当高。当地虽然农牧业并举，但农业人口还应多于牧业人口，其人口分布的高度“城市化”与内地大多数农业人口分布于农村形成鲜明的对比。

西域的数十个国中，一部分是“逐水草而居”的，而另一部分则是建有城郭的。城郭之国自然不必说，就是那些“行国”，尽管是以牧业为主，但在绿洲的特殊条件下，人口也大多集中居住。下面就据《汉书·西域传》的记载一一分类列出：

1. 治地不详或无治所的国。

依耐国，王治地不详，户 125，口 670；

桃槐国，王无治地，户 700，口 5000；

蒲类后国，王无治地，户 100，口 1070；

山国，王无治地，户 450，口 5000；

车师都尉国，无治所，户 40，口 333；

车师后城长国，无治所，户 154，口 960；

在列入统计的 46 国中，治地不详或无治所的有 6 国。这 6 国中，人口都在 5000 以下，最少的才 333 人。从《西域传》的内容看，这 6 国都不是游牧的“行国”，所以它们的王没有专门的治地或没有被记载只能理解为“国”就是“城”，王的治地就是他的国。那 4 个千人或以下的国本身就是一座城，或者一片居民集中的聚落。

2. 治地在“谷”的国。

西夜国，王治于呼犍谷，户 350，口 4000；

蒲犁国，王治于蒲犁谷，户 650，口 5000；

休循国，王治于鸟飞谷，户 358，口 1030；

捐毒国，王治于衍敦谷，户 380，口 1100；

尉头国，王治于尉头谷，户 300，口 2300；

乌贪訾离国，王治于娄谷，户 41，口 231；

卑陆后国，王治番渠类谷，户 462，口 1137；

郁立师国，王治内咄谷，户 190，口 1445；

蒲类国，王治天山西疏榆谷，户 325，口 2032；

西且弥国，王治天山东于大谷，户 332，口 1926；

东且弥国，王治天山东兑虚谷，户 191，口 1948；

劫国，王治天山东丹渠谷，户 99，口 500；

狐胡国，王治车师柳谷，户 55，口 264；

车师后国，王治务涂谷，户 595，口 4774；

国王治于“谷”的有 14 国，人口最少者 264 人，最多者 5000 人，大多为一两千人。从分布看，这些国多数处于天山或其余脉的山麓，“谷”都是山麓谷地或绿洲。由于地形有利，加上谷地和绿洲间的天然分割，所以没有必要筑城。但由于人口有限，国王的驻地应该包括了全部或大部分人口，所以人口的居住也很集中。而且在以下已知的城中，有的就称为“某谷城”，显然是因谷得名，先有谷再有城。即在谷中的人口增加到一定程度，或者是在有了筑城的需要后再建城的。

3. 以城为国王治地的国。

鄯善国（楼兰），王治打泥城，户 1570，口 14100；

且末国，王治且末城，户 230，口 1610；

小宛国，王治扜零城，户 150，口 1050；

精绝国，王治精绝城，户 480，口 3360；

戎户国，王治卑品城，户 240，口 1610；

扜弥国，王治扜弥城，户 3340，口 20040；

渠勒国，王治鞬都城，户 310，口 2170；

于阗国，王治西城，户 3300，口 19300；

皮山国，王治皮山城，户 500，口 3500；

乌秅国，王治乌秅城，户 490，口 2733；

无雷国，王治卢城，户 1000，口 7000；

莎车国，王治莎车城，户 2339，口 6373；

疏勒国，王治疏勒城，户 1510，口 18647；

姑墨国，王治南城，户 3500，口 24500；

温宿国，王治温宿城，户 2200，口 8400；

龟兹国，王治延城，户 6970，口 81317；

乌垒，与西域都护同治，户 110，口 1200；

渠犁，有城都尉，户 130，口 1480；

尉犁国，王治尉犁城，户 1200，口 9600；

危须国，王治危须城，户 700，口 4900；

焉耆国，王治员渠城，户 4000，口 32100；

卑陆国，王治天山东乾当国，户 227，口 1387；

单桓国，王治单桓城，户 27，口 194；

车师前国，王治交河城，户 700，口 6050；

大宛国，王治贵山城，别邑 70 余城，户 60000，口 300000；

乌孙国，大昆弥治赤谷城，户 120000，口 630000。

这样的国有 26 个。其中包括与西域都护府同治的乌垒，它本身只有 1200 人，显然不必另外再筑城了。还有一个渠犁，《西域传》没有称它为“国”，所以也没有王的治地了。但注明“有城都尉”，证明建有城，那么它的 1480 名居民基本都住在城内。其他 24 国中，除了乌孙、大宛和龟兹三国外，人口最多 3 万多，最少仅 194。不满万人的国自不用说，就是有两三万居民的国，多数人也应居住在城中。

龟兹是西域的大国之一，其王治延城即今新疆库车，是一片大绿洲。据《西域传》，龟兹王娶乌孙公主女，元康元年（前65年）入朝，汉宣帝“赐以车骑旗鼓，歌吹数十人”。“后数来朝贺，乐汉衣服制度，归其国，治宫室，作徼道周卫，出入传呼，撞钟鼓，如汉家仪。”龟兹王的模仿尽管有些不伦不类，因此受到“驴非驴，马非马”的讥笑，但要摆出这样的排场至少需要大批警卫和仪仗队员，还得有一定的空间，如广场、街道加以展示。由此可见，延城是一个相当大的城市，居民数量也不会少。龟兹国的建置中还有左右都尉、东西南北部千长各2人、却胡君3人，这些都可能是驻防于周边的军事机构。如果每个机构都有一定的常住人口，那么龟兹国就很少有分散居住的人了。

大宛国除了王治贵山城外，还有70余城，如贵山城的居民以2万计，则其他各城平均仅4000人，其中有一半人住在城中是完全可能的。

乌孙“地莽平，多雨，寒，山多松樠，不田作种树，随畜逐水草，与匈奴同俗”。属游牧形态，与其他城郭诸国不同。尽管如此，乌孙的王都赤谷城也是一座颇具规模的城市。证据之一，乌孙的首领昆莫“自有万余骑以自备”，既然是用于自卫，这万余骑就应驻于赤谷城，加上骑兵的家属，集中的人口就已不少。证据之二，汉武帝以江都王女为公主嫁乌孙，“赐乘舆服御物，为备官属宦官侍御数百人，赠送甚盛”。公主到乌孙后，“自治宫室居”。此又“间岁遣使者持帷帐锦绣给遗焉”。公主及其随行人员、来往的使者及其随员、因此而增加的商人等都集中在赤谷城。

根据这三种情况可以肯定，西域的城郭诸国的人口基本都居住在城市，以游牧为主的行国也有城市，相当一部分人口也居住在城市，或者居住行比较集中，其“城市化”程度远远超过中原的农业发达地区。至迟在公元前1世纪，这种格局已经形成。这是西域诸族在当地特定的自然条件下，积累长期生存与生产经验而做出的选择。

新疆和河西走廊多数“国”和县级城市一直延续至今，或者仅仅随着绿洲的变迁而迁移，充分证明了这种生存和发展方式的合理性。

三

现在我们可以进而讨论，这种原始的“城市化”在今天是否还有意义。

简单的复原显然是行不通的，因为这种“城市化”是建立在有限的人口和原始的农牧业基础上的。但在人口大幅度增加，农业和牧业规模扩大后，这种“城市化”就无法维持。到了近代，新疆和河西走廊地区无论是城市的数量、城市（城镇）的规模、城市人口都已下降到一般水平。尽管随着一些现代城市，包括若干大城市的兴起，局部地区的城市人口比例有所提高，但西北在整体上低城市化的状况并未改变。

这种落后状况不仅表现在生产和生活水平的低下，还反映在对资源的浪费和对环境造成的破坏。作为西北地区最宝贵的资源——水，当地的人均使用量和消耗量竟达全国平均数的 2 倍，内陆河流域更高达 4 倍以上。每万元 GDP 的耗水量也明显高于全国，西北地区是全国平均水平的近 3 倍，内陆河流域更高达近 5 倍。而单方水的 GDP 产出西北地区只有全国的三分之一，内陆河流域竟只有五分之一。只有每万元工业增加量的取水量与单方工业用水增加量产出时两项的差异不是很大（见表 3）。这也说明，西北地区、内陆河流域与全国用水量的主要差距不是在工业，而是在农业、生活和非工业产业用水。

表 3　西北地区、内陆河流域与全国、黄河流域比较

分区	人均年用水量（m^3/人）	人均年耗水量（m^3/人）	农田灌溉用水定额（m^3/亩）	万元 GDP 用水量（m^3/万元）	工业万元增加量取水量（m^3/万元）	单方水 GDP 产出量（元/m^3）	单方工业用水增加值产出量（元/m^3）
全国	430	236	479	610	288	16.4	34.7
西北地区	949	596	671	1736	312	5.8	32.1
黄河流域	459	249	504	958	322	10.4	31.1
内陆河流域	2047	1375	794	2941	292	3.4	34.2

资料来源:《钱正英院士谈西北地区发展战略——水资源和可持续发展》,《文汇报》2003 年 8 月 24 日，第 5 版。

应该指出，与世界平均水平相比，我国水资源的利用率是相当低的，而浪费量又极大。2002 年我国万元 GDP 用水量是世界

平均水平的4倍；农业灌溉用水有效利用系数为0.4—0.5，而发达国家为0.7—0.8，亩均灌溉用水量约450立方米，每立方米灌溉用水量生产粮食1公斤左右，明显低于国际先进水平；全国工业万元增加值用水量是发达国家的5—10倍，水的重复利用率为50%，发达国家已达85%。[①]可见西北地区水资源的利用率实在是相当低的，而用水的浪费量又是极其大的。

在短期间内，我们无法使西北的人口数量减少，也不可能迁往外地。但同样数量的人口，实行不同的生产和生活方式，耗用的水和其他资源是不同的。因此，调节人口的生产和生活方式，减轻对已经十分脆弱的环境的压力，是改善西部自然环境的关键。

建立节水型的生产和生活系统，只能实行居民城市化，生产集约化。使西部的大多数人口生活在城市中，才能真正做到退耕、退牧、节水。发展劳动密集型和加工型产业，发展集约化和工厂化生产，才能节约土地和资源，减少大批分散居住的人口对环境的破坏，同时提高居民的生活质量，发展文化教育。人口达到一定的规模，相对集中，基础设施、节水系统、交通线的建设才会有高效益。

城市化的过程固然需要大量资金，但同时也能创造出大量新的工作岗位，为富余劳动力找到出路。特别是在基本建设阶段和城市发展的初期，为大批非熟练工人、未受到专业训练人员提供就业和培训的机会，为农村劳动力的转移创造有利条件。而充足

① 汪恕诚:《水资源：短缺与浪费同时存在》，载《人民政协报》2004年4月6日第C1版。

的低廉的劳动力也可以大大降低新城市建设的成本，使投入得到更高、更早的回报。

西北地区总体人口密度很低，土地利用率也较低，地价相对便宜。原有城市、集镇、聚落和建筑物的密度也比较低，质量较差，不仅新城市的选址余地大，拆迁量和拆迁费用也比较小。这也有利于西北地区历史人文资源的保护，对多数旧城镇、旧聚落、旧建筑完全可以不必拆除，对其中有价值的部分可按原状加以保护。对一些尚未发掘或已经发现而未做进一步清理的遗址、遗迹也可以不必扰动。西北地区由于发展较慢，经济落后，有的地方交通闭塞，加上民族杂居，风俗多样，至今还保留着不少在其他地区已经少见，甚至已经绝迹的物质文化。随着社会的进步和岁月的流逝，这些历史陈迹将具有越来越高的价值。但如果不加规划，不加保护，特别是像现在那样遍地开花式的建设和开发，它们很可能在短时期内被破坏或消失。这也是西北地区必须走城市化之路，以便离旧建新，保旧建新的理由。

论中国的大古都的等级及其量化分析

——兼答安阳能否列为“七大古都”

自从有了“大古都”的名称后，先后有过“五大古都”“六大古都”的说法。先师季龙（谭其骧）先生又提出了“七大古都”说。此外，有的地方认为它应该继“七大古都”之后居第八或第九，实际上提出了“八大”或“九大”古都说；上海古籍出版社出过一本《十大古都》。另外，有人不赞成“七大古都”之说，有人对这些大古都次序的排列也有不同意见。

以上各种说法或意见，有的是可以兼容的，如提“八大”或“十大”的人并不反对“七大”，先师提“七大”也不反对“五大”。有的提法却是排他的，如先师认为“六大”是不合理的，同时认为古都有不同的等级，总有若干个是不相上下的，只能列为同一等级，不能随意定一个数；有人认为大古都只能在统一王朝的首都中确定，不能扩大到分裂割据政权的都城。

应该承认，除了个别人是明显违背历史事实，强词夺理以外，其他的说法都有一定的道理，只是侧重点不同，使用的标准不一致而已。学人见仁见智，对具体问题有不同见解是完全正常的，但也应该本着实事求是的精神，对一些重大的原则和标准尽可能求得共识，使中国的古都研究提高到应有的理论高度，也使中国古都学会有关“大古都”的决议具有更坚实的学术基础。

一、对古都做量化分析的必要性和可能性

对古都的定义，似乎并没有异议，那就是：凡是历史上曾经做过一个政权的政治中心的城市，无论是一统王朝还是分裂割据政权，无论是属于什么民族，无论今天是否还存在遗址遗物，都是中国历史上的古都。

古都有不同的等级，对古都应该分等级、排次序，或者说古都有相对的大小之分，这也是大家一致的看法。

因此，我们面临的问题是，怎样来衡量古都的大小？采用什么具体的标准？各项指标之间又如何加以综合？比如说，一个古都可以强调它的建都历史最长，或者建都的时间最早；可以突出它当时拥有的疆域最广，或者这个政权的国力最强；能够以建筑规模最大取胜，或者以保存遗物最多著称；如此等等。如果这些优点集中在一个城市，那无疑就是中国最大的古都了。但事实上，没有一个城市会拥有全部第一，各第一之间又怎样来比较呢？如果各个古都各项指标的排列次序也都一致，如某城都是第一，某城都是第二或第三，那也好办。可是事实并非如此，如甲城拥有这项第一，乙城稳居那项第一，丙城却有三项第二。而

且，除了比较容易确定次序的标准以外，还有一些难以量化的标准，如经济文化的发达程度、国际或国内的影响、在历史上的作用等，往往难分伯仲，或者根本无法比较。还必须认识到，古都等级的确定不仅是一个历史学问题，还涉及其他各种现实的因素；既不能完全根据历史事实，也不能全部取决于现状。

如果我们能够为确定古都的重要性制定出几项共同的标准，并且确定每项标准所应占的比例，就不难给所有的古都排出相对合理的次序。这就需要对古都做定量分析。

那么，有没有量化的可能呢？回答是肯定的，尽管有相当大的难度。

主要的理由是，有关中国古都的史料是相当多的，目前已经发现并得到确认的遗址、遗物也越来越丰富，这些考古发现既证实了文献资料基本是可信的，也弥补了记载的不足，所以我们已经有条件大致复原出大多数古都的原貌，确定其基本的时间、空间坐标。

古都的一部分指标完全可以量化，如建都的起讫时间、城市的规模、与今天作为它的后身的城市的重合程度等，而且古都学界对这些事实并无异议。

古都的另一部分指标所依据的事实是清楚的，只需要对量化的方法取得一致，即将它们折算为相应的数据。如古都的性质：是全国性的一统王朝，还是地方性的割据、分裂或自治政权；是名义上的首都，还是实际上的政治中心；所拥有的实际统治区的大小；后身城市的地位是今天的首都、省会还是省以下单位。

还有一些指标本身就是模糊的，如一个古都经济文化的发达程度，对统治区的控制程度，当时对整个中国和世界的影响，后身城市在国际和国内的知名度等，客观上并没有可资利用的数据，但我们可以根据史料的综合分析和相互间的比较，定出一个大家可以接受的等级值。各种等级值相乘的结果，一般可视为这个古都的综合指标值。

当然，并不是所有的古都都具备了做量化分析的条件，但对绝大多数古都、特别是有资格进入大古都行列的城市是完全可行的。这样的结果也不可能完全精确，但至少为确定古都或大古都的次序提供了比较客观的标准，避免了主观性和随意性。

二、对古都做量化分析的主要指标和评定方法

在选择古都的主要指标之前，必须首先对几个基本观点统一认识。

第一，历史事实是决定古都重要性的前提。古都并不是一般的城市，无论今天这个城市多么发达、多么重要、多么宏大，只要在中国历史上没有做过一个独立政权的政治中心，就与古都无缘。因此我们在选择这些指标时，应该把历史上与这个城市作为都城的有关事实和数据放在首位。

第二，必须确定历史上的都城与今天作为古都的城市之间的关系。尽管名字不必相同，城址不必完全重合，但现在的城市与历史上的都城必须有继承关系，即现在的城市是由历史上的都城

发展而来的，迁移过来的或者在遗址上重建的。因此，古都城址与今城市的重合程度是必须考虑的一个重要因素。今城市一般只能指传统的市区和郊区，不是指作为行政区划的市的范围，不能扩大到近数十年来因为行政区划调整而增加的辖县。

第三，今城市的地位和影响同样应该重视。对古都的研究并不是纯粹的历史课题，古都作为一项重要的人文资源的开发利用更是一个现实问题。今城市是首都、省会，还是市、县，今城市的重要性和知名度的大小，对于古都人文价值的发挥起着不同的作用，因为这些都是古都的价值能否发挥作用的基础。如果一个历史上的都城已经完全成为废墟，又不坐落在今城市之内或附近，那么无论它当年是何等辉煌，今天只能是一个遗址，而不能被称为古都了。

第四，应该站在今天中国各族人民共同的立场上，而不是用封建正统的、某一个民族的或某一个地方的观念，来评价古都的重要性。以往的学者往往只注重正统王朝、中原的或汉族政权首都的地位，而不重视同时存在的边疆的、非汉族的、历来被视为非正统的政权。如南北朝时期的平城、洛阳、邺与建康，宋金时期的临安、燕京与开封，作为一个独立政权的首都的地位是相同的，我们只能根据它们的具体指标来确定其重要性，而不存在正统与非正统的区别。有人至今还把杭州视为南宋与金时期中国的中心，不顾当时宋、金、西夏、大理、蒙古等政权同时存在并相互独立的事实，也不考虑当时杭州实际统治的范围的大小，自然会得出偏颇的结论。

决定一个古都今天的地位的因素很多，有一些是某一古都的个性，但有一些却是各个古都的共性。拟从中选出主要的几种，并确定评估的方法如下：

第一，建都时间。以年为单位，每年1分。建都时间不足一年或不足一年的尾数均作一年计。虽无首都名义但实际上已成为政治中心的城市，按其实际时间计算。仅有陪都名义而无首都实际作用者，或仅作为巡幸或驻跸者不计。建都时间长短的重要性不言而喻，而且容易精确，因此以这项指标作为基数，而以以下各项数据作为相乘的系数。

第二，都城性质。以大一统王朝（即在历史时期的中国范围内只有一个王朝，如完成统一后的清朝）的首都为最高数1，以下依次递减。基本统一的王朝，如西汉中后期和唐安史之乱前的长安、明前期的南京和北京等为0.9；商、西周及对峙时期的主要政权的首都为0.8，其余政权依次为0.7、0.5或更低，如北宋的开封为0.8，辽都上京和中京为0.7，西夏的兴庆府（银川）和大理的大理为0.6；分裂时期的主要政权的首都为0.7，其余依次为0.5或更低，如五代时期的洛阳、开封为0.7，前后蜀的成都、楚的长沙、南唐的江宁府（南京）、吴越的杭州、南汉的广州等为0.6，南平的江陵府、北汉的太原府、闽的长乐府（福州）、清源的泉州等为0.5；春秋战国时期东周和各国的都城，按不同阶段的实际形势定为0.7至0.4不等，如东周初期的洛阳和战国后期的咸阳为0.7，齐、晋、楚、韩、赵、魏、燕等国的都城可定为0.6或0.5，更小的诸侯国可定为0.4。实际政治中心按其名义首都应得的系数减去0.1，如东汉末年的许（许昌）属分裂时期的主要首都，应为0.7，邺成为实际政治中心期间可定为0.6。名义上的首都仍按实际首都的系数确定，因为一方面这类首都毕竟还在行使一定的首都职能，另一方面我们在确定其首都功能系数时已经考虑了这一因素（详见下述）。

第三，都城所代表政权的疆域幅员。以当时在中国（此概念大致据《中国历史地图集》确定）并存的全部政权的疆域为 1，大致测定该政权所占的比例，各政权的系数合计不能超过 1。但考虑到首都所起的作用应限于已开发地区或已设置政权的区域，所以在测定总面积和各政权的面积时，都应扣除未开发地区或未设置政区的部分，也不计未设置首都的游牧民族政权或还处于开发初期的其他民族地区。如春秋战国时期，一般仅计各诸侯国，建都期间的疆域范围，选择比较稳定的阶段，不计临时性的变化。但如果该政权的疆域前后变化太大，可分段确定不同的系数，分段计算。

第四，首都对政权的控制程度。根据各政权行政制度的总体性质确定。高度中央集权的政权，如明、清为 1；中央集权政权，如安史之乱前的唐、宋为 0.9；部分实行分封制或部分被分裂割据的政权为 0.8，如西汉前期、安史之乱后的唐；分封制政权，如西周为 0.7；分封与部落联盟结合的政权，如商为 0.6。处于分裂状态的政权如五代各朝，由于已经只计其实际控制的疆域，因而只考虑其行政制度本身，仍可按中央集权政权定为 0.9。部分分封或部分分裂割据的政权，因依然计其全部疆域，故应考虑其实际行政控制能力的下降。

第五，遗址遗物的保留程度。指迄今为止，一个都城在拥有首都或政治中心地位期间还存在并被发现的遗址和遗物，不包括其他时期留下的遗址遗物。如杭州应限于南宋，而不包括北宋或唐代的；南京只指六朝和明初，不能计元代或清代的。以北京为最高值 1，其他古都依次类比，定为 0.9 至 0.5 不等。如今城市的名称与当时的都城名称完全相同，也应视为一种遗物得到保留的因素，可在不超过 0.1 的幅度内适当增加其系数。

第六，今城市的政区等级。以首都为最高数 1，以下依次递减。省会、直辖市城区、自治区首府为 0.9，地级市城区为 0.8，县级市为 0.7，县为 0.6。县城以下单位本身不是城市，不可能作为任何一个古都的后身，只能依附于所在今县的县城，因而不必考虑县城以下单位。

第七，古都与今城市的重合度。以古都的遗址或复原范围的中心与今城市习惯计程中心之间的距离为准。距离在 5 千米以内（含 5 千米，以下同）又与今城市的市区（不包括与传统城区分离的今建置市区，以下同）大部分重合的为 1，如明、清的北京与今北京，南宋的临安与今杭州等；距离在 5 千米以内但只有一小部分与今市区重合的为 0.9；距离在 5 千米以上 10 千米以下的为 0.8；10 千米以上 15 千米以下的为 0.7；15 千米以上 20 千米以下的为 0.5；20 千米以上 25 千米以下的为 0.5；其余以此类推，最低值为 0.1。

第八，古都与今城市的继承性。凡古都废后的政区即与今城市的前身在同一政区并治所相同的为 1，如明、清北京与今北京市，北宋开封与今开封市；古都废后虽未明确归属，但以后明确属于今城市所在县级政区范围之内的，或者古都废后设置的政区虽已迁移，但遗址完全坐落在今城市范围之内的，均为 0.9，如殷都与今安阳，南朝陈都建康与今南京市；古都废后所设置的政区及主要居民迁治的政区即今城市前身、二者又为邻县的为 0.8，如今安阳的前身为北齐灭后邺都所迁，邺都遗址所在的临漳县为今安阳县的邻县；有以上迁移关系但与今城市所在县仅隔一县的为 0.7，其余均为 0.6；古都废后与今城市的前身所在政区既非同治又无迁移关系，在本县范围内为 0.5，邻县内为 0.4，其余均为 0.3。

第九，综合知名度。这是一项比较模糊且难以定量的指标，但可以通过比较来确定。所谓综合知名度，就是既基于建都时期在国际与国内的知名度，也要考虑都城废后直到今城市在国际与国内的知名度。拟选择公认的最知名古都北京为 1，将进行评估的其他古都比较后以 0.1 为差距分为若干级。如以“七大古都”言，西安可定为 0.9，洛阳可定为 0.8，杭州、南京可定为 0.7，开封可定为 0.6，安阳可定为 0.5。但这项系数不是固定不变的，如果一个古都有了重大的考古发现，或者作为古都后身的今城市的知名度大大提高了，这项系数就应加以修正，而其他古都的系数可能相应就降低了。

其他还有一些因素可以考虑，但限于目前的史料和考古发现，要对古都普遍加以评估还有困难。

例如，古都的城市面积，本来是一项很重要的指标，但有些古都已经做了很彻底的发掘和调查，有的有比较详细的文献资料，有的却至今无法复原。而且社会是在进步的，后期的首都的规模超过早期的首都是正常现象，但这并不意味着早期的首都不如后期的重要。如果只讲绝对数字，那么早期的首都或许都无法与今天的大都会相比，岂不成了越近越重要吗？显然这不是历史唯物主义的科学方法。正确的方法应该是将古都与当时世界上和中国内部的其他城市相比，确定他们的相对地位，由此来评出应得的系数。如当时居于世界第一或前列应定为 1；中国范围内居第一，可定为 0.9；其余类推。

人口数字也是如此，绝对数字固然重要，但更重要的是占当时中国总人口的百分比以及占该政权总人口的百分比。遗憾的是，到目前为止，能够确定这一百分比的古都还很有限，有的根本没有可信的数字，有的各人的估计数又截然不同。

经济和文化的发达程度同样是难以量化的，只能在同时代做比较，但从中国历史的实际出发，做这项评估的意义并不大。因为我们的评估范围只是当时的都城，如果是在大一统王朝，其首都的经济文化肯定要比同时存在的民族政权、边疆政权或短期割据政权的都城发达；如果是在分裂时期，各政权的都城间除了少数相差悬殊的情况外，往往很难比较。如对春秋战国时期各诸侯国的都城，要列出一个经济文化发达程度的序列恐怕不是容易的；三国时的洛阳是在废墟上恢复的，未必胜过成都、建业；北魏的洛阳虽可肯定已超过了南朝的建康，但东晋与南北朝期间其他阶段各都城之间就有各领风骚的现象。

不过，如果是对某些具体的都城进行评估，而这些都城又具备了定量或比较的条件，还是可以补充若干系数的。

三、以南京、安阳、杭州为例的评估

笔者的这项研究还在继续进行，详细的结果尚未最后形成。为了就教于古都界同人，也为了答复有些人对“七大古都”说的责难，现在就先以“七大古都”中的南京、安阳、杭州为例，运用本文提出的方法做出评估。评估的项目同上列 9 项，表中用了简称。各项数据的确定标准已见上述，不再一一列举。（见表 4）

至此，我们完全可以得出这样的结论：以上这三个古都的排列次序是南京、安阳、杭州。安阳的综合指数高于杭州，列于“七大古都”是当之无愧的。当然，由于其中部分指标缺乏准确的数据，不同的作者所取的系数可能会有所不同。但笔者已尽量采取客观的态度，在以安阳与杭州的比较中特别注意了这一点，自信是经得起驳难的，至少可以说，安阳与杭州是不相上下的。

表 4

	南京					安阳				杭州	
	建业	建康	江宁	应天	天京	殷	邺 1	邺 2	邺 3	杭州	临安
建都时间	60	270	38	53	12	273	16	35	43	71	138
都城性质	0.6	0.7	0.5	0.9	0.7	0.8	0.8	0.6	0.7	0.5	0.8
疆域幅员	0.3	0.4	0.2	0.9	0.3	0.7	0.5	0.4	0.3	0.1	0.4
控制程度	0.8	0.9	0.8	1.0	0.8	0.6	0.8	0.8	0.8	0.8	0.9

续表

	南京					安阳				杭州	
	建业	建康	江宁	应天	天京	殷	邺1	邺2	邺3	杭州	临安
遗址遗物	0.5	0.6	0.6	0.9	0.8	0.7	0.5	0.5	0.5	0.7	0.8
今城等级	0.9					0.8				0.9	
重合度	1.0					1.0	0.6	0.6	0.6	1.0	1.0
继承性	1.0	0.9	1.0	1.0	1.0	1.0	0.4	0.4	0.8	1.0	1.0
知名度	0.7					0.5				0.7	
合计	2.72	23.15	1.15	24.34	1.02	25.68	0.25	0.32	0.69	1.25	20.03
总计	52.38					26.94				21.28	

说明：邺1指东汉末实际政治中心及魏都（204—220）。

邺2指后赵及冉魏都城（335—370）。

邺3指东魏及北齐都城（524—577）。

原载《中国历史地理论丛》1995年第1期

中国迁都：历史和现实，需要与可能

近年来，不时有人提出“中国是否应该迁都，迁到哪里”这样的话题，有的还有很具体的理由和规划。最近又有商务部研究院研究员梅新育博士在英国《金融时报》中文网撰文，认为“中国应认真考虑迁都，建议将首都迁往长江中下游华东某中小城市”。

兹事体大，不妨先看看历史，看看在中国历史上，有哪几次迁都，成败如何，对当时和此后的历史产生过什么影响。

在中国历史的早期，无论是传说中的黄帝时期，还是夏朝、商朝，迁移是生存和发展的经常性措施，也是对付天灾人祸的有效手段，所以迁移和迁都相当频繁。其中见于明确记载、影响最大的一次迁都应为商朝的盘庚迁殷。大约在公元前 13 世纪，商朝的都城从奄（今山东曲阜）迁到了殷（今河南安阳殷墟一带）。关于盘庚迁都的原因，史学家做过种种推测，不外乎躲避黄河水患，土地肥力减少，通过迁都“去奢行俭”，保持一种比较节俭的生活方式，或者是作为游牧民族的残余的习惯性措施。从迁都后盘庚发表的训词看，迁都之举曾引起贵族们的反对和恐慌，经过盘庚强有力的劝告和镇压才在新都安定下来。但此后的200多年间，商朝的首都再未迁移，以往那种不时迁都的历史从此结束。

公元前770年，周朝的首都由镐京（今西安一带）迁至洛邑（今洛阳）。这是因为镐京一度被犬戎攻陷，都城受到很大破坏，而且由于周天子势力衰落，此后也难抗御犬戎的入侵，只能东迁至相对安全的地方。这类因在军事上处于弱势而不得不以迁都寻求一时安全的办法以后还多次出现，如战国时楚国的都城由郢（今湖北荆州江陵）迁至陈（今河南淮阳），又迁至寿春（今安徽寿县）。面对蒙古军队的入侵，金朝的首都由燕京（今北京）迁往南京开封（今开封），末年又迁至蔡州（今河南汝南）。更严重的是，因国土沦丧，原有的都城已为敌方所占，要继续存在，自然只能迁都。如东晋建立时，西晋的首都洛阳已非晋朝所有，只能迁都于建康（今南京）。南宋建立时，北宋的首都开封也已被敌方控制，只能以杭州为"行在所"（临时首都），一直"临时"了100多年。

另一种情况，是权臣或军阀为了进一步掌握政权，迫使皇帝将首都迁至自己易于控制的地点。如东汉末年，董卓强迫汉献帝由洛阳迁往长安，后又迁至曹操控制的许（今河南许昌）。北魏末年，高欢逼朝廷由洛阳迁至邺（今河北临漳西南）。唐朝末年，朱温迫唐昭宗由长安东迁洛阳。这类迁都，完全是夺取政权的先声，不惜以破坏摧毁原有首都为手段，造成巨大损失。

在和平时期的迁都则主要考虑国家的安定和某一方面发展的需要。如秦国的首都从平阳（今陕西宝鸡东）迁至雍（今陕西凤翔），又迁至栎阳（今陕西西安临潼区北），最后迁至咸阳（今陕西咸阳西北），适应了东向扩张发展的战略。汉高祖刘邦已定都洛阳，听了张良和娄敬的建议后，立即迁都关中，并新建长安城作为首都。光武帝刘秀恢复汉朝（东汉）后，为了就近得到粮食和物资的供应，便于得到自己的政治基础南阳地区的支持，定都于洛阳，而不是恢复西汉的首都长安。北魏孝文帝为了从根本上实行汉化，将首都从平城（今山西大同）南迁至洛阳，使政治中心深入华夏文化的中心，将鲜卑人的主体置于汉族之中。明成祖朱棣在拥兵南下篡夺政权后，将首都从南京迁至北京，虽然不无巩固自己根据地的考虑，但更主要的还是为了对抗蒙古的威胁——将首都置于接近边疆的险地，使国家不得不保证前线的军事实力。而清朝由沈阳迁都北京，完全是顺应了由边疆区域性政权向全国性政权的转变。

由于古代没有机械交通工具，运输条件相当困难，而首都又不可能完全服从经济布局，粮食和物资的运输始终是一大难题。由于主要的粮食产区在关东和东南地区，为了便于运输，首都的位置不得不逐渐东移，由长安至洛阳，至开封。元朝定都北京后，打通南北大运河，维护运河漕运，就成了朝廷的头等大事。此后明、清两代能在北京建都，都离不开大运河输送粮食的作用。

不顾地理条件和实际可能，盲目定都或迁都，不仅劳民伤财，最终也会以失败而告终。朱元璋由南方起兵，以应天府（南京）为根据地，全国统一后，南京自然而然成了全国首都。但朱元璋深知南京在全国的位置过于偏南，一直在寻找合适的地点。

他曾考虑过西安，但发现西安和关中残破贫穷；他考察过开封，又见连接东南的河道水浅沙淤，无法满足漕运之需。最后他决定在故乡凤阳建中都，规模比南京城还大。但在新都即将建成时，朱元璋又下令停建，大量人力物力全部浪费。

回顾历史，我们不难发现，成功的迁都在于适应形势发展的需要，趋利避害，充分利用有利的地理环境，为国家提供了长达上百年、数百年的安定。即便如此，迁都也是一项浩大的工程，只有国力强盛时才能应付裕如。而且也可能引发政治分歧，甚至形成反抗或动乱。北魏孝文帝的南迁计划一开始只得到个别大臣的支持，只能以“南伐”为名造成既成事实，才勉强为大臣所接受。反对势力企图发动政变，连他的儿子也因公然逃出新都而被处死。而失败的迁都往往长期难以消除弊病，造成不可弥补的损失，甚至越迁越弱，越迁越乱，以致覆灭。

那么中国是否到了应该主动迁都的时候？北京是否到了非迁出不可的地步呢？

我们应该明白，在现代化条件下考虑首都的合适位置，不同于传统的“天下之中”。北京尽管不处于地理上的中心，但通过发达的交通运输和信息传输手段，距离的远近已影响不大。何况全国的资源、人口、城市、产业等基本要素的分布，也是严重不均衡的，自然形成的中心或重心与地理中心或重心并不一致。从国家安全的角度考虑，北京也是优劣兼具，至少不比“长江中下游华东某中小城市”差。

就自然环境而言，有人担心沙尘暴会愈演愈烈，环境污染和缺水现象会越来越严重。不过，据各项统计数字全面评估，北京及其周围的自然环境并未出现明显的不利变化。如沙尘暴并非近年来的产物，也不存在愈演愈烈的趋势。环境污染和缺水主要是人为原因，是产业分布不合理、不注意环保和节约用水的结果。通过工厂外迁、污染源治理、调水节水等措施，自然环境可以得到相应改善。

在体制改革、精简事权的同时，不妨适当分散首都的功能，将有些本来应该在首都举行的会议和活动分散到地方上举行，本来应该设立在首都的机构或设施建在合适的外地。如现在的全运会轮流在各省市开，既减轻了北京的压力，也促进了各地体育设施的建设和体育事业的发展。这类活动还应再增加。又如，有些中央或全国性机构可以临时或长期设在外地，如管理少数民族的部门不妨设在少数民族聚居地区，或轮流到少数民族聚居区办公，以促进地区发展。

采取这些措施，至少可以使北京的规模得到控制，并逐渐有所缩小，条件得到一定程度的改善，维持数十年时间。到那时国力更强盛，再为一个规模比较小的首都选择最合适的地点，就比较从容了。

2007 年 11 月 23 日

城·市·城市

——从中国的城市体制看旧城破坏

在中国古代，城与市是两个完全不同的概念。

城，本意是由夯土垒成的、封闭型的墙，也可以作为动词，就是筑这样的墙。所谓城，就是由一道墙围起来的居民点、聚落。等到城的名称用得普遍了，墙的名称只能称为城墙，以示区别。为了防卫需要，有的城筑了不止一道墙，或者在城市扩展到墙外后又需要有新的墙加以防卫，因而再筑了一道；于是有了不同的名称，里面的一道称为“城”，外面的一道称为“郭”，形成所谓“三里之城，七里之郭”。重要的城，如王都或诸侯的都城，可以有不止一道城墙，特殊的城还可能有多道城墙。

早期的国大多只有一座城，所以国与城的名称通用，城里的人称为“国人”。在分封制下，即使大的诸侯也会拥有不止一座城，但这些城也是封给低一等的诸侯或封君的，因此也称为“国”。进入春秋后期和战国时代，周天子名存实亡，诸侯间兼并加剧。被强大诸侯吞并的弱小诸侯国不再被封给新的诸侯，而是改由国君直接管辖，产生了郡、县。无论郡还是县，一般都以原来的国改置，都称之为“城”。到战国后期，拥有若干座城成为计算诸侯国疆域和实力的单位。

进入郡县制时代后，县成为最基本、最稳定、存在年代最长的行政区划单位。公元前201年，登上帝位不久的汉高祖刘邦就下令全国的县和邑（皇后、公主的封邑，地位与县相等）建筑城墙。由于此前多数县已经筑城，这显然是针对新置的县和少数以往来不及筑城或原来的城墙被破坏的县。此后，除了少数例外或暂时状态，一般的县级或县级以上行政治所都有城墙，城也成了县和县以上治所的通称。县以下的聚落被称为“邑”“聚”“乡”“寨”“镇”“屯”“堡”等，而不称为“城”。即使是废县或被裁撤的县以上政区，也只能称为“废县”“旧城”“故城”，时间一长，就与城字无缘了。

市，本意是指做买卖的地方。城里人口集中，多数人不直接从事农业生产，生活不能自给自足，又有一定的购买能力，总需要有购买或交换物品的地方，从而形成习惯性的市。无论是暂时性的（如每天的某段时间、每月的某几天或若干天一次）还是经常性的，凡市都会集中较多的人，需要生活和营业的水源，所以必须靠近水井或自凿水井，于是产生了“市井”一词。

在习惯性的市的基础上，官方为了满足城里人的需要，也为了进行管理，会在城中划定市的范围，甚至建筑围墙，定时开关。国都或人口众多、经济繁荣的城内，一般都设有市，有的市的规模很大。到战国后期，像齐国的都城临淄、楚国的都城郢等城内，市已占了相当大的部分，商人和顾客数以十万计，热闹非凡，拥挤不堪。西汉以降，首都和大城市一般都有官方设置的市。普通县城内，也都有习惯性的市或者临时性的市。凡城都有市，于是产生了“城市”一词，但它的意义与城、城郭并无二致。

北宋以后，由于人口增加，商业繁荣，县以下的镇和较大的居民点同样形成了市。城里的市已经无法满足社会的需要，于是在城外和一些商品集散地出现了草市，有的草市逐渐发展成新的居民点和镇，其中一部分就被称为“市”。明清时，在江南等经济发达地区，这类镇或市镇相当多，一些大镇的人口和经济规模甚至已经超过所属的县城。

但是直到近代，市才成为城市的正式名称，成为一种行政区划。如上海，自元朝设县后一直是一个县，正式名称是上海县。1843 年开埠后，新辟的租界称为“英租界”“法租界”“美租界”或“公共租界”，租界以外的上海县辖境称为“华界”，属江苏省松江府。北洋政府时曾设淞沪市，1927 年南京国民政府才设立上海特别市，1930 年改为上海市。其他大中城市大多在此前后设置，从此中国有了市一级政区。但不论哪一级市，其辖境都是以限于城市或以城市为主的，至多包括面积有限的郊区。如上海市只包括租界和华界的城市部分，此外还是属于上海县辖境。因此市还是真正的城市，市与城市可以通用。

1958 年，中央政府扩大北京、上海两个直辖市的范围，将原属河北省和江苏省的一批县划归两市，如原江苏省松江专区的 10 个县全部划归上海市。至此，直辖市的“市”已经不是城市的同义词，而只代表中国的一个省级行政区。当时，在上海市 6000 多平方千米的辖境中，真正的连成片的城市面积不过 100 多平方千米。后来设置的天津、重庆两个直辖市都是如此，但国内普遍将二者混淆。

改革开放后，在宪法规定的行政区划并未改变的情况下，中央政府以下达文件的方式先后实施市管县、县改市和撤地建市。县改市的结果是整个县的辖境都成了市，而市的大部分依然是农村或集镇。县原来只归省管，市管县名义上是代管，实际上已使县和县级市成为该市的辖区。地区（专区）原来不是一级行政区，专署只是省政府的派出机构，建市后成了介于省与县之间的二级行政区。尽管宪法规定只有“较大的市”才能召开人大，实际上除了西藏以外的200多个地级市都成了较大的市，都召开了人大，成为一个完整的行政区。至此，中国出现了三个等级的市，即省级的直辖市、地级市和县级市，显然没有一个等同于真正的城市。

看到这里，读者大概可以猜到了，我为什么要花那么大的篇幅讲城、市、城市的关系和演变过程。中国近代，特别是近30多年来城市景观的迅速变化、历史遗迹和风貌的急剧消失、原有城市的大规模破坏虽然有多方面的原因，但无不与古代制度性的缺陷有关。

自从县产生并形成制度后，多数县城相当稳定，往往数百年以至上千年间，名称、范围和基本结构一直没有改变。由于中国的建筑大多为土木结构，易受自然或人为的破坏，因此不得不一直重建，而且国人一直喜欢“整旧如新”“焕然一新”，但并不影响城市的基本格局和功能，城市的脉络或文化传承（文脉）依然得以长期延续。

这倒不是古代的地方长官都具有保护城市遗产、延续城市文化的自觉性，而是他们受到制度和现实条件的影响，想大拆大建也没有可能，想扩张城市也力不从心。

首先，在中央集权和郡县制度下，每座城都属于某一等级，因此城的规模和城墙的长度、高度是不能随意改变的。因天灾人祸而毁坏的城墙，重建或修复时一般还得按原来的规格。人口增多，经济发展，城内无法容纳时，往往会在城外形成新的商业区或居民点，但要扩展城墙却几乎没有可能。南宋期间，杭州城外已经形成繁华的市场和人口稠密的聚落，范围比城内还大，但杭州的法律地位是“行在所”（皇帝的临时驻地），扩展城区、新建城墙的理由难以成立。

其次，地方政府并无基本建设的经费，连必要的基础设施的维护费用也得靠地方官自己募集。新设置的县往往没有钱建城墙，如上海县设于元朝至元二十九年（1292 年），直到 261 年后的明朝嘉靖三十二年（1553 年），才因防御倭寇入侵，奏请筑城。获准后，还得由松江知府征捐赋税，才筹到筑城的钱。就是明清的首都北京城，自永乐十九年（1421 年）建成后，于嘉靖三十二年（1553 年）曾拟建外城，但仅建成南侧一面，此后直到清末再未增建。

再者，城内的公共建筑如衙署、仓库、营房等是不能随便改建、扩建的，寺庙、古迹也是动不得的。居民住宅、店铺、园林都属私产，除非依法没收，否则也不是随意能拆或者迁的。

而且，一座城市的格局一旦形成，就会被从风水的角度解释其合理性。而谁想稍有改动，也必须找到风水的依据，并且将承担由此产生的后果，因此很少有人愿意承担改动失败的风险，少动为妙。

世界各国的城市在进入工业化后，都受到发展工业、改善交通、转变功能的冲击，如需要新建一部分公共建筑，将一部分旧建筑改变用途，拓宽道路，增建或改建桥梁，新建供水、供电、供气、排水等设施，部分或全部拆除城墙等，但对旧城的破坏大多不那么剧烈，或者旧城的基本构架和文化脉络依然能够保存。就是在中国，旧城的遗迹大多还可寻觅。如上海的旧城拆除后，在原址新筑一条环形马路，游人绕行一周，还能想见当年风景，发思古之幽情。（以下删节）

原载《中国图书评论》2011 第 7 期

城市的历史与未来：守旧与更新

每一座城市都有历史，哪怕是像上海这样一座不满 200 年的新城市，从城市开始建筑就形成自己的历史，而历史对每一座城市，对全人类都是非常宝贵的。这些历史通过具体的方式才能够记录下来，比如说一座城市必定要通过其内部的布局、主要的建筑形式和重要的建筑物、城市的景观和风貌、城市形成的本土文化，以及传承这些文化的人来记录历史。如果离开了这些具体的内容和方式，那么城市的记忆就成为空话。

在物质条件得到比较充分发展的情况下，人们越来越多地注视精神生活。一般来说，物质的积累是可以逐步增加的。在现代化的条件下，我们的物质生活会越来越丰富，各种设施越来越完善，机器的速度越来越快，操作越来越方便，效率会越来越高，人类肯定能不断进步，一代胜过一代。但是精神是不能简单积累的，精神文明未必能日益积累，更不一定越来越进步。人类在以往达到过的某一个精神境界，可能很多年以后都没有办法超越。以往积累起来的精神财富，如果没有合适的人去学习和继承，完全可能毁于一旦。在这个方面，并不一定是后人高于前人。前人在城市建设和维护方面的智慧，我们今天未必能理解。记录这些智慧的文献记载多数已不复存在，有的原来就没有文字记录。传承这些智慧的人也已经找不到了，大多断绝已久。唯一的希望就存在于城市的实际，只要城市还在，遗址、遗物还在，或许我们，或者后人能够被唤醒记忆，激发起灵感，悟出先人的智慧。如果我们轻易地更新了，实际就是将旧的都破坏了，就可能造成不可挽回的损失。这个损失不是一座城市的，是我们整个人类的。

从可持续发展的原理出发，也不是所有旧的城市设施都必须采用彻底消除的办法才能够更新。在一定程度上，我们守旧并使它保持原来的样子或者是保持原来的模式，那恰恰是一种比较有利的发展方针，恰恰是符合今天节约资源、保护环境、可持续发展的理念。我觉得在飞速发展的情况下，应该给旧的留下一定的空间，应该审慎地对待我们以前曾经称之为“保守落后”的观念。

另一方面，城市也必须创新，因为人的生活方式和生产方式总是在发展和变化的。今天，即使让居民生活在完全旧的建筑里面，也不可能让他们停留在这座建筑所属的年代。如果旧建筑、旧城市不进行任何改变，不增加必要的新的生活设施，绝大多数人是不愿意住的。应该承认，任何城市和建筑物无论当时多么先进，多么辉煌，都无法适应现代人的生活和现代化、城市化的要求。如果不创新，一座城市就不能进步，就会丧失活力，就会被大多数居民所抛弃。

一座城市应该怎样创新，起决定作用的是其管理者，当然他们应该得到居民的授权，而不是外界，也不是哪一位专家学者。一座城市只要能够承担了它对周边环境、对国家、对人类的义务，不造成对环境的破坏，对资源的过分消耗，就应该由居民自己来决定它的发展方向、模式和途径，包括他们想要采取的城市更新手段。有些人希望旧城区永远停留在原始的、落后的阶段，以便让他们看到所谓“原汁原味”的生活，我认为这是不人道的。任何人无权要求城市居民停留在以前的生活，或者让他们拒绝现代文明。但如果的确是他们自己选择的话，旁人也应该尊重。

处理守旧与创新并存的最好办法是完全保留旧城，另建新城，各得其所。可惜受到各方面条件的制约，多数情况下做不到。正因为如此，一个城市应该分为不同的功能区，区别对待。其中某一部分应该被确定为文物或文化遗产，应该最大限度地受到保护，不允许打着更新或者其他什么旗号做任何改变。还应该设置缓冲区，作为新旧之间的过渡。对其他不属于文物的部分要采取不同的措施，有些地方要求外观不改变，内部可以改造，可以采用现代化设施。在外围地区，完全可以在不影响城市总体风格的情况下，大胆创新，形成新的景观。

像上海的外滩，初建时就是英国的形式，并没有什么中国或上海特色，也未必为上海人所接受，但因为它是在上海县城以外新建的，并不影响守旧。时间久了，外滩形成了新的景观，今天已成为上海的地标之一，成了上海城市不可分割的一部分。上海的石库门建筑也是外来的，是以英国城市中的连排式建筑为样本的，只是根据上海和江南的实际需要做了一些改变。由于这种建筑形式适应上海人的需要，今天已成为上海城市建筑的优秀遗产。

2010 年 8 月 25 日

《清明上河图》
——中国古代城市智慧的结晶

参观过上海世博会中国馆的人无不对那幅会动的《清明上河图》留下深刻的印象。其实，“会动”的技术含量并不很高，在世博园里，比那幅图更会动、动得更复杂的展品还可以见到不少。《清明上河图》固然气势恢宏，但与沙特阿拉伯馆中的超大3D屏幕相比，那幅图的尺寸也不算大。真正吸引人的还是图中的场景所显示的宋代开封丰富的城市生活，充分体现了中国古代城市发展中的智慧。

随着近年来考古发掘和研究的进展，中国的城市历史正在不断改写和上溯，发现古代城市遗址的范围也从黄河流域扩大到长江流域和其他地区。早期历史文献中一些有关城市的记载已经被考古发现所证实。

由于夏、商、周三代实行分封制，每座城几乎都是大小不等的“国”。“国”的数量越来越多，以至有“万国”之说。直到春秋初期（公元前8世纪后期），有记载的“国”还有1000多个。尽管这些“国”名义上都从属于王和上级诸侯，但都有一定的独立性，所以无不将行政功能置于首位。一般来说，一座城中最重要的部分必定是主宰该城的诸侯或贵族的宫室，同时也是该城的行政和祭祀场所。城的四周一般围有城墙，有的还有相应的防卫工事。由于人口稀少，土地富余，城的范围可以划得很大，城内不仅有手工作坊，还可能有农田。相比之下，普通居民的住所和活动场所反而显得微不足道。

用今天的眼光看，城市内部这样的结构和功能并不合理，却符合当时的实际需要，也体现了当时人的智慧。对每座城的居民来说，最重要的是生存和安全。这些都离不开君主和城墙的庇护，二者在城中占主要地位是顺理成章的。

自秦朝以降，中央集权制度越来越巩固，城市的政治功能和等级制度也越来越明显。以西汉为例，全国 1500 多座城被分为首都，郡、国（诸侯国），县、侯国（列侯的封地）、道（设置于少数民族地区的县级政区）、邑（皇后、公主等的封邑）这三个等级，逐级管辖。每座城都设有政府机构，都筑有城墙，宫殿（或衙署）与城墙成为一座城市不可或缺的主体。

西汉的长安城是在秦朝首都废墟上新建的城市，事先就有严格的规划。长安城的面积约 36 平方千米，但城内的主要部分是宫殿，长乐宫、未央宫、桂宫合计约 12.6 平方千米，加上衙署、仓库、兵营、监狱等设施，最多只有三分之一的面积供百姓居住。由于城内容不下众多的官员、贵族，他们大多居住在长安附近新建或扩建的“陵县”（因皇帝的陵墓而设置的县）内，以至形成了一个人口比长安还多的城市带。

东汉首都洛阳城的面积约 10 平方千米，城内的南宫、北宫等宫殿占地约4平方千米，再除去衙署等建筑，留给居民的地方大概也不过三分之一。

首都以下的城市不需要那么大的宫殿，但作为地区性的行政中心，相应的衙署和其他行政、军事机构也会占较大面积，居民能享受的设施很有限，城市生活的质量很低。

在一个农业社会，多数人从事农业生产，离不开自己的土地和家园。除了本来就住在城里，或不得不住在城里的皇帝、贵族、官吏、将士、商人、工匠等，其他人往往选择乡居，因为城市对他们并无多少吸引力，城市生活未必比农村生活更美好。

东汉末年开始的分裂割据，以及期间反复出现的饥馑、战乱使原有城市受到很大破坏，但一些新因素也引起了城市的进步。例如，各个政权为了增强实力，在城市建设中更讲究实效，避免形式；原有宫殿毁坏，或者没有能力建造新的宫殿和衙署，民居在城市中所占比例相应增加；人口流动增加了移民，也带来了不同的文化；佛教传入后，寺庙成为城市必不可少的组成部分，首都与大城市中往往形成特殊的景观。

以北魏洛阳为例，据《洛阳伽蓝记》记载，“京城表里，凡有一千余寺”，“自葱岭已西，至于大秦，百国千城，莫不欢附，商胡贩客，日奔塞下，所谓尽天地之区已。乐中国土风，因而宅者，不可胜数。是以附化之民，万有余家。门巷修整，阊阖填列，青槐荫陌，绿柳垂庭。天下难得之货，咸悉在焉”。这种新气象，恰恰是以往的首都城市所未见过的。

唐朝的首都长安已经兼顾了城市的不同功能。

长安城由外郭城、宫城、皇城和各坊、市等构成，面积达80

多平方千米。宫城和皇城位于外郭城北部的中央，各坊分布于宫城、皇城的左右和皇城以南，东西两市位于皇城的东南和西南，东西对称。整座城市规划整齐，布局严密，规模宏大，是中国里坊制封闭式城市的典型。外郭城平面呈长方形，周长 36.7 千米。皇城也呈长方形，周长 9.2 千米。城内有南北向大街 11 条、东西向大街 14 条，两侧都设有排水沟。其中 5 条干道宽百米以上，特别是朱雀大街宽达 150 米，两侧沟宽 3.3 米。这些街道将城内分为 110 坊，各坊建有坊墙、坊门，坊内为居民住宅、宫衙、佛寺、道观等。寺观遍布各坊，建筑豪华壮丽，有的占有全坊之地。著名的大雁塔和小雁塔就建在慈恩寺和荐福寺内。西市南北长 1031 米，东西宽 927 米，东市面积与西市大致相同，两市都筑有围墙，市内店铺、作坊密布，商业繁荣。三条渠道将河水引入城内，以满足宫苑和景观用水，并汇成曲江池等风景名胜。

唐长安城是当时世界上范围最大、人口最多、设施最先进的城市之一，但封闭性结构还是影响了居民的生活，也限制了商业和经济的发展，这些局限要到宋代才得到突破。结合《清明上河图》的描绘和文献记载，包括首都开封在内的城市在发展中取得长足进步。

发达的商业、手工业、服务业使经济发展迅速，民众获得实利，生活水准提高，并且突破了城墙的限制，扩大到近郊。当时不少城市都在城外形成新的市场，南宋时，杭州的商店和市场不断向城外扩展，以至城外部分超过了城内部分。

道路、河流、桥梁、津渡形成便利的水陆路线，将各地的人员和物资引入城市。农村与城市间的交流频繁而密切，每天形成熙熙攘攘的人流。

流动人口迅速转化为移民，城市人口增加，人口的素质提高，多种文化相互竞争，形成新的城市文化。娱乐方式和设施名目繁多，餐饮等服务业应有尽有，佛寺、道观众多，城市居民在物质和精神方面都得到享受。

中外史学家都认为，宋代的经济文化水准达到了新的高度，民众的生活富裕而舒适，社会繁荣而稳定。其中一个特点就是城市人口及以城市为生的人口大幅度增加，商业和服务业扩大，城市生活水准提高。这些都在《清明上河图》中得到反映，《清明上河图》不愧为中国古代城市智慧的结晶。

因此，尽管在宋代以后，首都等大城市依然沿袭了封闭性的政治中心的传统，但在经济发达地区，“清明上河图”的模式长盛不衰。如明清的江南，以经济为基础发展起来的市镇，以天然河流和人工运河组成的交通运输网络，以精细农业、商业、手工业和服务业组成的复合经济，形成了崭新的城市和城市生活。

近代上海的崛起也得益于江南，上海人口的一半以上来自江南。由于这些移民熟悉商品经济和市场，迁入上海后如鱼得水，推动经济、文化蓬勃发展，使上海很快成为远东最大的国际性都市。

可见，《清明上河图》成为中国馆的亮点绝非偶然，因为它正体现了“城市使生活更美好”的主题。

2010 年 9 月 28 日

城市品性

品性，也可以称为“品格”，本来是用来衡量人类的一种尺度或标准，后来也用于人类所创造的精神或物质的产物，如艺术品、文学作品、学术成果、建筑物、景观等，自然也能包括城市。

我的理解，所谓品性，包含了两方面的内容。一是“品”，一般可以理解为类型和属性。在比较、评价、鉴赏的过程中，只有同一类型或相近类型，才有实际意义。一是“性”，某一事物的物质和精神方面的具体内容及其具体的或抽象的表现。

就城市而言，品，主要体现在城市的性质和功能上，如政治型、经济型、文化型、宗教型、军事型、休闲型等，或者两种或多种类型的综合型。不同的类型及其相应的功能是决定城市之品的基础，也是城市之性赖以存在的根基。在此基础上，城市方能产生和发展其独特的性。

一

在城市产生之初，它的品性只能体现在与非城市的差别上，因为城市本身几乎不可能立即产生自己的品性，在城市内部也不可能马上产生品和性的基础。

早期的人类是群居的，否则无法生存和繁衍。或许当时也有高人、异人离群索居，或者在生产或迁徙中掉队落单，但除非他们重新加入群居或形成新的群居，否则就不可能生存，更无法繁衍。每一群体都必须自给自足，或者通过争夺其他群体的资源以维持自身的生存。只有当某一群体达到相当大的规模，有了一定的公共积累，产生了一定的共同需求时，城市才有可能产生。

在中国，早期的城市被称为“国”。所谓国（繁体字写为國），其本意是一位手持戈的人在守卫着自己的一片土地，并且用一圈围墙加以守卫。这个国字很恰当地显示出早期城市的功能。实际上，在城市产生之前，聚居的人群中已经产生了一些共同的需求，如祭祀、防卫、管理等。但只有在城市形成之后，这些功能才有了专门的设施和人员。例如祭祀，一方面必须有一个共同使用的场所；另一方面，也要保证这一场所有足够的人数，自然需要有专人司其职责。再如防卫，一般已建起城墙，有的还开凿护城河，或建起类似的工事，有了专职的守卫人员。这些花费都得由城市里的人口负担，而城市人口赖以生存的粮食和物资也得依靠自己生产获得。尽管城内还保留着一些农田、菜园，但另一部分或大部分是由处于城外的郊人或野人生产的。生产力的提高和商品经济的发展，使城市中的一部分人口可以不再从事农业生产，而致力于经济、文化、军事、礼仪等活动，为城市的功能化提供了可能性。

如果说早期的城市毫无例外地具有一些共性的话，从一开始就存在自己的个性，并逐渐形成自己的特色。例如，祭祀的方式、崇拜的对象和程度、祈求的目标和结果，都会因地而异，因人而异。时间一长，这些差异会越来越大，越来越明显。但在一座城市就是一个政治实体，互不统属的条件下，每座城市的基本功能并无二致，只有管理模式的不同和控制程度的强弱。

但当一个政治实体不止拥有一座城市时，或者当不同的城市结成一个实体时，城市之间逐渐产生了功能上的差异，即在保证城市的基本功能的前提下，产生了不同的附加功能。开始时，这种差异只限于政治地位，即统治和被统治。如夏、商、周的王都与各诸侯的都城之间，前者是天下共主所在，是统治各诸侯国、接受各国朝贡的，必须具备这样的功能；而后者是接受统治的“王土”，必须具备定期向天子贡献的功能。

一些较大的诸侯国已拥有不止一座城市，在它们内部也出现了城市功能的差异。都城具有两重功能，即在接受天子统治的同时，统治本国的其他城市。其他城市则必须具备接受都城统治的功能。到战国后期，随着郡县制雏形的形成，已经出现了不同等级的行政中心城市，相互之间存在管辖和被管辖的关系。经过秦始皇的强力推行和西汉期间的巩固，郡县制度给中国带来了一个完整的行政系统、城市系统：首都—郡级治所（诸侯国都）—县级（侯国、道、邑）治所。随着行政区划制度的变迁，具体的层级和名称因时而异，但这一城市体系延续至今。首都、30 多个省级城市、200 多个市（省会、省辖、地级）和 2000 多个县（市）级城市构成了中国城市的绝大部分。

当一个政治实体内部拥有不止一座城市时，在行政中心之外的城市也可能具有不同的功能，例如，依托祖先或名人陵墓、名山大川形成祭祀性城市；因地处边防或战略要地，形成军事性城市；因水陆交通路线交会，有道路通往其他重要城市，形成交通枢纽城市；因手工业发达、商业繁荣而形成工商业城市；统治者对文化的重视，士人的聚集和学术活动的开展，使所在城市成为学术中心。

这些功能完全可以并行不悖，所以国都、省地一类大城市往往同时具有不止一项功能，就是中小城市，除了作为区域行政中心以外，也可以具有某项其他功能。如战国时，齐国的都城临淄自然是齐国的政治中心，而且由于齐国实力强大，影响力所及远届东部各诸侯国，实际上还是太行山以东的政治中心。临淄人口多至 10 万户，有数十万人，手工业发达，商业繁荣，称得上是一座工商业城市。稷下学宫的设立吸引了各国的一流学者和大批士人，使临淄成为人才荟萃、百家争鸣的学术文化中心。作为国都，临淄的军事功能也相当完善。由于历代都实行中央集权制度，长期沿用的首都往往是功能最齐全的大城市，同时发挥着多个全国性中心的作用，西汉、隋唐的长安，东汉、北魏的洛阳，元、明、清的北京莫不如此。

有了不同的功能，城市才能显示出不同的品，才可能分为不同的类型。品可以是单一的，也可以是复合的或综合性的。

二

同一类型的城市不仅会有量的差异，更会有质的差异。所以，不同品的城市自然有不同的性，但相同品的城市完全可能有不同的性。品相对稳定，性却因时而异，因人而异。品可以大致分类，性却难以划分，因为既有客观标准，更有主观标准。

同样功能的城市的性之所以不同，取决于两方面的条件，用今天的语言说，就是硬件和软件。前者是指城市基本的自然环境和建筑设施，后者是指城市里的人和那些人维持着的传统。例如中国古代的首都，必定要根据建都的基本原则选定城址，如“天下之中”“四塞之地”“上游形胜”“虎踞龙盘”等，还要根据自然条件的缺陷和实际需要，建造城墙、关隘、运河、道路等，以及宫殿、园林、衙署、市场、寺庙、兵营、民居等。与此相适应的人口是皇室、贵族、宦官、文武官员、将士、居民、商人、工匠、僧尼等。这些人中有不少是首都特有的，或者是因为首都而特别多，而他们的地位和作用更是其他城市所无法等量齐观的。就是普通百姓，由于生活在首都，也会享受到一定的优待，形成优越感。首都的地位一经确立，还会吸引大批流动人口，其中相当一部分会转化为移民。一个长期延续的首都必定会形成其独特的文化和文化传统。这些因素构成了首都城市的品性，其中任何一项因素的变动都可能影响其他因素，也会改变城市的品性。

不仅如此，品性中的一些因素具有客观标准。硬件方面的基本都可以定性并定量，软件方面也有一部分可以定性、定量，另一部分则只能定性而无法定量，有的则既不能定性，更无法定量。对同一因素，不同的人可以有完全不同的印象和感觉，产生不同的记载和评价。如对同一座长安城，皇帝、大臣、下僚、将军、士兵、贵族、平民、富户、穷人、流民、汉人、胡人等会有不同的感觉。金榜题名的进士与名落孙山者之间，不断升迁的大臣与受到贬斥的官员之间，自由移民与被强制安置者之间，绝不会感知同样的景观，即使他们同时处于同一城市，他们的满意度、幸福度、适宜度可能也会有天壤之别。

其他功能的城市，如经济、文化、军事、交通、祭祀、旅游等类型也是如此。

所以，城市的品可以复制，性却无法复制，也不易移植，要复制一座品性完全相同的城市则绝无可能。汉高祖刘邦为了取悦他父亲，曾将他的故乡丰邑完全复制到关中，将这座新城命名为新丰。还将丰邑的居民和他们的家产，包括喂养的牲畜宠物，全部迁至新丰。新丰建得惟妙惟肖，据说居民迁入时将从丰邑带来的鸡犬放在路上，它们也会找到主人的家和自己的窝。但后来新丰与关中的其他城市并无二致，可见丰邑的品性早已不复存在。其实原因很简单，刘邦可以将新丰的建筑和城市设施造得像丰邑一样，却无法改变新丰所处的关中的自然环境；刘邦可以将丰邑的居民和牲畜全部迁至新丰，却不能使其后代不入乡随俗，发生不可避免的变化。

即使城市的品不变，性也多变。但如果外界条件比较稳定，城市的基本品性也能得到延续，并且形成传统。品是性赖以存在的基础，一旦城市的功能转变、增加或丧失，性也会随之变化。但性的变化未必与品同步，稳定的性往往会滞后于品的改变，特别是在城市居民比较稳定的条件下。

三

由于城市的品性更多表现在精神文化方面，因而又被称为“城市的文脉”。

所谓城市文脉，就是指一座城市的文化及文化传统，而不是仅仅指当时存在的文化，因此与城市的功能是否延续有密切的关系。简单地说，一方面是指现在的文化，一方面是指过去的文化。如果这两者是延续的，那就形成了一种传统；如果两者是不同的，或者以往有过这样的不同，这种传统就中断了，难以形成文脉。一座城市，尽管现在的文化很发达，如果过去的文化已不复存在，或者从来没有这样的文化，要形成文化传统必定要假以时日，形成自己的文脉更需要长期的积累和绵延。

另一方面，只有形成了自己的文脉，并且得到延续，城市的功能才能得到充分发挥，才有可能推到极致。文脉不仅是城市的基本设施、名胜古迹、文物遗址的积累，更是一代代城市人的文化和智慧的结晶，足以保持城市的记忆，提供调节人地关系和适应变化发展的经验。

但是在城市发展的过程中，并非所有的城市都能保持不变的功能。特别是在一个急剧变革的时代，或者受到天灾人祸的摧残，一些城市的功能被强制改变，或者被破坏殆尽，延续数百上千年的文脉就此中断，幸而不绝如缕，也已岌岌可危。例如，三国吴、东晋、宋、齐、梁、陈六朝的都城建康（今南京）作为南方的政治、经济、文化中心，存在了300多年，其功能基本不变，文脉得以延续。但隋灭陈时将建康城彻底毁灭，将地区行政中心迁往别处，当地人口几乎全部外迁，这座六朝古都从地图上消失了。尽管以后的南京是在这片土地上重建的，除了战火毁灭不了的古代遗址、遗物外，还有多少六朝遗风？太平天国战争不仅破坏了南京城内外的大批古代建筑和文化设施，还导致当地人口大量死亡或外逃。战后的南京虽逐渐恢复，但城内人口已以来自苏北、淮北等地的移民为主，城外也成了河南等地移民的乐土，少数幸存本地人口岂能承担延续文脉的重任？

没有文脉或文脉断绝的城市并非没有品性，只是不可能有高雅的、深厚的、愉悦的、稳定的品性，甚至不可能具有与本身相适应的品性。

四

城市的主人当然希望它具有自己期望的品性，那么首先应该确定它的品，即从城市功能的定位开始。任何一项功能都需要最低限度的物质条件和实施这项功能的人。但是要提高这项功能，使城市形成令居民满意的品性，就不能局限于物质条件，也不能只保证居民的温饱，而应注重城市在物质和精神上、硬件和软件上的全面发展。

对于一座已经存在了相当长时间的城市，保持并改善其品性的一个重要方面就是要延续城市的文脉。这不仅需要保留必要的物——环境、建筑和设施，更离不开能够传承文脉的人。

今天，中国绝大多数城市的功能已经发生不可逆转的变化，原有的设施已经无法满足城市发展的需要，加上中国有限的土地和庞大的人口，如果单从物质条件的需求看，城市多数原有设施的确已经失去了存在的必要。从经济效益看，增加建筑密度和容积显然更有利，也能更快地满足居民改善生活的强烈愿望。像北京的四合院和胡同、上海的石库门和弄堂，即使以往有千好万好，但现今既不可能成为未来民居的主要模式，也不会得到多数人的喜爱。城市居民反拆迁的抗争大多不是对文化传统的守护或对旧居的依恋，基本上都是对经济利益和社会公正的诉求。

但为延续文脉着想，一座城市需要保存最低限度的古物、旧物，才能保持城市的历史记忆，才能延续城市的品性。因为这些原物曾经是城市多数居民的住所或活动场所，也是当时的文化和传统赖以存在和延续的物质基础。如果让城市的后人仅仅凭着文字和图像去想象，大多数人是不可能理解生动的历史，留下深刻记忆的。何况在物质生活得到满足的情况下，居民的精神生活要求会不断提高，对国家和城市的记忆正是他们所需要的。这些记忆中还包含着我们今天不一定知道或理解的抽象的智慧和价值观念，原物的保存才能给后人以破解或汲取的可能。即使是完全属于封建、迷信、腐朽、罪恶的旧物，也有必要适当保留一些，以便让后人了解历史的另一面。

但更重要的是，必须有传承文脉的人，有了人脉才能有文脉。四合院和胡同、石库门和弄堂里必须有一些原来的居民，或者熟悉原来生活的居民后人，真实的历史和生活并非完全可以用文字或图像记录的。但另一方面，这些居民完全有选择自己的居住方式和职业的自由，如果需要他们为了传承文脉而发挥特殊的功能，政府和社会应该给他们合理的补偿和奖励。对一些传承特殊技艺或记忆的人，政府要保证他们衣食无忧，不断改善，而不能让他们去市场竞争。

这些物和人的保留必须用地方立法的方式加以保证，通过当地的人民代表大会进行监督，而不能根据长官的意向随意变化，也不能因为主管官员的更迭而得不到稳定。

要做到科学决策，就离不开一批专门的研究人员，需要他们主要从事本城、本地历史和文化的深入发掘、抢救、整理、研究和必要的普及。在城市新功能的建设和新文化的创建中，也要充分听取他们的意见，采用他们的成果，使本土传统得到可能的体现，本土文化的元素渗透在新文化之中。

守旧与创新并行不悖，相得益彰，城市品性在延续中改善，在继承中更新。居民既是城市品性的守护人，又是其批评者、改变者、塑造者。优良的城市品性使居民得到享受和陶冶，而高素质的居民也使城市品性得到完善和升华。

原载《城市足迹馆》，上海文艺出版社 2010 年版

文化在新城市中的作用①

各位，我想从文化的角度发表一点我个人的意见。

我讲的第一点，就是我们要明确文化建设的目的和目标。现在一讲到文化建设，很多人想到的，就是要搞几个标志性的建筑，就要把它们作为城市或者地方的一张名片，就要走向世界。我觉得这是本末倒置，因为文化建设根本的、主要的目的就是要使我们这座城市、这个地区所有的居民都得到文化的享受，都能够有利于提高他们整体的文化素质，给他们提供物质的和精神的需求。一句话，文化建设首先是本地本身，而不是作为一个橱窗，更不是作为一种商品。正因为这样，我们对文化建设就要像国家推行义务制教育一样，就要像提供普遍性的社会保障一样，要使这个城市的每一个居民，包括流动人口、外来的人口，都得到文化服务、文化享受。要建设一些基本的文化设施，像刚才领导讲到那个规划中间，多少米就要有一块绿地，就要有一个公园，我们要做到多少米就要有一个文化设施，多少人就拥有一项

① 2018年10月13日在“首届创新城市发展方式（西咸）国际论坛”上的发言，据记录稿整理。

文化服务，使他们能够得到普遍的文化享受。在这一点上，应该是普惠的，应该有一个基本的标准。在这个基础上面，我们建的那些高端的文化设施、标志性的文化设施才有它存在的意义，也才有它合适的基础。我到一个城市去，当地的官员让我参观他们新建的大剧院，我当时就感到奇怪，我说你这个大剧院建那么大的台干什么，有这个必要吗，我看这个比例有点失当。他们给我讲，开两会的时候这个做主席台就正好。如果只是为了开两会，有个合适的会场就可以了，建什么大剧院呢？还有一些地方建了很大的歌剧院，很大的图书馆、博物馆，但里面空空如也，经常是改作他用的。有的号称世界最大的博物馆，其实相当一部分是没有东西展示的，不像博物馆，不过是一个展览馆。这样的文化建设到底能够起什么作用？这么大的土地用在这上面，它的功能是什么？

我们的文化建设应该打破城乡的界限，未来新型城市的内部不应该有这个区别，所以在文化建设、文化水准上面完全是应该整体化的，城乡一体的。其实汉朝、唐朝的时候，长安的文化并不是集中在城市或城墙里面。比如说汉朝的时候，长安城里面能够提供住宿的住宅面积相当有限，当时的一些官员、贵族，大多数恰恰是生活在长安以外的，当时叫作陵县——依托皇帝的陵墓建的一座座县城。当时著名的“五陵”，不仅贵族、名流、富豪人口集中，而且在文化上引领长安的时尚。唐朝的时候，长安一带发达的文化有些不是在长安城里面，有些甚至在终南山，在蓝田，在那些官员、名流的别墅区。历史上这个“关中”是一个大的范围，它在文化上是一体的。我们今天讲一个新区，它的文化不应该仅仅以这些标志性的建筑物，或者是以少数精英为代表，而应该是比较均衡地分布在它的整个辖区，具有整体的高水平基础，这是我们在文化建设上面应该注意的第一点。

第二，要善待在我们这个地区的历史文化遗产。这一点是毫无争议的，西咸新区作为原西安市、咸阳市的一部分，在中国，至少是在唐朝安史之乱以前，是文明、文化最集中的、最核心的、最有代表性的、最先进的地区，所以留下了无数的历史遗迹、遗址，留下了非物质文化遗产，形成了丰富的地域文化和民俗文化。对这些遗产我们首先需要的是保护、保存，而不是一味强调对它们的开发利用，或者把它们仅仅作为旅游的资源或者文化产业的资源，因为这些资源是不可替代的、不可复制的。如果我们不注意保存，它们很快就会消失，留下的最多只是一个遗址或者是一个假古董，所以保护、保存是第一位的，不需要区别它到底代表先进还是落后，今天是积极的还是消极的。甚至今天看来是腐朽的、反动的，但它曾经也是我们这个民族、这个地区历史不可缺少的一部分，我们也需要保存下来，让我们的子孙后代能够了解。以前有一些有争议的遗物、遗址，人们的争论还没有结束，它们已经倒塌了、毁坏了、消失了，这是很可惜的。但是我们在弘扬、传承、利用的时候要加以区别，有些只要能保存就让它保存，非物质文化只要有传承的人，通过这些人带徒弟、招学生一代代传授就可以了，没有必要再弘扬它，或者再扩大它。有些是我们需要今后加以运用、推广、弘扬的。正如当年毛泽东所指出的，对传统文化我们要取其精华、去其糟粕。比如说我们丰富的民俗文化、地域文化，应该承认其中一部分的确是消极的，一部分在今天只会起反作用，这些我们也要保存下来，但是不能够凡是传统文化，凡是地域文化、民俗，我们今天都要加以利用，甚至弘扬。即使对其中精华的部分，我们也要积极地进行现代化的转换，因为根据马克思的历史唯物主义，由于具体物质基础的变化，再先进的古代文化、传统文化，也不可能在今后继续得到发展，只有通过转换，适应今天和未来的社会，才会有强大的生命力，这绝对跟我们的保存一点也不矛盾。同时我们还应该看到，人类的物质条件是可以不断地发展，不断地进步，但是人类的精神境界、精神生活并不是始终在进步的，而且也不是说新产生的就一定能超过以前的。人类一些杰出的天才，他们所达到的智慧，所达到的精神境界，也许在相当长的时间里面不可能超越。这些年我们对传统文化的研究已经证明了这一点，古人的一些生活方式，一些思想境界，包括智慧，可能我们以前还没有充分理解。所以我觉得我们要珍惜历史的、物质的、非物质的遗产，同时在应用的时候要加以选择区别，关键在于我们能不能加以创新，在未来的城市发展中发挥应有的作用。

第三，怎样扩大城市的影响力？城市本身的经济实力是它基本的要素，但是要扩大城市的影响力就离不开文化。但文化不能仅仅靠营销，靠制造舆论，或者不顾自己的条件，强制地输出。真正的文化影响力是要通过文化产业、文化服务。今天的世界已经不是当初可以用暴力、用强硬的经济实力来推广某一种文化，传播某一种宗教的世界了，今天只能靠别人接受自己。所以你必须把符合你的价值观念、你需要传播扩大的文化，通过文化产业变成一种文化产品或文化服务。今天世界上讲软实力，往往是看你这个国家、这个地区能够生产出多少种电影、电视、音乐制品、游戏软件，提供多少包含有你自己文化因素的高质量的文化服务。在这方面，我们特别要注意全面地、正确地理解历史的经验和教训。我们现在一讲到汉朝、唐朝，都要片面地夸大汉唐的雄风、遗风。讲到唐朝，往往凭自己的想象把唐朝塑造成一个全面开放的社会，好像这就是我们今后发展的方向。其实唐朝留给我们的不仅有经验，更有教训，因为从本质上讲，唐朝是开而不放，传而不播。一方面，唐朝的确吸引了大批境外、国外的人口，长安常住的外国人的确非常多。唐朝也吸收了很多外来的文化，到今天我们还在受惠。但是我们如果全面了解史实，就可以明白，这些人都是主动来的，外来文化包括佛教、基督教、伊斯兰教，还有中亚、西亚的文化，都是人家主动推销传播进来的。唐朝没有派出任何一个人到外界去考察、了解人家的文化，根本不允许本国人外出。唯一的例外就是玄奘这样出于宗教的虔诚去印度取经，但是要知道玄奘去取经还是非法闯关的。另一位杜环之所以能到阿拉伯，是因为在怛罗斯之战中当了俘虏。

唐朝文化的外传都是人家来学习的结果，日本人、朝鲜人都是自己主动来学习的。唐朝从来没有主动派出一位文化教师或文化使者，更没有在国外办过一所孔子学院。所以在没有人来学的外国，就没有唐朝文化的影响。今天如果我们还是这样做，能做到真正的开放吗？如果你考察与唐朝同时代的世界历史，能找到多少唐朝的影响？我最近到中亚走了两个星期，这是我第二次去，但是很遗憾，我们在那里看不到中国古代文化曾经的存在，唐朝文化的影响微乎其微。

今天要积极地扩大我们的文化，扩大我们这个城市文化的影响，但是不应该也不可能采取历史上某些宗教、某些文化采用的暴力手段或经济压力。所以我们今天要大力发展文化创意产业，努力扩大文化服务，要把体现我们的价值观念的文化，融化在具体的文化产品和文化服务中间，使世界能够愉快地接受，和风细雨、潜移默化地使我们的价值观念、我们的文化得到传播和推广。

我相信西咸新区的文化建设一定会在这几个方面取得创新，取得突破，不仅惠及西咸新区所有的民众，也将使我们全国人民、世界人民受惠受益。

什么样的城市能使居民的生活更美好

在世博会举办期间，最引人瞩目的议题自然是这次世博会的主题——城市使生活更美好。议论的焦点不在于城市是否应该使生活更美好，而是什么样的城市才能使生活更美好，同样的城市能不能使所有的居民都过上美好生活。这正是城市发展的本质所在，当然不会随着世博会的闭幕而淡出全社会的关注。

任何城市居民的主体应该是既非富人，亦非穷人的绝大多数城市居民。贫富的标准是该城市的平均水准，因而城市生活是否美好的主要标准就是他们是否能够享受并感觉到幸福，至少使他们能接受改善的速度和程度。做到这一点的前提，就是政府的公共财政应主要用于他们，城市公共资源的配置必须均衡。

现在正在制定第十二个五年规划，对上海这样已经比较发达的特大城市来说，要锦上添花并不难，以上海市政府能够使用或筹集的财力，要建几项世界第一并非难事。但如何使整个上海市行政区域内的公共服务设施及公共资源的配置能相对均衡，保证绝大多数居民都能获得大致相同的公共服务和社会保障，并且使真正的人均指标达到发达国家的水平，这才是关键和难点所在。

例如几年前，人均教育经费最高的一个区是崇明县的10倍以上，各区之间的差距有数倍之多，各区内部重点与非重点学校之间的差距也不小。这样大的差距怎么能保证义务教育阶段的公正？怎么能做到教育资源的均衡？怎么能不使居民各显神通地择校？上海的轨道交通的通车里程已经进入世界前列，并且在向远郊及外地延伸，但与之配套的公交线路和设施却相差很远，中心区与某些地区相当稠密，班次频繁，而郊区多数地区很少甚至根本没有配套的公交线路。这一方面造成轨道交通到哪里，沿线的房价就涨到哪里，但直接受益区域有限；另一方面，郊区轨道交通站黑车猖獗，以致成为居民离不开的交通工具。如果我们将文化娱乐、医疗卫生、保健养老、社会保障、治安管理、行政服务等各方面的公共资源进行空间分析，然后与居民的空间分布相比较，就不难发现这种明显的不均衡。

当然，一座城市的标志性建筑、高端公共建筑、综合性的或专业性的文化体育设施只能集中在中心城区或某些特定的区域，有的建筑或设施全城只需要一两座，多了就会造成闲置或浪费，有的即使造得起却养不起。但居民的最低标准必须保证，并且应该逐步提高，缩小与高端间的差距。例如，大剧院、展览中心、综合博物馆、市图书馆、大体育场馆不可能也不必要多建，但达到一定规模的社区都必须具备达到一定标准的公益性的文化、娱乐、体育设施，并且应免费或低价开放。政府不仅要落实建设和配置这些设施的钱，而且要保证经常性维护、服务及后续提升的经费。对分散的居民，也要保证他们在一定的距离内就能享受到这些设施，否则就应给予适当的补贴。

政府在制定新的规划时，应该公布这类具体的基本配置标准。从现存的地域差异出发，可以允许一定的区域差异，但不能低于最低标准，并在一定的年限（如一个五年规划）内消除这些差异，毕竟这是一个最低标准。

这个标准适用于一切合法的居留者和流动人口，不受他们户籍状态的影响。所谓合法，是指他们的居留并未触犯任何法律或违背该城市依法通过的法规或制度，而不是根据他们是否纳了税或纳税的多少。

一座城市免不了有穷人，即低于该城平均生活水准的居民。产生穷人的原因很多，无非有主观和客观两方面，但目前更多的是客观方面的原因，特别是户籍制度和社会保障方面的缺陷。由于户籍的壁垒，很多外来人口（大多数即所谓“农民工”）无法获得与本地居民同样的就业条件；即使从事同样的劳动、纳同样的税，也不能享受同样的社会保障。这种实际上的歧视还延续到他们的子女——不得不在留守儿童与“农民工子女”之间选择，前者意味着缺损的家庭、社会及教育，后者即使能享受义务教育却还是游离于城市之外，最终无法在城市参加高考。不过，如果能通过社会保障让穷人获得最低生活水准，至少可以缓解户籍壁垒造成的人为差异。至于穷人中的特殊困难，只能通过公益、慈善事业解决。

城市发展离不开富人，无论是法人还是自然人，所以既要吸引他们来投资，也要尽可能让他们来消费。一座发展中的、繁荣的城市，必定需要更大量的富人以及与他们的需求相适应的高价、高消费，需要奢侈品和远高于平均水准的服务。这与城市资源的均衡分布及普遍性社会保障并不矛盾，只要坚持对富人的超标准服务按高于成本收费，对奢侈品课以高税。这些收入越多，政府用于城市发展和补贴穷人的钱就越多。当然，吸引富人也是城市间的竞争，如果征收过度就会失去富人。只要管理得当、法制健全，对富人的消极影响不必过虑。不时有人指责富人的炫耀性消费，其实真正的富人不会在手上戴上10只戒指，大多不愿意公开自己的奢华生活，最善于炫耀的恰恰是某些媒体。心态健全的居民、受过良好教育的青少年也不会轻易受到诱惑，参观了皇宫就想当皇族的人毕竟是少数。

2010年12月30日

城市使生活更美好：梦想与现实

2010年上海世博会的口号是“城市使生活更美好”，充分体现了城市的基本功能和根本意义，也是衡量城市未来发展的重要指标。城市产生至今至少已有数千年的历史，这应该是城市人口世世代代追求的梦想。但人类为实现这个梦想所做的努力，与城市的历史同样漫长，并且还在继续。

1998年秋天，我去意大利的庞贝古城遗址参观。这座公元1世纪被维苏威火山毁灭的罗马城市，由于在瞬间就被火山灰掩埋，发掘的过程中又注意保护，完全保存了当年的格局。漫步其间，不仅街道整齐，广场宽阔，神庙庄严，而且还有足以容纳数千上万人的角斗场和露天剧场各一座。公共设施面积如此之大，显然并非贵族的专利，而是平民都能享受得到的。

2003年，我有机会考察突尼斯的迦太基古城遗址，利比亚的大莱卜提斯、萨布拉塔、昔兰尼三处古城遗址和阿尔及利亚的第巴萨古城遗址。这五城中，迦太基是腓尼基人和罗马人留下的，昔兰尼是希腊至罗马沿用的城市，其他三座都是公元初的罗马城市。但从遗址可以看到，这些城市的范围都不小，像第巴萨散布在海滨15千米的范围内，昔兰尼也逶迤10多千米，而印象最深的还是这些城市中公共建筑的规模之大和水平之高。

例如，这些城市中都有规模巨大的公共浴室。罗马人在迦太基建造的浴室只剩下地下部分和几根残柱，但从柱子的高度和地下部分的范围可以发现，这座浴室简直就像一座硕大无朋的体育馆，地下的引水道和排水道绝不亚于当代大城市的地下共用沟，从残留的大理石构件可以想象其豪华富丽程度。大莱卜提斯城内的公共浴室更令人叹为观止，完全称得上是一座巨大的宫殿。内部有几种不同水温的大池，从与今天的游泳池相仿的凉水池、温水池，到热水池，还有类似桑拿的蒸汽浴池，从专用的热水池中引出的砖砌管道铺满墙壁，直达天花板。从几个池子和附属设施的规模估计，整个浴室足以容纳数千人同时使用。在这里，我还第一次看到了2000年前的公厕：一排大理石坐厕，前面和正下方都有一条水沟，分别供净水和粪便流通。而据史料记载，该城极盛时也不过8万人口。

该城的其他设施同样说明，这些都是供城里的多数居民使用的。新市政广场的正面类似体育场的露天看台，足够坐一两千人，加上长方形的广场，上万人的聚会或议事活动应该绰绰有余。当年设计并维持着这样大的广场，显然是有现实的需要，那就是有成千上万人需要参与市政活动。半圆形的露天剧院的看台由大理石砌成，自下而上有50多级，舞台、乐池和包厢更像是精致的艺术品。进入宏伟的神殿，个人显得格外渺小，一根根粗大的立柱直指蓝天，从依然完好的基座可以想象神像的高大。

由此我们可以肯定，在这些罗马城市中，公共建筑和公众活动区受到高度重视，在城市中占据很大一部分。如果公共设施全部开放的话，足以容纳整个城市的人口。同时，这些城市中的民居遗址也显示了比较高的生活水准。从残留的房基可以看出，一般每个家庭都有几间房间，包括客厅、卧室、厨房、浴室，庭院中还铺着马赛克。这类住宅占了居民区的大部分。这类民居的质量不仅远胜于中国同时代的水平，与清代后期的北方四合院和上海的石库门住宅相比，也毫不逊色。

这些城市存在的时间大致相当于中国的战国至东汉时期，有的延续至更后的三国和西晋。我们不妨将它们与同时期的中国城市做一比较。

中国城市的历史比罗马城市的历史要长得多，近年的考古发现还在将中国的城市史不断提前。先秦的史料中已包含着非常丰富的城市理论和规划观念，并且能得到城市遗址的印证。不过，我们不得不承认，这些城市最注重的是它们的行政、祭祀、防卫功能，城市的核心部分或主体部分是宫殿、官署及其附属设施，而供居民使用的公共场所极少，民居大多狭小简陋，居民区的范围也不大。

庞贝古城遗址东西长约 2600 米，南北长约 1600 米，面积约 4.2 平方千米。临淄（今山东淄博市东北）是公元前 7 世纪至公元前 3 世纪初齐国的都城，也是秦至东汉的地区性都会。据史籍记载，战国时临淄有 7 万户，西汉时有 10 万户，应是当时全国人口最多的城市。供官吏和百姓生活和活动的临淄大城东西约 4 千米，南北约 4.5 千米，面积约 18 平方千米。除去被小城（宫城）占去部分，其面积大致是庞贝古城的 4 倍。

长安（今陕西西安市西北）是西汉的首都，西汉初新建。汉长安城的面积约36平方千米，但城内主要部分是宫殿，如长乐宫约6平方千米，未央宫约5平方千米，桂宫有1.6平方千米，其余面积至多占总面积的三分之一，比临淄还小。

东汉的首都洛阳城的面积约10平方千米，城内的南宫约1.3平方千米，北宫比南宫大，城内还有其他宫殿。除去这些宫殿，面积仅6平方千米，大约是庞贝古城的1倍半。

在长安和洛阳的宫殿区以外，作为首都必定还要设置大量政府的办公机构，高官富豪的宅邸和园林又要占很大面积，因此留给普通居民使用的城市空间实在是少而又少。

这些城的遗址中都没有发现像罗马城市中那样的公共场所——露天剧院、竞技场、角斗场、浴场、广场。根据史料记载，这些城市中并没有什么供普通居民使用的公共设施，除了传统节庆和统治者特许的例外，公众活动的时间和地点都受到限制。战国时，苏秦曾在齐宣王前夸耀过临淄的繁盛："临淄甚富而实，其民无不吹竽鼓瑟，弹琴击筑，斗鸡走狗，六博蹹鞠者。临淄之涂，车毂击，人肩摩，连衽成帷，举袂成幕，挥汗成雨，家殷人足，志高气扬。"(《史记·苏秦列传》)透过说客为取悦君王而做的必要夸张，我们还是可以推测当时临淄的实况：商业比较发达，但街道狭窄，路人拥挤，民众缺乏大型的公共活动场所。而且比较而言，临淄城中居民区所占比例还远高于长安和洛阳。这是由于临淄毕竟还只是一个诸侯国和区域性的行政中心，所以宫殿或官署所占的比例还比较低。而在全国性行政中心的长安和洛阳，城市的政治功能更加突出，宫殿和官署的比例都超过一半，甚至大于三分之二。

我们很难比较，中国的秦汉和罗马帝国谁更强大、富裕，或者对世界的影响更大。但如果要比较当时的城市和城市居民生活，那无疑罗马胜于中国。中国的城市发展过多地考虑君主和政治的需要，很少顾及城市居民的生活，这一特点一直为后世所继承。所以在唐、宋、元、明、清，生活比较舒适的城市往往不是首都或大的行政中心，而且大多同时是经济中心或商业发达的城市。只有在经济利益的驱动下，城市的发展格局突出传统模式——例如扩展到城外或郊区时——这些新扩展的部分才能为居民提供较好的生存空间。这就不难理解，为什么在中国历史上，城市对现任官员和商人以外的居民并没有多大吸引力，中国的城市人口比例一直如此之低。

“城市使生活更美好”，不是一句简单的口号，而是中国人民数千年来的梦想。但要把它完全变成现实，还需要我们持续不断地努力。

2005 年 7 月 15 日

移民与都市文化

都市离不开移民，无论是在其形成之初，还是在其发展过程中。一旦移民断绝，或者出现人口大量外迁，富有该都市特色的文化亦随之而停滞，而衰落，以致最终消亡，古今都市概莫能外。

如西汉长安，是在秦朝咸阳城外的废墟上新建的，故址也只是一个乡，几乎已没有土著居民。但在建成之日即迁入大批功臣、贵族、关东六国后裔及豪强，以后又通过迁入陵县（依托皇帝陵墓而设的县）的办法，在长安附近形成了一个城市群，总人口超过 100 万。西汉后期，长安一带已是“名都对郭，邑居相承，英俊之域，绂冕所兴，冠盖如云”的繁华都市，形成“五方杂错，风俗不纯”的文化特色。但在由公元初新莽政权覆灭引发的战乱中，长安人口损失惨重。东汉建都洛阳后，不仅吸引了大批移民，连长安和关中的精英也纷纷迁往。尽管关中父老仍在梦想有朝一日首都迁回长安，但实际上再未恢复昔日的繁盛。

在北魏孝文帝拓跋宏决定将首都从平城（今山西大同一带）迁往洛阳之时，东汉以来的洛阳早已不复存在。所以在迁都之初只能以金墉城为临时驻地，与西汉迁都长安时的形势相似。但孝文帝实行了最彻底的迁都和汉化政策，所以平城的人口，特别是其中的上中层，几乎全部被迁往洛阳。由于此前北魏已在其辖境范围内进行过多次强制性的移民，平城集中了中国北方的上中层人口，因而这次新的移民就意味着他们都集中到了洛阳。如在中原战乱中迁往河西走廊的移民后裔，和当地长期形成的文化精英，由西域（泛指今新疆、中亚、印度等地）内迁的僧人、商人、学者等，都先被迁至平城，又被迁于洛阳。此后，洛阳作为北方政权的首都成为中外移民的集中点，也成为多元文化的交汇点。《洛阳伽蓝记》描述了当时的繁盛："永桥以南，圜丘以北，伊、洛之间，夹御道有四夷馆。道东有四馆。一名金陵，二名燕然，三名扶桑，四名崦嵫。道西有四夷里：一曰归正，二曰归德，三曰慕化，四曰慕义。""吴人投国者，处金陵馆。三年已后，赐宅归正里。""北夷来附者，处燕然馆。三年已后，赐宅归德里。""西夷来附者，处崦嵫馆。赐宅慕义里。自葱岭已西，至于大秦，百国千城，莫不欢附，商胡贩客，日奔塞下，所谓尽天地之区已。乐中国土风，因而宅者，不可胜数。是以附化之民，万有余家。门巷修整，阊阖填列，青槐荫陌，绿柳垂庭，天下难得之货，咸悉在焉。"如此丰富的物质文明也滋养了极其多彩的精神文明，云冈石窟、大批寺庙和辉煌的佛教艺术应运而生。永安二年（529 年），南朝梁国的陈庆之在洛阳短期停留。尽管洛阳的极盛时期已经过去，还是让陈庆之瞠目结舌："自晋、宋以来，号洛阳为荒土，此中（南方）谓长江以北，尽是夷狄。昨至洛阳，始知衣冠士族并在中原，礼仪富盛，人物殷阜，目所不识，口不能传。所谓‘帝京翼翼，四方之则’，如登泰山卑培塿，涉江海者小湘、沅。北人安可不重？”

近代上海是一个典型的移民城市。1843年上海开埠时，整个上海县只有50余万人口，英租界和法租界所在地是上海县城外的乡村，大部分还是农田和坟墓，人口稀少。但到1900年，上海的人口已经突破100万，到1949年更高达500多万。上海开埠时总共才有26位外国人，但以后迅速增加，经常保持着数万人的规模，1943年外国侨民高达15万，1949年上海解放时还有2.8万多人。上海从一个中等水平的江南县城一跃成为中国乃至亚洲最大、最发达的都市，移民无疑具有决定性的作用。但自1949年至20世纪70年代末，上海的人口大量迁出，如迁往成为首都的北京、参军参干、支援外地建设、求学、20世纪60年代后大规模的大小三线建设和知识青年上山下乡，迁出人口数以百万计。迁入的人口数量有限，而且以干部、退伍军人、体力劳动者为主，少数大专毕业生往往学非所用，作用无法充分发挥。再无新的外国侨民迁入，原有侨民大多迁出，未迁者也陆续消失，最后一位外国侨民至20世纪80年代初死亡。由移民带入的内资、外资全部断绝。上海都市文化的长期萧条正是这些因素的必然结果。而同期的香港却因移民的迁入而获益，更因其特殊地位而成为东西方、海内外文化接触和交流的场所。

但移民所起作用与其本身各种因素有关，如移民的来源、数量、类型、素质，也与其迁入时间和方式有关，还取决于迁入后所处地位。一般来说，来自经济、文化发达地区的移民总体素质较高。素质高的移民传递文化信息的能力强，而本身来自文化发达地区又使他们传递的信息水平高，具有先进性。在同样条件下，数量多的移民群体当然可以发挥更大的作用。生存型的移民满足于获得生存，随遇而安，没有明确的发展目标，缺乏自觉的文化传播意识。而发展型移民注重自身在物质和精神上的发展，不仅会选择最适宜的定居环境，还会自觉、主动、积极地发挥自己的文化影响，或者学习更先进的文化。其中群体性的发展型移民，由于数量多、迁入时间集中、定居密集，起的作用最大。总之，素质高、数量多、迁入早（相对于其他移民群体而言）、迁入集中、在迁入地拥有平等社会地位的移民群体，对当地都市文化的形成和发展能起重大的甚至决定性作用。

例如，在西汉初年迁入长安一带的移民中，来自齐地的田氏是很重要的一支。田氏是六国中齐国后期国君家族，秦汉之际又复国称王，虽存在不久，但作为一个绵延了数百年的宗族，人口多，文化水准高，经济实力强。特别是齐地长期商业繁盛，手工业发达，使田氏成员有很强的商业能力。田氏属首批迁入，加上当局并未对此类移民的发展设置障碍，在一个达官显贵云集、人口激增却商贸落后的环境中，田氏如鱼得水，以至最终垄断了关中的商业。田氏子孙繁衍，为了便于区别，将家族成员分为第一、第二、第三……至少到第五各支，有的分支干脆以“第五”为姓。以田氏为代表的关东齐地商业文化是长安“五方杂错”中重要的一方，是长安都市文化的构成部分，对关中传统的农耕文化是有力的冲击。

近代上海的移民主要来自浙江和江苏，在移民总数中大致要占 70%，其中浙江北部和江苏南部的移民又占多数。浙北和苏南自五代以来的千余年间一直是全国经济最发达的地区，明清以来更是文化最发达的地区。这一地区人口稠密，清嘉庆二十五年（1820年）时，苏州府的人口密度超过每平方千米1000人，全国人口密度最高的府大多集中于此地区。由于地少人多，本地生产的粮食已无法满足当地人口的需求，一方面需要大量输入商品粮，另一方面也迫使大量人口从事商业、手工业、服务业，或迁往外地谋生。因此，这一地区的人口商品意识较强，适应市场经济，勇于迁移，成为新兴的上海重要的移民来源，并能输出较高素质的移民。由于上海租界的行政制度和管理方式是从英、法、美国移植，租界当局为自身发展计，大量吸引外来移民，管理有效，措施适宜，移民处于比较平等的地位，因而定居过程相当顺利，很快发挥作用，形成新的都市文化。

拥有政治权力、社会地位或经济实力的移民，尽管数量不多，也能对迁入地的都市文化发挥特殊作用，甚至起决定性作用。例如，两宋之际北方人口大量南迁，其中首都开封一带的人口集中于南宋的临时首都临安，特别是杭州城内。尽管他们的数量在总人口中并不占多数，但包括了皇帝、贵族、官员、将士、士人、商人、艺人、僧道等。他们处于强势地位，居住又相当集中，所以在顽强地保持自己文化的同时，成为当地居民自觉或不自觉的仿效对象。杭州城内本来是使用吴方言的，随着这批特殊移民的定居，渐渐成了带开封话口音的方言岛。明朝人郎瑛已经注意到这一现象，直到今天，杭州话还有“儿化”的特征，残留着北方话的痕迹。

又如，定居在上海租界的外国人数量并不多，其中使用英语的人更少。但英语在世界的地位和英国、美国人在租界的地位，使上海人学英语的积极性空前高涨，长盛不衰。新形成的“上海话”中使用英语的词汇之多，渗透之广，在中国都市方言中首屈一指。不仅有沙发、咖啡、麦克风、拿摩温（number one，指领班、工头）、派司（passport）等直接音译的词汇，还有新创造的老虎窗（roof window，开在房屋坡顶的窗）、康摆渡（comprador，买办）、红派司（源于派司 passport，指个人的身份证件，衍生为工会会员证）、肮三（on sale）货（可泛指人与物）等音译意译结合的新词。

抗战期间的陪都重庆市内也曾出现过类似现象，由于“下江人”（泛指江苏、浙江、安徽等长江下游地区）特别是江浙人所处的政治、经济、社会地位，“下江”文化成为一时风尚，引起当地人的仿效。但由于时间太短，多数外来人口尚未定居，与南宋杭州不可同日而语。

如果缺乏强大的本土文化和其他有竞争力的移民群体，往往会出现某种外来文化取代本土文化的现象，成为简单的文化移植，难以形成新的都市文化。

19 世纪后期以降，大批移民迁往东北。到 20 世纪前期，又以行政中心、交通枢纽、工厂矿山、商业中心为基础形成了一批大中城市。这些城市大多拔地而起，居民全部是外来移民，自然没有本土文化。有的虽依托原来的居民点，但本地人口微乎其微，与移民相差悬殊，本土文化的影响可忽略不计。由于移民的来源单一，且经济水平不高，在相当长一段时间内无法形成新的都市文化。在实现都市化后，当地的文化也缺乏特色，也缺乏创造力。

只有当移民拥有多元特征，又处于平等竞争的地位，本土的传统文化和少数群体的文化得到有效的保护，人口处于良性的流动状态，才能形成富有鲜明特色和创新活力、多元多样、兼容并蓄、自主自觉的都市文化。

近代上海基本具备这些条件：尽管江浙移民占了多数，但来自广东、安徽、山东、湖北等地的移民也占有一定的比例，且在地域和行业分布上相对集中，拥有局部优势。外国移民既有英、美、法等租界的拥有国，也有“白俄”、犹太人那样富有凝聚力的特殊群体，还有欧洲、亚洲各国的侨民，都具有多元的特点。由于移民的总体的经济文化水平都比较高，所以即使某一群体的人数不多，但维护自身文化的能力和传播能力都比较强。如前所述，租界的特殊条件使本地人口和各个移民群体处于平等竞争的地位，客观上使处于激烈竞争下的各种文化得到有效的保护。更重要的是，在 1949 年前，上海的人口基本是有进有出的，以迁入为主，但同时也有大量迁出，有的年份甚至进出大致相当，其结果自然有利于优胜劣汰，适者生存，也有利于文化的流动和创新。“海纳百川”并非自觉的结果，而是实际的需要，或者说是不得已的选择。一旦新的移民来源断绝，人口不再流动，已经形成的都市文化就会停滞以至衰落，1949 年至 20 世纪 80 年代初的上海就是如此。

尽管当代的科学技术与社会进步已使全球文化交流成为可能，甚至在某种文化形成和发展的过程中同步传播，一个开放的城市也完全可以接纳世界各种文化，但移民的作用依然无法为其他传播手段和方式所替代，移民在都市文化中依然是活跃、忠实、有效的载体。这是因为通过媒体和技术手段传播的文化只能被动地接受，只能在一定的范围内选择，而通过移民传播的文化使传播和接受的双方都具有主观能动性。也是因为移民不同于流动人口，他们对迁入地和定居地具有归属感。有了归属感，他们就会自觉地、有选择地学习他们认同的本土文化、主流文化，也会顽强地坚持他们自身的文化中先进、合理的成分，并积极予以传播推广。在可以预见的未来，移民在都市文化中的作用依然是无可替代的。

原载《都市发展与文化保存国际会议文集》，加拿大文化更新研究中心 2010 年版

移民与中国城市发展①

各位尊敬的前辈，各位同人，同学们：

非常高兴有机会在这儿发言。我参加过的论坛不少，但在我的记忆中，在一个专门的城市规划的论坛上发言，而且由于一个偶然的原因，让我第一个在这发言，我感到不胜荣幸，在这儿我要对《城市规划学刊》创刊50周年暨第四届中国城市规划学科发展论坛的召开表示我的祝贺。刚才吴志强院长多次提到了50周年，对我来讲也有一个50周年，今年是我移民上海50周年，我相信在座各位中间多数人跟我一样，也是移民或者是移民的后代。不信的话，回去问一下你们的父母长辈，他们是从哪里来的。我看多数都是移民，真正的上海人，在上海住了好几代人的大概很少。时间关系，我今天就汇报三点，第一点是城市的形成离不开移民；第二点是城市的发展离不开移民；第三点是城市的建设规划离不开移民。我还是讲我的本行，因为这几年我们一直在研究中国移民的历史。

① 本文根据作者在2007年第四届中国城市规划学科发展论坛上的发言记录整理，并经作者审阅。

一、城市的形成离不开移民

首先，我想说一下城市的形成离不开移民。各位都知道，世界上对城市的定义有一些不同，但是有几点是完全一致的。作为一个城市它一定要有一定数量的相对密集的人口。我也到过不少城市，有的城市外表看好像与乡村差不多，但是你看一下它的统计数字，是有一定数量的人口，并且相对密集。前几天，我刚刚在美国亚利桑那州的图森，感觉它像乡村一样，建筑物很分散，但是统计数字表明，人口并不少。即使到比较小的地方，如我曾经到过智利最南端的、也是地球上最南端的城市彭塔阿雷纳斯，它的统计人口数还是有 10 万。城市必须有一定密集的人口和一定数量的公共建筑，从古代的祭祀性的建筑一直到行政性的建筑。这一切都离不开移民，也都需要移民。因为纯粹地靠当地人口的自然增长，不仅速度很慢，而且往往很难具有这样的特点，但是移民却能在短时间之内满足这些基本条件，并且产生了必然的需求。

中国历史上比较早的城市，像商朝后期的都城殷，当然我不敢说最早，因为根据现在最新考古发掘，最早的城市出现在七八千年前，有的人说在 1 万年以前。有关殷的记载比较确切，殷墟现在还在，从考古发掘可以复原它大致的规模，现在还作为世界文化遗产保存着。那么殷的人口是从哪里来的呢？大约在公元前13世纪，当时的商王盘庚做出了决策，要把首都迁到殷，就在今天河南安阳。在儒家的经典《尚书》里保存着一篇《盘庚》，就是盘庚迁殷以后，针对贵族和平民的不满作的一篇训词。以后200多年时间里，殷一直是商朝的首都。从那个时候开始，商朝的首都不再像以前那样经常迁移，它就固定下来了，殷成为中国历史上第一个固定的首都。在中国城市发展史上，这有重要意义。春秋战国时候，各诸侯国的都城大多也是移民的产物。从它们的繁荣程度、发达程度来看，移民是不可或缺的。如齐国的临淄，当时有人说城里人“联袂成云，挥汗成雨”。像楚国的首都郢，由于街上人太挤，早上穿着新的衣服进城，出来时衣服都皱了、破了，很明显它是有大量的流动人口，特别是商业人口。秦国的首都迁到咸阳以后，史书上记载，来自各国的优秀的人才聚集到咸阳，秦国能够最终战胜其他国家，这是一个重要因素。如秦国的丞相李斯是移民，他的家乡在上蔡。连最终颠覆了秦国的赵高，他也是赵国的移民。到秦始皇统一六国以后，他实施更大规模的移民，把各国的贵族豪强15万户迁到咸阳。一般一户有5口，就算4口吧，也有60万人。咸阳的人口几乎都是由新老移民构成。

移民的传统被中国一代代所继承，历代首都大多是移民城市。什么原因呢？因为首都需要一定数量的人口，即使是旧有城市，也不一定具备这种条件。另外一个原因呢，统治者要把特殊的人口放在他直接控制之下，比如秦朝迁到咸阳的人口相当大的一部分就是原来六国的贵族和六国的豪强富人，秦朝统治者把他们集中在首都，便于自己控制。但在客观上造成了首都的高度繁荣和发达。比如说，汉朝的首都长安，完全是新建的。长安原来是咸阳附近一个乡的名字，到汉高祖刘邦接受张良的建议，准备建都关中的时候，秦朝的咸阳已经成为一片废墟，只能在原来的长安乡开始建新城。长安这个名称很吉利，所以被一直沿用。当时的总规划设计师就是刘邦的丞相萧何，建成以后刘邦却有不满，说天下还没安定，你建得这么豪华干什么？萧何说，你是天子，以四海为家，非有这样的规模不可，否则与你的身份不相称，而且你是开国皇帝，不能让后人超过你。看来这个规划相当超前。从考古发现看，这个长安城的基本功能的确是以首都为主的，为什么呢？因为宫殿衙署占了总面积的 80%，民居没有什么地方了。这也是中国后来的城市中，可以说是个传统，也可以说恰恰是一个通病，往往不考虑民生。所以汉朝到后来，很多贵族、高官住在长安附近另外新建的陵县，就是皇帝的陵墓附近建的县。这样客观上形成了在中国历史上第一个城市群体，就在长安周围有几个跟它相仿甚至比它更多的七八个城市。以后这样的情况多次发生，比如，北魏是鲜卑族建立的，到了北魏孝文帝拓跋宏的时候，为了促使他本民族的汉化，从平城（今山西大同）迁都洛阳。等到他到洛阳的时候，原来的洛阳早就是一片废墟，他只能重建一个新的洛阳。当时的洛阳几乎全部是移民，其中不少是鲜卑人和其他少数民族，迁到洛阳就促使他们汉化。

就是我们今天的首都北京，最早是金朝从东北迁来建都，然后是元朝、明朝、清朝到民国北洋政府，以及到 1949 年后的中华人民共和国，它一直是我们国家的首都。移民是首都人口中的大部分。如金朝的首都是从今黑龙江阿城一带迁来的，迁到燕京。后来在蒙古军的逼迫下，又大部分迁往开封。元朝的首都大都是在金朝首都基础上扩建的，又迁入了大批蒙古人。明太祖的军队占领大都，元朝的官员和蒙古人基本上都逃走了，朱元璋派他儿子朱棣镇守北京，就已开始对北京移民。到朱棣夺得帝位，就将北京改为临时首都，后来正式把首都从南京迁到北京，又有大批官员及其家属、将士、工匠迁往北京。清朝入关后定都北京，大批满族人迁入北京，集中在内城，内城里面差不多被衙门、王府占了，原有百姓都迁到城外。1927 年蒋介石把首都定在南京，又有不少政界人物南迁，从其他地方迁入南京的人口数量也相当大。中华人民共和国建都北京，又是大批移民迁入。周总理考虑到北京的服务设施不够，所以从上海把很多服务性行业的商店迁到王府井大街，如为周总理拍照片的后来成为他遗像的那个照相馆就是上海迁过去的，为毛主席做衣服的裁缝也是从上海迁过去的，很多服务性行业的人都是从上海迁过去的。北京的大量移民中，我们统计的中国科学院院士，其中多数是外地人。在南方，上海解放前的著名作家，大概除了巴金等少数人外，几乎都到了北京。上海本身是一个由移民构成的城市，这里我想纠正一个误解，有的西方人说上海从一个小渔村发展成一个大城市，的确这样，但近代的上海绝不是从渔村发展起来的，而是从上海县县城外面发展起来的，主要是英租界、法租界、美租界，后来美租界又跟英租界合并成公共租界。据统计，在上海总人口中，到 1950 年，移民和移民的后代已经占了超过 70%，将近 80%，可以说没有移民就不会有今天的上海，我想各位一定赞成这样的观点，那就是城市的形成离不开移民。

二、城市的发展离不开移民

第二点，我想讲的是城市的发展离不开移民。我们讲城市的功能时，无非这几方面——它的行政功能、商业功能、文化功能或者工业功能、产业的功能。如果从行政功能来讲，往往规定了这个城市的等级，注定了它的发展规模。比如说，首都就是首都，陪都就是陪都，都有一定的规格。比如，汉高祖刘邦下了命令，天下所有的县城要建城墙。这些与移民有什么关系呢？因为城市的级别及其行政功能，不是自然发展起来的，而是由中央政府所指定的，所以一旦做出这样一个决定，就会引发大量的移民。前几年县改市，然后专区改为市，只要是政府一迁，就引发大批的移民，首先衙门要搬过去，太太小孩儿都要搬过去，然后服务人口都跟着走，很快成了市。又比如说，明朝的时候设置九边，在长城沿线设立了九个边镇，原来非常荒凉的大同、宣化这些地方都成为发达城市，为什么呢？这么多军官都要住在那里，所以当时的大同不但商业发达，饭馆也很多。历史上凡是行政驻所的迁移，一般都会引发移民。如果时间延长的话，它就成为一个新兴的城市。至于它的商业功能，如果一定要留在本地发展的话，机会是有限的，只要让外界的资本介入，同时扩大到今天的范围，那么这一方面移民也起到非常大的作用，比如刚才提到，汉朝的时候把关东大批移民迁到长安，其中最多、最富的人都来自原齐国的田氏。田氏的人实在太多了，多到什么程度呢，姓田的人要排第一，第二，第三，第四，第五，后来田字也不用，就拿第几当自己的姓了。现在第一、第二恐怕没有传下来，“第五”还可经常看到。那些田氏原来在山东的产业，只能扔在原地，但他们有经商的经验，所以经营发展到后来，关中富商尽姓田。又如明清以来的徽商，经营多在江南，在运河沿线，无徽不成市，无徽不成镇。像扬州，就是徽商一个重要的据点，又是移民集中的地方。徽商主要经营的一个长盛不衰的项目就是盐，盐商，所以今天我们到扬州去看到的私家园林，大多数都是徽商建的，因为扬州处在长江跟运河交汇的地方，是徽商集中的地方，也是徽商离开家乡发展的场所。上海近代的商人是哪里来的？几乎都是移民，比如上海经营大百货店的，南京路上的四大公司都是广东人，北京路上开五金店的都是无锡人，商业几乎都在移民的推动下繁荣。工业也是如此。因为工业发展到了近代工业，首先需要的是资本技术劳动力，这些往往是城市原来所没有的，比如东北，沈阳及其附近地区，沈阳本来不是一个工业城市，附近的鞍山、阜新、本溪，都是依靠了开采煤矿，或者新建的钢厂，从原来一无所有，成为一个城市。这些城市的发展，都是依靠外来的人口技术和资本，以及劳动力推动作用。城市发展也包括交通，比如说离上海比较近的安徽蚌埠，大家看这个名字就知道原来是一个渔村，500 户人家，它是由津浦铁路和淮南线相交，成为新的铁路枢纽，就形成一个 20 万人口规模的城市，后来又发展食品加工业，才形成今天的格局。南京对面的浦口，也是因为津浦线的终点，所以它从一个小城镇变为一个中等城市。在上海工业发展中有一些工业的劳动力是不需要太多技术的，它主要招收的都是流落城市的流民、难民。上海江南造船厂，前身就是江南制造局，江南制造局在上海开办的时候，因为张之洞在湖北已经办了洋务，所以上海除了技师请外国人外，也从湖北招聘工人。上海的铁路系统内，湖北人比较多，因为湖北铁路的修建和营运比上海早，所以上海铁路上曾有“湖北帮”的称谓。所以在回顾工业的发展史时，也可以看到它的起源。另外从文化上讲，一种文化它要在一个地方产生，当然文化本身就是依附于所存在的。本地的发展往往因为保守不大可能产生一种新的文化，而外来的移民呢，就带来了很多外来文化，他们自觉不自觉地相互影响出现碰撞，最后产生一种新的文化。我刚才提到西汉时候，2000 多年前的长安，后人给它的结论是什么呢？长安五方杂错，风俗不纯，四面八方人都过来，风俗不纯。其实很好啊，太纯了就是一个保守型，不纯了就产生新的文化，文化不是一个人、一个地方所能形成的。近代上海这个特点就更加明显，在上海的外来移民中间，比较多的是苏南和浙北人。苏北、安徽、广东、山东、湖北也是主要移民的来源，还包括广大的北方南方，包括少数民族。在上海登记为侨民的外国移民，最高曾经达到 15 万。这么多移民聚集在一起的话，特别当时在一个客观的情况下，租界的制度比较完善，管理比较严格。上海新形成的文化，就兼有各方面特色。今天时间关系，我不想讲太多，只讲一个例子，上海方言。各位都以为现在的上海方言就是以前的上海方言，绝对不是的，上海方言既不是原来城里的上海话，也不是浦东人的浦东话。我第一次带学生到乡下劳动，从上海到杨行公社，对当地的本地话就听不懂。上海话实际上是本地话，跟吴方言，跟来自外地的，如宁波话、苏州话、苏北话，以及英文法文的发音混合生成。英文很多词汇融合成了上海话，在座各位前辈肯定知道末班车叫什么（last car），门房间要查 passport，工会证是红 pass。你们各位是搞建筑的，一定知道，上海人把屋顶上的窗称为“老虎天窗”（roof window）。

所以说众多的方言及发音融入了上海话，其中宁波、苏州的语音更多。这就说明移民在一定的条件下，他们最佳的发展方向就形成一种新的文化，而不是简单地把这个文化从一个地方搬到那个地方，这样的迁移往往会形成与本地文化之间的矛盾。改革开放今天，例子很多。浙江有号称“中国农民第一城”的龙港镇，我去当地了解，他们的通用语言是普通话，为什么？因为移民来自四个主要方面，讲四种不同方言，沟通不易，于是大家都讲普通话。我相信这样的城市，发展到一定阶段，也会产生当地的与其他地方来源新的不同方言。所以说，无论从经济、政治、商业、工业、文化各个方面来看，中国的城市的发展都离不开移民，我想将来也应该是如此。

三、城市的建设规划离不开移民

最后我想说一下，城市的建设规划离不开移民。因为，既然城市的主体是由移民构成的，那么原有的城市的设施，原有城市的公共建筑肯定不能适应各方面的需求，就需要进行改造或者重新推广。在这些方面历史上有过很多新的成功的经验。比如说，北京城到明朝重新把它确定为首都以后，就制定了一个新的规划，今天的北京就是由皇城，然后内城、外城组成。只是在明朝嘉靖年间，觉得城太小了，所以准备扩大，但只把一部分扩大成一个丁字形，还没全部扩大出去，总的来说，这个规划是比较合适的。相反，朱元璋当时建南京的时候曾经设想过建非常大的规模，要在外面造 108 里长的城墙，很多城门都很远，有些地方就连现在的南京市域还没达到。

有些城市会遇到特殊的问题，比如说上海。因为上海是在上海县城的城外面发展起来的，原来都是农田，中间夹了一些小市镇，一些村庄，很多地方是坟墓。租界的发展又是个畸形的产物，比如说英租界、法租界，很多规定都不一样。另外，为了扩大租界使用一种非法的“越界筑路”的方法，先建道路，这个地方就归他管，就这样达到扩大租界目的。在发展的过程当中也有特殊情况。原来在租界外的华界，如闸北西藏路以西和苏州河以北，就是四行仓库那个地方，在战前已经发展得非常好了，但经过日军的两次进攻，基本上毁了，仅在共和路口留下一栋三层楼房，后来这里的地名就叫“三层楼”了。在发展过程中，上海缺少一个系统的城市规划，城市的命运掌握在外国人手中。正因为这样，当 1927 年北伐军到上海不久，国民政府就决定要在江湾建设新上海，就是“大上海计划”。如果这个计划执行下去，那上海早就有一个功能齐全、配套齐全的新城，但很遗憾，两次都被日本侵略战争所破坏，抗战开始连市政府大楼也被日军占领。

到抗战胜利以后，有一批中外规划师着手对整个上海市进行上海都市计划工作。尽管当时已经开始内战，天下大乱，朝不保夕，他们还是努力坚持，共完成三稿，直到1949年上海解放，这些规划师把这个规划献给陈毅市长。前几年，我在上海档案馆里面看到这个规划的内容。它代表了我国老一辈的规划师对上海这一移民城市追求的城市规划理想。当然历史是不能假定的，假定新中国成立以前就这样做的话，那么上海这个城市就不是今天这个样子，当时有很多困境大多是预计到了。

城市还有一个很大的问题，就是因为有那么多的移民，要有房子住。什么东西都能复制，民居是不能复制的。为什么？第一，民居要符合地理条件，把东北的房子搬到南方，肯定不行，南方的房子搬到上海，这边也不要。第二，民居要使一般老百姓住得起，愿意住。汉高祖刘邦去看太上皇时发现老人家总是闷闷不乐，就问他为什么。老人家说，我在老家空闲下来时跑到街上去，看人家踢踢球，喂喂狗，一起玩玩多好，连卖饼的都很熟悉，你现在将我关在宫殿里，一个人都不认识，我干吗呢？刘邦想不出其他办法，只能将老家丰县全部迁到关中来。这座新丰城在今天的陕西省临潼境内，据说惟妙惟肖到乱真的程度，但是，我们没有发现新丰还保持着什么地方或文化特色。我相信在一开始，尽管表面上可以把江苏北部的形态景观搬过去，但不会适应当地的情况，当代的移民可以保留着对故乡的记忆，到他们的后代就不一定了。再说，他要在关中生存下去，他们的民居必须适合周围的自然和人文环境，否则哪怕是皇帝花大精力迁来的，还是没用。民居是不能复制的，却有引进成功者。如上海的石库门，很多人居然不知道石库门是什么，还以为是中国的传统。在太平天国战争以后大批的移民涌进了租界。当时租界提出两个解决办法：一个是本来租界签的协议主要是跟外国人做生意，这时中国需要开放的环境，因为有很多江南的富人。第二个就是安排他们住下。所以英国的建筑师就构想，把英国的联排式住宅搬到上海来。中国建筑有阁楼、封火墙，在建中国的联排式住宅时，要根据中国人生活特点进行改变。原来英国的联排式住宅前后有草坪，当作公共空间，中国人却需要私密空间，所以正面就建成中国传统的江南的门楼，门框用条后封砌，两扇门上面都装了个叩门铜环，住宅背面做了后门，让佣人娘姨进出。后来，为了适应更富裕的住家，石库门又不断地变化，做成几进，还出现了两边造的厢房，对照新式里弄，也有了卫生设备，但基础的东西是从英国学来的。这是非常成功的，以至到今天我们还把它作为上海民居的一个典型的代表，还有人要不惜代价恢复它。

讲到这里呢，我想到另外一个当代非常奇特的、历史会做出鉴定的例子。前几年有人要在上海建一城九镇，把世界各国的式样都建过来，比如说松江建成的英伦小镇完全是英国的风格，据说是从某个小城抄来的，这我不敢随便说。三年前，我要代表松江区到西班牙的拉科鲁尼亚去申报竞争世界花园城市。我遇到一个难题，我想最难对付的就是，如果评委问我，你们为什么要在江南水乡传统的地方建一座完全英国式新城，不是一幢，而是一片，我肯定没办法回答。各位也许会说，上海不是有万国建筑博览会之称吗，为什么不能建？其实那些建筑基本上都不是民居，尤其不是普通民居。如马勒别墅、嘉道里大厦，这都是外国的富人为了保持原来的生活方式，绝对不是为上海本地人更不是为上海一般百姓而建的。但如果你在上海郊区，要建一个旅游设施，随便怎么建都可以，哪怕完全复制外国的。但是要建这样一座几万人生存，10万人生活的城市，并且要让普通居民来居住，这实在是一个天大的笑话。幸亏还好，评委没有问我这个问题。所以从一座城市本身的建筑规划来讲，一定要适应这个城市的主体。如果是一个移民城市的话，移民的因素应该得到充分的考虑。以往的徽派建筑出现在江西，就是随着安徽的移民带过去的。但是你仔细观察的话，为了适应当地的情况，一些细部已经做了调整。所以我想，一个成功的建筑、成功的规划，肯定会充分考虑这些因素。

原载《城市规划学刊》2007年第6期

移民与城市品性①

我今天讲的题目是“移民与城市品性”，当然主要是讲它的文化特点。刚才主持人已经做了个现场测试，所以我想不用我再多做解释。从你们大家举的手就可以看出来深圳是一个很典型的移民城市。

移民的基本特点是什么？是否今天在坪山的外地人都能叫移民？像我这样的能不能算作移民？不是的，一般我们讲的移民是指定居或以定居为目的的外来者，不包括流动人口。二者有什么区别呢？外来定居或者以定居为目的的，他们对当地会有一种归属感。如果是临时来的人，比如有些挣了钱就跑路的企业家，则会对本地没有归属感，文化上都是如此，这点很重要。正因为这样，移民人口才是文化活跃的载体，因为他们在自觉或不自觉地传播文化。对于流动人口，他们到你这里来，如果不喜欢当地的饮食，听不懂当地的方言，或者不喜欢当地的时尚，那他们不理睬你就是了，我反正要走，或者我忍耐一下。但是你如果准备在

① 2019 年 7 月 13 日在深圳坪山图书馆所作讲座，据记录稿整理。

此定居，要么你服从，要么你就得努力去改变它。这就有不同。不管怎么样，你如果是以定居或以定居为目的的，你就会自觉或不自觉地传播你的文化或者是接受当地的文化。

刚才讲到深圳，可能我到深圳的时候你们有些人还没出生。我是深圳刚刚开放的时候来的，那个时候到特区来是要另外办证件的，不是想进就能进的，就跟出境差不多。我们在上海的公安局先办好到深圳的证件才能进来，后来稍微宽松了一点，但是一开始管得很紧的。当时我刚到深圳，有些情况，比较出乎我意料，感觉并不好。那个时候大批人来深圳干活，快过年的时候大家都到邮局寄挂历，而且不排队，乱糟糟的。我们住的地方是内部招待所，跟内地没有什么两样，甚至服务态度比内地还恶劣。为什么？当时各地来了很多家属，没有办法给他们安排工作，就在内部搞个招待所，丝毫体现不出什么先进。为什么？当时到深圳来的很多人并不是要定居，他们没有定居的概念。那个时候中央规定各个省市部要来深圳建一幢楼或办一家企业，要派人过来。深圳当时大建设，来的很多是农民，他们也没有想我现在在深圳，未来会代表深圳。哪怕你今天刚来，但你如果是以定居为目的，你就能够真正与文化传播或者被接受产生联系。所以移民和非移民是有很大差别的。

移民怎么对传播文化起作用呢？第一，要看移民本身的素质和传播能力。一个本身文化素质高的人所起的作用可能要胜过其他很多没有文化素质的人。而且传播能力大的人，跟一个只会展示自身而不具备传播能力的人是不同的，这反映在群体上的作用就更大。比如我到黑龙江去，当地人告诉我历史上他们有两批中小学教师的素质最高。哪两批呢？一批是当年的右派。第二批是知青。因为好多知青都是从上海、北京等大城市去的，有的已在重点中学上到了高中。几年后，其中有一些人被挑选做中学、小学教师。他们本身能力很强，当时也没想到以后还要离开的，所以对当地已经有一种归属感。这批人数量并不太多，但是他们本身素质高、传播能力强，就会起到很大的作用。第二，要看移民所处的地位。如果某个地方的移民处在底层，受到本地压制，或者他们本身就没有正常地位的，那么他们可能不具备传播能力，起不到积极作用。如果移民处在主流，如历史上的一些行政官员，那么他们起的作用就会很大。第三，还要看移民定居的情况。有的定居过程很困难，比如早期华人在美国受到排斥，很多工作他们不能做，很多机会他们没有。我们有些城市也非常排外，特别是对一些比较底层的移民，长期不能够让他们融入社会。在这种情况下，移民发挥的作用也是很有限的，甚至会产生逆反的心态，起到反作用。第四，还取决于当地人对移民的态度。深圳的情况跟早期上海差不多，本地有些地方根本什么也没有，就是海滩、荒地，本土无非就是宝安县城或坪山这一带。但是有些地方当地人很强大，移民只是少数。这种情况下当地人的态度就起决定作用。有些地方当地人虽然多，但是心态很开放，像深圳、上海等城市。到后来大家都是移民，所以当地人对移民的排外根本就不存在。而且移民本身又是多元的，无非是到来有先后。这种情况下当他人对移民的消极作用就会不存在，移民发挥作用就会比较大。第五，移民的数量。毕竟有些大众文化、社会风俗习惯还是与人数有关的，这就要看移民的数量和占的比例。我曾经比较过上海与其他一些移民城市。上海的移民比例是相当高的，深圳也有这个特点，实际上就是以移民为主，而这里移民的数量还应该包括移民的后裔。以前人们登记自己的籍贯，一般要用祖父的出生地。比如安徽来的人，他的下一代在以前还是登记为安徽人，现在更多的是讲出生地。实际上移民不仅是包括他们本身，还包括其后裔，因为后裔至少在家庭里，他们的父母或祖父一代传承下来的文化还包含从原籍带来的文化。所以不能够单从一个因素来看其作用，要把这些因素综合起来看移民对文化的影响。

根据移民的不同情况，移民城市会有不同的特点和类型。这些类型怎么来看呢？第一，要看移民在总人口中所占比例。这个很重要，因为一个城市的移民和他们的后代在总人口中占主要成分才可称为移民城市。第二，移民在城市中所处的地位。我前面讲到为什么历史上有些外来的地方官起的作用最大。尽管这些人不多，但他们有行政权力、经济实力、社会影响，所以历史上某些地方的发展，往往归结于一个或者一批既有高素质又拥有行政、经济、文化资源的人。这里有没有四川人？有没有成都人？前文讲的“文翁化蜀”的典故就是个例证。尽管他是一个人，但他使蜀地的风气提升开化了，文化进步了，留下“文翁化蜀”的佳话。最后他自己也没有回老家，而是终老在成都。南方好多地方都有这样的故事，就是历史上某一个地方官或者某一个文化名人在这里起了很大的作用，有的自己就终老在这个地方。第三，移民的来源和构成。移民是从哪里来的？有些地方文化水平高，经济发达，或者有的地方资源比较多，从那里来的移民总体就符合这个要求。比如，江苏南部、浙江北部历来都是发达地区，商业发达，手工业发达，文化也发达，这些移民到上海后如鱼得水，很适应，所以来源很重要。

同一来源的移民也有不同的构成。有些地方的移民虽然来自发达地区，但有些人来养老的，要指望他们起到多大作用也不大可能。比如说，海南的移民中很多人是前些年从东北迁来的，一些是国有企业下岗人员。他们发现海南气候好，冬天连取暖费都省了，而且当时房价也很便宜，所以他们来就是解决生计的。这个年龄层次的移民，跟当时 10 万人才下海南或 1 万博士到海南的情况当然不相同，因为他们是准备来海南大发展的人。第四，移民定居和融合的过程。移民城市的特点实际上由多方因素构成，不是简单一个因素。如果在这些方面都能够发挥优势，那这个移民城市的整体文化素质就会高，而且它就会多样化，结构也会比较合理。

我们如何来看移民城市的文化特点？我们应该明白，不同地域来源的移民承载的是不同的文化。中国有句古话“一方水土养一方人”。今天我们用马克思主义的唯物史观来看，正如恩格斯在马克思去世后在他墓前的演说中说的，他把马克思提出的历史唯物观念总结成非常简单的话，那就是马克思发现了人首先要吃喝住穿，然后才能从事政治、科学、艺术、宗教等。由于这些移民不同的来源，他们长期形成的文化肯定是不同的。从城市本身的角度来讲，如果移民是很单一的，他们带来的肯定就是比较单一的文化。移民来源要是很广，文化的来源才可能是多元的。另一方面，我们看到不同类型的移民也承载着不同的文化。同样是来自一个地区的，因为移民类型不同，也可能代表着不同文化。比如来自这个地方的知识分子、普通体力劳动者和管理人员承载的文化是不同的。

什么样情况下可以形成新的移民文化呢？如果只是一批来自同一个地方或同一个城市的移民，那么他们的作用最多是复制，而且复制都不一定。为什么？因为复制的条件不同，所以怎么可能形成新的移民文化呢？即使有，如果与原来的不同，也只是一种倒退、下降。要形成新的移民文化，条件至少是多元的。多元性才可能形成既不同于这批人又不同于那批人的文化。所以从这个角度讲，移民一定要多元。移民如果没有多元性，即使都是一批精英，当地的文化主体也很难改变。引进了诺贝尔奖得主，或者某方面的一流专家，难道就能改变当地的基本文化吗？不可能的。另一方面，如果引进来的都是层次比较低的移民，他们也不可能使当地的文化艺术得到提高或产生新的文化。

我们今天讲要形成新的城市文化，比如说深圳城市文化，显然既需要移民本身是多元的，也需要移民层次是多元的。同时在这个过程中，政府与主流文化应怎样自觉地去做工作，有意地引领、培植，对一些文化上的糟粕也要大胆地排除，甚至要禁止。我刚才讲的深圳初期出现的这些现象，现在怎么看不到了呢？如果当初根本没有现代意识，还是把原来的习惯，甚至容许不守纪律的、不讲公德的行为长期存在，怎么可能有所改变呢？所以在这个过程中，政府或主流文化在城市中起很大的作用。如果政府不注意发挥精英的作用，发挥文化中的积极因素，一味任其自然，那就起不到作用。为什么近代中国的上海形成了比较明显的移民文化？我们现在讲的移民文化主要是在当时上海的租界。租界有两重性，一方面当然肯定是帝国主义侵略中国的产物，中国是被迫开放的，而且一部分主权是丧失的，但另一方面也得承认它是用一种新的理念来管理的，是讲究法治的，而且一些西方的、外界的新文化与新理念进来了，实际上起到引领、管理的作用。在这种情况下，移民在上海一方面可以控制在理性范围内进行自由竞争，另一方面这些竞争都是有法可依、有章可循，同时一些不符合它的价值观念的东西还被禁止。这样最后形成的新文化才比较符合时代的潮流，起的影响才比较大。移民城市不是要任其自由发展，政府或者主流完全不加以干预。今天，深圳也好，上海也好，其他地方也罢，我们当然要用社会主义核心价值观来引领，要根据宪法、法律进行治理。比如，移民中的邪教、恶俗、有害社会公德的或消极的东西，该取缔的取缔，该限制的限制，不容许它们自由传播。另一些我们要大力地扶持，包括通过公共文化设施、不同场所、政府资助、社会公共活动来加以支持。所以政府和主流文化的作用是非常重要的。

大家可以看看这里几个关于上海移民方面的数据。先看公共租界。上海以前有两个租界，一个是法租界，一个是英美租界，后者占主要地位，后来英美租界合并成为公共租界，所以公共租界的居民占了人口的主体。从这些人口数据看，本地的户籍人数与外来人口相比，外来人口占主体地位，这几个年份都是这样的。可以看出上海在历史上始终是以移民为主的。这种情况在中国历史上也有，比如秦朝的首都咸阳，秦始皇把全国各地他认为需要控制的人口都迁到咸阳，统计下来有十几万户，所以我们可以判断咸阳这座城市到秦朝后期已经形成一座移民城市。但是这些移民中，很多都是被监控的对象，比如那些富人，还有六国旧贵族后裔。让他们迁入咸阳是为了控制他们，是强制的。尽管移民人数占本地人口的多数，但是他们存在时间很短，所以我们看不到、找不到这些移民对咸阳这个城市有什么影响。

西汉的长安呢？西汉的长安差不多建都200年，长安发展的过程也伴随着大规模移民。但是长安城本身安置不了这么多移民，主要是宫殿、衙门，所以西汉就出现了一类很奇特的城市——陵县。什么叫陵县呢？就是在皇帝的陵墓附近建成的新县城。当时的概念是“视死如生”，皇帝死了也要像他生活在另一个世界一样，所以大家就能理解为什么秦始皇陵或汉武帝墓要造那么大，里面要放那么多东西了。因为当时的概念是人不是死了，而是在那里继续生活，而且时间比在世的时间还长，所以恨不得把什么都放进陵墓去。陵墓周围没有人怎么行？君主死后还要生活在人们中间。所以每造座陵墓，就要依托陵墓建一个县城。县城里本来没有人，需要从各地迁过去，甚至还要求皇帝的大臣跟着他的陵墓迁移。比如皇帝的某位大臣先迁到了他的陵墓旁建成的陵县，后来当了下一任皇帝的大臣，这位皇帝的陵县建成后，他又得迁到这座新建的陵县。陵县里全是外来人，全是移民，但没有身份是迁不进去的，而是规定符合一定级别的官员才能住在陵县，富人的资产也要达到一定标准才能迁进去，因为陵县享受很多特权。这样长安与周围的陵县形成了一个城市群，而这个城市群是很典型的移民城市。《汉书·地理志》讲到汉朝兴起后在长安建都，把齐国各个姓田的家族，楚国的昭、屈、景三个大姓，以及一些功臣的家族通通迁到了汉高祖陵墓所在的长陵县。以后世世代代把俸禄 2000 石级别的高官、资产达到高标准的富人，以及地方的豪强、土豪都迁到陵县，形成“五方杂厝，风俗不纯”的环境。不纯就是多元了，不是一个地方移过去的。“五方杂厝”中的五方不是仅仅指五个方面，而是多方面的混杂。这样一来就“风俗不纯”了，纯的没有，不纯的什么都有。“其世家则好礼义”，其中一些官宦世家喜欢讲礼仪、崇尚义化；“富人商贾为利”，富人迁到那里则继续做生意，追逐钱财；“豪桀则游侠通奸”，地方豪强到了那里就相互串联干坏事，或是挑衅官府；“郡国辐凑，浮食多，民去本就末”，这造成城里地方狭窄，人口密度大，吃闲饭的人多，所以老百姓弃本就末，不好好种田了，都去行商；“列侯贵人车服僭上”，那些有地位的贵族往往超标准地享受，有的甚至妄自尊大，擅自享用比自己级别高的服饰和车马，追求奢靡时尚；“众庶放效”，老百姓就仿效他们；“羞不相及”，以跟不上时尚为可耻；“嫁娶尤崇侈靡，送死过度”，婚丧喜事都超标准，非常奢靡，特别是“送死过度”，厚葬成风。这就是当时一个很典型的移民城市，这些风俗不是原来就存在的，而是多种移民聚集后相互影响的产物。长安是首都，而且周围有一连串城市，因此影响更大。这跟上面讲的新丰和咸阳不同，新丰是一个地方的完全复制，咸阳是靠政治力量强制移民。陵县一方面建设时间长，一方面移民来源广，而且长期不断、一代一代地迁，一直到汉元帝的时候，长安周围已经容不下新的陵县，迁陵县的移民才停止。在 100 多年里，移民不断地迁来，而且大多数不是富人就是高官，或者是社会影响大的人，这些人聚居后的作用和影响就特别大了。从历史上看，西汉的长安和陵县才称得上典型的移民城市。

刚才讲到上海租界，而租界以外的华界也是移民城市。华界的外来移民数量也大大超过本地人，原因是华界的地价、房价和生活费一般比租界便宜，一部分在租界工作的人就住在华界。当时不少知识青年、作家、职员、小商人往往住在租界附近的华界，或是“越界筑路”地区。这样他们既可以利用租界的机会和资源，又可以较低的开支维持较高的生活水平。靠近租界的华界，有点像今天某些城乡接合部。我不知道深圳的情况怎么样，有些上海的新移民实际住在江苏、浙江靠近上海的地方，而这些地方也以此吸引外来移民。

有一点我们要注意，即移民的来源很重要。上海租界的主要移民是从哪里来的？第一是浙江，第二是江苏，第三不是邻近的安徽，而是广东。为什么说这些移民素质相对高呢？仔细分析可知，浙江的移民主要是来自浙江北部，江苏移民主要来自江苏南部。这些地方是中国近千年来经济、文化最发达的地区，所以这些移民不仅整体素质相对比较高，而且他们适应商品经济，适应服务行业，适应人才竞争。为什么广东离上海那么远反而移民人数仅次于上海附近的江苏、浙江？因为上海刚刚开埠，会跟外国人打交道的人很少，很多新兴产业上海本地人或者附近的宁波人、苏州人也不懂。比如，跟外国人打交道要做买办（Comprador）。上海人刚开始都不会，而广东人已经会了。因为早在乾隆年间，广州就是唯一指定的对外开放口岸。尽管清朝设置了种种限制，如中国人不能跟洋人打交道，不能做翻译，但实际上还是有一部分人在与外国商人打交道。鸦片战争以后，香港被英国殖民统治，所以很多广东人从香港学到了外国的语言，也具备了跟外国人打交道等能力。澳门在明朝时被葡萄牙所占，后来成为广东跟外界联系的重要地方。上海需要的涉外人才，只能从广东引进。同时，广东人已兴办很多新的产业，如新式百货店、照相馆、西药店、仪器店。广东人就把这些带到上海，所以上海有很多广东移民，而且这些移民往往能够很快进入中上层。例如，上海南京路上最有名的四大百货店——永安公司、先施公司、新新公司、大新公司一直延续到现在。永安公司还是百货公司，先施公司改成了上海服装总店，新新公司变成了第一食品商店，大新公司则变成了上海的市百一店。这四家公司统统是广东人，确切地说是中山人开的。江浙移民加上广东移民占了上海的主流地位。上海的移民也是多元的，包括山东人、湖北人、安徽人等。除了这些以外，南北方几乎各个省的人都有。山东人虽然数量较少，但也有特色，上海那个时候的警察几乎都是山东人。那些山东人有自己的优势，他们人高马大，文化程度虽然不高，但是给人的感觉是忠厚老实，当警察最合适。湖北的移民有什么优势呢？张之洞在湖北办洋务的时间比较早，既有铁矿也有铁路，还有机器厂。上海早期的实业机构包括江南制造局、上海铁路就是从湖北招技工和熟练工人的。上海当时新的机器厂最看重外国技师技工，称之为“外国铜匠”，但这些人工资高。招湖北技工花钱少，所以上海的湖北移民集中在机器厂、造船厂和铁路部门。铁路部门甚至有“湖北帮”。上海的移民是多元的，而且每种移民都能够发挥其所长，有自己的文化特色。

华界也是这样的情况。我们对比一下华界人口的来源，江苏第一、浙江第二、安徽第三、广东第四，也是有各地方的移民，也是这个特色。上海还有相当多的外国移民。我统计的是侨民，临时的、流动的外国人不算，而是正式登记并在上海居住下来的外国人。上海刚开埠的时候，1843 年有二十几个外国人，而外国侨民最多的 1942 年有 15 万，一直到 1949 年还有 2 万多。但是这以后外国侨民只出不进，只死不生，最后一位外国侨民到 20 世纪 80 年代去世。近些年才开始重新给外国人发“中国绿卡”。这批外国侨民的素质怎么样？有他们的特点。从文化传播上讲，有两批侨民起的作用最大。一批是俄国人，或称白俄。俄国十月革命以后，富人、贵族、知识分子和其他被认为对苏维埃政权不利的全被驱赶出境。这批人在中国称为“白俄”。白俄主要聚集在两个地方，一个是哈尔滨，一个是上海，但上层白俄基本都集中在上海。他们中有世界一流的艺术家，比如有一位白俄声乐教授。中国那个时代，直到新中国成立后还在演出的一些男女高音歌唱家统统是他调教出来的，后来他又被苏联请回去做教授。世界一流的钢琴家，世界一流的芭蕾舞演员，上海的白俄中都有。还有一批是犹太人，而犹太人又分两类，一类是最早从清朝就来的，这批犹太人中最多的是企业家，比如沙逊、哈同、嘉道里家族等。哈同本来是沙逊洋行的一个普通职员，后来却成为上海的首富。这个人有商业头脑，精明、能干，而且定居、终老在上海。上海房地产这个概念，很大程度上是哈同提供的样本。哈同看到南京路当时已经相当繁荣，周围的地价已经很贵了，但是当时的南京路只到今天的西藏路为止，往西还没有，那里地价很便宜。南京路当时还不是水泥路，都是石板或泥地，一到下雨天路面泥泞不堪，而且石板路高低不平。当时主要的交通工具是马车，马车来来往往很不方便，晴天灰尘扬起来，冬天一下雨更滑。哈同就提出由他个人出钱铺一条地板的马路。他用进口木材把南京路都铺上地板，铺成后，看热闹的人将路两边挤得满满的，马车在上面行驶，无论是晴天还是雨天都非常平稳舒适。南京路嫌太短，要向西扩展，结果发现南京西路两边的土地早就被哈同低价买下了，所以他尽管花很多钱建了一条铺地板的马路，但以后通过出让或出租南京西路两侧的土地赚了大钱，成为他大大的第一桶金。这个首富精明到什么程度呢？他每天中午要给夫人罗迦陵打电话，告诉她是不是回家吃饭，但打一通电话要五分钱，他舍不得。那怎么办呢？他跟太太约好，要她中午注意听，电话连响三下停一下，再连响三下，表示他今天不回家吃饭。因为没有接电话，一分钱都不用，意思也传到了。这个方法到我们20世纪80年代出国时还在学。我们当时到美国，怎么给家里报平安呢？美国打国际电话要几美元，舍不得，但是不打电话，家里又担心，而且那时家里面也没有电话。我们就跟家里约好某天几点钟他们到门房那个公用电话守着，听到约定的声音（如响三下，停一下又响三下），就表示我已经平安到达纽约。我也试过两次，很灵，一分钱不花。虽然占了便宜，但那种做法是完全合法的。犹太人的精明就体现为在不犯法的前提下怎么最大限度地占到便宜。后一批犹太人就是在第二次世界大战时被希特勒驱逐或自己逃出来的。这批人虽然是难民，但是他们在上海也起了很大作用，有办杂志的，有开书店的，有组织社团的，有教学生的。我们现在讲红色文化，很多革命前辈去法国勤工俭学前就是在上海完成准备工作并出发的。好多中共早期的党员和领导人要到苏联去，就是先在上海学俄语，共产国际派到中共的人大多在上海活动，中共的国际宣传基本都在上海进行。上海的外国侨民起了很大作用。

对比一下上海跟天津，我们可以看到上海在移民方面的优势。天津本地人占 40%，上海本地人只占 20%，所以上海的移民百分比更高。我们更主要看天津的移民是从哪里来的。其中最大的一支来自河北，第二是山东。而且天津移民的多元性也不如上海，几大地方的移民只占小部分，比较单一。天津有没有上层移民？有。当时连末代皇帝都跑到天津租界，下台的北洋军阀头子和下野的政客也都跑到租界，但是这些上层移民跟下面是完全隔离的，不像上海各个层次都有，而且以中间阶层为主。所以，天津虽然算移民城市，但移民起的作用远不如上海，也没有形成像上海特色鲜明、丰富多彩的移民文化。我们还可以看一个例子——近代的东北。东北很有特色，经济发展程度较高，但文化发展程度不如经济。东北的工业特别是重工业曾经是中国最发达的。1949 年中国的钢产量 15 万吨多一点，不到 16 万吨，但是东北 1938 年的钢产量超过 100 万吨。工业发展了，整体经济水平也很高，新中国成立初东北是工业基地，第一个五年计划的大项目大多建在东北，被称为“共和国长子”。但是东北的文化发展情况如何？这不是说东北本身有什么缺点，问题在于东北的移民。一直到 19 世纪 60 年代东北开放以前，整个沈阳以北基本上是荒无人烟。遭到俄国、日本的侵略后清朝才下令开放东北。以往东北不能贸然去，去也叫闯关东。闯关东有两层意思，一是前途未卜，碰碰运气；另一层意思是非法闯出去。东北开放后，大量移民从山东、河北等地迁过去。东北很多县、府都是在 19 世纪 60 年代以后才开始建起来的，都是在平地、空地上建起来的。比如，长春原来是一个屯，后来发展为东北的大城市。哈尔滨原来根本不存在，后来因为俄国修铁路修到这里，看到松花江过来这个地方地势比较好，设了个补给供应维修站，才发展成一个大城市。这座城市完全是由移民形成的。到九一八事变时，我们所说的 3000 万东北同胞中 90% 以上是移民。但是移民的来源单一，主要是山东人，其次是河北人，河南人是少数。移民定居后从事的产业集中，要么开荒种地，伐木盖房，要么开矿挖煤，冶铁炼钢，发展的是重工业，有些地方产业非常单一。管理人员不是外国人就是从其他地方调来的。本地文化落后或空白，政府与主流文化起了消极作用。为什么起了消极作用？东北的南部受日本的影响，伪满洲国期间强制推行日语和日本文化；北部受俄罗斯影响，推广俄语和俄罗斯文化。新中国成立后，东北的重点是发展重工业，所以不可能重视其他产业。由于本地没有基础，移民又没有带来或形成一种新的文化，所以东北地区的文化并没有随着经济的发展而发展起来，长期处于落后状态。

这些都是过去，未来呢？未来移民城市会有几种可能。一种是到一定程度后向非移民城市转化。移民定居下来了，开始的一二代还保持着移民特色，但与原地的联系逐渐断了，生在上海、广州、香港的第三代、第四代，还会有多少移民特色？没有的。到一定的时候，城市人口饱和了，新来的移民越来越少。原来的移民已经转化为当地人，没有新的移民来源或者是很少有移民来源，城市就向非移民城市转化。上海从 1949 年到 1979 年就是这样的状态。新中国成立后，首先由于帝国主义对上海的封锁，上海的外国人只出不进，犹太人回去了，或去了美国、以色列。一部分白俄被苏联召回去了，还有的人也趁这个机会到西方定居。老的陆续去世，新的没有进来，所以到 20 世纪 80 年代最后一个外国侨民也去世了。新中国成立前后这段时间，一批人从上海迁到台湾，上海人一度在台北市影响最大。台北 20 世纪 50 年代的百货店如果是从上海迁去的就是高档的，酒店餐馆、照相馆、钟表店凡是大牌的都是上海迁去的。台湾 20 世纪 50 年代的棉纱大王、汽车大王都是上海过去的。还有很多人是经过上海才迁过去的。例如，李敖老家在东北，他是先逃到上海，在上海的小学、中学借读一年多后才去了台湾。蒙古族作家席慕蓉告诉我，她家迁去台湾之前，也在上海住过一段时间。另一批人去了香港。1953 年前从上海到香港还是不受限制的。张爱玲在新中国成立以后还在上海参加过一些政治活动，后来以念书的理由迁到了香港。上海的不少上层人物、文化人、资本家也去了香港，如邵逸夫邵氏兄弟，已故的亚洲女首富龚如心及其婆家，被称为“香港文化教父”的已故的刘以鬯，一批作家、报人、出版家、音乐家、演员也是从上海过去的。上海的工程技术人员支援东北、大西北，上海的年轻人、大学生包括复旦的大学生参军参干，有的跟着解放军南下。我到福州去，得知那里干休所的好几位老干部就是当年从上海南下的，其中有几位是当年复旦大学的学生。上海输出的各类人才非常多，但是有没有迁入的？有。复员退伍军人，还有些国家分配来的，就是这些，其他基本上没有。

你们可能都不知道，1958 年是中国移民史上很重要的分界点，这一年全国人大通过决议，不许农村人口再自由迁入城市。这后来发展到不同等级的城市不能互相迁，比如说上海是直辖市，省级、地级城市的人就不能迁入。那时上海人要求调换工作、调换地方叫“两调”。什么叫“两调”？举个例子，假如我今天要迁到西安，我就必须找一个愿意迁到上海的西安人，这就叫“两调”。迁出两个户口也只能迁进来两个户口。我们图书馆老馆长的夫人在江西，他找到一个愿意从上海到江西的对调。但是她在江西还有一个女儿，结果女儿不能来上海，最后只能在江西把女儿送掉。所以上海在 1958 年以后几乎没有自主的外来人口。来的人要么是分配的，要么是复员退伍的，要么是特殊情况。到“文革”时上海输出了 90 多万知青，当然这些知青大多数都回来了，但是回来的积极因素很有限，增加的麻烦却很多。因为知青在外面，大多数人不是身体受过损害就是经济很困难。等到他们回沪，家里的房子已经没有了，有的知青甚至为了回城而真离婚、假离婚。这给当时的上海造成了非常大的困难，因为知青回来后没有地方安置，没有工作安置。在新疆的上海知青没法回来，他们只能有一个孩子到上海落户。这又出问题了。爷爷奶奶非要让孙子孙女回来，叔叔伯伯却讨厌这个孩子，认为孩子是来抢房子住，引起家庭矛盾。他们的就业也成问题。由于他们的教育程度不够，多数人只能在公共汽车上卖票，但他们往往听不懂上海话。上海成为一个典型的非移民城市，产生了很多的问题。所以移民城市转化为非移民城市很危险，而且也是不正常的。

如何保持移民特色？一是经常性地保持，二是阶段性地保持。经常性地不断地移民迁入，这个城市的活力与文化的特征是可以保持的。如果做不到这点，也可根据某一阶段发展的需求，有意识地引进某一些类型的移民，取长补短，趋利避害。这是维持一个移民城市最基本特色的必要条件。要保持移民特色，处在一种常新状态是最好的。世界上真正有活力的城市，经济、文化等各个方面都是这样一种类型。我有一次到伦敦去，它的一个副市长跟我们座谈。他说听说上海要建国际城市，我说是。他又问我是否知道国际城市的标准。他桌上有一本厚厚的资料，其中收集了他们在世界上选定并跟踪的 8 个城市的数据，包括上海的。我发现书中的数据比我们的都详细，连上海人平均每人每年看多少场电影都有，各项经济、社会、文化指标也都有。他说根据他们的统计，上海常住外国人口勉强占到上海总人口的 0.5%。我想可能还不到这个比例，因为上海如果以 2000 万人口算，会有 40 万常住外国人口吗？没有。他又问我是否知道伦敦有多少常住外国人。我说，多少？39%。这才叫国际城市。你看我们这个团队，有中国人，有塞尔维亚人，还有其他国家的人，这才是真正的国际化。今天有很多城市要建国际城市，但如果不注重引进国际移民也算不上是国际城市。上海现有 0.5% 的常住外国人，但要到 1% 都不容易。但是作为一个国际城市，3% 的国际人士还是应该有的。我不知道深圳的指标怎么样，但如果常住外国人的比例很低，怎么能叫国际？“国际”不起来的。所以要保持移民城市特色，至少要做到有阶段性地保持某些类型的移民。当然最好是经常性的。

一个常新的移民城市，必然要把移民文化中对城市文化建设有利的因素经常性地保持下来，就要相对稳定，同时还要保持流动，鼓励竞争，保证公正、公平。为什么要相对稳定？流动性过快不叫移民，因为他们不定居，虽然他们相对保持了稳定。要相对保持稳定，我们以前最大的障碍是户籍，现在也是。上海是中央特地规定要严格控制城市人口的地方，上海报中央批准了2020年前户籍人口不得超过2500万人。有些外来的人，如果户口得不到解决，或者长期没有居住证，他们当然不可能稳定。但还要保持流动。为什么要保持流动？一个城市正常的容量总是有限的，而上海以前为什么能够保持得比较好？因为上海在历史上几乎每年都是有进有出。有进有出才行，这样才能把容量腾出来。

为什么有进有出？一方面当时是比较残酷的优胜劣汰，做买卖亏本得走，工作找不到也只好走。另一方面这也是一种比较积极的流动。上海以前有很多人，当他们还没有成功或者是能力不够的时候，他们会主动选择去外地。例如，我们现在知道的大文学家、教育家叶圣陶大学毕业去了哪里？他跑到江苏一个小镇去做教师，其他好多人都是这样的。现在我们称为大师的钱穆，起先是在无锡的中小学教书，后来被顾颉刚发现，推荐到北京去，直接做了大学教授。现在的一些产业已经成为过剩或者夕阳产业，有的需要转移，这个时候能适应就很好。再如，一种文化艺术如果在这里绝对做不到顶尖，则应该到外面去，这样才有可能取得发展，也正好起到移民的作用。这就是流动，人才正常的流动。当前，像上海这样的城市长期是只进不出，大学这两年好一点，以前也是这样，引进来以后走不了，发现不好也要留，也不肯走。我当图书馆馆长的时候，党委书记找我谈话，说你这个馆长要负全责。我说好，你让我负全责，就得给我全权。他说可以，但有一个例外，就是不许裁人。我接受，但提出不许增加新的人。还好说过这句话，因为我做馆长后才发现责任很重。我们以前各个单位都是这样的，单位要开除一个人，除非公安局把他关监并判刑才能开除，否则要等他放回来继续上班。城市也是这样的机制。现在很多民营企业和新的单位不是这样的，要你走人就走人，这样才能保持一个正常的流动。现在有一些退休老人还住在 CBD 里面，但他们干吗不走呢？离开这里，腾出来的房子价格高，置换为郊区或者是外地不是很好吗？所以发达国家的老人都会选择房价很低、位置很偏僻的整片养老社区。老人到那里去，养老资源集中，各种服务设施都很好。像美国的养老房大多是平房，楼梯都不用走，里面走廊都连起来，服务人员都是专业的，有多种选择。城市人口不是可以流动了吗？这样腾出位置，年轻人就能进来了。

如果城市不保持相对的流动，比如今天 IT 产业正好需要人就进来，但是到一定时候已经饱和了这些人还非要留在这里，这对他们自己也是不利的。要让他们流动出去，需要哪一种就进来，这个流动的过程要鼓励竞争，有序的竞争。由于调整产业结构，由于整治，深圳和广东其他地方的熟练工人或是成了管理人员的移民回老家去创业。这很好。因为这些人在广东已没有更大的发展空间，但是他们的技术、经验、管理能力使其到自己的家乡后可以成为技术骨干、高管或新的企业家。竞争必须保证公平，而不是简单的社会达尔文主义的优胜劣汰。到现在我都反对末位淘汰，尽管总是有末位的，但末位可以通过竞争有一条合理的出路，要让其认识到自己在其他地方可以有更好的出路和前途。所以鼓励竞争又保证公正，使城市人口保持积极的流动，同时基本部分又能够相对稳定，这才是一个最好的状态，一个常新的移民城市。在这个过程中要明确方向，明确城市对人口的需求，特别是对人才的需求，要有相对稳定的方向。不能什么文化艺术类型都引进。有的地方盲目引进人才，但引进了供得起吗？现在有的地方建很大的博物馆，不过照我说建博物馆还不如建展览馆，为什么？你有什么东西可以藏于博物馆？博物馆的特点是存放真品，都是照片、仿制品怎么叫博物馆？所以人才也好，人口也好，要适当地调整，同时在这个过程要加强主流，鼓励多元。有些元不是一个品种就可以了，不能都是同样的。对主流要特别加强，不可能全部都一样，体现不出特色来。

有的朋友一定要我对深圳发表一点具体意见。我虽然常来深圳，一年不止一次，但都是走马观花，很多东西只限于媒体报道或我略微接触到的。我认为深圳现在一个主要的问题是怎么巩固其移民城市的成果，即我最后一段所讲的如何保持成为常新的移民城市。至于深圳以后如何继续发展，我没有发言权。

原载《书话坪山》，商务印书馆 2021 年版

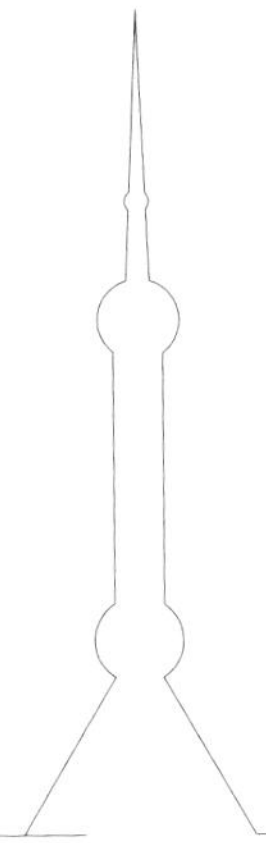

城纳百川

上海在近代中国的地位①

主持人：2011年正值辛亥革命100周年的纪念。100年前，在伟大革命家孙中山先生的领导下，辛亥革命推翻了清朝的统治，结束了2000多年的封建专制，在中国革命史册上写下了光辉的篇章。

在纪念辛亥革命百年之际，上图讲座依托公共服务平台，与上海中山学社合作推出“百年辛亥”系列讲座，邀请多位专家围绕辛亥革命举办8场讲座，向为争取革命胜利而英勇奋斗、流血牺牲的志士们致以崇高的敬意，同时也是与广大市民一同重温100年前那走向共和的重要一幕。

今天是此次系列讲座的首讲，我们特别邀请到了复旦大学图书馆馆长葛剑雄教授做客上图讲座，为各位讲述上海在近代中国的地位，让我们掌声有请！

葛剑雄：各位新老朋友，今天很高兴有机会由我来讲第一讲。我不是专门研究辛亥革命的，今天要提供给大家的是辛亥革

① 根据作者在上海图书馆的讲座整理。

命与上海的一个大的背景，那就是近代的上海在中国处于什么地位。在座的很多老前辈可能比我对上海了解得更多，但是，我可以这样说，研究下来，上海在近代中国的地位比我们老上海想象得还要高，我个人就有这样的体会。

首先讲一下近代以前的上海。一直有这样一种说法，特别是在西方人中，说上海是从一个小渔村突然之间变成国际大都市的，好像一切都是因为西方人来了才变化的。但是，近些年也有另一种说法，要是没有鸦片战争，没有开埠，上海也会发展成为国际大都市。我觉得这两种说法都有偏颇的地方，事实是怎么样的呢？我们可以看一下，上海在中国一些古老的城镇中间，它的历史是比较短的。据目前所知，到 10 世纪才有了上海这个名称。它是一个小小的聚落。那为什么叫上海呢？因为它旁边有一条河叫“上海浦”，旁边还有另一条河叫“下海浦”。中国人起名字总要吉利一些，不愿称下海，所以叫上海了，这个名字一直用到现在。这个地方经济比较发达，所以北宋时在这里设立了一个“上海务”——专门收税的一个衙门。按当时的记载，这个“上海务”主要是收酒税。在农业社会，如果没有富余的粮食，或者当地买不到商品粮，就不会拿粮食去酿酒。如果当地酒的产量不高或交易量不大，政府怎么可能专门为收酒税设立一个衙门呢？那就说明上海这个地方，一方面可能粮食比较富余，另一方面可能是粮食的集散地，酿酒业和酒的销售发达，收的酒税比较多，所以政府有必要、有可能专门设立一个务。到了 13 世纪后期，就是南宋末年的时候，这个地方设立了上海镇。到了元朝的时候，在 1292 年，上海镇升格为县。

尽管上海县有700余年的历史，但在江南这个经济和文化非常发达的地区，上海县只是一个普通的县，算不上怎么发达。上海县长期属于松江府管辖，重要性当然不如松江府城。应该承认，上海超越其他县城，一跃成为中国第一、居国际前列的大都市，转折点就是1843年上海开埠。直到改革开放初，上海的主要城区还是开埠后所设租界的范围。

鸦片战争以后签订的《南京条约》，又称《江宁条约》，规定中国要开放5个港口，包括上海在内，但并没有具体规定如何开放。所以，英国的领事巴富尔于1843年11月到达上海，会见上海道台宫慕久，随即宣布上海正式开埠。宫慕久官职的全称是江南分巡苏（州府）松（江府）太（仓州）兵备道，因为驻在上海，一般称为“上海道”。他们谈判的结果是在2年后签订了一个《土地章程》（*Land Regulation*），规定英国人可以在上海县划定的范围内租土地，供英国人和他们的家眷盖房子居住或做买卖。于是在1845年设立了英租界，以后还设立了法租界、美租界，英租界与美租界又合成公共租界。

上海什么时候建市呢？那是北伐战争胜利以后，设立上海特别市，3年后改为上海市。到1958年，中央政府决定把原来属于江苏省松江专区的10个县统统划归上海市，这样才有了今天6000多平方千米的上海市。但是要注意，这个上海市是一个行政区，是中央直辖市，不要误解它就是一座大城市。我想给诸位介绍一下上海的自然地理状况。在现代化的今天，信息的传播，人员和物质的流通来往，已经比较不受地理条件的影响。但是，在1843年刚开埠的时候，中国还没有现代化的交通工具，在这样的情况下，一个城市能发挥什么作用呢，就跟它所处的位置、自然条件有很密切的关系，甚至完全取决于自然条件。

上海有非常好的内河航运和海运条件。这个要讲一下吴淞江和黄浦江的演变，这对近代上海有决定性的意义。今天我们知道，黄浦江是主流，苏州河（吴淞江）是它的支流，但在明朝中期以前，吴淞江是主流，黄浦江还没有形成。由于吴淞江的水主要是从太湖流下来的，河道又在平原上，比降很小，水流缓慢，长期的泥沙沉积使河道越来越窄，太湖来水一多，就会泛滥成灾。从明朝开始，打通了吴淞江与黄浦江之间的联系，将吴淞江下游引入黄浦江，增加了一条比较顺畅的出海口。后来又疏通黄浦江的上游，增加来水，将下游河道冲刷得更宽阔。到明朝中期，吴淞江的下游逐渐淤塞，成了黄浦江的支流，黄浦江成了上海的主要河道。这一水系对上海城市的发展非常重要，一方面，黄浦江上游和苏州河上游连通着江南的水网，形成了非常发达的内河航运系统，与浙江的杭（州）、嘉（兴）、湖（州），江苏的苏（州）、松（江）、常（州）、太（仓）及整个长江三角洲都连接起来。上海开埠之初还没有轮船、汽车、火车，船运最方便、便宜，江南各地的人和那里的物资，在家门口坐船就到上海来了。另一方面，上海并不是真正滨海，是通过黄浦江通往海的，是以河港代替海港的。

上海更有利的位置是南北之中，江海之汇。上海处于长江的出海口，而长江是中国最长、流域面积最大的河流。通过长江及其支流，上海可以连接整个长江流域，具有最广阔的腹地，这是珠江流域和其他任何流域都无法比的。上海大致处于中国海岸线的中间，气候条件较好，冬天不冻，夏天受台风影响较小。这样的位置既便于进入太平洋，并通往世界，也便于世界各地通过上海进入中国，并联系南北各地，或通过长江深入内地。

但是，自然条件不过是提供一个舞台，真正起作用的还要靠在舞台上活动的人，以及人赖以活动的体制、制度。对上海来说，主要是两个因素，即租界和移民。

租界是上海绕不过去的一个重要的因素。1845 年 11 月 29 日通过《土地章程》设立了英租界，1846 年划定。1848 年设立美租界，1863 年英、美租界合并为公共租界（International Settlement）。1943 年中国政府与英、美政府订立协议，收回租界。8 月，汪伪政权"接收"公共租界。法租界是 1849 年划定的，到 1943 年由汪伪政权"接收"。

首先，我们必须肯定，清朝是被迫开放的，租界是中国人民屈辱的象征。实际上租界是一个国中之"国"，拥有治外法权。但这也使它成为一个特殊的地方，各种势力都利用它得到一定程度的庇护，包括革命党在内。如 1903 年的"苏报案"发生后，清政府千方百计要将章炳麟、邹容引渡，但最终还是由租界当局分别判刑 3 年和 2 年，避免了清政府的杀害。

租界是侵华基地，也是冒险家的乐园。世界上任何想侵略或影响中国的势力，都会先进入上海租界。同样，中国的各种政治力量也会通过租界与外国势力接触和结合。近代中国没有哪一个政治力量可以离开外国的影响或支持而取得成功的，因此也都离不开上海。因此，上海不仅是当时的金融、经济中心，也是政治中心。讲它是政治中心，大家可能不理解，因为上海没有做过首都。清朝的时候首都在北京，中华民国临时政府设在南京，后来还是在北京。但我们回顾近代的历史，包括辛亥革命，就可以发现，一些最重要的决定不是在南京、北京做的，而是在上海做的。政治中心主要是看它的内容和活动，而不是形式。另外，租界是中西文化汇聚的地方，也是中国现代化的实验室。无论是物质文明、精神文明、制度文明，大多是先从上海引进，在上海实验，做出示范，然后再推广到全国。

上海在辛亥革命中起了什么作用呢？辛亥革命的很多准备工作是在上海完成的，一些重要的反清组织和辛亥革命的领袖在上海活动，或者说曾经在上海起作用，重要的舆论准备、宣传都在上海进行，并通过上海影响全国，在上海形成了一些对全国有非常重要影响的人物和事件。时间关系，今天只举一个例子，就是赵凤昌。他是常州武进县人，曾经是两广总督张之洞的幕僚，张之洞对他非常信任。张之洞到了湖广总督任上，就提升他为总文案，等于是湖广省政府的秘书长。当时张之洞对他信任到什么程度？有一句话叫“两湖总督张之洞，一品夫人赵凤昌”。后来张之洞被对手弹劾，对手没有能扳倒张之洞，就把赵凤昌扳倒了，清朝政府将他革职，永不叙用。赵凤昌就定居在上海，在南阳路上筑了惜阴堂。张之洞为了报谢他，给他在电报局安了个虚职拿津贴，实际上成了张之洞在上海的办事处主任。太平天国失败以后，汉族官员和地方势力迅速上升，可以和朝廷分庭抗礼，对国家大事有了很大的发言权。赵凤昌利用他在张之洞幕府结下的广泛人脉，在地方实力派之间穿针引线，又利用上海租界的特殊条件，沟通地方实力派与西方政治势力，也沟通并协调辛亥革命期间各种政治势力。所以，黄炎培曾经说：“40年间，东南之局，有大事，必与老人有关。”

这集中反映在赵凤昌在武昌起义以后的活动，有人说赵凤昌是“民国产婆”，意思就是说他是催生中华民国的人物。1911年10月10日武昌起义，15日消息传到上海，赵凤昌就邀请江浙立宪首领雷奋、沈恩孚、杨廷栋和同盟会会员黄炎培等到惜阴堂参加会议，“商讨时局前途应付方法”。在以后几天里面，他就跟张謇等江浙立宪派商议，开展了一系列活动。张謇来上海，就住在惜阴堂。到11月11日，全国已有湖北、湖南、陕西、山西、云南、江西、贵州、江苏、浙江、广西、福建11个省份先后宣布独立。此时，赵凤昌感到清廷大势已去，决心与革命党人联合。11月12日，他与张謇等发起，邀请独立各省谘议局代表和部分革命党人召开临时政府筹备会议，成立“全国会议团”，采用共和政体。拟暂时公认武昌为中华民国新政府所在地，并公认上海为临时外交政府所在地。

15日，全国会议团以“各省都督府代表联合会”的名称在沪成立。在此前的11月9日，湖北黎元洪已电邀各省代表到武昌会议组织临时政府。上海方面通过赵凤昌的老友张謇提出“政府设鄂，议会设沪”的折中方案，使沪、鄂双方达到妥协。到11月底，武昌战势恶化，汉阳被攻陷；而江浙联军于12月2日攻克南京，战局的异动加重了上海的政治比重，形势又有利于赵凤昌、张謇了。12月1日，黄兴负气从武昌出走，到了上海。张謇也到上海与黄兴、宋教仁、章太炎等会晤，所有这些活动的穿针引线人物都是赵凤昌。12月4日，他就列席了留在上海各省代表的会议，这次会议暂定以南京为临时政府所在地，选举黄兴为大元帅，黎元洪为副元帅。这些事先都已在惜阴堂商定。稍后，赵凤昌还和汤寿潜、程德全、陈其美诸人一起召开会议，制定国旗为五色旗，以代表汉族、满族、蒙古族、回族、藏族五族共和，得到各省的赞同，经临时参议院议决，定为国旗。

赵凤昌的妻弟洪述祖当时任袁世凯亲信赵秉钧的幕僚。他常通过洪述祖与袁世凯联系，与洪述祖及唐绍仪等一直有密电来往。他曾通过洪述祖拟了一份以隆裕太后名义颁发的诏书，提到“无论君主立宪，民主立宪，余与皇帝均乐观厥成”。在袁世凯与革命党的双重压力下，清廷派唐绍仪等为议和代表，于 12 月 9 日到达汉口。当日，黎元洪即以南方临时政府首脑的名义电请伍廷芳前来议和。但上海方面通过一系列活动，通过英国公使朱尔典请求，袁世凯命代表团改赴上海，唐绍仪等人在 17 日到上海。伍廷芳全权代表南方政府的文凭及黄兴要以代大总统衔的具文都由赵凤昌出具，可见赵凤昌在当时南北双方心目中的地位。第二天上午，赵凤昌便约黄兴与唐绍仪在惜阴堂相见，南北议和也于当天开议。从 18 日到 31 日，南北双方共进行了 5 次公开会议，讨论了停战、国体及召开国民会议诸问题。但这只是桌面上的例行公事，真正的政治交易是在惜阴堂中进行的。12 月 25 日，孙中山从国外到上海，第二天就去惜阴堂与赵凤昌会面，以后又多次会商。在他的推荐下，张謇、程德全、汤寿潜等立宪党人被邀进临时政府。

1912 年 1 月 1 日孙中山就任中华民国临时大总统。5 日，赵凤昌与程德全、章太炎等成立中华民国联合会，稍后改组为统一党。1 月中旬，南北双方在惜阴堂签订清帝退位、拥护袁世凯为大总统的密约，并拟定了清帝退位诏书。这份诏书，一种说法是张謇让刘厚生起草的，一种说法是张謇自己起草后交给赵凤昌的。南北双方在国务总理和陆军总长的人选上尖锐对立，南方坚持首届内阁总理必须是同盟会成员，袁世凯坚决反对。赵凤昌提出，总理人选应为南北双方所接受，非唐绍仪莫属，同时建议唐绍仪加入同盟会，获得双方同意。在陆军总长人选上，经过赵凤昌劝说，黄兴不再坚持，最终由段祺瑞担任。

第二个因素是移民，上海这个地方之所以在近代发生那么大的作用，与它人口的来源有关。开埠时整个上海县只有 50 余万人口，到 1900 年突破 100 万，到 1915 年突破 200 万，到 1949 年有 500 多万。这样的增长速度显然不是本地人口的增长所能达到的，主要是靠移民，上海人口的 70% 以上是移民或移民后代。上海还有大量流动人口。租界如此，华界也是如此，因为在租界的影响下，华界也发展起来。而且由于租界的生活水准较高，一些在租界工作的人居住在华界。公共租界中浙江籍移民占首位，其次是江苏籍，第三位是广东籍。因为上海开放之初，很多涉外的人员都是从开放更早的广东迁来的。华界的移民江苏籍占首位，因为华界本身就属江苏省。浙江籍占第二位，安徽籍第三，广东籍还是第四。大多数移民来自浙江北部和江苏南部，这是近 1000 年来中国经济文化最发达的地区，所以移民的总体素质比较高。明清时，这些地区人口稠密，地少人多，商品经济和服务行业发达，来自这些地区的移民自然容易适应上海开埠后的需要。开埠时上海只有 26 个外国人，以后迅速增加，最多时有 15 万外国侨民，新中国成立时还有 2.8 万人。由于上海的重要地位，也吸引了大批流动人口，他们在上海居留的时间或长或短，其中的重要人物同样产生重大影响。

现在我们就具体看一下，辛亥革命前外来移民或流动人口中有哪些历史人物在上海活动。

于右任（陕西人），1904 年于震旦公学肄业。1905 年参与创办复旦公学、中国公学，1907 年至 1910 年创办《神州日报》《民呼日报》《民吁日报》《民立报》。

卜舫济（美国人），1886 年到上海任教于圣约翰书院，后任圣约翰大学校长。

马相伯（江苏人），早年入徐家汇天主教耶稣会小修院，1870 年获神学博士，1872 年任徐汇公学校长，是震旦学院、复旦公学创建人。积极参与洋务，1881 年任驻日使馆参赞，1907 年参加政闻社，辛亥革命后曾代理北京大学校长。

戈登（英国人），1862 年来沪，与太平军作战，后任常胜军统帅，授总兵、提督，赏穿黄马褂。

王韬（江苏人），1849 年来沪，在墨海书馆工作。曾化名黄畹上书太平军，受通缉而避居香港。1884 年回沪主持格致书院，编纂《申报》，积极参与洋务，著述丰富。

王一亭（浙江人，生于浦东），实业家，1910 年入同盟会，后参加光复之役，任上海都督府商务部长。

王云五（广东人，生于上海），1909 年任上海留美预备学堂教务长，辛亥革命后任南京临时政府总统府秘书，1912 年入国民党。

巴富尔（英国人），英国首任驻沪领事，与宫慕久签订《土地章程》，设立英租界。

叶澄衷（浙江人），1854 年到沪，实业家。

史量才（江苏人），1904 年在上海创办女子蚕桑学校，1912 年任《申报》总经理。

包达三（浙江人），留学日本时加入同盟会，辛亥革命前夕到沪，参加敢死队，攻打江南制造局。后为实业家。

冯桂芬（江苏人），1862 年组织上海中外会防局，后入李鸿章幕府。

华蘅芳（江苏人），科学家、翻译家，入曾国藩幕府，制成“黄鹄”号木质轮船。任江南制造局翻译馆编译，1874 年与傅兰雅等创办格致书院，并任主讲。

朱葆三（浙江人），早年来沪学商，实业家，1910 年任上海总商会会长，辛亥革命后任沪军都督府财政长。

杨杏佛（江西人），早年肄业于上海中国公学，后加入同盟会，参加辛亥革命。

李宝嘉（江苏人，生于山东），1896 年来沪，编纂《指南报》，创办《游戏报》《世界繁华报》等，主编《绣像小说》半月刊，著有《官场现形记》《文明小史》等。

李泰国（英国人），在英国驻上海领事馆任职，1855 年任上海江海关税务司，1859 年起任中国海关总税务司。

李登辉（福建人，幼年侨居美国），1905 年任复旦公学教务长，1913 年至 1936 年任复旦大学校长。

李提摩太（英国人），1891 年来沪，任同文书会（后改称广学会）总干事。

吴沃尧（广东人，生于北京），1883 年来沪，著有《二十年目睹之怪现状》《痛史》等。

邹容（四川人），1903 年来沪，发表《革命军》，因“苏报案”死于狱中，后追授为大将军。

汪康年（浙江人），1895 年来沪，参加强学会，创办《时务日报》、东文学社，1905 年与张元济等参与组成商办浙江铁路。

沈荩（湖南人），1900 年来沪与唐才常共组正气会，旋改自立会，任干事，主持交通。1903 年，因在报上揭露《中俄密约》，被清政府杀害。

宋汉章（浙江人），银行家，1897 年入上海通商银行，1912 年任上海中国银行经理。

宋教仁（湖南人），1911 年来沪，任《民立报》主笔，参加武昌起义，任南京临时政府法制院院长。

邵友濂（浙江人），1882 年至 1885 年任上海道。

陆费逵（浙江人，生于陕西），1904 年来沪，1912 年在上海创办中华书局。

陈去病（江苏人），1903 年来沪，1904 年任《警钟日报》主笔，1906 年入同盟会，1909 年与柳亚子等创办南社。

陈其美（浙江人），1909 年在沪创办《中国公报》《民声丛报》，1911 年任同盟会中部总会庶务长，参与上海武装起义，光复后任沪军都督。

林森（福建人），1902 年入上海江海关，1905 年入同盟会，后参加辛亥革命，任南京临时政府参议院议长。

林乐知（美国人），1860年来沪，任上海广方言馆教习，后创办和主持《中国教会新报》（后改名《万国公报》），1901年创办东吴大学。

郑观应（广东人），早年在上海学商，1880年随李鸿章办洋务，历任上海机器织布局、上海电报局、轮船招商局等总办或会办。

经元善（浙江人），1880年任上海机器织布局会办，1882年任上海电报局总办，首次创办女学堂，1900年联合蔡元培等1231人上书反对慈禧立皇储。

柳亚子（江苏人），早年就读上海爱国学社，1904年创办《二十世纪大舞台》，入同盟会、光复会，1912年任孙中山总统府秘书。

荣宗敬、荣德生（江苏人），早年来沪，实业家。

威妥玛（英国人），1852年任英国驻上海副领事，1854年任上海江海关税务司。

胡适（安徽人，生于上海），1909年入中国公学，1910年赴美留学。

胡朴安（安徽人），早年在沪入同盟会，并编南社《国粹学报》。

哈同（英国人，后入中国籍），1874年来沪，1901年设哈同洋行，曾任上海法租界公董局董事、公共租界工部局董事。

秋瑾（浙江人），1905年在沪入光复会，创办中国公学，1907年创办《中国女报》。

宫慕久（山东人），1843年至1847年任上海道。

美查（英国人），1872 年与人合伙创办上海《申报》。

聂云台（湖南人），1883 年来沪，实业家。

夏丏尊（浙江人），1902 年入中西学院，教育家、文学家。

夏瑞芳（江苏人），自幼在沪，1897 年与鲍咸恩等创办商务印书馆。

徐锡麟（浙江人），1904 年在沪参加光复会。

唐才常（湖南人），1899 年来沪，主持《亚东时报》，1890 年组织自立会，筹建自立军。

陶成章（浙江人），1904 年在上海加入光复会，1911 年在沪参与组织“锐进学社”，筹划上海等地起义。

盛宣怀（江苏人），协助李鸿章办洋务，1893 年以后以上海为主。1901 年任会办商约大臣，驻沪办事。1911 年初任邮传部大臣。

黄郛（浙江人），1911 年任沪军都督参谋长兼第二师师长。

黄炎培（江苏人），早年就读南洋公学，在日本入同盟会，辛亥革命后任江苏都督府教育司长，1917 年在上海创办中华职业教育社。

章士钊（湖南人），1903 年在沪加入军事民教育会，受聘主编《苏报》，组织爱国协会。

章炳麟（浙江人），1897 年来沪，任《时务报》撰述，1903 年在爱国学社任教，因“苏报案”入狱，1909 年重建光复会，任会长。参加辛亥革命，光复后任《大共和日报》主编。

傅兰雅（英国人），1865 年来沪任上海英华书院首任院长，1868 年起任江南制造局编译 28 年。

曾朴（江苏人），早年在上海办实业，赞助维新，1905 年创办小说林书店，是《孽海花》作者。

虞洽卿（浙江人），1881 年来沪学徒，1892 年起任买办，实业家。辛亥革命时出资资助上海起义。光复后任都督府顾问官、外交次长。

裨治文（美国人），1847 年来沪，1857 年至 1859 年任亚洲文会会长。

福开森（美国人），1897 年任南洋公学监督，1899 年购得《新闻报》出版发行权。

赫德（英国人），1861 年任上海中国海关代理总税务司，1863 年至 1908 年任总税务司。

蔡元培（浙江人），1901 年任南洋公学教习，1902 年组建中国教育会，任会长，创办爱国学社、爱国女学，1904 年为光复会会长，1905 年入同盟会，1912 年任南京临时政府教育总长。

上海曾经汇聚和吸引过的中外特殊人物，超过北京等其他城市，他们所起的作用自然也更大。在辛亥革命以前和革命过程中，上海虽然在军事上的作用较小，但在政治、经济、文化、舆论方面的作用是其他城市所无法替代的。

今天我们讲上海在近代中国的地位，自然地理环境是基础，人文方面主要是租界和移民这两大因素。这说明，任何一个地方、一座城市、政治力量、阶层或个人要在历史上发挥更大的作用，一定要抓住机遇。以往上海抓住过，在未来的改革开放和现代化过程中如何抓住新的机遇，这是我们在回顾历史后需要思考的。

我今天就讲这些，谢谢各位！

主持人： 非常感谢葛教授给我们讲述了上海的一段历史，以及在历史当中所涌现出的众多的人物。现在是互动提问的时间。

提问者： 葛老师您好，我想请问一下，在中国近代经济社会发展过程当中，在上海这边活跃的历史人物中，好像上海本地人比较少。我想问一下，为什么没有特别有影响力、名气比较大的上海本地人呢？是不是跟上海的地域文化有一定的关系？

葛剑雄： 这个我们要全面地看。上海的移民来自全国各地，还包括当时世界上的发达国家和地区，集中了各地精英。上海本地的人口不到总人口的30%，杰出人物的比例可能不到30%。毕竟上海原来不过是一个县，能出这些人就不错了，已经是受外来移民影响、激励的结果。至于一流的人物，最杰出的人物，这不是每个地方都能出现的。与个人的天赋有关，这样的人，如果再有合适的条件，才可以成为一流人物。

提问者： 您刚才介绍了一下近代的上海，我对现在的上海很不满意。我想请您预测一下，我们以后的上海需要什么样的人才。您希望出一些什么样的人才，才能让上海像一个上海。

葛剑雄： 上海的外部条件，我认为是不会改变的。上海之所以成为现在的上海，大家看得很明白，这是天时、地利、人和的综合结果。上海的地理条件不会改变，问题是我们怎么利用它。天时也不是上海人自己能够努力的，那么，能够做的是什么呢？就是人和。上海人口怎样适应天时、地利？怎么提高人的素质？这是上海可以做的。我希望，中央和地方合理地分配权利和义务，使上海有更多的自主权。我还有一个希望，上海应该走世界上大多数大城市走的道路，这是被历史经验证明了的。

提问者：葛老师您好！您刚才讲的是上海在近代中国的地位，我去过哈尔滨，那边的导游也讲过，哈尔滨在近代中国也起到了举足轻重的地位。我想请教一下，您能不能比较一下这两个城市对中国近代史的影响有什么不同。谢谢！

葛剑雄：整个中国近代的背景是对国外的依赖性，就是世界上一些重要的政治势力在上海起的作用。哈尔滨的兴起是从沙俄在东北造铁路开始的，大量俄国人在那里谋生，包括普通俄国人和俄国犹太人。所以，哈尔滨主要的影响是来自俄国。上海的影响是多方面的，不仅有英、美、法等国，也有俄国。这样比较起来，在中国近代史中上海起的作用要比哈尔滨大得多。这些都是客观造成的，跟一个地方本身的人没有绝对的关系，而且这个是不能互相替代的。我们考虑这个地方的影响不要脱离它的历史、地理、人文各方面的条件，各有各的优势，不要绝对地做比较。

主持人：谢谢葛教授！上海之所以能够在近代起到如此重要的作用，是和它的文化分不开的，回顾历史也值得我们思考现今的发展。最后再次感谢葛教授的光临，同时，也感谢大家的光临！

原载《图书馆杂志》2011年8月号

海洋与上海（节选）

一、海洋是人类交往的载体

海洋既是生物洄游的路线，也是人类文明交往的载体，同时也包含有害的物质，也是敌人入侵的路线。所以，海洋只是起到载体的作用，而载体本身是没有性质可言的。鱼类可以通过这个载体游过，病菌、传染病也可以借海传递。从海上来的人可以是友好的，也可以是敌对的，海洋只是起到载体的作用。那么界定其作用的因素并非海洋本身，而是利用海洋的人，或者利用这个载体的自然界。而这一点，则是现在研究海洋、研究海洋文化的人，有意或者无意忽略甚至误解的。

有些观点认为，海洋之滨的人往往心胸开阔、思想开放，但实情果真如此吗？勿论远古，当下海边之人，是否有这样的特点？答案并不是肯定的。实际上在中国如此悠长的海岸线边生活的人，很多思想相当保守。那么沿海城市和文化是不是本身就具有开放特征呢？世界上任何一个国家和地区是不是都是依靠海洋来开放的呢？答案并非如此！那为何很多人会持有这个错误概念呢？之前有个在中国影响甚广的电视纪录片，当中谈及海洋是蓝色文明，中国是黄色文明，而未来一定是蓝色文明，中国之所以落后就是因为历史上的黄色文明太发达了。当然，这个纪录片有隐喻和政论的性质。那么避其政治成分，仅就其学术部分而论，此观点到底对不对？显然是不对的。因为它把以海洋为载体所造就的某些特殊历史和特殊文化进行了普遍化。

西方学者所讲的海洋，往往指的是地中海，而地中海是海洋作为载体的一个特例。地中海之所以在区域发展中发挥了巨大作用，是由其特殊的地理环境决定的。地中海基本为内海，除直布罗陀海峡、博斯普鲁斯海峡、达达尼尔海峡等海峡外，其周围皆为陆地。如果封锁几个出口，地中海就成为一个大的内湖，部分海岸到对面的距离极近，大的风暴也被阻挡在外面，所以地中海上的航行相对比较安全。更重要的是，地中海周围是人类文明的重要发源地：两河流域文明、古巴比伦文明，以及更早的小亚细亚文明及希腊文明，文明如群星般璀璨。文明地经商、交流很容易，不文明的侵略、海盗活动也很容易。所以对地中海沿岸的人来说，异族的文明就在周围，海洋就意味着开放、财富、胜利，当然也催生防范和战争。所以在埃及的神庙里，既可以看到古埃及的神像，也能看到罗马和希腊的神像。这些不同的文明主要是通过海上而来的。

在电影中常有这样的情节：一座城市的物资消耗殆尽，居民已经绝望，这时一艘满载物资的船舶驶到，满城欢呼。为什么？因为财富和希望已至。当此地的人生活窘迫之时，他们往往会坐船出去冒险或贸易。所以地中海周围不是哪个国家单独具有航海技能和航海人物，而是普遍存在。

我曾到利比亚的昔兰尼。昔兰尼有个阿波罗泉，其记载讲到海的对面是希腊。希腊人因为居住地之北都是山，于是在神的指引下往南寻找出路，自南面渡海。第一次到昔兰尼时未能找到水源，只好折回。后来随着当地人口越来越密集，生活愈发困难，于是在神的指引下希腊人再度来到昔兰尼，并找到阿波罗泉，之后在此建立了昔兰尼城。建城之后，大批的希腊移民迁徙至此，以至于在此地建立了全世界第二大的宙斯神庙。所以对希腊人而言，海洋就意味着新的生存之地和新的希望。希腊人在那里生存，建了很多墓地。此后希腊衰落，罗马人随之而来，在可用的地域条件下，罗马人搬掉希腊人墓中的尸体，将墓穴占为已有。直到第二次世界大战时期，此墓穴还作为飞机轰炸时的避难所使用。在大莱卜提斯海边，我看到一块还未来得及劈开使用的巨大大理石胚料。这些石料自罗马运来，依靠的是海运交通的便利；而北非沿岸大量的斗兽场、露天剧场和神庙等古罗马建筑，其石料也基本是从海对面运来的。

除了两河流域外，阿拉伯人的聚居之地平原甚少。环地中海部分地方的沙漠已经接近海岸。在无处发展的情况下，他们只有面向海洋。所以阿拉伯人的航海技术很发达，可以航行至中国。在阿拉伯人兴起的时候，欧洲很多地方已经发达起来了，所以阿拉伯人就只能往东非发展。我在东非肯尼亚的拉木岛上，看到的全是讲阿拉伯语的阿拉伯人。阿拉伯人往东航海即到达中国，所以唐宋之时，泉州、广州已有很多阿拉伯人航海来此经商贸易乃至定居，并在广州形成所谓的“番坊”，作为外国人的社区；在泉州，现在还能看到很多写着阿拉伯文的墓地。所以，海洋对他们而言就是一个载体。

那么这是否具有普遍意义呢？对中国而言，秦时已经统治了全部海岸线。汉武帝时，北面的海岸线可囊括朝鲜半岛上今首尔南面沿海，南面则包括今天越南的胡志明市一带，然而那时沿海一带并未表现出开放特点。中国沿海较为接近地中海地理环境的只有环渤海地带，所以当年山东半岛居民到朝鲜和日本都较为容易。但令人惋惜的是，其时朝鲜半岛和日本的文明还不如中国先进，所以对环渤海地带的人们吸引力不大，前往朝鲜半岛和日本至多只是作为避难场所和流放地，或者是寻找未知的蓬莱仙岛、不老药地等神仙场所，于是出现了徐福东渡之事。当然，徐福本人不一定真的到达了日本，但是当时有中国居民移居到日本是不争的事实，以至徐福墓地在日本不止一处。但毫无疑问的是，它绝不可能像地中海附近那么富有吸引力，所以孔子说：“道不行，乘桴浮于海。”对孔子而言这是不得已而为之的行为，与如今为了发财主动出海的行为截然不同。

除环渤海地带以外，中国沿海其他地方并不能赋予人开放探险的勇气和精神。江浙沿海在唐宋时已很发达，但并没有促成更多的海外活动。相对而言福建跟希腊较相似：多山少地，农业规模不大；内河交通不发达，平原盆地之间也往往有高山阻隔，因此来往最方便的方式便是航海。且福建多海湾、海岛，近邻浙江、江西等地多商人，这都促发了福建人较为外向的性格。然而可惜之处在于，福建周边没有希腊环地中海那样发达的文明。正因为海外并没有能吸引人的异质文明或更先进的文明，所以中国沿海的人并不能天然具有开放的思想，海洋也不能成为文明的来源。

那么中国的外来文明从哪里来？以传统时代而论，基本上不是海洋舶来。比如佛教，其主流是从印度、尼泊尔，然后经青藏高原传入中原腹地，或者经缅甸传入云南等地，或者自印度、巴基斯坦，过天山，经河西走廊传入我国。海路传入也有可能，但并非持续。比如上海龙华寺，据说有从海上漂浮过来的一尊佛像，胡道静先生考证可能是用一种火山岩雕塑而成，但这只是偶然现象，佛教主流还是从内陆印度传来。中国今天很多的乐器、音乐和舞蹈都是从西域传来，唐朝内陆是主要的开放地区。所以汉唐之时，中国最开放的地方并不是东部沿海。在这种情况下，东部沿海的人不可能具有思想开放、善于接受新事物的特点，从这种角度而言，海洋本身只是一个载体。

以上海为例，上海一直面向广阔的海洋，但为什么直到改革开放之时海洋才发挥作用？其主要原因就是人和环境发生了变化。所谓载体，不一定载来的都是好的，例如海盗。当世界各地的人类交往逐渐频繁，很多疾病也是随着海洋上的船只而传播开来的，所以现在海外进口的物资在港口海关都要进行检验检疫。海洋本身就是一个载体，至于如何利用载体，通过这个载体要传播什么，那是人类的事情。

二、海洋文化与上海

什么是海洋文化？不是有海就有海洋文化，离开了人类活动，文化就无从谈起。现在往往很多东西都被称为文化，但是文化不是物，人跟物发生关系才会产生文化。比如喝茶，茶叶长在深山里并不是文化；简单的制茶、制茶具也不叫文化。但是人去喝茶，人利用茶作为交际的工具，人把茶具作为欣赏的物品，这才是文化。所以我对海洋文化的理解，就是人类利用海洋的生产方式和生活方式。

马克思讲得很清楚，人类在满足了衣食住行的需求之后才可能发展文化。我们说的海洋文化是指人跟海洋发生关系后形成的生产方式和生活方式，在此基础上再形成的一些习惯、规范、意识、思想、理论和信仰，可以称之为“海洋文化”。正因为我们对海洋的利用或者与海洋打交道的方式不同，所以才产生了不同的海洋文化。我刚才讲到地中海沿岸的海洋文化极为发达，海洋是其生产生活的重要方面，也是其政治活动的重要方面，比如海盗和海战。北欧部分地区受极夜影响，无法从事其他的生产方式，所以促生了发达的海盗文化。

除海洋的常规交往载体功能所产生的文化外，与军事有关的航海、舰艇文化也是海洋文化的一部分。有些国家对海洋非常重视，将其作为希望和未来所在；而中国则在相当长的历史时期内忽视海洋，将其视为陆地的尽头。如苏东坡到了三亚，谓之至“天涯”。如今我们不会再有这样的看法，沿海地区已成为开放的前沿，这是与以往截然不同的文化认知。而这种认知的不同正是来源于对海洋利用方式的不同。然而即便如此，我们与真正的海洋性国家还有差距：我在新西兰的奥克兰看到，周末大批居民扬帆出海，或驾舟阖家而出，成群结队，上海和中国的其他海滨城市中有这样的景象吗?

从地理上讲，现今的上海地区包含一片古老的陆地，在青浦、松江一带有一道略高于周边陆地的岗身，其西是古老的陆地（如广富林、福泉山等都在其中），其东的陆地则是新形成的，今天的上海即由这两部分构成，而海陆变迁对上海的形成起到很大的作用。时至今日，上海依然有涨有塌，如果加以合理利用，那么都可以转化为优势：淤积有利于陆地的扩张，而冲刷则有利于优良深水港的形成和保持。长江沿岸港口的变迁与淤积冲刷不无关系：新中国成立后镇江港不停淤积，人工除淤也无济于事，镇江港口不断迁移；而南通港受冲刷影响，港区愈深愈阔。上海之所以建港外高桥等地，跟冲刷条件不无关系。

就上海的发展轨迹而言，其最初是河港城市，而非真正意义上的海港城市。上海最早的现代码头在十六铺，新中国成立后因为万吨海轮进出困难，集装箱码头移建至吴淞口一带，上海则依靠黄浦江深长及便利的河港优势逐渐发展起来。所以，并非有海洋就有海洋文化，也并非有海洋就必定有发达的海洋文明。我们研究海洋文化时要将其跟当地人的生产、生活联系起来。总而言之，我对海洋的认识概括起来讲：第一，是地球表层的一部分；

第二，海洋意味着资源；第三，海洋本身是载体；第四，是形成海洋文化的地理基础。海洋与上海的关系以及个人对上海的认识也可以从这几个方面来理解。

上海的名称是怎样来的呢？据谭其骧教授和一些学者考证，上海的得名是因为该地最早的聚落产生在上海浦，故而得名于这条称为浦的河。当时这一带有两条河，一条为上海浦，另一条是下海浦。取名字总要图吉利，当然要用上海，不会用下海。上海沿海区域有一个由海变陆的过程，它是最近两三千年从海上由冲积平原逐步形成的，但是不是指如今的上海市区。1958 年之前的上海市只包括浦东及吴淞口等很小的区域，连如今的外环线都没有包括全；我们今天讲的 6000 多平方千米的上海，是包括崇明岛在内的大上海。1958 年，中央将江苏省松江专区所属的 10 个县统统划入上海。上海的发展经历了由河港发展成海港，内贸转为外贸，从相对开放到真正开放的过程。

很多人认为上海海关是鸦片战争的结果、帝国主义侵略的产物，其实不然。清朝就有江海关的存在，主管从浙江乍浦到江苏赣榆沿岸，设在上海。清朝尤其是中前期时主要发展内贸，限制外贸。沙船主如沙船世家上海郁家主要跑沿海，不跑远洋，这也符合沙船本身适于航行近海的特点。上海本为松江县的属县，那么为何江海关设于上海而不设于松江？甚至在清朝时期上海开埠之前，苏松太道这一监察主管也选择设于上海？其实，决定因素是黄浦江、苏州河水系的形成。

吴淞江又称淞江、松江，是上海地区一条古老的河道，也是太湖水入海的主要通道，近代称为“苏州河”。上海地区地势平缓，水流过后容易泥沙淤积，导致河道变窄。唐朝曾记载河宽 21 里，而后则渐缩至 9 里、7 里，甚至到最窄之处的 3 里，以致水流滞而不泄，故而吴淞江需不时疏浚，海瑞就曾疏浚过吴淞江。明时对黄浦江和苏州河整治过后，黄浦江下游成为吴淞江新的出海口，而吴淞江下游逐渐湮没，黄浦江变得又深又阔，适宜海轮通航，成为上海河港的基础，十六铺也因之发展起来，而苏州河和黄浦江上游就成为连接上海广大腹地、长江三角洲的优良水道。待形成规模水系后，上海水运优势凸显出来，以至并非府城的上海可以有胜于松江的条件，遂使江海关、苏松太道得以设在上海。自黄浦江、苏州河而上，可顺利抵达江苏省的苏州府、松江府、常州府等地，浙江的嘉兴府、湖州府、杭州府都可借此联系起来，上海的腹地是近千年中国经济、文化最发达的地方。

1843 年上海开埠，外贸日益兴盛，逐渐取代内贸。江南的蚕丝等物身价大为提高。浙江南浔在近代出了大量的富人，主要就是靠外贸丝绸致富。另外如猪鬃、桐油的大量出口，带动了长江三角洲乃至整个长江流域的经济发展，而这些都是依靠长江流域和黄浦江、苏州河水系的水运得以实现。这是中国沿海其他地区所没有的优良港口和广阔腹地的强劲互动优势。

这也带动了上海成为人才交往的中心，一方面大批外来移民定居上海，另一方面腹地的大批人员通过上海走向世界，或从世界各国迁入或回归。四川的青年留学日本，邓小平等去法国都是从上海走的。更早的清朝江浙一带和全国的大部分留学生，也都是从上海出发，留学到日本、英国、美国及其他地方。尽管鸦片战争前广州是唯一的合法的对外开放港口，但大量外国人进入中国，多取道上海。正因为上海有位于中国南北之中、江海之汇的有利地位，其作用才能充分发挥，内贸、外贸可以同时得到很好的发展。即便今天欧亚大陆桥已打开，新疆的很多物资还是自上海出口。

三、海洋与上海的未来

大家可能会问，既然上海有如此优越的海洋条件，那为何在历史时期长久得不到开发？其实归根到底，海洋只是个载体，需要人对其加以利用。如今沿长江口如南通等地，甚至中国台湾的高雄、韩国仁川等地都在竞争航运中心的地位。从技术方面而言，如今的上海洋山港完全可以建成国际上最好的深水港，可以容纳更大的船，得到更充分的发展。但洋山港的建设成本比较高，中间需要经过27千米的桥，而6车道的桥也未必够用。所以此桥的通运能量在一定程度上决定了港口的吞吐量。而从商人的角度讲，吸引其走洋山港一线的诱因是相对更低的运输成本。

提及如今的上海和上海海洋文化，需要注意在开放与否的问题上，海洋的载体作用已经不再是决定性的。特别是物资以外的开放——人员开放、文化开放，这些已经不再主要依靠海洋为载体，而是通过其他新的媒体，如互联网等进行开放交流。如果说当初地中海沿岸的人获得外来信息的主要途径是通过海洋，那么今天海岛之人对信息的获得，其主要途径已不再是海洋，而是互联网，人员的往来则多靠航空，所以不能夸大海洋在当今的作用。

对于物资尤其是大型物资的输送而言，海洋运输依然是主体，比如一般的大宗物资不是很急，可用海运。所以需注意运输物资的类型，以更好地发挥上海的优势。贵一点的海鲜都会用空运，所以即使对物资的输送，海洋作为载体的作用也在减少。同时要注意，就国情而言，政策、法规对经济的发展会起很大作用，所以沿海并不具有天然的开放优势。

所以不要忘记，沿海只是提供了相对有利的环境条件，而真正要使其在今后的开放和发展里发挥作用，除了我们传统所讲的港口和腹地的关系，当地人的素质及其经济运作的环境是非常重要的，就我们国家而言，就是要有支持性政策。所以我觉得这样来认识上海就会看到，今天的沿海跟历史时期沿海城市、沿海地区相比，一部分海洋因素还在起作用，一部分在今天已不再起作用。所以我一再劝沿海的城市、沿海的人，不要以为本身、本地具有天然优势，这些优势现在并不一定都存在了。相反如果守着海岸线而不主动积极利用的话，绝不要指望沿海的居民具有心胸宽广的开放意识，沿海居民也就不可能成为世界高素质的公民。所以希望我们能全面理解海洋，全面认识海洋对上海未来发展的有利因素和不利因素。

原载《国家航海》2012 年第 1 期

世界城市史上真正的奇迹

国内外的大城市、特大城市一般有两种类型：一种是从一开始就按严格的规划兴建，后来的发展也离不开原来的基础，如北京、巴黎等；一种是开始时并无统一规划，发展到一定规模后才重新规划，上海就是这样的大城市。前者的优点当然是整齐完整，功能明确，布局比较合理，但如果当初的规划不够超前，一段时间后就会受到原有规划的束缚，再要突破就很困难；而后一种如何发展，反而留有很大的余地。当然这类城市能否真正得到发展，还取决于城市的实力和机遇。

从明嘉靖三十二年（1553 年）上海县筑城开始，这道城墙就起了规划的作用，将城市的发展限于城墙之内。但作为近代大城市的上海，完全是 1842 年后在上海县城外发展起来的。由于分属英、法、公共（英美）三个租界和华界，加上租界的范围一再膨胀和越界筑路，这个城市的发展从来不存在一个整体的规划。上海一度被称为“万国建筑博览会”，自然有其丰富多彩的优点，也不乏规划合理的一条马路或一个小区，但致命的缺点也正是由于“万国”各自为政而没有整体规划，以致显得杂乱无章。

20 世纪 30 年代初，上海当局曾制订了一个在江湾一带建设“新上海”的计划，并建成了一批公用建筑和道路，市政府等机构已迁入新址。但不到几年，日本帝国主义的侵略战火使计划不得不中止，连已建成的部分也受到严重破坏，上海丧失了一次重新规划的机会。

新中国成立后，上海又面临着一次新的机遇，但由于种种原因，这次机遇实际上没有得到很好利用。尽管城市的面貌也不时有所改变，但整体上却缺乏进步。到了 20 世纪 70 年代，“见缝插针”居然成了建设方针，城市规划荡然无存。而直到“文化大革命”结束，20 世纪 30 年代或更早的建筑依然在上海独领风骚。

上海终于抓住了改革开放的历史机遇，又积蓄了大发展的经济实力，一个半世纪来第一次对包括浦东在内的未来城市做了全面的规划，按高起点、高水准绘出了新世纪的蓝图。这几年城市基本建设的巨大成就，已经使上海人民感受到了这项宏伟规划，也使全世界看到了这幅蓝图的轮廓。

上海从 1842 年至 21 世纪初的发展，曾经被当作世界城市史上的奇迹，但只要我们稍做比较就不难肯定，真正的奇迹是改革开放以来的上海。但上海不是在一张白纸上描绘新图，所以不得不随时面对新与旧、古与今、保护与拆迁、复旧与创新等种种矛盾，这些也都是前所未有的，没有具体经验可供借鉴。正因为如此，这一页将写得更加辉煌。

创造人和

——新旧上海移民的比较

新上海的发展离不开天时、地利和人和三方面的条件。如果将天时比之为机遇或国内外的大环境的话，那么对上海本身来说，只能适应和抓住机遇，而不能自己来开创新的机遇，也不能指望依靠自己的力量来改变国内外的大环境。地利则是指生存和发展的地理环境，包括自然、人文和社会各方面，对自然方面的条件，人类不应该轻易去改变，在目前的科学技术条件下，也不可能做真正意义上的改变。人文、社会地理方面的条件虽然主要是人类活动的产物，但并不是纯粹的人类活动，因而同样离不开自然环境，显然人类主要也是要适应自然环境，而不是脱离这个环境自行其是。但人和，无论是理解为人际关系还是人力资源、人的创造力，都主要取决于人本身，取决于他们如何利用天时和地利。

如果我们回顾一下自开埠至新中国成立这百余年间上海的发展过程，当然也有这三方面的条件，但最主要的应该还是人和。因为就天时而言，在当时的中国沿海地区，与上海类似的城市并非一个，开埠前条件就优于上海的也不止一个地方。就地利而言，固然上海有处于“南北之中，江海之汇”的优越环境，但这样的条件也具备于长江下游沿江各地，东南沿海的一些城市也有类似的环境。而且地利基本上是固定的、现成的，上海开埠后也只是适应这一条件而已。

但事实是，开埠以后上海以令人瞠目的速度发展，不仅远远超越了周围那些历史悠久、经济和文化素称发达的中小城市，而且很快成为中国以至亚洲最大的城市，还形成了一批以素质高、能力强、影响广为特征的“上海人”（尽管他们的原籍大多并非上海，很多人也不是在上海出生），根本的原因还是在于人和。

租界是帝国主义、殖民主义的产物，是中国人和上海人屈辱的一章，但没有租界就没有 1949 年的上海（限于篇幅和主题，本文不拟详细讨论这一问题，只是肯定这一事实）。移民是上海发展的基本动力，也是上海的重要特点。

19 世纪后期至 20 世纪中叶上海移民一是数量多。开埠之初，包括租界在内的整个上海县的人口不过 50 余万，居住在上海的外国人只有 26 名，但到 1942 年上海市的人口已高达 392 万，外国侨民更达到 15 万。至 1949 年上海解放，全市人口又增加到 554 万，外国侨民也还有 2.8 万人。其中非本地籍人口有 471 万，占总人口的 85%。即使排除临时难民的因素，迁入上海的移民及其后裔也肯定超过 400 万。

另一个特点是移民的质量高。迁入上海的移民的主体来自江苏和浙江两省，其中又以苏南、浙北为大多数。近代沿海大中城市都吸收了大量移民，有的也是以移民为主，如北方的天津。一方面，上海移民的主要来源是苏南和浙北，是自10世纪以来中国经济和文化最发达的地方，也是商品化程度比较高的地方，当地民众文化程度较高，生产技能较精，商业经济意识较强，心态比较开放，容易接受新思想和新事物。而且上海的移民高潮集中于太平天国战争和抗日战争期间，由于这两次战争对苏南、浙北影响极大，在当时深受破坏的情况下，当地人纷纷迁出，而拥有租界的上海无疑是首选迁入地，这无疑是将这些外迁人口送往上海的巨大推力。这些人口的经济文化水平较高。他们拥有的财产流入上海，很快转化为资本，就连他们在家乡拥有的土地，相当大一部分也易手而用于投资。

移民迁入和定居的条件也相当重要。迁入移民素质再高、数量再多，如果没有一个适宜的环境，也不可能发挥其作用。

移民的定居条件首先有一个土客关系，即原有人口与新迁入的移民之间的关系。一般来说，土（著）强客（移民）弱，移民的作用不易发挥，虽然对土著不无影响，但最终大多为土著所同化。客强土弱则相反，土客相当则冲突碰撞激烈，但最终可能形成土客交融的局面。

上海开埠前只是一个普通的沿海县级城镇，即使在本地，也没有经济和文化方面的优势。加上开埠后的上海主要是在上海县城外的租界上发展起来的，当地人口虽不能算空白，也数量有限，与大量涌入的移民的数量和质量相比，实在微不足道。就是到了租界与华界连成一片和租界取消后，本地人口在总人口中也只占很少的比例。而天津的本地人口要占总人口的40%，加上移民是逐渐迁入的，所以在相当长的年代中土著占有明显优势，移民的作用不易发挥。而且在上海的外来移民中，苏南、浙北籍虽占很大比例，却还有江浙其他地方及安徽、广东、山东、湖北等多种来源，没有哪一个原籍的移民占有绝对或压倒性的优势，这种多源性无疑有利于移民之间的良性竞争和相互制约。

实际统治着租界的外国当局在中外移民之间不可能保持公正，所以外国移民往往能凭借他们的特殊身份获得各方面的特权。但租界当局为了自身的利益，同时出于对本国制度的自信，将西方的制度和管理模式引入上海，客观上为迁入上海的移民创造了比较规范和公正的竞争环境，使移民能够进行良性竞争，各自的优势和潜能得到充分的发挥，优胜劣汰，适者生存和发展。所以最终能在上海定居和延续的，都是移民中的较强者。即使是底层贫民或一般的体力劳动者，也是在体力、适应能力、竞争意识等方面相对的强者。例如，以往每当苏北大水后，就会有大批难民涌入上海。灾害过后难民大多会返回故乡，但总有一些人留了下来，成为上海的工人、店员、警察等。

不过，最重要的条件还是迁入地本身的发展。一个飞速发展、前途光明的地方，不仅已经迁入和定居的移民不会外流，最大限度地发挥他们的作用，还能吸引新的移民源源不断迁入。开埠后的上海正是这样一个地方，并且在旧中国的特殊条件下长盛不衰。如同时期的香港，尽管完全按照英国的模式进行管理，但无论是本身的区位、腹地和对中国的影响，都不能望上海的项背。

今天，新上海的发展同样有其天时、地利和人和三方面的条件。而且对上海人来说，天时和地利的局限也是难以改变的，人和一项却取决于上海人自己。而今天上海最主要的人和依然是两方面：移民和体制。即如何主动大量吸引国内和国外的人才，如何为迁入上海的人才能充分发挥他们的能力和潜力创造有利条件。

改革开放以来，上海在这两方面并非没有进步，但还存在着相当大的不足，而且新上海与旧上海的条件已有根本的区别。

上海正经历一个飞速发展的阶段，这一点可以胜过旧上海，特别是在世界经济普遍处于停滞状态，这一机遇尤其有吸引力。与国内其他地方相比，上海的历史传统和在改革开放中已经取得的成就，也使它更有前景，更富有魅力。上海比其他地方更容易接受外来文化，在中国城市中最国际化，也有利于上海吸引外国移民。所以在吸引移民方面，新上海与旧上海相比尽管还有差距，但潜力很大，今后还有可能加强。

但在原有基础方面却已大不相同。今天的上海已经有了强大的本土体制，在政治、经济、文化、社会各方面形成了自身的特点。与当年县城近郊的乡村完全不同，上海已是中国第一和亚洲主要的特大城市，国有经济占有不可动摇的地位。特别是自 1949 年后的 30 余年间上海基本上是“只出不进”，迁出者的数量远大于迁入者。实际上今天的上海文化在全国并没有多少优势，更不用说在全世界，但本地人大多还沾沾自喜，误以为上海还有当年执牛耳的地位。与当年的多元文化不同，今天的上海是由主流文化有效控制和管理的都市，外来文化只能根据主人的选择做有限度的展示，却无法与本地文化平起平坐、自由竞争。非主流文化至多只能作为点缀，异端则完全没有容身之地。在这种环境下，新移民至多只能被当作“引进”的“人才”，而不会被看成新来的主人，或主人的一分子。他们会被有形无形地要求适应上海的环境，而不会受到鼓励来改变现有的环境。即使当局鼓励他们这样做，面对强大而顽固的本地人，移民们也会感到力不从心，知难而退。更重要的是，当局与本地人似乎还没有意识到将外来流动人口转化为移民的重要性，不了解如果外来人口不变成定居移民就会缺乏归属感、主人感，他们的作用将大打折扣。例如，今天上海的外国流动人口，从数量上讲已经远远超过了旧上海，但其中有多少人已决定定居上海，或者已成为上海的常住人口呢？可以想象，一有风吹草动，这些外国人就会在顷刻间烟消云散，而不会与上海共存亡。

总之，如何充分认识新移民对新上海的重要性，如何为新移民创造良好的定居和发展环境，如何将新移民当成新上海的主人，是新上海面临的一个紧迫而关键的问题，也是新上海能否取得“人和”的主要因素。

世界博物馆日开放老建筑的意义

继去年在世界博物馆日开放老建筑后，今年5月中旬的双休日，上海的40处老建筑又免费开放两天。据报道，2天的参观者高达17.7万，比去年增长了近3倍。一些名人故居更是人满为患，如孙中山故居达9000人次，不得不采取5分钟一批的限时措施；宋庆龄故居一天达3500人次，超出平时的7倍。更令人担忧的是，孙中山故居一楼的地毯被蜂拥而至的人群踩得破烂不堪，人群不停地呼吸和带来的大量灰尘使得一些展示的近百年文物上积聚了大面积浮尘。孙中山故居等处已明确表示，如果允许，明年将拒绝加入免费开放行列。

这样的“盛况”当然说明了开放的必要性，显示了上海市民对老建筑的热情；但另一方面，也证明主管部门和民众对开放老建筑的意义存在误区。

据我所知，世界各国都在世界博物馆日或建筑节开放老建筑、名建筑，其主要目的不在免费，而是让公众能有机会参观平时没有机会进入的老建筑、名建筑，以便他们了解和感受建筑文明的精华，更加热爱并致力于保护这些建筑。由于老建筑历经岁月沧桑，有的已是风烛残年，一般已无法经常性开放，或者只能有控制地开放。而名建筑往往是国家或城市的标志，有的还是国家首脑或政府的驻地。还有些建筑属私人所有，或者由私人使用。平时它们当然不能随意开放，所以每年只能在规定的有限时间内给公众提供一个机会。这种做法兼顾了这些建筑的保护、正常功能的发挥、对私生活的尊重和满足公众的需要。如英国的白金汉宫平时是皇室的住所，法国的爱丽舍宫是总统的办公场所，也都利用这类节日对公众开放。还有一些著名的私人宫殿、古堡、庄园也在开放之列。

这类开放当然是免费的，但并非无条件，一般都限额，在规定的时间内有规定的参观人数。还得预约，或打电话登记，或通过网络，或索取预约券。参观时要严格遵守规则，有规定的线路和参观区，有专人带领、讲解，或派发背景资料。这样做，既避免了开放日客流过分集中于某些建筑，又有利于建筑的保护，并不致对建筑内的正常活动造成过多影响。更重要的是，获得参观机会的人都很珍视这个机会——也许这是一生中唯一能进入这座建筑的机会，全国以至世界上有这样机会的人相当有限！他们必定会认真参观，加上有良好的导游和充分的介绍，每个人都会留下深刻的印象。或许有的参观者产生了对建筑文明的兴趣，从此致力于学习、研究和保护，或许有人做出了捐资决定，或许增加了国际合作。如果套用一句商业化的话，就是以最小的成本获得了最大的收益。

但上海现在的做法，只是增加一两个免费日，因为这40座建筑基本都是平时开放的，门票价格也并不贵。有的建筑平时很少有人参观，交通也还方便，并不存在参观难的问题。这次活动的直接的结果是政府减免了数百万门票收入，一二十万人每人节约了一二十元甚至数十元钱（有人参观了不止一地一次）。而对这些建筑物管理部门来说，无不经受一场考验，有的还留下了不易消除的损失。各个参观点都增加了人力，但大多不是用于讲解或导游，而是为了疏导和防范。就间接的结果而言，当然能使大多数参观者获得精神上的享受，增加了对这些建筑的了解和爱好。

我这样说并非反对免费开放，而是认为要将日常的免费开放与设立这类专门的开放日区别开来。既然这些建筑平时都是开放的，那么就应该将免费开放常规化，不必也不应该集中在每年一次或若干次。有些国家规定，任何博物馆每周或每月都应向公众免费开放一次。上海完全可以实行这样的办法，同时将免费开放的时间错开。例如，现在热情加入免费参观之列的人中不少是退休的老人，如果每天都有免费开放的场馆，他们就可以轮流参观，不必挤在双休日或专门的开放日。对特殊群体，像残障者、高龄老人、优抚对象、军人、学生等还可专门安排免费的时间和条件。

而纪念性、专业性的免费开放必须突出主题，重点开放平时无法开放或不便开放的古建筑、名建筑，如汇丰银行大楼、海关大楼、市政府大厦、徐家汇藏书楼、西郊宾馆、造币厂、提篮桥监狱、某些重要的地下建筑、几座黄浦江大桥的内部等，还可以包括若干濒危建筑、正在修复的建筑，以便让公众了解保护和修复的艰辛。由于人数有限并有组织，对这些建筑的影响不会很大，也不致产生破坏。开放日应提前通告，每个参观点都规定时间和人数，公开接受预约登记，额满为止，临时只安排少数候补。部分名额可以向全国、全世界开放，既满足真正的建筑文化爱好者的需要，又能促进旅游。有的名额还可以作为建筑或上海历史文化知识竞赛获奖者的奖励，造成更大的社会影响。这类建筑开放时也可设立捐款箱和认捐簿，接受参观者的自愿捐款，筹集保护资金。

有人会抱怨名额太少，或者不能随心所欲地参观，那就明年再争取吧！如果终于获得了一个来之不易的参观机会，而这又不是用钱能买到的，那一定会倍加珍惜，一定会更加认真地参观学习，留下终生难忘的记忆。这正是老建筑、古建筑和所有历史文物所期待的参观者!

2005 年 6 月 2 日

保护老房子为什么那么不容易

最近，上海和其他城市都加强了城市历史风貌的保护，不仅划定了专门的保护区，而且对有历史文化价值的旧建筑确定了严格的保护措施，老房子再也不能随便拆除了。欣喜之余，不禁还是有些担忧，因为以往几年的经验和教训证明，在中国要保护老房子实在不容易。

我们不能一味指责民众不重视历史文化，政府措施不力，开发商一心赚钱。如果我们深入做一番比较和研究，就不难发现，中国的老房子的处境的确有一定的特殊性。只有了解这些特殊性，才能找出解决的办法。

以往十几年间，我到过不少国家和城市，也参观过一些外国列为保护对象的旧建筑、老房子。应该承认，大多数国家和城市都比我们保护得好。原因何在呢？除了重视程度和保护措施不同外，客观上我们的确有一些不利因素。

首先是建筑材料的先天不足。国外近代以前的建筑大多是石结构，而中国同期的建筑几乎都是砖木或土木结构。与西方国家相比，采用钢筋混凝土作为建筑材料的时间开始得晚，所以现在称得上老房子的建筑大多还是砖木结构或土木结构的。这类建筑容易被天灾人祸所破坏，火灾、风灾、洪灾、虫灾都会给它们造成致命的损失，甚至完全毁灭。就是不遇到灾害，自然的损耗也很严重，尤其是在无人居住使用的情况下，所以经常性的维修量也相当大。我们现在讲一些老房子是哪一年代的，实际上只是指始建于此时，或者主要的结构、形式还属于此时，实际上很多建材都已更换，有的连外形都已改变。这样的老房子其实已打了很大的折扣。我见过几处元代建筑，往往只有几根梁或一堵墙是原物，或者屋顶还大致保持原状。中国同时代的建筑往往远不如采用石结构的国家那么多、那么早、那么好，主要原因就是建材构成的差异。而在西方采用钢筋混凝土后，我们的土木结构建筑自然更难与之相侔。且不说古埃及、希腊、罗马的大型石建筑还巍然耸立，就是在英国、法国，18 世纪的建筑还成片存在，17 世纪的房子也相当可观，而且今天依然适合居住。威尼斯不少建筑已有四五百年历史，相当于中国明代晚期，今天还在使用，有的是旅馆或民居，而且显得相当豪华舒适。中国尽管也能找到，但原汁原味的不多。至于说到舒适，即使故宫也谈不上。

这类老房子的修缮与维护的成本也很高，而且即使花了钱也未必能达到“整旧如旧”的效果。老房子的主体离不开木材、砖瓦，要找到年代和外观相近的旧材料已不大可能，将新材料“做旧”虽然有一定效果，但绝不会有原汁原味，如新烧制的砖瓦不但不会有岁月积淀的深沉，而且会泛白“浮碱”。至于用钢筋混凝土代替再将其做外观处理，就更使老房子徒具外形而神韵全无。不过即使只用新料修旧也已不太现实，如中国台湾东海大学的主体建筑是仿唐式的木结构，当时用了中国台湾盛产的桧木，现在再要用桧木维修就显得过于豪华了，而且也未必能买到。但如果用钢筋混凝土代换，就会使这些仿唐式建筑不伦不类。湘西的吊脚楼也面临绝境，用木材更换旧“脚”太贵，而如果失去了最富特色的木“脚”，吊脚楼也不存在了。老房子的装饰大多是木雕、砖雕，也不易长久保存，而要恢复原状谈何容易？所以在维修时往往就此消失，或者用粗劣的水泥制品代替。而如果原来就采用各种石料，就不易损坏；如果用的是石膏，要复制就更容易。

先天不足之二，是老房子本身结构功能的缺陷。中国的传统建筑一般都过于重视外观、等级、礼仪功能，忽视内容、生活功能、私密性。宫殿、官衙、寺庙等建筑富丽堂皇，而民居大多简陋狭窄。在民居中，最讲究的部分也是大厅、大门、照壁、祠堂等公用部位，而卧室、内房往往很小，采光、通风、隔热、防尘、防水、防火功能很差，而且往往中看不中用。如落地花窗很美观，但无论用糊窗纸还是云母片，采光、通风、隔热都难如人意，更无法兼顾。由于始终没有解决室内的给水与排水、排污，即使贵为帝王，也只能在卧室内放置马桶、尿壶、痰盂，洗脸净手只能用水盆，洗澡就更困难。如果我们拿明清以来的皇宫、孔府和其他高官显贵的住房与西方同时代的住宅相比，生活质量相差极大。怪不得西方建筑一传入中国，高官富商纷纷兴建，很少有人拒绝住入。即使还住在四合院、大墙门中，也都加装抽水马桶、锅炉房、下水道。

西方近代建筑尽管比中国老房子更注重生活功能，但现在还在使用的旧建筑大多也做了改进，加装了最新的生活设施，使居住在这些百年或数百年老屋中的人也能享受先进的物质文明。1990 年我参观西班牙几座小城，它们既是历史文化名城，也是旅游胜地。步行在狭窄弯曲的石板路上，经过一座 16 世纪的教堂和一片 17、18 世纪的旧房，仿佛回到了二三百年前。但走进这些古老的住宅，发现里面已安装了电缆、电视，更不用说拥有现代化的厨房、浴室、厕所，但所有的管道、电线、电缆都精心隐藏，在建筑物和城市外观上不露痕迹，而当时在其他城市还是电视天线林立。

那么我们的旧房子能不能如此改造呢？当然也可以，但由于原来的结构差距过大，免不了伤筋动骨，成本太大。不仅如此，如果想“整旧如旧”，尽可能保持原貌，一般就很难做这样的改造。而如果一仍旧贯，当博物馆、展览馆、陈列室还凑合，怎么能继续用作民居？又有谁愿意在其中长期居住？

第三个不足不在老房子本身，却也增加了保护难度，那就是由于中国近代的人口增加过快，人口密度高，所以大多数老房子中还居住着大量居民。在理论上谁都承认应该保护老房子，但一到实际操作就陷入两难甚至多难。要有利于维修和保护，最好恢复建筑各部位的原有功能，拆除后人的“违章”搭建，迁出过多的人口。要“整旧如旧”，投入的物力人力或许比新建一座还多，今后的维修费用也相当高。要做好日常维护，必须有经常性的居民，但要让这些居民同样享受现代文明，改建和维护费用都要大大增加。如果老房子的产权属于私人，私人又没有维修能力，或者不愿意按原样维修，政府如何干预？依据什么法律法规？是强制收购还是投资维修？所以如果是为了解决居民的住房困难，还不如完全搬迁；如果计算成本，还不如拆除重建；如果作为文物保护，那就得落实必要的经费和强制措施。最糟糕的结果是所谓“改造”，既无法保持原貌，也不能彻底解决居民的困难，投入的资金却并不比新建住宅少。

在西欧，政府经常将一些古堡巨宅以象征性的价格“卖”给私人，条件是负责修复和经常性的维护。但这些旧建筑大多废弃已久，空无一人，或只住着少数人，购买者不必考虑补贴原住户庞大的搬迁费。我去福建土楼，里面大多人口密集，住着数十家、上百户。如果政府也采用西欧的办法，谁来解决这些住户的出路？即使送人都没有人敢要。徽州古村中的民居保存条件较好，原因之一就是以前的徽商长期在外经商，留在故乡的人不多，现在也是如此，一幢楼或一座宅院只有一对老年夫妇或一个小家庭。所以他们的厅堂基本保持原貌，显得宽敞整洁。主人欢迎游客参观（当然有政策保证他们的经济收益），保护意识较强。我也去过浙江、江西、福建、湖南一些古村旧屋，大多人满为患，破败不堪，老房子功能尽失，风光荡然，要维修利用难乎其难。

民居不能移植

公元前 200 年，汉高祖刘邦进行了中国历史上空前绝后的城市复制——将自己的故乡丰邑（今江苏丰县）按原样搬迁到关中的丽邑。

原来刘邦当了开国皇帝后，将自己的父亲尊为“太上皇”，在首都长安附近的丽邑（今陕西临潼东北）为他建造了宫殿，让他安享荣华富贵。可是老人家却闷闷不乐，想回丰邑老家。刘邦好不奇怪，悄悄问左右是什么缘故。原来这位太上皇平生最喜欢与当地的屠夫、小贩、少年、沽酒的、卖饼的在一起，斗鸡玩蹴鞠，日子过得很开心。现在一个都见不到，当然会感到乏味。于是刘邦下令，完全按照丰邑的样子改建丽邑，城市的公共设施、街道、商店、住宅一一仿造，务必保持原状。又下令将丰邑的人口迁至丽邑，特别是太上皇熟识的屠夫、小贩、少年、打酒的、卖饼的一个不缺。这座新城建得惟妙惟肖，以至丰邑移民将从家乡带来的鸡狗放在街上，它们都会自己找到新建的“旧居”。丰邑移民一方面获得减免赋役的优待和迁移津贴，另一方面也被限制在丽邑，终身不得迁回。三年后，太上皇驾崩，他的陵墓就建在丽邑附近的栎阳北原。刘邦将丽邑改名新丰，让他父亲永远不离开这个新的丰邑。

从此新丰成为关中一个名城大县，但再也没有听说有什么丰邑特色。也就是说，刘邦虽有万乘之尊，可以动用天下的人力物力，却无法真正将故乡迁至关中。城池、衙署、寺庙一类公共建筑可以复制，民居却不能移植；人口可以迁移，却不能使迁入的人口不入乡随俗；公共建筑可以不计代价，也可以不太考虑地理环境的差异，但民居却必须让人能住、爱住、住得起，所以必须适应当地的地理环境；公共建筑可以由官府或团体维护经营，民居却只能由居民自己维修，如果不适合，或者太费钱，房主就会放弃或加以改造。拿那批由丰邑迁入关中的移民来说，当他们长期定居后就会发现，故乡的房屋难以适应关中的气候，原来的屠狗、沽酒、卖饼、斗鸡、蹴鞠失去了官府的补贴也未必维持得了生活，于是他们不得不改建房屋，改变职业。新丰城的内部已经不同于丰邑，随后新丰城的外貌必然也会变化，变得与周围的关中城市差不多。

古往今来，多少移民离乡背井，在遥远的他乡生存繁衍，他们千方百计保留故乡的记忆，唯独难以保持日常的衣食住行。北方人迁入南方后，并不是不想骑马，不想吃面食，为此官府还推广种麦，有权势的地方官下令种高粱以便产生喂马的饲料，但南方的气候和水网最终使他们选择船只，改吃米饭。同样，南方的吊脚楼到了不必临水而居的北方就失去了用武之地，在黄土深厚、木材紧缺的地方，外来移民也会选择穴居。就是迁移的距离不远，移民在新建住房时也会做适当的改变，以适应当地的具体条件。当然，如果运输便利，运费低廉，建筑材料可以从故乡运来，但多数情况下只能就地取材。正因为如此，民居往往成为地方文化最富有特色的部分，因为它最能反映当地独特的自然环境和人文景观，也最能显示多数人的生活方式。

上海曾经被称为“万国建筑博览会”，但能代表“万国”的建筑基本都是公共建筑或高官巨商的豪宅别馆。即使是远涉重洋来到上海的外国侨民，在没有获得充足的财富或取得一定的社会地位时，一般只能利用现成的建筑。而当他们要将一种外来的民居引入上海时，必定要进行适应上海的改造。现在已被当作“海派”特色甚至“传统文化”的石库门民居，起初是为了解决租界人口激增、住房紧张、土地不足的困难的产物，所以一方面采用了节约土地又便于施工的英国连排式建筑，另一方面又为每幢房子增加了一个封闭式的小天井，并对内部结构做了适合中国家庭的调整。这种外来建筑能在上海落地生根，发展成为上海的主要民居形式，就是本土化的结果。当然，住在哈同花园、沙逊大厦、马勒别墅、虹桥俱乐部中的人可以不考虑上海的特点，但这些建筑永远不能代表上海的民居。

民居不能随意移植，过去如此，将来也是如此。在上海建世界各国的建筑不会有什么困难，只要舍得花钱。但要将外国建筑当民居，就得先考虑一下给谁住。本地人愿意住吗？住得起吗？有那么多外国人来住吗？他们真愿意住吗？

车站码头不能有人露宿?

据报道,《上海市城市容貌标准规定》将于2005年10月1日起开始实施。根据该规定，上海的机场、车站、码头、人行天桥、影剧院等公共场所应保持整洁，无违章设摊，无人员露宿。市政府发言人称，该规定的实施将有助于进一步提升上海作为国际化大都市的文明形象，有助于推进建设“四个中心”。

制定这样的规定很有必要，也符合上海建设国际大都市的目标，但其中车站、码头无人员露宿这一点未免操之过急，实际很难做到。

在该规定列出的公共场所中，影剧院不可能容人露宿，再说现在没有露天影剧院，有宿也不会“露”。人行天桥有明确的范围，便于管理，真有人露宿也容易劝阻或驱逐。买得起机票的人一般不会为了节省旅馆费而去机场过夜，携带的行李也不会太多，需要转机时可在候机室等候，出现特殊情况航空公司会安排住宿，也不会出现露宿。

但车站、码头情况不同。首先范围不确定，除了建筑物内部之外，哪里属车站、码头的范围？如上海现在的火车站，前后都有广场，还有一条条连接的马路，不许露宿的范围包括周围的马路吗？有的汽车站根本没有什么候车室，上下客都在马路旁，这条马路就属“车站”吗？

其次，露宿的概念不明确。所谓露宿，就是在露天过夜，那么晚上几点钟起算过夜？停留多长时间算过夜？坐着，站着，还是躺着算过夜？要不到时执法或规劝人员如何处理？看到有人站立或席地而坐要不要劝阻？看见有人躺下就要劝阻吗？

更主要的是，目前和今后相当长一段时间内，乘火车和轮船的旅客中还会有不少经济并不宽裕的人，他们在候车船或中转的过程中都习惯于在车站或码头过夜，不会花钱去住旅馆。据我所知，一些大学生、研究生往返于学校和家庭时，尽管要在车站或码头中转，却从来不会住旅馆，都是就地等候。上海的旅客来自全国各地，还包括大量中转旅客，其中相当一部分来自贫穷地区。而车站、码头的室内一般都要凭车船票并在规定的时间才能进入，一到春运等高峰阶段，只能凭若干小时内的车票才能进入候车室，不等在露天行吗？等的时间长了，或坐或卧就很正常，如何能禁止？即使住得起旅馆的人，有时也不得不在车站、码头露宿。例如，人地生疏，扶老携幼，行李多而移动不便，附近旅馆客满，等候时间不很长，临时买不到车船票，等等。除非车站、码头辟有容量极大的室内场所，又可随时任意出入，包括让尚未购票的旅客自由进入，否则就绝对避免不了露宿现象。正在建造的南站大概也不具备这样的条件，何况其他！

其实，国际大都市的车站、码头未必没有露宿，有露宿也不是什么严重的问题。1990 年 8 月，我从莫斯科乘火车去柏林，到达西柏林动物园车站已是半夜。附近旅馆都已客满，我还要赶次日一早的火车，不想走得太远，只能返回候车室。到午夜1点，候车室要进行清扫，我和里面的人只得离开。在车站广场旁，我与几位来自波兰、匈牙利和美国的年轻人围坐一圈。3位来自北京的自费留学生发现了，也拖着沉重的箱子来参加。开始还说说笑笑，波兰小伙子还唱起民歌，后来纷纷倒地而睡，直到5点半车站开门才各奔东西。巡警路过，只是友善地望一下，并不干预。另一次我从日本京都乘通宵巴士去东京，早上5点多提前到达新宿车站。出站后，我见天色未明，到友人处去也太早了，就折回汽车站。但站门已关，路旁的长椅上倒有人坐着，还有一位躺着，不知睡了多久。我也坐在长椅上，到7点多才离开。看来如果在这里露宿，也不成问题。

欧美一些大城市的车站，一般旅客候车的时间很短，有的根本没有候车室，不过是在站台旁安排一个小休息室，或者在站台上放几条长椅。由于出入车站无人检票，占着座位的人是否是旅客也不会有人管。我亲眼看到过衣冠楚楚的人半夜还坐着，是否露宿虽不得而知，却没有人干预。还有的车站虽然很大，但都是大大小小的商店，一到半夜绝大多数商店关门，同样有人在附近过夜，有的还用纸板、塑料片搭成栖身之地，只要不影响交通，天亮前自动拆除，警察不会干涉。

2005年6月22日

移民与城市文化

——上海与成都的比较[①]

我先说说移民与城市文化。我长期在上海，也研究过上海的移民，既然到成都来了，我觉得应该与成都做比较。

首先，什么是移民呢？在座的各位绝大多数是移民吗？这个问题在上海提出的时候，下面的朋友很多都举手，年轻的朋友很多都不是出生在上海的。路上走的外地人都是移民吗？不是。移民有特定的概念，是以定居为目的。外地人过来读书算不算移民呢？不算，有可能毕业就回家乡了。但是如果毕业之后在成都定居了，虽然没有拿到户口，但是你的目的就是定居，这就可以算移民。对移民，不同国家法律不一样，有的国家合法住满一年就是移民，有的是两年。中国情况特殊，有户口限制。统计成都有多少人口，往往有不同的指标，一是户籍人口，一是常住人口，现在规定在这个地方登记住满半年以上就是常住人口，剩下的是流动人口。我们讲的移民是以定居或者是以争取定居为目的的流

① 2018 年 1 月 7 日在成都“腾讯大家”年度论坛上的讲话，据记录稿整理。

动人口。

今天，在成都你们想定居，对待当地文化的态度就会不同，移民是要有归属感。比如说我听不懂当地方言，很多人到香港听不懂广东话。流动人口是不考虑去学的，听不懂叫人翻译一下或者是自己听懂就行了，最高的要求就是听得懂；但是如果考虑定居，考虑移民了，听不懂怎么长期待下去呢？所以不仅要听得懂还要积极学。

移民对一座城市文化不是简单地听之任之，而是积极地参与、干预或者是接受当地的城市文化，有能力的人用自己的意愿去改变它。移民对当地文化有归属感，对当地的利益也是如此，我是流动人口，企业家在这里挣不到钱就跑，但是移民或者是定居就不可能这样，挣不到就会积极去改变，积极去挣。所以这两者有区别。

一个地方怎么算移民城市呢？这要有不同的指标，一般移民达到当地人口主体才叫移民城市，不能只是有移民就叫移民城市，世界上没有哪个城市没有移民，要看移民数量。上海是典型的移民城市，1843 年上海正式开埠到 1949 年，当时统计数字非上海籍和他们的后代接近 80%，这就叫移民城市。天津没有那么高，但是也是接近了 60% 的移民。我不知道成都的数字怎么样，我相信在 1949 年算的话成都不会有那么高的比例。今天有那么高的比例吗？我觉得不至于。同样是移民城市，移民占的比例是不同的，一般移民占城市人口的一半以上才能说这是一座移民城市。比如，深圳前几年户籍人口 350 万，户籍人口包括了早期迁入的，而非户籍人口近 1000 万，这就是典型的移民城市。

移民城市不仅仅是看有没有移民，还要看移民的数量。是不是一个地方或者是城市的文化就体现移民数量呢？不是，要看移民在当地处在什么地位。大家知道，“文化大革命”前曾经把北京的“右派分子”送到黑龙江农场里。他们处在监督下，起不到多大的作用。黑龙江曾经有两批中小学老师非常好，一批是“右派分子”，一批是知青。但他们只能当中小学教师，对整个社会起的作用不大。

杰出的移民，是拥有社会地位和政治权力的移民，他可能是一个人，但是他起的作用会非常大。

成都历史上有一位大名鼎鼎的移民——文翁，他是今天安徽合肥一带的人，在四川做到了太守。文翁，地位高，有文化，后来在四川去世。文翁治蜀，蜀地的文化就是通过他转变的，他做太守期间就发现蜀地经济繁荣，但文化水平不高。他下决心要改变，他是地方官所以他有办法——办学校，办在哪里呢？就是在“石室”，今天的石室中学就因此而得名。办学人家不来读怎么办？他规定，富人必须要送孩子到这里念书，念书之后可以做官，没有在这个学校读过书的就不能当官，出来在地方做公务员的都需要在这个学校学习。当地没有高水平的老师怎么办？他把这些人送到长安留学。留学的钱呢，地方财政负担不起，他想了个主意，统计的官员每年要到长安报告户籍档案，他就叫他们带上蜀地的土特产、工艺品到长安卖掉，用这个钱资助从蜀地派过去的人，作为留学经费，通过这种方式在长安培养了一批人。经过他的措施，转变了蜀地的风气，现在都还在纪念他。文翁就是一个移民，但他起的作用非常大。

我曾经比较过上海和天津的移民情况，上海移民人口高达80%，天津为60%。为什么天津近代没有产生像上海这样发达的城市文化？其中一个因素，上海的移民大多数来自浙江、江苏，特别是浙江北部与江苏南部。五代、北宋以后中国的经济重心由北方转到南方，苏南是最近1000年来中国经济文化最发达的地方。到了明清，状元、探花、榜眼主要是这一带的。清朝苏州状元最多，普通的老百姓也多，经济条件比较好，百姓大多认识字。明清时这个地区人口很多，人均土地很少，农民已经走上了精耕细作的道路上，商业、服务业也非常发达。这批移民到了上海如鱼得水，很快就适应了，并且形成了新的城市文化。

天津的移民主要是河北周围，还有山东。近代以来，山东、河北经济落后，移民的经济文化水平就不能与上海相比。

上海移民有多元特点，除了江苏、浙江，排在上海第三位的移民是广东人，之后是安徽人。上海开放比广州晚，上海刚开放的时候没有人才，需要从广东引进人才，广东因为有了澳门、香港，有了海外华侨，所以它比较早地引进了西方先进的资本主义工商产业模式。比如新式的大百货店，中国本来没有，广东人跑到上海发展了，以前上海南京路上四家最大的公司全是广东中山人开的；比如照相馆、眼镜店等产业也都是广东过来的，他们最早跟外国人打交道，以后慢慢本地人也就学会了。山东人到上海多做警察，给人感觉忠厚老实。上海的警察就是山东人，香港的相当一批警察是山东威海人。

上海除了江浙，还有大批从各地吸收的特殊移民，其他城市很少有这些特点。这种情况下，移民把各种文化都带过来了，多种文化碰撞冲击，但是最后都融合了。移民史上有这样一个规律，这个地方只是一批移民过来，他们最多是复制了移民原来所在地方文化，如果这些移民人数太少，社会影响小，社会地位低，那也不会改变，只是在他的社区里边，在他聚集的地方保留一点原来的文化。

上海一方面移民占主要，另外一方面移民本身是多元的，而且有一批人才。包括广东人到上海发展的一般是有文化、有管理、有经验的这批人，这些移民在一起就相互融合相互合作，同时也汲取人家的长处，他才能生存下来。

现在上海总在对外说海纳百川，海纳百川是一个状态，上海文化的价值更体现在两个方面：一是职业道德，二是契约精神。

职业道德是我们传统文化的优秀部分跟西方现代观念结合起来形成的。江南城市苏州，在明清时期形成了行会，工匠有自己的行会，很多大的商店也讲究自己的职业道德和影响。到了近代上海，通过现代的管理、现代的观念，所以使上海的各行各业都形成了自己的行为规范，这种职业道德往往比法律的要求还高。

中国以前做生意讲买卖公平、童叟无欺，但是如果没有相应的制度你能做得到吗？一旦形成商业职业道德，不仅自律，而且有相互约束。

中国传统文化重信然诺，但没有法律制度保障，到了租界里边契约有法律监督，所以上海形成了新的契约精神，这很重要。到现在我们开放了，外国人认为上海是适合合作的城市。国内企业之间或者是机构之间，大家都有这个体会，与上海人要谈成一个协议不容易，翻来覆去地谈，一个细节一个细节都抠，但是签了就有保障。

所以移民对一座城市不是把自己的文化带来就行了，怎么样在城市里边形成一种新的相对更先进更文明的文化，除了移民本身的来源素质，还跟他们到迁徙地所处的地位、法制的环境、文化环境都有关系。上海历史上兼有这两个长处。

上海的移民城市，是 1843 年上海开埠有了租界形成的，成都移民的历史比上海早很多。我可以根据这个名字来判断，当时就是一座移民城市。为什么叫成都，这地方建成了都城，“都”是影响大的城市。原来不是一座城市，人口哪里来的呢？秦国占领这个地方后才形成成都，里边的人主要是外来的移民，而不是本地人，本地人没有那么多，秦国和秦朝也不会把这座城市交给本地人，一定是“秦人”来管理。只是史料比较少，我们很难判断具体的情况是怎么样的。

但是有一点可以肯定，四川到西汉、东汉出来的杰出人物很多都是移民后代，司马相如，司马这个姓是从关中过来的，扬雄祖上是下江人，扬不是木易杨。成都历史上有重建型的移民，原来的人死了或者跑了。成都历史上，曾经有好几次移民成了这座城的主要人口。从历史看成都，到三国时候成了蜀汉首都，刘备带的这一批人都是外来的，皇帝、高官都是外来的，本地的是少数。明朝完了，张献忠杀了很多人，战乱给当时四川人口造成巨大的损失。损失到什么程度呢，成都城里边白天老虎都可以到街上来。到了清初，成都不能做省会——老虎白天可以在街上走的，一度四川省的省会在保宁府，后来人口恢复了一些才过来的。

这些人从哪里来的呢？大家知道湖广填四川，有一部分人逃走了，这些人是少数，后来安定了人才来的。湖广是什么意思？明朝的时候湖广是一个省，清朝才分为湖南、湖北，湖广填四川人口主要来自湖广，还包括安徽、江西。还有“江西填湖广，湖广填四川”的说法——明朝大部分人从江西迁到湖广，还有广东人和客家人，成都到近代都还有客家人的聚居社区，不在城里面。还有一批满族人，清朝到每个省城都建设了满族人聚集的地方，满族人也是外来人。成都在清朝初年移民比例不会比近代上海少。这些移民能不能产生像上海移民的效果呢，不可能的，满族人驻军和家人是聚集在满城，一开始满汉是禁止通婚，满汉通婚开放很晚。

满族的文化对成都有多大的影响呢？影响不大，到辛亥革命以后满城取消了，但是这时候满族人又处在比较低的地位了，本来八旗是清朝政府供养的，后来供养没有了，还有怕汉族人报复就改了姓，有的不得不融入汉族。清朝亡了之后很多满族人改汉姓，叶赫那拉氏改姓叶，关尔佳氏改姓关，爱新觉罗改姓金。启功先生是清代皇族后裔，但是他生前绝对反对你叫他爱新觉罗·启功。这些满族移民对成都有没有留下影响呢？有影响，但是不多。

湖广填四川，都谁来填呢？一般的都是一些经济条件较差的人，在当地没有土地或是想到四川来冒险的。清朝当时规定，你能组织多少人移民到四川，比如说 500 户，就给你知县待遇；如果再多一点，你能够组织 800 户人来，这个地方你就做县官，这不是看你的文化，是看你有多少钱多少能力。四川尽管经济恢复了，但不可能一下涌现出那么多人才，或者是文化层次一下提高。成都占了便宜，成都不仅是四川的省会，还是西南中心。四川移民区域里，成都是最有便利吸收到比较高层次移民的，包括有些到成都做了官，有的退休之后就留在成都的。

为什么成都是中心呢？清朝有一个我们今天讲的支付转移制度，相比之下四川比较富有，云南、贵州比较穷，所以清朝规定成都每年交给中央的一部分钱让他转移支付给云南、贵州，称为“协饷”。有这个制度，云南、贵州都会派官员来成都活动，“跑部钱进”。最早迁入的湖广移民大多数并没有较高的素质，到清朝中期，经过当地人努力积累才开始出现有影响的人物，这之前四川的地方官和有影响的人都是外来的，不是本地人。

成都是得到移民受惠最多的，因为它有这些条件，但是过程经历比较长。上海吸收的移民本来就是高素质的，里面有本来就是全国一流的人物。比如鲁迅，鲁迅离开北京之后到广州，待不下去又到厦门，晚年就定居在上海了。鲁迅是写文章的，上海集中了当时全国最有影响的出版社，最有影响的报纸，他的文章没有写出来稿费都拿到了，出来的任何东西都可以变成钱，而且很快能影响全国。上海又有那么多的外国人，鲁迅不相信中医，他看病都找西医，上海医院德国的日本的都有。鲁迅做翻译，对外国版画感兴趣，在上海都可以买得到。

辽宁的北部到黑龙江，几乎 100% 都是移民。清朝入关之后在辽宁北面建设了一道柳条边，规定汉族人不能迁过去。沈阳北部到黑龙江都是无人区，为什么俄国人占领黑龙江那么容易，因为没有人，清朝不允许人迁过去。这么大的地方只有驻军还有流放的犯人，没有多少人。到了19世纪60年代，清朝发现不移民不行了，就下令开放，移民像潮水一样涌了过去，吉林每个月可以建设一个新的府，每十天就是一个新的县，占了土地是你的，到一定程度就建设县，完全是移民。

东北经济发展了之后又出现特殊情况，北面受俄国的影响，南面受日本影响，东北好多老一代人都学俄语，加上日本推广日语，要把满洲变成日本殖民地，东北很多人被迫学日语。1949年之后东北重点发展重工业，上海支援东北工程技术人员，需要工程师不是文化人。原来没有哈尔滨这座城市，俄国人修路他们找了一个地方形成了城市，所以哈尔滨受俄国文化影响较大。哈尔滨形成的城市文化更多受俄罗斯的影响。

东北跟湖广填四川比，文化发展的时间远远晚于经济发展，四川包括成都经过若干代之后本地的文化水准就提高了，并且开始出现全国一流人物，这与历史的机遇有关系。中共早期的领导人及四川革命志士，他们成长中有一个关键的机遇，留学日本、留法勤工俭学。这个机遇哪里来的呢？大城市北京、上海，他们出去之后都是从上海坐船到法国去，回来之后有的是通过上海到其他地方。从这个角度讲，上海比成都能够得到国际机遇的条件好得多，这几年还纪念爱因斯坦到上海。当时很多的名人都到上海来，包括爱因斯坦，到上海来是因为有租界，租界里边的管理是国际化的，他到上海交流既便利又符合规范，所以他才来。

再比如说重庆，原来成都是四川的省会，但是到了近代为什么重庆很多地方发展超过了成都呢？是因为外来文化传播进来，还有新的工商界的人沿江发展，沿长江过了汉口、宜昌就发展到了重庆，清末英国的船已经开到重庆了。没有公路铁路之前，最方便的客运方式就是水运，重庆占了长江水运的便宜。我们看到地理环境里边包括移民的流向，包括物流方向，中国历史是从北向南传播。近代因为中国相对先进文化经济都是从外面过来的，所以就产生沿海沿江的特点。要对比成都跟上海移民城市文化因素，离不开大的历史，大的环境。

到了今天，这两座城市会发生什么情况呢？现在各地都在吸引人才，西安一个政策，成都一个政策，文化上要发展天府文化，各地都希望有自己特色的文化。重庆的领导曾经说，已有蜀文化，我们还应该有渝文化。巴蜀，巴的概念不是很清楚，巴文化产生最早是湖北西部慢慢到重庆，以后又转移到北面。他说要搞渝文化，他不愿意要蜀文化，成都也是这样，蜀文化太大了，在成都要有天府文化。我给他们提意见，不管你做什么文化，你要有自己的特色，你今天要搞天府文化，你必须讲清楚天府文化跟传统蜀文化有什么区别，如果都一样的有什么意思？不就改个名字吗？同样的，你要讲渝文化也要明确，渝文化的范围是多大，特色是什么，渝文化跟巴文化有什么区别。

能不能做呢？天时、地利、人和，上海当年形成自己特色的移民文化就是天时、地利、人和。天时，以前是被迫的，租界是被迫开放，但那是重要条件，今天是自主开放。天时，今天成都有这个条件，国家进一步改革开放，成都可以争取主动走在前面。

地利，现在没有什么障碍。上海当年为什么是江苏、浙江的移民目标呢？主要是地理原因，过来比较方便，广东人如果不是挣更多钱跑过来干吗呢？清朝废除了科举之后，大批中国年轻人到日本留学，特别是江浙两省的，什么原因呢？地理条件方便。《马关条约》虽然是不平等条约，但有一条——双方可以自由来往，当时到日本不要签证。第二是经济上的，东京生活水平比上海低，中国挣的钱在上海可以生存就能在日本生活，当时两三个穷留学生就可以联合雇佣一个日本“下女”（女佣）。有些日本学校为了吸引中国学生，还直接用中文教学。

为什么到法国留学呢？第一次世界大战之后法国缺少劳动力，打仗死了很多人，工厂没有人干活，所以勤工俭学能找到工作，挣钱养活自己。还有一个原因，当时法郎贬值，中国的钱很值钱。德国也是这样，第一次世界大战之后很多人跑到德国、法国留学，因为便宜。

今天地理条件上，成都怎么吸引高素质移民呢？现在交通不存在障碍，全国各地过来就是一次性的交通费。除了这个地理条件之外，大家要关注，成都、上海怎么能够创造使先进文化在这里能够接受发展的条件？这一点上海比成都的条件差，中央规定上海、北京，严格控制人口，上海定的指标2020年户籍人口不能超过2500万，上海这么定了北京也跟上，北京是2300万。这一点成都比上海的条件好，成都没说要限制人口。

地理条件，大家也不要片面理解，地理不仅是自然地理，主要是人文地理，自然你是没有办法选择的，香港气候你怎么选择呢？成都的盆地你能不选择吗？地方的自然条件不能选择，但是人文条件是可以选择的，而且地方上可以改善。特别是本地的文化，移民到这个地方跟本地文化不相容，你要考虑是本地文化不好，还是移民本身接受不了。如果本地的文化不适合移民，我们就要引导改变，反过来移民比较保守，就要积极引导他。从地理条件来讲，成都不比上海差。

人和，我前面讲上海历史上曾经使外来的移民有比较规范的管理，比较公正的竞争，给每个移民都大致相同的竞争发展空间。这一点从现在来看是成都要认真努力的，1949 年之后，上海经历了非移民化过程，人口只出不进。

1958 年，中央规定农村不许再迁户口到城市，小城市不能迁到大城市，所以上海基本只出不进，只有少量的政府安排的人才才能进来。到了改革开放初期，上海有一些人有排外的心态。上海市政府曾经做过这个规定，为了保障上海人就业，有 10 种工作外来人是不能做的，比如说开电梯的。还有人说对外面开放，谁来保护我们的子女？后来随着开放的扩大，外来人口的增加，特别是大量优秀人才的引进，这些观念才转变过来。

这些年上海慢慢地在改变，一方面政府做了开放的措施，另外一方面上海人员结构在发生变化，上海户籍人口最近 20 多年来都是死得多生得少，人口在下降。上海之所以没有出现过分表面的老龄化，实际上是因为不断地补充了大量年轻人。要不补充年轻人，上海老龄化到了极点，上海一方面是全国人均寿命最长的，仅次于香港，香港是世界第一，上海是排第二。上海的人均预期寿命男女都超过了 80 岁，女性进世界水平，上海百岁老人比例也排在前列。另外一方面严重老龄化，实际上是因为上海一度没有移民。

成都比上海幸运，没有经历过那个阶段，成都不断地有移民来，特别是到了当代，成都的政策比上海更宽松，成都现代移民能力比上海强。未来的发展，成都应该可以形成新成都的城市文化。土著意识太强的话，可能对外来文化有抵触心态，如果自己有的时候自我感觉太好，不愿意接受新思路，或者是一味认为自己文化是最好的，这是不好的。

上海曾经有一种说法，内环线内流行英文，外环线内流行普通话，只有外环线外面才能讲上海话。这是一些本地人心态。有些人提出来保护沪语，个别人骂我是“沪奸”的原因是因为我提倡讲普通话，他们说上海人就应该讲上海话。我说，这个心态不改变怎么行？历史上，上海人拼命学英文，宁波人到了上海就知道讲英文才能跟外国人打交道，才能做买卖，才能挣钱，所以他们学习英文的积极性很高，高到什么程度呢，编顺口溜男女老少都念，通过这个办法学英文。比如，来是“康么”（come）去是“勾”（go），爷（父亲）是“发茶”（father）娘（母亲）“卖茶”（mother）。虽然是谐音，但这是积极学习，不是抵制心态。

我跟有些专家讨论，我们要保留上海话，但是谁来保留呢？不是靠一般的人，是靠专家学者录音把它记下来，作为一种语言保护来做。现在保卫的上海话是清朝时候的上海话吗，是 1949 年前的上海话吗？语言本身就在变化。如果在上海一定要坚持讲上海话，那全国各地与国外来的人能听得懂吗？想移民上海的人一下子能学会吗？我到广州做报告，听众也提过类似问题，说现在推广普通话，我们的孩子都不会讲广东话了。我说，这要怪自己，怪父母。既然你们如此热爱本地方言，为什么在家里不要求孩子讲广东话、上海话？我认识有的海外华人，孩子出生在美国，但他们在家里不许孩子说英文，只能说普通话、上海话。其实小孩的语言能力很强，完全能够掌握双语、多语。现在有的家长，怕孩子学不好普通话，在家里也说普通话，不说当地方言，到孩子长大了又抱怨他们连本地方言都不会讲，怪学校里只能讲普通话。

移民与区域文化（节选）

——上海与广州的比较

一、广州（岭南）的文化背景

（一）早期的百越文化和地域文化基础

如果我们说上海的移民历史从1843年开始，那么广州可以追溯到2000多年前。我们把早期岭南地区称作百越。“百”不是指100个，而是指很多。其实，它是由很多个民族结合在一起的。因此，它的文化基础应该是本地。这些年来，广东很多考古发现证实，广东的文化有几千年的历史，但这些文化并没有延续到今天，今天的文化基本都是外来的。

（二）南越文化时期

南越文化已经是中原文化对本地影响以后的产物，它的上层制度比较多地反映中原文化的概念，但是它的基础还是本地文化，甚至南越王赵佗也受本地影响，光着脚盘腿坐在地上。应该看到，在南越时期，也就是公元前3世纪末开始，中原文化集中在上层，集中在行政中心、城市和交通线，而其他大部分地方，还是原来的百越文化。

（三）中原文化的持续影响——人口南迁

中原文化一次又一次向南传播，主要是通过人口的南迁，产生了持续的影响。特别是政治上归属于中央政权以后，主流文化就是中国的儒家文化，是中央集权政权所反映出来的制度。人口的迁移像海里的波浪，开始是高的，一直推到很远的地方，最后就没有了。那么，从中原来的移民像波浪那样一次次、一层层向南推进，到岭南已经是余波，人数比较少，影响也比较少。况且，历史上到南方的道路并不畅通。比如说，东汉时候才刚刚修通翻过南岭的道路，即使通路以后，北方迁过来的人，主要还是走海路。一路出长江口、钱塘江口这些地方，沿着海岸南下，经过福建是不停留的，因为在当时人的眼里，福建还不是自己要去的地方。人们迁过来，有的人到广州，有的甚至到了越南。从陆路上迁移，比较多的是8世纪中叶安史之乱期间，移民主要还是在江西、湖南，进入广东的不多。对广东影响大的还是南宋、元朝，人口逐步南迁。现在珠江三角洲都有珠玑巷的传说，都说自己的祖先来自南雄的珠玑巷，这就反映了这一次的移民规模比较大，持续时间也比较长。

（四）地域文化的影响

两广地区与中原之间有南岭，南岭尽管不是一座大山，但也是一个阻碍，使移民往往在岭北一带定居下来。中国移民也好，外国移民也好，都有一种随遇而安的特点，没有太明确的目的地。今天很多农民到城里打工，也是随遇而安，能找到满意的工作，不一定非要到哪里去不可，除非受到某种影响。以前历史上的移民从北面过来，到了长江流域就安顿了，就不走了。长江流域如果去的人很多，迁到了江西，有了土地，已经安顿下来，还来广东干什么？

（五）自然环境、人文环境的影响

尽管南岭不是很高的山，但也是一个阻碍，还有南海，也是一个影响。为什么迁到越南去，因为顺着海洋的潮流就过去了，顺着风就过去了。大家要明白，古代海上航行没有动力，是靠风，靠洋流，身不由己啊。唐朝的鉴真和尚想到日本去，结果船出海后遭遇风暴，把他吹到海南岛，这完全是风力和洋流的作用，所以南海也是一个主要原因。珠江，一方面在西南有人顺流而下，但是上游人口不多，而且不是中原文化区域，来自上游的移民几乎没有。珠江三角洲不是自古以来就是这样，很多地方原来只是海上的礁石，冲积平原还没有形成，这样的自然环境也造成很大影响。为什么广州这一带历史上不能容纳很多人呢？是因为珠江三角洲的变化，它还没有形成足够的土地。以前，华南师范大学的曾昭璇教授做过研究，讲珠江三角洲的形成与珠玑巷的移民有关，这些自然环境，决定了广东本地文化的表现与影响比较顽强。当然，还有气候和方言各方面的原因。这是自然方面的原因。从人文环境方面来讲，它也不太有利于外来的移民。广东的土著始终处于多数，很少有外来移民超过本地人的。土著与移民，在特殊情况下，移民才能胜过土著。清朝的时候，发生过一次土客之间的大冲突，延续了 10 多年，死了不少人。客家人数量比较多了，就与土著人发生争斗。明亡至清初一段时间，本地受到比较大的破坏，人口稀少，客家人就大规模地从山区南迁。开始移民人数不多，与土著相安无事。到清朝中期，移民有了一定的数量，就发生了土客大争斗。清朝政府没有办法，将他们平息以后，把客家人集中，并继续要他们迁移，有的客家人便迁到海南岛，还有些客家人就迁到台湾。客家人到了台湾以后又不如闽南人多，定居不如闽南人早，闽南人都分布在沿海平原，客家人往往处于半山区。广东有的方言比较稳定，在移民少量进入的情况下，一般对本地方言影响不大，只能由移民学本地话。对外来移民而言，这也是一种障碍。上海因为移民多，甚至形成了新的方言。所谓“上海话”虽然保持了吴语的基本特点，但与原来上海县城里和郊外的话都不同，吸收了大量新词汇，来自移民较多的方言，如苏州话、宁波话、苏北话，甚至英语、法语。我不知道广东话怎么样，在上海方言中，新中国成立初期的时候，还包含很多英文词，这些英文词变成上海话了。比如说，你到一个单位去，要检查你的证件，叫你把 pass 拿出来。passport 本来叫护照，但上海话 pass 变成了证件。20 世纪 50 年代末 60 年代初，资本家接受社会主义改造，想参加工会，相互见面时往往会问:“侬红 pass 拿到吗？”原来工会会员证是红颜色的，所以称为“红 pass”。又比如说，上海人把斜屋顶上开的窗叫老虎窗。老虎怎么爬到屋顶上去呢？其实，它来源于英文的 roof，“roof window”，上海人把它称为“老虎窗”，它前面的音 roof，多数上海人不懂什么叫 roof，就变成上海话“老虎”，后来就变成为老虎窗了。到现在，上海人还是用这个老虎窗。

另一个原因，因为南方原来移民比较少，等到移民比较多的时候，移民与土著双方都要借助家族势力来制衡对方，或者保持土客宗族间的平衡，所以岭南人宗族观念和宗族的势力比较强。这一点和上海又不同，因为上海原来就是属于江浙平原地区，长期人多地少，人口流动比较频繁，宗族观念本来就不强，一到上海就基本没有了。到今天为止，在海外的移民中间，广东、闽南的宗族观念比较强。这样的人文环境及自然环境就决定了移民的特点及文化特点。

（六）珠玑巷的传说与现实

珠玑巷移民出于这样一个传说，一位胡妃受奸相贾似道迫害，祸延她的家乡，于是南雄珠玑巷的人纷纷南迁。按照这一传说，广东一带大多数世家大族都是来自南雄的珠玑巷。这个传说可信吗？难道南雄城里人都住在珠玑巷，其他地方就没有居民，或者都不南迁吗？仔细看相关的记载，也有不少破绽。但是大家都说来自珠玑巷，这反映一个什么观念呢，实际上是文化上的认同，这种现象在全国其他地区都有。一个北方人，你问他是哪里来的？他就说是山西洪洞大槐树。安徽安庆一带的人都说是江西瓦屑坝迁来的。苏北人哪里来？苏州阊门外。移民迁出来以后，要有依靠，说大家都来自同一个地方，而这个地方又被描述为世家大族所在。比如四川人，你问他哪里来的，都说湖北麻城孝感乡，怎么可能都来自一个乡呢？好像讲我们是炎黄子孙，难道都是炎帝和黄帝的子孙，他身边的大臣、部族就没有子孙？这也是一种文化认同。这种认同，在移民的发展过程中有好处。珠江三角洲本身的腹地很有限，不像长江三角洲、长江流域腹地那么大。它本身的平原面积比较小，比较封闭，因而它的文化影响范围也比较小。

二、近代的广州（岭南）文化

到了近代，有几件事情值得我们注意：

（一）第一个对外开放的窗口

广东是直接对外开放的口岸，但这个口岸又受到清朝政府的严格控制。与外国人做生意，绝对不准进广州城，都是在指定的地方。根据当时的规定，跟洋人打交道的只是官方，尽管它对外开放，但是多数情况下都是物资上的交流，而不是外来文化的影响。当时广州的主流文化瞧不起洋人，更瞧不起同洋人打交道的中国人。清朝政府又对他们严加防范，英国人总想打破这个界限。乾隆的时候，英国想派使者到北京见皇帝，一直没有成功，最后以恭贺乾隆八十大寿的名义才获得批准。直到鸦片战争，这种局面都没有被打破。

（二）两次鸦片战争与反入城

尽管根据《中英南京条件》的规定，广州不得不对外开放，实际上英国人还是没有办法。这就出现了一种很奇特的现象：第二次鸦片战争后，根据条约，英国人可以进广州，民众却反对，两广总督也不敢答应。这里面当然反映了一种爱国主义。但是，一般的民众没有考虑那么深，更多的是爱乡。英国人到上海发展得非常顺利，至多只有些经济纠纷。而在广州举步维艰，所以后来上海超过广州，成为中国最大的开放城市。一方面，它的经济条件比较好，处在中国南北的中间，有一个长江三角洲和长江流域，一个很大的腹地，另一方面，跟两地民风的不同有很大的关系。

（三）夏威夷和渣打银行

当时广东人对外国银行的态度是我打不过洋人，也没办法，但是在文化上面给你点颜色看看。早期在翻译英文的时候，广州有办法把洋人贬讥一下。如美国的夏威夷岛，就是华夏威震外夷。有一次我跟渣打银行的老板聊天，我说你们的名称实在不敢恭维，又是渣又是打。他说，当时中国人骗了我们。我说，大概你们先骗了中国人。反正洋人当时不知道，就一直用到现在。这反映了什么心态呢？一方面，不得不承认外国的势力强，加上政府压下来，只能服从。另一个方面，千方百计地找些花样出口气。上海的情况就完全不同，上海人很快地认同了西方文化，其原因是上海移民来源广，移民对外来文化容易接受。

（四）移民来源与文化反差

从近代广东的发展来看，它的移民来源跟上海还不能比较，而且它的文化的反差特别大。1967年，我第一次到广州，在广州火车站就看到一个很奇特的现象。当时大概是从香港过来的一对夫妇，男人穿着西服，打着领带，挑一副担子，旁边跟着个女人，是小脚，前面牵个孩子，手里抱着一个孩子。你看，穿着西服打着领带，拿着扁担，挑着担子，就是这样一种情况。我想，可能在物质上他很快接受了西方的东西，但是他的生活方式、他的观念基本上没有变。什么道理呢？香港处在英国的治理之下，在政治上不得不接受西方的统治，但深层次的文化却形成了很大的反差，这个反差很难融合。

（五）民国初期的特殊地位

一方面，广州很早就接触了英文，另一方面，原来的观念受传统文化的影响非常大。对广东影响比较大的是民国初年。在推翻清朝国民革命的过程中，广东曾经起了很大的作用，孙中山所依靠的海外华侨很多都是广东人。孙中山南下护法以后，广东很长一段时期是南方革命的根据地，后来是北伐战争的基地，这样一种特殊的地位决定了广东在全国影响很大，政治上有其特殊地位。

（六）港澳的影响

我们还看到一种情况，全国解放以后，由于特殊的形势，全国其他地方都封闭了，只有香港、澳门始终是开放的港口。20 世纪 40 年代末 50 年代初，大批上海人迁到香港。改革开放初，20 世纪 80 年代，上海电视台的第一批直播节目中就有一次是专门讨论“8”与“发”，可见广东话影响之大。当时在北京，要是能说一口带广东口音的普通话，人家肯定对你刮目相看，连出租车都给你方便。这个影响已经不是广州本身。改革开放初期，广州文化，或叫岭南文化，在全国产生了前所未有的影响。但是，应该看到，这个影响不是真正的广州本地文化，更多的是通过港澳的包装，更确切地说应该是港澳文化。现在我们这样对比，从历史上到今天，一个很大的因素除了本地自然地理条件以外，还是移民的因素，即移民在当地所占的比例、所起的作用，以及对当地文化的影响。总而言之，相比较而言，广州历史上接收的移民比较少，比较单一，外来的移民往往很难在这里发挥作用。在近代，尽管有种种的情况，但基本上还是以本土文化为基础。唯一的例外，那就是新中国成立以后的香港，更多的则是政治上的。改革开放之初，突然间产生巨大的影响，比如港澳、深圳对华南、对珠三角甚至对全国的影响。但是，一旦这种情况发生变化，比如中央的政策改变了，或者中央把特区的政策扩大到其他地方了，香港的作用就会相对降低。

三、前景与隐忧

上海也好，广东也好，它真正的发展一定要把握好现有的文化，本地的文化。联系到东莞来讲，东莞现在外来人口占的比例比较大，我们展望未来的时候，必须清醒地看到，这个优势背后存在的问题。因为，上海、长江三角洲开放得比较晚，但却有后发的优势，早期简单的来料加工、三来一补，这个阶段往往就跳过去了。苏州一带现在引进的绝大多数是比较先进的产品，而珠三角很多地方却很难摆脱改革初期所留下的影响。深圳开始的移民是简单化的。一方面，深圳有外地的精英，包括专家学者、技术骨干以及有中央背景、高干背景的人；另一方面，大量的人都是从事简单劳动。它的来源虽然很广，这一点同上海早期的情况有些相似，但它比较多地受到政策、政治的影响，如果我们硬要说移民对本地文化的影响，可以这样讲，珠三角大多数城市很难说因为随着移民的迁入形成新的移民文化，只能说是移民文化的影响使本土原来的文化有所削弱，新的文化并没有形成，主要原因恐怕还是早期的移民相对来说素质不是很高，这些移民在文化上所起的作用还没有得到充分发挥。其次是改革开放初期比较注重经济上的发展。本地文化中的消极因素还在顽强地发展，并且随着一部分人经济实力的提高得到加强，如地域观念、宗族观念、传统观念中的消极因素。我举个例子，上海的人口已经连续10多年负增长，已经达到发达国家的水平。上海为此调整了政策，取消了对不生孩子的夫妻的奖励，夫妇双方是独生子女的可以生第二胎，两胎之间不需要3年间隔。但人口还是下降，这是观念在起作用。而珠三角的一些城市有没有这种现象呢？据说人口增长率还相当高，有钱的人巴不得多生几个，你要罚就罚吧，反正我有钱，我要多生。这样一来，文化的反差就反映出来了。还有挥霍性的消费。我看到一个材料，珠三角地区这方面的消费很厉害。消费是好的，不是坏的，但不能是挥霍性的。文化的提高并没有与经济的发展同步，移民逐步地被本地的文化所同化，移民的创造力显示不出来，还造成人口整体素质的下降。这是什么道理呢？早期的移民虽然是多元的，却很分散，缺少自己的文化，处于弱势，尽管人多，慢慢地就被本土文化所同化。大家在东莞可以留心一下，是不是因为有那么多的移民，这里的文化有了大的改变？看来不是，而是移民逐步地被同化，这也是不以人的意志为转移的。外来人口不断地迁入，但这里的人口容量终究有限，从合理发展角度来讲，不少地方已经超额。在各种人力资源都饱和情况下，移民往往没有办法发挥他们的专长，或者说它的专长发挥得不够。过去我们讲有进有出，现在也不是完全没有进出，但是比较多地反映在一般的员工，而不是中层和上层人士的流动。只进不出往往使一些城市人口膨胀，尤其是土著不肯离开，或者稍微安定的移民就不肯离开。

文化的保守性。土著文化中的优秀部分没有保留住。比如，广东原来一些很有特色的文化，包括物质方面和精神方面的，广东音乐原来很有魅力，但是这几年没有创造出更多好的新的音乐作品，体现广东的特色。广东一些民间的艺术在全国甚至在本地都没有很好的流传。文化如果缺乏必要的保守，它不是更新而是流失。如果等东莞几乎成了移民的后代时，那本土文化靠谁来传承，本土文化中的优秀部分不能传承，文化就要灭亡。正因为这样，我们就要考虑，作为移民城市，应怎样注重开放性和多元性。一方面，在发展过程中，逐步形成新的立体文化，这个立体文化应该是多元的，同时也该是开放性的，这样它才能不断地更新，不断地发展。这些年，广东比较重视地方文化。另一方面，也有一些东西在淡化，比如，我听到人讲岭南文化曾经是中国最先进的文化，为什么？因为它对外开放，这个话我是不赞成的。根据我的了解，岭南文化从来没有在中国处于最先进的地位，也并不因为它面向海洋就对外开放了。还有人说，我们广东的文化有四五千年的历史，这话也不对，为什么呢？我们现在所讲到的岭南文化出现比较晚，它不是原来的百越文化，不是本土文化的延续，而主要是中原传播的文化。像这种情况，作为一个有较高移民比例的新兴城市，一方面要发掘本地文化中优秀的部分，使之得到传承，更重要的是在这个基础上，在经济发展的同时，不断提高人的素质，使它真正形成一种与移民和经济发展相适应的文化。

上海的开放是在帝国主义的枪炮下被迫开放的，上海人在相当长一段时期里对自己文化的发展是不自觉的，在这种情况下，它也能够使自己的文化发展成为一种先进的文化。我相信，在全国人民的努力下，我们一定能够在中国历史上创造出一种更加辉煌的近代文明。那么，珠三角不仅要成为经济上的先进，而且也会成为文化上的先进。

问：从葛教授今天所讲的，我延伸一下，东莞市包括东莞理工学院对东莞文化向良性方向发展能够做些什么事呢？

答：一般地讲，一个地方在移民比较多的情况下，它要发展，就要考虑如何充分发挥移民的作用。在上海也碰到这个问题。上海有很多高素质的人才，他们抱怨，抱怨什么呢？抱怨政策不太落实，得不到共同的市民的待遇。他们提出今后的目标是要建立“新上海人”概念，这个“新上海人”不仅是原来几十年的上海人，也包括移民在内。我想土著也好，移民也好，要给大家建立一个公正平等的竞争平台。因此，在政策的制定、方向的引导上要注重这一点，这是非常重要的，既不能抑制外来人，也不能给土著人多少压力，这就是政府和对社会负有责任的专家学者怎么样加以引导的问题。在文化上，我认为文化只有先进与落后之分，但没有优劣。每一种文化都有它存在的价值，但是它要经得起检验，经得起竞争。本土文化有如何发扬优秀和保护的问题。这个矛盾如果处理不好的话，就会发生中国历史上土客之争的例子。一个地方要发展，真正发挥大家的作用非常重要。在政策上，地方政府要起引导作用，比如现在很多城市早期开放都处在一个转型时期。深圳从原来的加工型、劳动密集型转化到高技术型，这就是一个崭新的走向。这一点，其他地方如果有这个眼光，产业转移就比较快。上海曾一度把自己的纺织全部转移了，现在看来转移得早就主动，转移得慢就不行。再一个就是协调多方的关系。香港过去的繁荣，与它曾经接纳来自大陆高素质人才有关。有个笑话，香港回归前夕，其高官坐了一席开个会，大家相互看了看以后，说我们现在既不讲英文，也不讲广东话，干脆都讲上海话算了。什么道理呢？当时董建华是宁波人，范徐丽泰等人都是新中国成立前从上海去香港的，这批人如果在上海本地发挥作用那多好啊，全部到香港去了。比如，台湾20世纪50年代的企业家、文学家，基本上都是从大陆去的。一个地方能够真正吸收高素质人才并使他们在这里发挥作用那多好啊!

问：我们东莞的城镇人口有100多万，外来人口有700多万，外来人口为东莞经济飞速发展做出了贡献，也带来了不少安全隐患。我打个比喻，如果我是市委书记，你怎样给我出谋划策，出哪些谋略解决外来人口带来的问题。允许外来人口进入东莞，要不要提出一些必要的条件？

答：我曾经在上海电视台讲这个问题，当时上海人把很多问题，从交通拥挤、小偷增加，到环境脏、乱、差，都归咎于外来移民。我当时说了一句话，不要忘记你们的父母、你们的祖父母就是这样来的。在发展的过程中，外来人口的确给城市带来了问题。我最近刚刚去过西藏，最近青藏铁路不是要通车吗？我们都看到好的一面，但当地人害怕小偷爬着火车都过来了，也有问题。但是没有这些外来人行不行？这是一个两难的问题。东莞是这样，上海、北京也是这样，过年的时候，外来民工都走了，保姆回家过年了，很多人困难得不得了，说明已经离不开这些人。为什么会出现这些问题？一方面，我们要承认确实存在外来人员层次不一的问题，而且中间也可能混有犯罪分子、流氓。但是另一个方面，你这个城市有没有善待这些外来人口，特别是城市在发展的同时，有没有让他们分享到改革开放带来的好处。现在各城市都有这样的情况，外来人员碰到了困难得不到帮助，改革成果享受不到，于是便产生了一种仇视情绪，甚至个别的还发展到反社会。现在的犯罪分子中，有的人是以犯罪为目的的，也有人是捣蛋的，或发泄不满的。我觉得，如果把他们分化出来，使那些可能有消极影响的人，至少不产生消极的影响，那么我们对犯罪分子的打击才能真正有力。现在，我们对外来人口善待够了吗？我觉得不够。举个例子，1985 年，我们到美国去，当时到美国的中国人不多，但是当地的人，包括宗教团体、社会有关组织马上有人来做工作，有的劝你信教，教你英文，帮你就业，移民就跟本地人有一种缓冲。共产党的早期，也到工人、到外来人口中去教他们识字，教他们本地话，帮他们解决困难。外来人口进入城市后，我觉得要两方面去对待。一方面，要加强管理和教育，特别是治安要加强；另一方面，要创造一种公平竞争的环境，优胜劣汰。要善待他们，千万不能歧视外来人，把所有的问题都归咎于他们。一个城市在外来移民身上多花一点钱，实际上就会减少犯罪，增强未来的发展动力。外来人口的小孩要有 5 个证件，才能让他们念书。深圳现在外来人口不交税，都来念书怎么办？我曾经在报上写文章，说一方面要把他们义务教育的钱转过来，另一方面，为了自己的发展，这些钱还是应该花的。美国曾经发生这样的问题，美国加州有过辩论，要不要让非法移民的子女免费入学，辩论的结果是应该让他们免费入学，因为现在增加了教育经费，以后就省了建监狱的钱。儿童的教育，不光是我们这一代人的责任。当地人要有一个宽阔的胸怀，把移民、外来人口看成是自己的兄弟姐妹。

古城遗风

古都与移民

中国历史上的都城，无论是全国性的，还是地区性的，只要存在了较长时间，几乎都是当时、当地经济和文化的中心，也是人口最多、最稠密的地方。这种情况的出现绝不是偶然的。除了作为都城所拥有的其他特殊条件以外，一个重要的原因就是：都城的形成、确立和发展过程中无不伴随着或大或小的移民运动，移民及其后裔在都城人口中往往占有相当大的比例。由于移民的历史在每个都城的历史中占有不可或缺的地位，古都研究就离不开对古都移民史的研究。

移民进入都城的原因尽管十分复杂，情况也千差万别，但基本属于两类：一类是统治者通过行政或军事手段强制迁入，或以经济利益相吸引；一类是移民出于种种原因自愿迁入。两者的前提都是都城的形成、确立和发展。

一

首先，历史上任何一个政权在确定自己的首都时，都必须考虑政治、经济、军事、民族、文化等各方面的因素。这些因素都离不开人口数量这一基本条件。因为在生产力不发达的情况下，无论哪一方面的优势的形成都需要有一定的人力。但是实际上，要找到现成的各方面条件很好又有相当多人口的地点几乎是不可能的，所以必须通过移民来弥补人口的不足，或者增加更多的人口。

一部分都城是完全新建的，或者原来只是一个很小的居民点。这类都城的全部或绝大多数人口自然都是移民或移民后裔。传说中的夏都姑且不论，就从商王盘庚迁殷（今河南安阳小屯）算起，这样的例子就有不少。

商人建国前迁了 8 次，灭夏后又迁了 5 次，才定都于殷。前面的 13 个地点中都没有殷，说明这是盘庚迁去后才建起来的都城，基本人口是随盘庚迁入的移民。《尚书·盘庚》记载的贵族与平民迁至殷后的不满就是很好的证据。

据《史记》记载，周人从豳（今陕西旬邑西）迁到周原（今陕西岐山县境）后，才“筑城郭室屋，而邑别居之”；由文王和武王分别在今西安附近建成的丰和镐这两个都城自然都是由移民居住的。成王时，周公在洛邑（今河南洛阳市）建成周和王城二城，作为控制东方的政治中心，其主要人口来源是由关中迁去的周人和从殷一带迁来的“殷顽民”。周所分封的各诸侯国，大多也是由周人建立的，如燕、蔡、鲁、齐、卫、晋等；所以后来成为各国都城的人口大部分应该是周人移民的后裔。

秦国的政治中心东移至关中平原后，先于献公二年（前 383 年）迁都栎阳（今临潼北，渭水北岸），到孝公十二年（前 350 年）才迁至咸阳（今陕西咸阳市东北）。显然，咸阳是一个新建的都城，是一个移民城市。

汉高祖刘邦迁都关中后，由于咸阳已毁于战火，只能暂居栎阳。长安是在秦兴乐宫的基础上建成的，原来没有居民。因此在长安初具规模时，就迁入了年俸 2000 石以上的官吏；到高祖九年（前 198 年），又将齐、楚大族昭氏、屈氏、景氏、怀氏、田氏 5 姓迁至关中，同时迁入的还有燕、赵、韩、魏国君的后人及“豪杰名家”，共 10 余万人。[①]这些移民都安置在长安及其近郊。

一些游牧民族原来没有都城，当他们受到汉族政权的影响或统治了相当多汉族人口以后，开始设立固定的政治中心，并营建都城。这些都城中的各族人口自然都是移民，而且不少都城就是依靠移民建造的。

例如，契丹最早的都城就是首领耶律阿保机在一片高低起伏的苇地上“射金龊箭”确定位置的，神册三年（918 年）筑城，后来称为“上京临潢府（今内蒙古巴林左旗南）”，长期是辽朝的首都。据《辽史 · 地理志》的记载，上京临潢府的居民大多是从

---

①《汉书 · 高帝纪》《汉书 · 刘敬传》。

燕、蓟、幽、渤海等地掳掠或强制迁来的。辽后期的实际首都中京大定府（今内蒙古宁城西大明镇），本是土河之滨的荒野，由辽圣宗选定城址，燕、蓟良工在2年内建成的。城内的主要居民是“汉户”。

蒙古的都城和林（今蒙古国的哈尔和林）和上都（今内蒙古正蓝旗东）也是如此。如上都就是在蒙古宪宗六年（1256年），忽必烈命刘秉忠在滦水以北的龙冈上建起来的，建筑者和居民基本都是汉族移民。

十六国时赫连勃勃建统万城更是一个典型的例子。夏龙昇七年（413年）他经过今陕西靖边县北红柳河一带时，登上契吴山，发出了“美哉斯阜”的赞叹，决定在此建都。于是征发10万民工蒸土筑城，建成了一座宏伟的统万城。[①]到北魏始光四年（427年）北魏攻占统万城时，城中被俘的夏主赫连昌的家属和宫人就数以万计，大臣和秦雍人士有数千，[②]随夏主撤走的军队也有数万；可见这座完全由移民构成的都城人口在二三十万以上。

另一些都城选在已有的大中城市，有的以前曾做过都城；或者就继承了前朝的都城。尽管这些城市原来就有比较多的人口，但一旦成为新的首都，还是必须迁入大量人口。

皇族、宗室、文武百官以及其家属、士兵以及其他附庸人口本来就是一个相当大的数量，这往往就是迁入新都的第一批移民。同时出于政治、军事、经济上的原因，还会迁入大批百姓，甚至不惜采取武力强制，或者置迁出地的重大损失于不顾。

---

①《水经·河水注》;《太平御览》卷555引崔鸿《十六国春秋》。

②《魏书·世祖纪》。

如曹丕称帝后定都洛阳，就不仅将已经迁入原来的政治中心邺城（今河北临漳西南）并已定居的数万户转迁至洛阳，还不顾各地战乱后的残破和连年蝗灾，计划从冀州（今河北中部）迁10万户充实洛阳所在的河南。后经辛毗力争，才减为一半。[①]

司马睿把建康（今南京）作为东晋的首都后，由北方迁来的皇室、贵族、大臣、士族等和他们的附庸很快就成了建康的主要人口。

北魏孝文帝太和十七年（493年）从平城（今山西大同）迁都洛阳，到太和十九年（495年），孝文帝规定“迁洛之民，死葬河南，不得还北。于是代人南迁者，悉为河南洛阳人”[②]。从这样彻底的措施看，原在平城的鲜卑人基本都已南迁，就是原来由北方各地迁至平城的移民大多也应转迁洛阳，因此估计移民的总数在百万以上。

靖康年间宋室南渡，建炎三年（1129年）定杭州为行在所（临时首都）。到绍兴（1131—1162）初年，随朝廷迁来的北方移民就超过了当地人口；绍兴二十六年（1156年）已“数倍土著”[③]。

金贞元元年（1153年），海陵王由中京（今内蒙古宁城西大明镇）迁都燕京（今北京），除了朝廷本身的大量人口外，还把女真贵族大批南迁。为了迁移得彻底，他下令将旧都会宁府的宫殿、诸大族第宅平毁，辟为耕地。[④]贞祐二年（1214年），在元兵

①《三国志·辛毗传》。

②《魏书·高祖纪》。

③《建炎以来系年要录》卷173。

④《金史·海陵纪》。

的压迫下，金宣宗迁都开封，随之南迁的官民数以百万计，开封的人口激增，移民估计超过 100 万。

明朝永乐年间建都北京，从京师（南京）北调的有 17 卫 1 所，将士近 10 万，匠户有 2.7 万，与家属合计近 40 万。还有大批官员家属及商人、奴仆等，总数超过 40 万。顾起元《客座赘语》说南京因此而“户口减半”，看来并无夸张。即使不算其他地方迁来的移民，光这些南京移民就大大超过北京（北平）的原有人口了。此外，永乐年间从山西迁至北京周围的移民数量也很多，所以至今在北京附近还能找到很多自山西移植过来的地名。同时还将今河北口外（小兴州）的军民南迁，其中不少人定居在北京，所以直到清初京师故家谱牒往往称永乐时自小兴州来。①

1644 年清军入关，接着顺治帝在北京即位，定都北京。在此期间，原在东北的满族人和由他们统治的汉族人基本都随迁关内，其中相当大一部分就迁入了北京。

至于在武力胁迫下的迁都，由于操纵者都是出于控制、掠夺或破坏的目的，对旧都的扫荡唯恐不及，掳掠往新都的人口又多多益善，所以移民的规模就更大了。

东汉初平元年（190 年），董卓逼献帝迁都长安，用军队驱赶洛阳及附近数百万居民西迁入关，使洛阳 200 里内“室屋荡尽，无复鸡犬”②。东魏天平元年（534 年），高欢逼孝静帝从洛阳迁都于邺，“诏下三日，车驾便发，户四十万狼狈就道”③。随迁的人口

---

① 朱筠:《笥河文集》卷 12。

②《后汉书·董卓传》。

③《北齐书·神武纪》。

至少有100多万。唐末天复四年（904年），朱温迫使昭宗和长安士民东迁洛阳，移民老幼相属，月余不绝。长安的宫室衙署及民间庐舍都被拆毁，从此成为废墟。①

二

但是都城的确定或都城地位的形成并不是移民的结束。因为无论是新建的还是原有的城市，其人口数量与首都的地位和需要往往还是不相适应的。

早在春秋时期，国君所在的都城应该是该国最大城市这一概念已经形成制度，即所谓“先王之制，大国不过参国之一，中五之一，小九之一”②。而从秦朝以来，历代都实行中央集权的专制统治，连进入中原的或统治了一部分汉族人的非汉族政权也不例外，首都的重要性和所起的实际作用更大。所以不管是出于统治者的观念，还是出于统治国家的实际需要，都要求在首都保持庞大的人口，并不允许其他城市和地区性的政治中心拥有超过首都的人口。汉武帝时齐国的都城临淄一度有10万户，比首都长安还多。③但实际上长安近郊有不少陵县，有的比长安人口还多，合起来自然远远超过临淄。尽管如此，汉武帝还是对齐国的实力

①《资治通鉴·唐纪》。

②《左传·隐公元年》。

③《汉书·主父偃传》。

深感不安，采取了一系列措施加以削弱。

另一方面，都城的设置有一定的延续性，后一朝选定的首都往往是前一代的故都，或者是以前曾经做过首都的城市。但是在改朝换代或权力斗争中，首都是争夺的中心，遭受的破坏一般也最大，人口死亡外逃得最多。宫室城池要依靠从全国征调来的人力物力修造，人口也无法由本地增殖，只能从外地迁入。

再一方面，统治者“强本弱末”“强干弱支”的观念还表现为运用皇帝的权威和首都的地位镇压敌对势力、控制不稳定因素的措施。前朝或被灭政权的国君、宗族、文武官员，异族政权的首领、降人，敌对政权降、俘的将领官员，地方豪强、富户和特殊的罪犯等，都有可能是安置在首都的对象。

这三方面的需要导致了定都以后长期的或阶段性的移民，这些移民往往兼有多种目的。

秦始皇在灭六国以后，于二十六年（前 221 年）将天下豪富 12 万户迁入咸阳。[①]以每户 5 口计，就有 60 万口；而当时秦朝的总人口估计不足 3000 万，这次移民已占了 2%。[②]

西汉的长安虽建在秦都咸阳的附近，但由于项羽的破坏和秦汉之际战乱的影响，这一带残存的人口已经很少。而关东各诸侯国的势力却相当强大，与六国的旧贵族一起构成对朝廷的严重威胁。因此，在汉高祖大规模移民关中以后，从关东移民“实关中”的政策实行了 100 多年，直到元帝永光四年（前 40 年）才

①《史记·秦始皇本纪》。

② 这是笔者当时的估计，现在则倾向于认为，秦朝建立时的人口总数至少有 4000 万，即使这样，移民也占总人口的 1.5%。

正式改变。应运而生的是西汉的陵县制度，即在皇帝即位后就开始为自己修建陵墓，在陵墓旁建立居民点安置移民，等皇帝死后安葬，这个居民点就升为县，称为“陵县”，由朝廷直辖。迁入陵县的对象是丞相、将军等现职高级官员，宠臣、公主、外戚及其他特殊人物，2000 石以上的官员，地方上的“豪杰”和特殊的罪犯，资产在一定数额以上的富人等。累计迁入的移民近 30 万，到西汉末年其后裔已超过 120 万，主要集中在长安和陵县，形成了一片以长安为中心的人口异常稠密区。①

洛阳虽曾是东汉的首都，但经过东汉末年的破坏，到 30 年后曹丕重新定都时，不仅城市已经相当破败，而且周围到处“树木成林”，需要加以清除了。②尽管曹丕在建都之初迁入了不少民户，人口还是不多，所以魏国始终不断向洛阳移民，并与控制敌对势力的措施相结合。蜀国被灭后，蜀主刘禅和宗室大臣、地方大族共 3 万家被迁往洛阳和中原其他地方，③把小小的蜀国几乎网罗一空。后来晋灭吴时也故技重演，将吴主孙皓与其宗族大臣及各级官员统统内迁，大部分安置在洛阳一带。有的家族在东汉末南迁，已在江南定居了四代；有的人担任的官职并不大，也被北迁。④

后来这一做法几乎成了惯例。如十六国时后赵灭前赵，东晋灭成汉、后秦、南燕，前秦灭前凉、前燕，后秦灭后凉；北朝时北魏灭北凉、攻下夏都统万城，西魏灭梁等。都曾将被灭国的国

① 详见拙著《西汉人口地理》第八章，人民出版社，1986 年。
②《三国志・王昶传》。
③《华阳国志・蜀志》。
④《晋书・周访传》《晋书・孔愉传》《晋书・陈训传》等。

君、宗族、大臣、大族以至百姓尽可能迁入本国都城或近畿地区。隋灭陈后，陈后主与“王公百司”也被迁至长安。[①]

北宋初年陆续攻灭五代时留下的分裂割据政权，一方面对被灭的国君采取宽大措施，无论是否抗拒过，一般都给予优厚待遇；另一方面为了防止分裂再起，都将他们与其旧臣集中安置在首都开封。有时在用兵之前，已在开封为对方预先建造了宅邸。所以被灭的南唐、吴越、荆南、南汉、后蜀和北汉的国君大臣都集中在开封，形成了一个奇特的上层移民群。这些人大多家口众多，动辄百余口，甚至上千口。如吴越国主迁开封时，地方上动用的船只就有 1044 艘。[②]

在各民族政权的对立和冲突中，首都及其周围也成为安置战败民族或被灭的异族政权上层人士的场所，也是为了同时达到控制敌对势力和巩固首都统治地位这双重目的。

规模最大的要数十六国的后赵和前秦。晋大兴元年（318 年）后赵的石勒以襄国（今河北邢台）为据点后，就不断移民充实。以后定襄国为都，移民规模更大。如迁茌平等地降人 2 万户、平原乌丸部落 3 万户于襄国，徙“雍秦华戎十余万户”于关东等。后赵移民的总数多达“数百余万”[③]，其中相当大一部分是迁在襄国和以后的都城邺城的。前秦先后迁至首都长安和附近关中的主要移民有：灭前燕所得的 4 万余户鲜卑人，关东“豪杰及诸杂夷”10 万户，灭前凉后迁入的凉主及豪右 7000 户等。[④]加上其他

①《陈书·后主纪》。

②《续资治通鉴长编》卷 19。

③《晋书·石勒载记》《晋书·石季龙载记》。

④《晋书·苻坚载记》。

一些较小的移民，总数也在百万以上。但由于这两个政权存在的时间都有限，加上这些迁移都是出于武力和行政手段的强制，尽管异族移民中的统治集团和上层人士得到很好的安置，还是无法使他们安心定居。在这两个政权覆灭以后，这些移民成果也就消失殆尽了。

相比之下，唐朝对非汉族移民在首都地区的安置就比较成功。贞观四年（630年），唐军灭东突厥后，部落酋长被封为将军、中郎将等五品以上官的有500多人，因而入居长安的近万家，[①]人数有好几万。其他的一些安置虽然再没有如此大的规模，但由于唐朝对非汉族的首领与汉族一样重用，加上前期国力强盛，对各族有很大的吸引力，所以有大批非汉族移民定居在长安一带。

将富人迁入首都可以追溯到秦和西汉，在当时被迁关中的移民中，有一些就是因为财产达到一定的标准才列为迁移对象的。但单独迁富户的大概只有明太祖一人。朱元璋将4000多户江南富户迁至南京，又将曾作为张士诚基地的苏州的富户迁到故乡濠州（今安徽凤阳）；在洪武七年（1374年）迁至中都（即原濠州）的14万江南人中，也有相当一部分是富户。值得注意的是，朱元璋当时已经准备以中都为未来的首都，所以对中都的移民也应属于对首都移民。

①《资治通鉴·唐纪》贞观四年。

三

一旦首都得到确立，其至高无上的政治地位立即会产生巨大的吸引力。而随着首都的发展，经济和文化方面也必然形成优势，吸引着更多的自发移民。

想进入仕途或施展政治抱负的人，历来都是以首都为活动基地的。对他们来说，能够取得首都的户籍，合法地定居下来是求之不得的。汉武帝时立了战功的将军杨仆耻为关外人，上书要求将函谷关东移300里至新安，自愿承担迁关的全部费用，以便使自己的原籍包括在关内。[1]以后关东人陈汤为了入籍关中，以便自己的妻子儿子今后能合法地留在长安，向汉成帝建议恢复陵县的设置。这二事足以反映出此类人的心态。可以想象，对于一个持续了百余年以至数百年的都城，这类移民累积起来就是一个不小的数字。官僚机构的膨胀和官吏的增加，也为依附于他们的幕僚、属员、书吏、差役等提供了谋生的机会，这也增加了首都的人口来源。

人口的增加，尤其是统治阶级上层人士的集中，必定产生对生活用品和奢侈品的大量需求，促进商业和手工业的发展。商人和手工业者也会因此获利，或能过上较好的生活，这又使他们自

①《汉书·武帝纪》。

己的消费有所提高，并吸引更多的人迁往首都。早在战国后期，齐国的首都临淄已经是非常繁华的大城市："其民无不吹竽鼓瑟，弹琴击筑，斗鸡走狗，六博蹋鞠者。临淄之涂，车毂击，人肩摩，连衽成帷，举袂成幕，挥汗成雨，家殷人足，志高气扬。"①苏秦的话自然不无夸张，但临淄的繁华程度很高应无疑问，其基础显然已不是上层贵族，而是由都市地位所形成和吸引来的中下层工商业者和城市居民。其他主要诸侯国的都城如郢、邯郸、蓟等虽然规模不等，但工商业的繁华也不比临淄逊色。

以后的全国性都城更是如此。西汉的长安就设有九市，至今还见于记载的工商业活动和大商人就有不少。从《史记·货殖列传》记录的商品看，很多是来自外地的，所以外地的行商、坐商一定颇多。甚至各地来京的读书人也兼做买卖："诸生朔望会此市，各持其郡所出货物，及经书传记、笙磬器物，与卖买，雍容揖让。"②只是商品中还有文化用品，经营的态度也比较文明，还不失书生本色。可以肯定，在长安的常住人口中，工商业移民占有不小的比例。

类似的情况出现在后来的东汉洛阳、隋唐长安、北宋开封、南宋临安（杭州）、明清北京等全国性的都城和各个地区性的都城，这方面的资料和事例不胜枚举。在明清时的北京，商业移民还形成了自己的聚居社区，组成了自己的行会。南宋的临安更具移民特色，城中的店铺大多由南迁的开封人开设，连店名都是用原来的，宛如开封城的南迁。这自然不可能是南宋政府规划安

①《史记·苏秦列传》。

②《太平御览》卷826引《三辅黄图》。

置的结果，而是开封的消费对象迁移后对商业移民的吸引。可以想象，如果这些消费对象不是迁至杭州，而是迁入了其他什么城市，商业移民也会接踵而至的。明朝迁都北京后，南京的商人也曾大批北迁，只是因为南京作为首都的时间远不如北宋开封，初建的北京也还没有杭州那样的吸引力，所以未形成鲜明的特色。

都城的政治地位、经济实力和密集人口为文化的发达提供了必要的条件。早在战国时，齐都临淄的稷门附近就建了学宫，招揽了文学游说之士数千人，任其讲学议论，外地来的著名学者有赵国人慎到、荀卿和楚国人环渊等。[①]西汉的长安设有石渠阁、天禄阁等图书馆和学术活动的场所，从武帝开始兴太学、置五经博士，博士弟子的名额不断增加，到成帝时已增至3000人，后来常年保持在1000人。[②]从全国各地来求学的人云集长安，有的就此成为移民。一些著名学者也因文化活动而定居长安，如司马迁任太史令，由夏阳入籍茂陵；文学家司马相如自蜀郡迁居茂陵；名儒孔霸由鲁移籍长安等。

这一传统也为后代各都城所继承，就连一些割据政权或地区性的政权也是如此。十六国时一些政权的首都，如前燕的龙城（今辽宁朝阳），前凉、后凉和北凉的姑臧（今甘肃武威），后赵的襄国，前秦的洛阳等都曾吸引收罗了一批移民。尤其是地处河西走廊的前凉、后凉和北凉，由于在较长时间内保持着局部的安定，统治者比较重视文化，都城姑臧一时成了北方重要的文化

①《史记·孟子荀卿列传》。

②《汉书·儒林传》。

中心，一些知名学者的弟子和听讲者动辄上千。[1]地处西北的西夏政权也在都城中兴府（今宁夏银川）建国学，弟子最多时达到3000人。[2]

存在时间较长的都城一般都成为该国家或地区内的文化中心，正是移民大批迁入并不断吸收了新的文化移民的结果。这样的中心一旦形成，还具有相当大的延续性。即使首都的地位已经丧失，但文化中心的转移却往往滞后于政治中心的转移。如在东汉定都洛阳以后，长安在一段时间里还拥有文化上的优势，甚至还造出了将首都迁回长安的舆论。北宋定都开封以后，洛阳不仅还具有西京的地位，而且保持着文化中心的地位。

强盛王朝的首都还以其丰富的物质文明和精神文明吸引着境外的移民。在西汉的首都长安就已有常住的“外国客”“胡人”和“四夷”[3]。北魏的洛阳建有“四夷馆”，《洛阳伽蓝记》卷3中说：“自葱岭已西，至于大秦，百国千城，莫不欢附，商胡贩客，日奔塞下，所谓尽天地之区已。乐中国土风，因而宅者，不可胜数。是以附化之民，万有余家。门巷修整，阊阖填列，青槐荫陌，绿柳垂庭，天下难得之货，咸悉在焉。”这数万人显然已定居从事商业活动。

最典型的当然还要数唐代的长安，流寓于此的境外人无论在数量和影响方面都有过于其他都城。向达先生在《唐代长安与西域文明》一文中列出的四类是：魏周以来入居中夏者，西域胡商

①《晋书·郭荷等传》。

②《宋史·西夏传》。

③《汉书·武帝纪》及《汉书·扬雄传》等。

逐利东来者，异教僧侣传道中土者和异族遣子侄为质而入充侍卫、久居长安者。其来源有葱岭以东的于阗、龟兹、疏勒，中亚、西亚的昭武九姓和波斯诸国。

四

历代对首都的移民虽然情况各异，手段不同，但一般说来都有一定的积极意义。

首先，首都人口的增加，特别是素质较高的人口的集中，对于增强中央政府的实力，巩固统治地位是有利的。将现实的或潜在的敌对势力和地方豪强直接置于朝廷的控制之下，对于维持政权的稳定，消除地方上的不安定因素也是有作用的。西汉初期的“实关中”对巩固刘氏政权，削弱以至消灭异姓和同姓诸侯的割据和分裂，抗击匈奴的入侵威胁无疑具有决定性的作用。北宋将各被灭国的君臣集中安置在首都，的确也是防止分裂割据的措施之一。而明朝向北京地区的移民，使首都的实力迅速增强，巩固了防御地位，并进而形成打击残元势力的军事力量。

其次，是有利于经济、文化中心的形成。这固然是文化素质较高的人口和物质财富大量集中的必然结果，但却并不是单纯的人和物的聚集，而是形成了新的特点，提高到了新的高度，前面提到过的齐都临淄繁华的景象和稷下学宫出现的学术成果就是明证。《汉书·地理志》的作者已经注意到了这种特殊的首都文化：

“(长安)是故五方杂厝，风俗不纯。其世家则好礼文，富人则商贾为利，豪杰则游侠通奸。……又郡国辐凑，浮食者多，民去本就末，列侯贵人车服僭上，众庶放效，羞不相及，嫁娶尤崇侈靡，送死过度。”尽管作者的概括还不够全面，而且具有儒家观念的偏见，却生动地勾画出了长安地区多种文化并存又交错影响的景观。

应该承认，历史上不少都城，就所具有的自然地理条件而言，只能成为地区性的经济和文化中心，但最终却在全国占据了主导地位，主要的原因就是凭借政治优势聚集起来的高素质的移民。如西汉时全国的经济和文化的重心依然在关东，但大批关东移民却给关中输入了巨额财富和大量人才。明清时的经济文化重心已经转移到江南，但北京长期作为首都，吸收了全国包括江南在内的大批人才，也集中了来自各地的物资和财富。

再次，首都这样优越的条件为各类人才的形成和发展提供了机会，很多杰出的政治、经济、文学、艺术、学术、科技人物和他们的成果产生在首都地区绝不是偶然的。在近代之前的中国，往往只有首都地区才能具有进行较高层次的文化、艺术、学术和科技活动的机会和条件，而学者和艺术家一般只有通过在首都的居留才能获得这样的条件和机会。200 年前进京的徽班居然发展成为中国近代最大的剧种，就是一个很有说服力的例子。

对首都地区的移民也存在着消极作用，有时还具有相当大的破坏性。

正如前面已经提到的，统治者往往不顾实际困难实施移民，使移民的迁出地遭受巨大的损失，长期无法恢复元气。尤其是在对峙或分裂政权之间，更是出于破坏掠夺的目的。因此首都地区的繁荣经常是建立在其他地区的衰落甚至毁灭的基础上的，其他地区或全国人民为之做出了不应有的牺牲。在移民过程中直接造成的浪费和损失，以及对平民和政敌的镇压，就更是普遍现象了。

由于对首都地区的超量移民，也由于当地的人口一般都会有较高的增长率，首都的人口一般都形成畸形发展，即人口中的非生产性人口过多，人口数量在全国总人口中所占的比例过高。因此，历代全国性的都城一般都无法就地或就近解决粮食和基本物资的供应，必须从远地输入。自秦汉至隋唐，建在关中的首都无不依赖关东和江淮的漕运。北宋定都开封，而不是回到洛阳，一个重要的原因就是漕运的相对便利；而漕运的断绝又使朱元璋不得不放弃建都开封的计划。元、明、清三代的南北大运河更成了朝廷的生命线，一旦黄河下游决溢泛滥，朝廷首先考虑的往往不是堵黄，而是保运。对北京的粮食和物资供应一直是朝廷的沉重负担，当然最终承担的还是运河沿线和全国的百姓。

原载《中国古都研究（第九辑）——中国古都学会第九届年会论文集》，三秦出版社 1994 年版

宋以前的洛阳与移民

在去年召开的中国古都学会第九次年会上，我在《古都与移民》一文中曾经指出："中国历史上的都城，无论是全国性的，还是地区性的，只要存在了较长时间，几乎都是当时、当地经济和文化的中心，也是人口最多、最稠密的地方。这种情况的出现绝不是偶然的。除了作为都城所拥有的其他特殊条件以外，一个重要的原因就是：都城的形成、确立和发展过程中无不伴随着或大或小的移民运动，移民及其后裔在都城人口中往往占有相当大的比例。"

这一特点明显地反映在各个古都发展的过程中，在洛阳建都的历史上同样如此，西周至五代期间洛阳的兴衰都与移民有关。

一

考古的发现证明，在今天洛阳附近的偃师二里头、尸乡沟等遗址是商或夏晚期的都城。这些遗址的所在地应该是洛阳最早的居民点，但从传说中的夏人和商人的迁移传统可以肯定，随着这些都城的废弃，这里的居民也都外迁了。

公元前 11 世纪周武王灭商以后回到周，“自夜不寐”，原因就在于“我未定天保，何暇寐！”在为自己新得的天下担忧。考虑到“自洛汭延于伊汭，居易毋固，其有夏之居。我南望三涂，北望岳鄙，顾詹有河，粤詹雒、伊，毋远天室”这样的形势，决定“营周居于雒（洛）邑”。①很明显，武王建洛邑的目的就是为了在自己的新疆域内设立一个稳固的据点，用以控制东方。毫无疑问，洛邑的最初居民应该是来自周地的军队、贵族及其附庸和家属，以及若干平民，都是外来的移民。

武王死后，周公辅佐成王平定了管叔、蔡叔与商纣王之子武庚发动的叛乱，将一部分殷商的“顽民”和“遗民”迁至洛邑。成王又派召公和周公规划、营建新城，并将象征全国疆域的“九鼎”迁去，②使洛邑正式成为周朝的陪都。殷商俘虏、遗民以及新迁来的周人是洛邑接受的第二批主要移民。据《汉书·地理志》记载，殷商人主要迁自邶（今河南汤阴县东南）和庸（今河南新乡市西南)。

对洛邑的第三次主要移民则发生在西周亡后，公元前 770 年平王迁都。周人由关中平原向伊洛平原做了最大的也是最后一次迁移，仅有少数支族留在原地，数量估计是不小的。

东周期间，尽管周天子已经名存实亡，但由于洛邑（阳）处

①《史记·周本纪》。

② 同上及《尚书》之《洛诰》《召诰》《多士》篇。

于“天下之中”的优越地理位置和周都形式上还是“诸侯所聚会”的场所，所以必然会吸引新的移民，因此到战国后期已是“土地小狭，民人众”；当地商业发达，“东贾齐、鲁，南贾梁、楚”[①]，辐射范围东至今山东，南至今湖北、安徽。另一方面，由于实际的政治、经济中心已经分散，洛阳在全国范围的政治影响越来越小，也肯定有不少人外迁。

公元前256年，秦攻下西周君所在的洛阳，“周民遂东亡”[②]。这些周人可能是迁入了东周城（今河南巩义），也可能迁入了东方其他诸侯国。

二

秦和西汉期间，洛阳是一个发达的商业城市和地区性的都会。由于朝廷的移民重点是“实关中”和在西北开疆拓土，洛阳所在的关东是属于移民的输出区。因此洛阳主要凭借地理位置和经济地位吸引附近的移民，同时向关中和西北输出一些移民。但到25年东汉光武帝定都，洛阳第一次真正成为全国性的政治中心，情况就不同了。

至今我们在史料中还没有发现东汉朝廷实施过向洛阳的移民，事实上大概也是如此。这是由于洛阳及其周围在西汉末年已

①《史记·货殖列传》。

②《史记·周本纪》。

经是全国人口最稠密的地区之一，[①]虽然在两汉之际战乱中也遭受过严重损失，但依靠本地的人口自然增长就足以恢复。而且洛阳周围平原面积有限，建都后宫殿苑囿和官僚的田宅又占去很多，不可能再安置大批移民。但这并不是说在东汉期间洛阳没有什么移民，仔细分析史料还是可以发现不少证据的。

东汉初的功臣和后来的文武大臣基本都出自洛阳以外，尽管这些人的户籍不一定都迁至洛阳，但实际上大多已是首都的居民。东汉期间当政的外戚和宦官绝大多数也是外地人，多数迁入了洛阳。各郡每年派遣的上计吏多有留在朝廷为郎官者，到延熹年间（158—166）“三署见郎七百余人”[②]。各郡国推荐的孝廉往往也留在朝廷做官。作为一个延续了165年的首都，这一类移民的数量累计起来是不少的。

东汉初北方八郡官民内迁，到建武二十六年（50年）才迁回。[③]但12年后的永平五年（62年），官方还在以每人赐钱2万的代价在发遣滞留内郡的边民。[④]这就不能排斥边民（特别是其中的上层人士）迁入首都的可能性。同样，东汉中期西北“羌乱”爆发时，西北数郡也曾内迁，部分边民也可能迁入洛阳。

作为全国文化中心，洛阳设有当时的最高学府——太学。加上从光武帝开始就“爱好经术”，所以四方学士“莫不抱负坟策，云会京师”，博士增加到14种。到本初元年（146年）后，“游

① 见拙著《西汉人口地理》第六章，人民出版社，1986年。

②《后汉书·杨震传》。

③《后汉书·光武帝纪》。

④《后汉书·显宗孝明帝纪》。

学增盛，至三万余生”[1]。著名学者张衡是南阳西鄂（今河南南阳市北）人，曾游学太学，以后长期在洛阳任职。王充是会稽上虞（今浙江上虞）人，曾到太学受业，并常在洛阳市肆读书。王符是安定临泾（今甘肃镇原东南）人，但“与马融、窦章、张衡、崔瑗等友善”[2]，显然也在洛阳居住过较长时间。游学之士当然并不都会定居下来，但如此多的士人中总有部分人像张衡那样成为移民。

还有一些边疆地区的少数民族人员因种种原因而迁入洛阳。如建武二十五年（49年），辽西乌桓大人郝旦等九千余人到洛阳“诣阙朝贡”，其中一部分“愿留宿卫”，被编入驻在洛阳一带的警卫部队。[3]又如建宁三年（170年）段颎镇压羌人获胜回洛阳时“将秦胡步骑五万余人……生口万余人”[4]。段颎接任河南尹、司隶校尉，任所就在洛阳，这些秦胡军人和羌人生口至少有一部分就安置在洛阳了。

根据《后汉书·郡国志》的记载，永和五年（140年）洛阳所在的河南尹有“户二十万八千四百八十六，口百一万八百二十七”。相比之下，西汉末年与河南尹大致相当的河南郡有“户二十七万六千四百四十四，口一百七十四万二百七十九”[5]，似乎东汉时洛阳的人口比西汉末年要少。但东汉的户口有严重的隐漏，而首都所在贵族官僚、地主豪强集中，隐漏必定更多。而且

①《后汉书·儒林传》。

②《后汉书·王充王符仲长统列传》。

③《三国志·魏书·乌丸传》。

④《后汉书·段颎传》。

⑤《汉书·地理志》。

从永和五年（140 年）至东汉末年的大动乱还有 40 多年时间，人口还会增加，所以东汉洛阳实际人口的最高数至少不会比西汉时少。

初平元年（190 年），董卓逼汉献帝迁都长安，“于是尽徙洛阳人数百万口于长安，步骑驱蹙，更相蹈藉，饥饿寇掠，积尸盈路。（董）卓自屯留毕圭苑中，悉烧宫庙官府居家，二百里内无复孑遗”①。不甘心迁移的百姓伺机逃跑，“人民流移东出，多依彭城间”②。

经过这次迁移和随后的攻守之战，洛阳被彻底破坏。6 年后汉献帝回到洛阳时，尽管事先派董承做了些修缮，但“旧时宫殿悉坏，仓卒之际，拾摭故瓦材木”③，只能临时住在故中常侍赵忠宅中，一个多月后才搬进勉强修好的杨安殿。“是时，宫室烧尽，百官披荆棘，依墙壁间。……群僚饥乏，尚书郎以下自出采稆，或饥死墙壁间，或为兵士所杀。”④可见当时的洛阳已残破之极，近于无人区了。曹操迁都于许，固然有他控制朝廷的动机，但洛阳已不具备建都的起码条件也是重要的原因。

直到魏文帝即位的黄初元年（220 年），王昶出任洛阳典农，“时都畿树木成林，昶斫开荒莱，勤劝百姓，垦田特多”⑤。这一方面说明洛阳一带还到处是树林和荒野，但另一方面也证明开荒的移民已经开始迁入了。

①《后汉书・董卓传》。

②《三国志・魏书・荀彧传》。

③《后汉书・董卓传》注引《献帝起居注》。

④《后汉书・孝献帝纪》。

⑤《三国志・魏书・王昶传》。

三

曹丕代汉后，定都洛阳，同时开始大量向洛阳移民，包括将已在邺城（今河北临漳西南）定居的数万户转迁至洛阳。[①]他还计划从冀州（今河北中部、南部）迁10万家充实洛阳周围的河南。当时正值连年蝗灾，百姓饥荒，百官都知道难以实施，但因曹丕固执己见，不敢进谏。后以辛毗力争，曹丕才勉强同意减为一半。[②]这5万户中的一部分可能还是迁入了洛阳。尽管如此，洛阳毕竟不可能在短期内恢复，所以从《三国志·魏书·文帝纪》可以看出，曹丕经常住在许昌，而不是洛阳。

魏明帝时在洛阳大兴土木，修建宫殿，但移民仍在继续。263年魏灭蜀后，次年后主刘禅全家被迁洛阳，随迁的还有大臣谯周、郤正、樊建、张通、张绍等。[③]另外还有3万家被迁至河东及关中，[④]其中一部分以后也迁入了洛阳。至西晋太康元年（280年）灭吴，吴主孙皓及其宗族、大臣等也被迁至洛阳，[⑤]迁移的对象范围比蜀国还大[⑥]。

---

①《三国志·魏书·贾逵传》。

②《三国志·魏书·辛毗传》。

③《华阳国志·刘后主志》。

④《华阳国志·大同志》。

⑤《三国志·吴书·三嗣主传》。

⑥《晋书·周访传》《晋书·孔愉传》《晋书·陈训传》等。

西晋初年，首都洛阳又恢复了繁荣。但好景不长，到永康二年（301 年）“八王之乱”演变为武力对抗，洛阳便多次沦为战场，死亡和逃离的人口已经很多。从永嘉元年（307 年）司马睿出镇建业（今南京）开始，北方的“衣冠”就纷纷南渡，洛阳的官民也包括在内。永嘉四年（310 年），东海王越率甲士 4 万出洛阳，随行的官民有数十万。洛阳驻军全无，“宫省无复守卫，荒馑日甚，殿内死人交横，府寺营署并掘堑自守”[①]。到第二年三月东海王越死，其留洛部属又出奔，“从者倾城”[②]。五月，城中“人相食，百官流亡者十八九”。六月，刘曜攻陷洛阳，“百官士庶死者三万余人”，另有一些被迁往平阳（今山西临汾西南）。[③]洛阳又一次成为一座荒城。

后来，前赵的刘曜与后赵的石虎相争，战场就在洛阳西。由于后赵先后在襄国（今河北邢台）和邺建都，移民的重点都在这一带。而洛阳能够接受的移民数量有限，仅见建武六年（340 年）“徙辽西、北平、渔阳万户于兖、豫、雍、洛四州之地”[④]。如平均分配，洛州只有 25000 户，且不一定在洛阳城。前秦建元十六年（380 年），苻坚从关中调 15 万户氐人分驻各地，其中苻晖为镇东大将军、豫州牧，镇洛阳。但仅 3 年后苻坚在淝水之战中大败而归，苻晖率洛阳、陕城之众 7 万归长安。[⑤]所以至义熙十二年（416 年）刘裕率晋军进入洛阳时，见到的景象是：“伊洛榛芜，

①《晋书·孝怀帝纪》。

②《晋书·东海王越传》。

③《晋书·孝怀帝纪》。

④《晋书·石季龙载记》。

⑤《晋书·苻坚载记》。

津涂久废……山川无改，城阙为墟，宫庙隳顿，钟虡空列，观宇之余，鞠为禾黍，廛里萧条，鸡犬罕音。”[①]

四

直到北魏太和十七年（493 年）孝文帝决定从平城（今山西大同）迁都，洛阳才迎来了又一次移民高潮，都城的发展也进入了一个鼎盛时期。

孝文帝迁都的意见受到绝大多数宗室和大臣的反对，所以只能以南伐为名率百万大军南下。“外名南伐，其实迁也。旧人怀土，多所不愿，内惮南征，无敢言者。”[②]行至洛阳，“群臣稽颡于马前，请停南伐”，孝文帝就势宣布迁都决定。因当时洛阳无宫殿可居，孝文帝暂住金墉城和邺城的行宫，一面征召司空穆亮等修建洛阳，一面派安定王休率从官回平城迎迁家属。太和十八年（494 年）二月，孝文帝回到平城，谒祖陵，祭天，正式部署迁都，并巡视北方边疆。十月，孝文帝离平城至洛阳。[③]

平城的官员百姓也开始南迁，因为在当年，朝廷已“优复代迁之户租赋三岁”[④]。又如侍郎成淹因“家无行资，敕给事力，送

① 傅季友:《为宋公至洛阳谒五陵表》,《昭明文选》卷 38。
②《魏书·李冲传》。
③《魏书·高祖纪》。
④《魏书·高祖纪》。

至洛阳”[1]。太和十九年（495 年），“诏迁洛之民，死葬河南，不得还北。于是代人南迁者，悉为河南洛阳人”。“九月庚午，六宫及文武尽迁洛阳。”太和二十年（496 年）春，孝文帝采取了更彻底的措施，“诏改姓为元氏”[2]。至此，南迁基本上完成了。

但是出于习惯势力，宗室大臣中反对南迁的活动一直未停止。太尉、东阳王丕父子不愿迁洛，策划留住太子后举兵谋反。[3]恒州刺史穆泰与定州刺史陆睿等阴谋拥立阳平王颐。[4]连太子恂也“不好书学，体貌肥大，深忌河洛暑热，意每追乐北方”，竟在孝文帝外出时，准备奔回平城，并杀了劝阻的中庶子高道悦。[5]这些阴谋都被及时觉察，太子也被废。经过这番较量，反对势力终于被镇压了下去。

孝文帝为了缓和“在位旧贵”的对立态度，曾下诏同意他们“冬则居南，夏便居北”，这不过是当时的权宜之计，并未真正实行。不料到宣武帝即位（499 年）后，左右以此为借口提出要求，皇帝认为既然有先皇的许诺，就准备“聿遵成诏”。于是就出现了迁回北方的流言，有人甚至开始出卖田宅。给事黄门侍郎元晖向宣武帝做了解释，使他在实际上取消了这一诏令，安定了人心。[6]不过还有少数鲜卑人坚持留在平城，到熙平二年（517 年），孝明帝下诏允许他们不再迁洛，但规定“门才术艺，应于

---

①《魏书·成淹传》。

②《魏书·高祖纪》。

③《魏书·神元平文诸帝子孙传·东阳王丕》。

④《魏书·穆泰传》。

⑤《魏书·孝文五王传·废太子恂》。

⑥《魏书·昭成子孙传·元晖》。

时求者，自别征引，不在斯例”[1]。看来，留下的人数量已经很少，而且只限于对朝廷没有什么用处的人了。

当时南迁洛阳的究竟有多少人？史料中未见任何记载。但可以从两方面推断。

一是平城原来的人口。既然平城绝大多数人口南迁了，这个数字大致就是南迁的人口数。平城的主要人口也是从各地来的移民，见于《魏书》有具体数字可考的移民就有：天兴元年（398年）的山东6州吏民及徒何、高丽杂夷36万、百工伎巧10余万口（先迁盛乐，迁都平城后应再迁平城），6州22郡守宰、豪杰、吏民2000家。太延五年（439年）的凉州民3万余家。太平真君六年（445年）的长安工巧2000家，八年（447年）的定州丁零3000家，九年（448年）的西河离石民5000余家。正平元年（451年）的伐宋降民5万余家。太和五年（481年）的南朝齐3万余口。如果再加上那些没有具体数字的移民行动，迁入平城的移民肯定在100万以上。

二是以后洛阳的人口。天平元年（534年）迁都邺时，号称有“四十万户”[2]。如以每户平均4口计，应有160万。自太和二十年（496年）至此的38年间，一方面还继续有移民迁入洛阳，另一方面也有人迁出；特别是在建义元年（528年）尔朱荣入洛以后已有大量人口外流。若以迁入与迁出相抵，此期间的人口年平均增长率以7‰计，则太和二十年（496年）应有128万人。

---

①《魏书·肃宗纪》。

②《魏书·孝静纪》。

还应考虑的因素是太和十九年（495 年）曾“诏选天下武勇之士十五万人为羽林、虎贲，以充宿卫”。其中的一部分，可能就是从平城移民中挑选的，因为次年十月，“以代迁之士皆为羽林、虎贲”[①]。如来自平城以外地区的以 10 万计，而这些充当军人的携带家属者极少，那么这次迁入的人口估计为 15 万。洛阳原有人口相当有限，大概不会超过 5 万。这样计算的结果是：迁入洛阳的人口约 123 万，其中来自平城一带的 108 万。

由于北魏后期迁出洛阳的人口实际上肯定比太和二十年（496 年）后迁入的多，这 30 多年间的人口年平均增长率也不一定有这样高，所以这些数字都可以视为下限。

洛阳建为北魏的首都以后，还吸引了各地的大批移民。在此期间，南朝经历了齐、梁鼎革，又与北魏发生过多次大规模的战争，因此有不少逃亡的宗室、贵族和文武官员以及降俘人员定居在洛阳。另外，还有来自西域和境外其他国家和地区的移民。关于这些，杨衒之在《洛阳伽蓝记》中有详细的叙述：

> 吴人投国者处金陵馆，三年已后，赐宅归正里。
>
> 北夷来附者处燕然馆，三年已后，赐宅归德里。
>
> 东夷来附者处扶桑馆，赐宅慕化里。西夷来附者处崦嵫馆，赐宅慕义里。
>
> 自葱岭已西，至于大秦，百国千城，莫不欢附，商胡贩客，日奔塞下，所谓尽天地之区已。乐中国土风，因而宅

①《魏书·高祖纪》。

者，不可胜数。是以附化之民，万有余家。门巷修整，阊阖填列。青槐荫陌，绿柳垂庭，天下难得之货，咸悉在焉。

永明寺，宣武皇帝所立也。……时佛法经像，盛于洛阳，异国沙门，咸来辐辏，负锡持经，适兹乐土，世宗故立此寺以憩之。……百国沙门，三千余人，西域远者，乃至大秦国，尽天地之西垂。

足见移民数量之多，来源之广，影响之大。

值得注意的是，连洛阳宫殿的设计和朝仪制度的制定也与移民有关。一位是乐安（今山东博兴）人蒋少游，太和十五年（491 年）曾以出使为名，至南朝齐考察宫殿建筑。[1]另一位是南朝宋文帝之子刘昶，于和平六年（465 年）逃亡北魏。北魏改革朝仪就是由他与蒋少游“专主其事”的。[2]可见，洛阳的宫殿和北魏迁洛后的制度已经大量吸收了南朝的精华。

由于孝文帝采取坚决措施学习华夏文化，改革鲜卑旧俗，而来自各地的移民又传播了各自的文化，各种文化交汇融合的结果使洛阳成为中国文化最发达、最先进的城市。北魏永安二年、梁中大通元年（529 年），梁将陈庆之从洛阳回去后所说的话就充分反映了南北的差距：“自晋、宋以来，号洛阳为荒土，此中谓长江以北，尽是夷狄。昨至洛阳，始知衣冠士族，并在中原。礼仪富盛，人物殷阜，目所不识，口不能传。”[3]应该指出，陈庆之见到

---

①《南齐书·魏虏传》。

②《魏书·刘昶传》。

③《洛阳伽蓝记·城东》。

的洛阳已经在河阴之变之后，已不是它的极盛时期了。

天平元年（534 年），高欢逼孝静帝迁都于邺，“是时诏下三日，户四十万狼狈就道”。[①]为了安置如此众多的洛阳移民，“徙邺旧人西径百里以居新迁之人”。[②]洛阳的宫殿庙宇大多拆毁，拆下的材料从水路运往邺城，[③]用于新宫和其他设施的建筑。诸寺僧尼也被迁移，洛阳原有 1367 寺，至此只剩下 421 所。[④]

此后，洛阳成为东、西魏拉锯争夺的战场。东魏天平四年（537 年）西魏军攻入洛阳，次年东魏侯景等围攻洛阳金墉城，“悉烧洛阳内外官寺民居，存者十二三”。不久高欢又攻金墉城，西魏守将弃城时，“焚城中室屋俱尽”，高欢“毁金墉而还”[⑤]。武定五年（547 年）杨衒之回到洛阳，见到的是：“城郭崩毁，宫室倾覆，寺观灰烬，庙塔丘墟。墙被蒿艾，巷罗荆棘。野兽穴于荒阶，山鸟巢于庭树。游儿牧竖，踯躅于九逵，农夫耕稼，艺黍于双阙。……京城表里，凡有一千余寺，今日寮廓，钟声罕闻。”[⑥]《魏书·地形志》所载系武定年间户口数，洛阳郡的洛阳和缑氏二县合计仅 3659 户、15072 口。洛阳城中肯定不足万人了，可谓衰败之极了。

①《魏书·常景传》。

②《魏书·孝静纪》。

③《魏书·张熠传》。

④《洛阳伽蓝记·城东》。

⑤《资治通鉴》卷 158。

⑥《洛阳伽蓝记》序。

五

到了北周大象元年（579年），沉寂了30多年的洛阳出现了重要转机。当年初，周宣帝来到洛阳，下了一道诏书："一昨驻跸金墉，备尝游览，百王制度，基趾尚存，今若因修，为功易立。宜命邦事，修复旧都。"接着就征发山东诸州的士兵，将原来规定的1个月劳役增加到45天，用于建洛阳宫。经常保持着4万人的施工规模，直到第二年五月。又将原驻于相州的六府迁至洛阳，称为"东京六府"。[1]

周宣帝采取这些措施的主要原因，倒不是他巡游了洛阳，而是北周统一了北方后的形势。建德六年（577年）北周灭北齐后，齐都邺成为相州的治所，同时在相州和并州（今山西太原西南）都设置了宫和六府官。[2]所谓六府官，就是和首都长安一样设置的六个部的机构。这六府虽然不一定任命官员，却说明两地具有陪都的地位。在北齐的主要据点设置两个陪都，显然是平定之初的权宜之计。因此到了当年底，并州的4万军民被迁入关中，并州宫和六府被撤销。[3]而在北方的统一范围已经扩大到淮河以北的情况下，在关中之外设置的控制东部的据点，自然应该是洛

①《周书·宣帝纪》。

②《周书·武帝纪》。

③《周书·武帝纪》。

阳，而不是邺了。

还未等洛阳修复，周宣帝又采取了一系列的措施，加强洛阳作为东京的地位。一是将高欢从洛阳迁至邺城的汉魏石经迁回洛阳，二是规定河阳、幽、相、豫、亳、青、徐七总管（辖区包括太行山以东、淮河以北整个地区）受东京六府的管辖，三是“凡是元迁之户，并听还洛州”，允许在邺城的洛阳移民回故乡。[1]这第三项是最重要的，因为如果没有足够的人口，即使修好了宫殿，洛阳还是无法与东京的地位相适应的。不过，迁回洛阳的人口远不如当年迁出的那么多了，在邺城的洛阳移民已经生活了40多年，在世的已是少数，大多数居民是移民的后裔。在自愿的条件下，要他们放弃习惯了的城市迁往尚未修复的洛阳是相当困难的。而且经过东魏、西魏和北周、北齐间的连年战争，邺城本身的人口也已有很大的损失，愿意迁回的就更少了。但第二年尉迟迥在相州起兵讨杨坚被镇压后，相州迁往安阳，邺城的宫室民居全部被毁。这时，规定迁往安阳的洛阳移民后裔中，可能会有一些索性迁回洛阳了。

洛阳的东京地位虽只维持了短短的2年多，就随着北周被隋取代而丧失了，但却开始起了一种前所未有的作用。原来从西汉以来，关中的农业开发已经没有什么余地了，还要向西北输送一些粮食，所以西汉初就需要每年从关东输入几十万石；到了西汉后期，常年的输入量已达数百万石。[2]只是从东汉开始，关中的人口一直没有恢复到西汉时的数量，所以粮食供应的矛盾也就不

---

①《周书·宣帝纪》。

②《汉书·食货志》。

存在了。到了隋朝初年，关中经过多年的恢复和发展，特别是作为首都所在地，人口又有了很大的增长，而从关东输入粮食的水路运输条件比西汉时更加困难，平时就已不容易维持，一遇关中受灾，粮食歉收，就更难以为继了。所以，从隋文帝开始就在灾年率关中百姓到洛阳就食，以便就近获得救济和供应。据《隋书·高祖纪》记载，开皇四年（584 年）九月，因“关内饥”而“驾幸洛阳”，至次年四月回长安；开皇十四年（594 年）八月又以“关中大旱，人饥，上率户口就食于洛阳”，至次年三月才回京。这一次出京时，“关中户口就食洛阳者，道路相属。上敕斥候，不得辄有驱逼，男女参厕于仗卫之间，逢扶老携幼者，辄引马避之，慰勉而去。至艰险之处，见负担者，遽令左右扶助之”。透过对皇帝的溢美之词，倒是一幅生动的流民图。既然洛阳一带粮食供应比较充足，这些流民自然不会都随着皇帝返回关中。另一方面，朝廷也不希望他们都回去，以减轻负担。所以就食的结果，必定是一些流民就此定居于洛阳。并且这一类移民肯定不限于这两次。

仁寿四年（604 年）十一月，刚即位 4 个月的隋炀帝就到达洛阳，下诏营建为东京，迁入的第一批移民就是平定了汉王谅在并州（今山西太原西南）的叛乱后迁来的当地人户。次年诏尚书令杨素、纳言杨达、将作大匠宇文恺营建东京，同时将原洛阳城内的居民迁入新城。又下令“徙天下商富大贾数万家于东京”[①]。为了大建宫室和布置巡游，隋炀帝还从全国征调了大批工艺匠户

①《隋书·炀帝纪》。

和各种特殊行业人员，如《大业杂记》称从河北诸郡迁入东京的有工艺户3000余家；大业四年（608年）一次征调来的“天下鹰师”就达万余人之多。[①]大业五年（609年），洛阳所在的河南郡18县共有202230户。[②]当时全国平均每县约7000户，而河南属县中相当多是山区小县，户口低于平均数，所以洛阳估计有15万户左右，约70万人。隋炀帝时迁入的可能有近10万户。此外，在洛阳的流动人口还很多，其中仅建筑宫城的民工就经常保持在数十万。洛阳的实际人口已超过百万，其中大部分也是移民。

洛阳在隋炀帝时当了12年实际上的首都，唐朝时被取消了东都称号。但唐朝前期的经济、政治形势并没有发生大的变化，尤其是关中的粮食和必需品的供应越来越依赖于关东。所以尽管洛阳到显庆二年（657年）才恢复东都的地位，但从唐太宗开始就重修洛阳宫，并在贞观十一年（637年）、十五年（641年）、十八年（644年）三次去往洛阳，最长的一次住了近一年。[③]后来，唐高宗和唐玄宗经常往返于长安、洛阳二都之间，在洛阳的时间有20多年。而在武则天执政的光宅元年（684年），改东都为神都，洛阳不仅在实际上，而且在名义上也已是地位高于长安的正式首都了，如此共有21年。

根据《旧唐书·则天皇后纪》，天授二年（691年）曾“徙关内雍、同等七州户数十万以实洛阳”。这无疑是一次规模很大的

①《隋书·炀帝纪》。
②《隋书·地理志》。
③《旧唐书·太宗纪》。

移民，也是洛阳被升格为“神都”的必然措施，但具体数字不无可疑之处。因为一方面，关内雍州就是长安所在，不可能迁出太多人口，而《新唐书·地理志》所载天宝元年（742 年）长安所在的京畿道也只有 54 万余户。另一方面，该年洛阳所在的都畿道共 20 个县也不过 19 万余户，要是 50 年前真迁入过数十万户，就不至于那么少。检《新唐书》本纪同年的记载，就没有具体数字。因此一种可能是数十万人，而不是户；另一种可能是尽管武则天下了这样的诏令，但实际上并没有迁入那么多。

当然，唐朝的户口有很大的隐漏，所以洛阳在安史之乱前的最高人口数应该比户口数高得多，而且武则天期间的洛阳因大量移民的迁入，可能是人口数量的高峰，达到百万以上。

六

安史之乱后，洛阳既饱受战乱破坏，又有大量人口南迁，虽然还拥有东都的地位，但唐朝连长安都经常保不住，更无暇恢复或经营洛阳了。在无力控制关东的情况下，洛阳也就失去了它的重要性了。而且由于黄河流域长期萧条，洛阳周围和以东地区经济上的优势已经一去不复返，本身人口稀少，没有什么过剩人口能输入洛阳了。南方经济的发展使朝廷越来越依赖于漕运，处于水路交通枢纽的开封比洛阳就更显得重要了。

光启三年（887 年），张全义任河南尹，到达这个“东都”

时，“白骨蔽地，荆棘弥望，居民不满百户，全义麾下才百余人”。经过他数年的努力治理，“都城坊曲，渐复旧制，诸县户口，率皆归复，桑麻蔚然，野无旷土，其胜兵者，大县至七千人，小县不减二千人”[①]。但显然只是相对恢复、一些流民返回而已，与昔日移民的大批涌入是不可同日而语的。

天复四年（904年），朱温逼唐昭宗迁都洛阳，“令长安居人按籍迁居，彻屋木，自渭浮河而下，连甍号哭，月余不息”[②]。洛阳又当了3年名义上的首都，因为实际上控制着大权的朱全忠是以开封为据点的。洛阳接受了它建都史上最后一次数量不小的移民，在五代前期还当了19年后梁、后唐、后晋的都城，但已是回光返照，终于挽不回政治中心东移的潮流了。

洛阳的建都历史，可以说就是一部移民史。最早的洛邑就是个移民城市，后来的洛阳也无不以移民而兴盛。移民数量最多、来源最广的是北魏，而洛阳由衰至盛，发展变化最快的也是这一阶段。而当统治者认为没有必要或不可能向洛阳移民，或者洛阳已接受不到移民的时候，就再也无法恢复昔日的繁盛了。当然从根本上说，一个城市能否成为都城取决于当时政治、经济、军事、自然等各方面的综合作用，但使这些因素产生具体效应的是人，其中很大一部分又是迁入这个城市的人——移民。

原载《中国移民史》，福建人民出版社1997年版

①《资治通鉴》卷257。

②《旧唐书·昭宗纪》。

移民与文化传播

——以绍兴为例

一、移民是文化传播的主体

移民是文化传播的主体。说到“移民”，近年来大家都很熟悉这个名词，中国改革开放以来出现了数量庞大的移民，并且还在日益扩大。但是并不是说人一旦离开了家乡就自然地成为移民。一般来讲，流动人口在一个地方定居下来或者是以定居为目的才可以称之为移民。

移民是流动人口，但它只是流动人口的一部分，不过这一部分在文化传播中起着特别重要的作用，往往超过了其他任何形式的流动人口。什么原因呢？因为只有一个人在一个地方定居下来或者以定居为目的，他才会对当地有一种归属感。比如一个人在外地就学或者工作，肯定需要经过一段时间后，才能融入当地的生活。如果就此定居的话，那就要面对当地文化——方言、饮食、生活习惯、气候条件等。流动人口可以不改变自己的生活习惯，暂时忍耐一下，反正将来要走。但是移民以定居为目的，那就得入乡随俗。如果你嫌当地的某种生活习惯不好，你又有一定的能力，就会尽力改变这种生活习惯。这就是移民与一般流动人口的不同，他们对当地有了归属感后，会更加积极地影响当地文化或者不得不受当地文化的影响。

文化传播需要媒介，这个媒介可以是人，也可以是物，而移民就是最活跃的载体。特别是在古代，由于没有什么传播手段，人是最主要的，而且往往是唯一的。书本和其他形式的文字记载也是传播文化的重要手段，但与人相比，书本的传播能力就相形见绌。文字记录的内容未必能百分之百地反映作者的想法，读者的理解更难以完全符合作者的希望。在造纸和印刷术未普及时，古人往往会将重要的文字铸在青铜器上，刻在石上，文字尽可能简约，增加了理解的难度。但如果是作者自己直接传播，就不存在这样的问题。

随着科学技术的发达，今天的大部分信息已经不需要由人直接传播，而是通过互联网、音频、视频、电话、传真等途径，一种新出现的文化现象可以很快传遍全球。但人以外的传播跟人的传播总是不同的，再先进的技术，也无法代替身临其境。更主要的是，人以外的传播只能被动地接受，或者在规定的范围内“互动”。在科学技术如此发达的今天，还没有一种文化传播的媒介可以超过人本身，何况在古代？当然流动人口也可以传播文化，如唐朝的高僧玄奘从印度取回佛经翻译，对传播佛教起了很大的的作用。但玄奘在印度留学十多年，实际已与移民相近。而玄奘对佛经的翻译和理解，正说明人在文化传播中无可替代的作用，而移民的作用也不是一般流动人口所能代替的。

中国的历史实际上就是一部移民的历史，即人口不断地从先进发达的地区流动到相对不发达的地方，并把先进的文化传播到那里，带动那里的发展，再逐步扩展的过程。

二、绍兴的发展与移民的关系

在七八千年前，中国境内就有了一些文化相对发达的地方。这些地方的文化有的一直延续到今天，有的已经烟消云散，有的则到了某个时期就中断了，没有延续下来。比如，离绍兴不远的河姆渡文化、良渚文化，这些文明都很早，但是都没延续下来。为什么会中断呢？历史学家、考古学家做过研究，有的认为是自然环境发生重大变化，如出现海平面升高、海水倒灌，或者出现了持续的灾害，所以当地人不是生存不下去了，就是外迁了。因为如果仅仅是不同人群之间的争夺，获胜的一方就能够生存下来，不至于同归于尽。

绍兴有大禹陵，司马迁亲自考察过，并载入《史记》。有人说大禹治水是在黄河中下游，为什么却要葬在绍兴？其实进一步研究发现，大禹治水不可能发生在黄河中下游。黄河中游如果发生洪水的话是不可能一直延续十几年的。黄河洪水泛滥是有季节性的，夏天、秋天发洪水，洪峰过后水位就会回落，除了特别低洼又无法排水的地方可能积水，其他地方的水都会回归河道，或进入新河道，怎么可能泛滥十多年时间呢？这一点，水利学家李仪祉早就指出过。所以有人就说大禹治水应该是在海边，他治的水不是江河洪水而是海水倒灌，海水灌进来以后流不出去，大禹只好疏导，让水再流出去。既然这样，为什么大禹治水的故事会传播到中原呢？有人推测，大概是大禹后代某支部落从沿海迁到了中原，把这个故事带到了那里。这就反映了早期的人口迁移会带走对祖先的追忆和群体内的传说。在生产力低下的条件下，迁徙是人类赖以生存和发展的一种重要方式，这类迁徙已经在不自觉地传播文化了。

夏、商、周三代不存在统一，特别到了东周，诸侯之间、部族之间的争斗、兼并非常剧烈，冲突和战争经常发生。在这个过程中，获胜的一方或者占有优势的那些人群会通过迁移的方法把自己的文化传播到其他地方。

当时江南和南方广泛分布着百越诸族，其中一部分越人以今绍兴为中心建立越国，而吴国是以今苏州为中心的。在吴越之争中，吴国曾经灭了越国，后来越王勾践卧薪尝胆，十年生聚，十年教训，最后勾践又灭掉了吴国。越国灭了吴国后要占领它，当然需要军队。但是光靠军队不行，还需要移民，把人口迁往吴国故地，还要迁往新扩张的地区。

越国最强大的时候，不仅占有今天江苏苏南和安徽皖南一带，而且往北一直挺进山东汶水流域，后期还曾经以琅琊（山东青岛胶南一带）作为都城。这是一次大规模的迁移，其中一部分人是坐海船沿着海岸，经过今天的江苏、山东半岛到琅琊定居的。在这个过程中，越人将自己的文化一直传播到了山东半岛的南部，也包括中间经过的那些地方。这是一次比较大、比较确切的迁移，不过留下的史料太少，要考究它带去了什么影响，还缺乏必要的史料。后来随着越国的衰落，越人又从那些地方退回到祖先的发祥地，也就是绍兴一带，有的还南迁到今浙江南部。

先秦时期，越人的势力范围很大，从绍兴这一带往南一直到今天的福建、广东、广西、越南都是属于越人的，称为“百越”。所谓“百越”并不是说正好是一百个部落，指是有形形色色的分支，像在今福建的叫“闽越”，今天温州一带的叫“瓯越”，广西一带的叫“骆越”，在今浙、皖、赣山区的被称为“山越”。各支越人间在文化上会有差异，但大的方面应该是相同的，所以外界才将他们视为同样的越人。等越国的辉煌时期过去以后，北方的文化发达起来，相对来讲，越地反而成了文化比较落后的地方。

越人的迁徙有往海上的，因为他们的一部分人生活在海滨。既然他们可以坐船一直到山东半岛，那么也有可能到日本、朝鲜甚至更远的地方。所以有人推测越人曾经广泛地分布于日本列岛，有人还认为越人跟波利尼西亚人及马来人也有一定的联系。可惜这方面我们知道的还不是很多，有些还停留在假设阶段。

我认为这是古代绍兴移民的第一阶段。

古代绍兴移民的第二阶段是中原相对强大以后，人们一次次地从黄河流域向淮河流域、长江流域以至珠江流域和越南迁移。这个过程大概从战国后期即公元前 3 世纪开始，一直延续到元朝才结束。这期间中国的移民方向主要是从北方向南方迁移，所以越地基本上是移民的迁入地区。

战国时期，在秦灭其他国家的过程中，很多人为了躲避战乱，或者不愿服从秦朝的统治，离开中原迁往南方。不过当时还没有迁得很远，一般就到钱塘江流域。到了公元前 221 年，秦始皇灭六国以后，他就有计划地实施了移民。据记载，他把中原的一批人迁到了长江以南，包括钱塘江南岸的宁绍平原。越国被楚国所灭后，越文化一度衰落。楚国被秦灭后，本土文化更受到打击。北方迁来的移民在文化上具有优势，又得到官方政治势力的支持，自然会传播他们从黄河流域带来的文化。

历史上北方的几次大的战乱，造成几次主要的移民。比如，西汉末年到东汉初这段时间，东汉末年到三国这段时间，西晋永嘉之乱到南朝前期，8 世纪中期唐朝的安史之乱到五代期间，北宋末靖康之乱至蒙元初期，一次一次地把移民从北方推到南方。除此以外，还有一些零星的、自发性的移民也不断出现。

这中间，哪些移民起的作用最大？就是那些本身文化水平比较高，并且拥有政治、经济优势的人。他们到了迁入地后有比较高的社会地位或经济实力，又有明确的目的，对文化传播起的作用就更大。

《论衡》的作者、东汉杰出的思想家王充，本是北方人，因为祖上封在南方，所以南迁到今天的上虞。王充的著作对很多自然现象都是有观察的。有人评论说，这明显是王充在受到变化的地理环境的影响后得出的结论。一个人生活在不同的环境中可以激发人观察自然、认识自然的能力。王充在讨论社会问题时经常会与自然现象结合起来，这恐怕与他的移民身份是有关系的。王充南迁后的起初一段时间里，他还经常受到当地人的排斥。因为文化的差异，当地人没有马上接受他，但是王充有很高的文化水平，也有很强的毅力，《论衡》的最终问世和长期流传就是明证。

北方移民在绍兴一带的第一次高潮出现在永嘉之乱以后。东汉末年的北方难民往往只是把会稽（包括今绍兴一带）作为临时性的避难地，甚至只当是迁移途中的中继站。对于北方移民来说，有吸引力的并不是这一带，而是岭南，有的甚至迁到了今天的越南去了。绍兴这一带虽然在战乱时候会接纳一些难民，包括一些官员、士人、名流，但等到战乱平息，他们大多迁回北方去。当时江南的人口还相当稀少，而大多数南迁的人并没有明确的目的地，只要有合适的条件就定居了，不会一直往南迁。如果战乱时间比较短，平息后多数移民或他们的后裔会回到北方去，特别是其中的官员、士人。因为政治中心毕竟在北方，只要不打仗，北方还是有吸引力的。西晋灭吴后，连江南的士人也要去洛阳，因为想当官。

但是到了西晋永嘉之乱以后，出现一个大的变局——南北长期分裂。公元 4 世纪初的时候南方是东晋，北方是十六国，再后来南方是南朝宋、齐、梁、陈，北方是北魏，后来分成东魏、西魏，再后来又变成北周、北齐。南方与北方是分裂的，一直到了 589 年，隋朝用武力灭掉了陈朝，南北方才重新统一。南北方分裂的时间近 300 年，移民想回去也回不去，他们的后裔基本就在南方定居了，其中一批相当重要的移民就定居在绍兴这一带。

东晋和南朝的首都一直在建康，即今天的南京，不在建康的时间很短。但是南京周边的地区还没有得到很好的开发，水利设施缺乏，平原地区地势低洼，特别是长江以北和沿海。西汉时候在今天的扬州是可以看到潮水的，扬州以东的平原成陆时间不长，还来不及开发，今上海市区也是如此。倒是杭州湾的南岸，特别是处于宁绍平原的绍兴一带开发时间早，自然环境相当稳定，所以大批移民就在这一带定居。东晋、南朝人将会稽（以绍兴为中心）与首都建康的关系比喻为以往的首都长安与关中的关系，[①]当作最重要的政治基地。这既说明了绍兴的重要性，也显示了绍兴聚集了大批高层移民的事实。

东晋举足轻重的两个大家族是王氏和谢氏。王氏门第最高贵是两家，一家是太原王氏，不过太原王氏人少；另一家就是琅琊王氏。琅琊王氏人丁兴旺，政治地位很高。王导与族兄王敦等辅佐司马睿建立东晋，王家的人几乎垄断了朝廷的要职。当时有句话叫“王与马，共天下”[②]，“王”就是指琅琊王氏，“马”就是指司马氏——皇家。晋元帝登位的时候居然邀请王导和他坐在一起，证明实在离不开他，或者怕得罪他。还有来自河南陈郡的谢氏，谢氏也是因为官大人多，不过更主要的是后来谢氏对东晋的贡献，淝水之战的总指挥就是谢安。

王、谢两家人口众多，其中相当一部分散居在各地，绍兴就是他们的一个重要据点，而且好多人就在会稽做官，如会稽内史王羲之等。永和九年（353 年）王羲之在兰亭雅集，参加者十之八九是北方移民的后代。我在《中国移民史》第二卷中曾将史料中能找到的北方移民及其后裔的名单列了一张表。由于当时人只用北方的原籍，不记录在南方的入籍地或居住地，所以很难反映

---

①《晋书·诸葛恢传》：“今之会稽，昔之关中。”

②《晋书·王敦传》：“（元）帝初镇江东，威名未著，敦与从弟导等同心翼戴，以隆中兴。时人为之语曰：‘王与马，共天下。’”

移民实际的定居地点，但其中相当一部分人有在会稽当官或活动的事迹，[①]绍兴作为一个重要的移民定居地区是可以肯定的。

还有一个吸引移民的因素就是这一带的山水风景。中国历史上讲文学会讲到山水诗，提到山水派诗人。一般北方的山水不像南方这么风景优美，像黄土高原都是土坡，高原地区原来的一些优美的风景、岩石基本都被覆盖了，而真正的深山，因为人口稀少还没有开发出来。他们到南方以后，发现山虽然不很高，但风景优美，又不难登临游历。浙江很多山水跟居民点距离比较近，所以著名诗人谢灵运就遍访这些地方，他大概也是中国历史上比较早的一个旅游家。有一次，他带了一帮人一路砍树除草开路前行，当地太守还以为是来了盗贼，赶快戒备，后来才发现是邻郡长官出游。应该承认，原来诗歌发达的地方是北方，谢灵运等诗人继承的是北方的诗歌传统。但南方的山水使他们开阔眼界，激发起灵感，最终形成了新的诗派，丰富了传统诗歌。这也是一种文化传播的方式。

一开始，东晋在南方设立侨州、侨郡、侨县，一方面是为了使北方移民得到安置，另一方面也是表明南迁是临时性的，他们的身份是“侨”，随时等着打回老家去。但到了刘宋时大家都明白，北方的老家是回不去了，侨州郡县再存在下去已经没有意

① 基本可定为曾在会稽定居的有：陈郡阳夏籍的谢安、谢铁、谢冲、谢方明、谢惠连，谢灵运（会稽始宁），陈留尉氏籍的阮宁、阮思旷、阮万龄（会稽剡县），济阳考城籍的江总七世祖、江部（山阴），琅琊临沂籍的王荟、王羲之、王凝之、王徽之、王献之、王随之、王镇之、王砻之、王标之、王弘之、王昙生（上虞），庐江籍的何子平，鲁郡鲁籍的孔惔、孔淳之（剡县），谯国籍的戴逵（剡县），太原籍的王知玄（剡县），太原中都籍的孙统、孙绰。详见《中国移民史》第2卷，表10-1，福建人民出版社，1997年。

义，因此实行“土断”——就地入籍，北方移民及其后裔在法律上完成了定居手续。王家、谢家在朝廷那么有势力，要是政府真的迁回北方，他们就会跟着迁回去。但这次分裂的时间那么长，他们就只能在南方定居了。

中国人历来珍惜自己的文化，在发生战乱的时候，一些有责任心的文人、学者包括统治者中的有识之士，都会尽最大可能，将重要的典籍、档案、文物、礼器、乐师和乐器、艺人、工匠等迁往安全的地方，使之免于战火。永嘉之乱后的迁移同样如此，使此前在中原长期积累起来的文化得以在南方绵延。例如，西晋的宫廷乐师南迁后，带去了原来的乐谱、乐器，在南方传播，培养新的乐师。到隋文帝灭陈后，保存在南方的宫廷音乐又被迁到长安。隋文帝听到后，不禁赞叹：这才是华夏正音！

唐朝安史之乱后也引发了移民潮，但移民的迁入和定居区集中在长江中游。绍兴一带离战乱区较远，南下移民在此前就陆续定居了。加上以后的割据者保境安民，社会相对安定，受外来移民的影响不大。

北方移民在绍兴一带的第二次高潮是在北宋末年靖康之乱以后。靖康之乱后金国人占据了开封，一路追击宋高宗赵构。赵构先是逃到了扬州，然后在扬州渡江到了建康，即今天的南京。有人劝他在此建都，但他害怕，所以又继续逃，金兵一直在后面追，他只好在绍兴这一带坐船逃到了海上。等金兵撤退，他才回来在杭州建都。但不敢叫“首都”，而叫“行在所”，意思是皇帝临时办公的地方，谁知却“临时”到南宋灭亡。

这一次移民对绍兴还有一个重要意义，“绍兴”这个名字就是从这时候开始的。原来绍兴称越州，宋高宗为庆祝政权在杭州的稳定，改元绍兴，并将越州升格为绍兴府。后来他与金人达成和议，因为是以绍兴年间，历史上称之为“绍兴和议”。因为宋高宗在南方恢复了宋朝政权，对还留在北方的文武官员、士民百姓都有巨大的吸引力，纷纷南下投奔。当时杭州、绍兴这一带，到处都是从北方迁来的人。据著名诗人陆游回忆，当时连寺庙中都住满了西北人、北方人。

因为靠近都城杭州，南宋皇帝的陵墓就建在绍兴。一些移民中的官员定居在绍兴，有些离职或退休的官员也以绍兴为家，因为离杭州近，进退自如。南宋时期及此后绍兴出了不少名人，这些人才一部分是本地人的，另一部分是移民后裔，或者是移民与本地人结合的产物。

绍兴有丰富的中国传统文化的底蕴，但从目前了解的情况看，这些文化并不是直接传自古代的越人，或者来自附近的河姆渡文化或良渚文化，而是来自黄河流域形成又传播过来的华夏文化。在全国大多数地方，特别是南方各地，一般都是如此。一个地方什么时候接受北方移民数量多、质量高，那一阶段就成为文化发展的黄金时期，成为从落后向先进转化的关键。今天在中国的汉族聚居区内，文字、语言、观念、礼仪、文学、历史、哲学、艺术等主流文化没有太大的区别，地方特色主要反映一些风俗习惯、民间文化，原因就在于不断地有移民把中原文化传播到各地。所以如果要了解历史时期的绍兴文化，了解它的发展演变过程，就必须了解绍兴历来的移民。

三、历史上移民的文化传播是双向的

移民有迁入，也有迁出。在宋、元以后，绍兴一带的人口密度已经比较高了。绍兴地区的平原面积有限，尽管钱塘江畔、杭州湾会不断长出新的土地，但也总是赶不上人口的增加。到了一定的时候，就会产生人口压力，仅仅依靠当地的土地资源已经供养不了当地的人口。在这种情况下，一种办法是人口外迁，另一个途径就是发展多种产业，如一部分人从事商业、手工业、服务业，用创造的财富购买外地的商品粮。如果在两方面都能进行得好的话，一个地方就能维持繁荣，在经济文化上保持先进。

绍兴地区在南宋时期已经成为全国经济最发达的地方，到了明清也是如此。不过绍兴也是全国人口密度最大的地区之一，不仅无法接受新的移民，还必须不断有人外出谋生或迁往他乡。如果外迁的人没有什么文化，仅仅作为一般生存型的移民，他们的迁出只有人口学的意义，对当地和迁入地的文化影响有限。如果是素质比较高的人，那他们就能起到传播文化的作用，而且使迁出地和迁入地都得益。

以前讲到徽州为什么出商人，有一个说法是因为那个地方多山少地，光靠农业生产养不活那么多人，所以一部分人要外出经商。我的看法是，山多地少只是徽商形成和长盛不衰的一个或然性条件，不是必然的。因为中国山多地少的地方很多，如果这个条件是必然的，那应该各地多形成发达的商业集团才是。实际上，多山少地只能说明农业生产缺乏土地，光靠本地的土地生产粮食养不活全部人口，但解决的途径不是一种，经商只是其中之一。如湘西也是山多地少，有些人靠劫掠过往商客为生。淮北的农业生产养不活当地人，他们就外出逃荒。而绍兴人找到了当师爷的办法，向全国各地输出大批师爷。师爷们不仅将挣到的银子送回故乡，还在明清时期形成了独特的政治文化。

绍兴师爷的影响到了什么程度？明清甚至到民国期间有一句话——“无绍不成衙”，就是说一个衙门如果没有绍兴师爷就不像个衙门了。上至朝廷六部九卿，中至各省督抚，下至边僻州县，大小衙门都少不了绍兴师爷。雍正年间西南改土归流，新设的府州县衙就有了绍兴师爷。左宗棠收复新疆，绍兴师爷就跑到新疆去了。一个普通县衙，至少得有两位师爷，分别主管钱粮和刑名，大的衙门得有一批师爷。全国同时在衙门服务的师爷至少有数千人，这是一个常数，缺了必须补充。

对绍兴师爷的研究已有不少成果，但从移民与文化传播的角度进行研究似乎还不多。其实，绍兴师爷在明清时期形成了在全国从上到下都起作用的政治文化，或者更确切些讲，一种行政文化。这种文化产生的基础是当时的政治制度，但使之成为现实的离不开这批人。绍兴师爷大多在故乡接受基础教育，养成基本素质，接受父兄长辈秘密传授的经验，然后迁入各地、各衙门，结合实际情况，形成并不断完善使国家机器顺利运作的行政文化。他们的全国性影响不言而喻，只是由于他们的行为大多不见于记载，至今无法得到充分的揭示和研究。

相当一部分绍兴师爷长年在外，或者世代外出，有的就在外地定居，成为成功的移民，甚至繁衍成当地的名门望族。这方面目前也研究得不够，仅看到若干例子，缺少全面的统计和叙述。

绍兴师爷对本地的贡献不仅是在物质上，他们将挣到的银子带回家，除养家糊口外，有的还用于购田置产，繁荣经济。更重要的是，他们的迁出有利于人才分流和更多本地人才的成长。一个府、州的科举名额是固定的，而不在当地获得秀才、举人，就无法在全国竞争进士、状元。绍兴相当一部分有才能的人放弃科举而当师爷，就为其他同样有才华的人增加了机会，使绍兴总的人才数量超过其他地方。散布各地的师爷也会把各种信息和各地的知识传播回家乡，明清时期绍兴人才辈出，与他们具有更广阔的视野，有机会接触不少新奇的知识，也是分不开的。

元朝以后，大规模的北人南迁已经结束，明朝初年的大移民已是由南方迁往北方、西南，或者地区间迁移。以后南方人口逐渐出现饱和，开始由东而西，由平原而山区、而边疆的迁移。太平天国战争期间江南受到很大破坏，人口锐减，在战后的恢复性迁移中，相对破坏比较少的绍兴、宁波等地的人口迁往浙江的杭州、嘉兴、湖州和江苏苏州、松江、太仓、常州的平原地区。上海的特殊优势也吸引了大批移民迁入，其中包括绍兴人。近代不少绍兴名人，都是在上海活动或定居的。有的是通过上海外出留学的，或者学成归国后在上海工作的。

例如，鲁迅从日本留学回国后曾在绍兴教书，后去北京，在教育部任职，兼做教授，又南下厦门、广州，最后10年定居上海，因为上海适合他的生存和发展。他虽住在租界外面，但一有风吹草动，步行就能进入租界。柔石等在龙华遇害后，他曾在租界的旅店避祸。上海报刊和出版社众多，书店林立，鲁迅的作品随时可以发表流通。上海是国际化都市，他的影响扩大到世界，他也可以及时了解外国文化的新发展，获得他需要的外文书、画册和其他资讯。上海有很好的电影院，可以看到他喜爱的外国大片、新片。他不信中医，有病能找到日本医生、德国医生。近代从绍兴出去的名人如蔡元培、马寅初、竺可桢等，上海都是他们重要的活动地点。从绍兴出去的“的笃班”，也是在上海才形成风靡全国的越剧。

近代的文化传播有一个特点，就是一个人如果想要有全国性影响，不能待在一个比较小的地方，更不能局限在一个偏僻的书斋里。近代成功的文化移民大多是在本地打好基础后，迁至一个更大的空间去发展，像北京、上海或世界各地。蔡元培 40 岁了还到外国去学习，回来起的作用就更大。竺可桢也是在美国留学，取得博士学位后回国发展的。明清时候的绍兴师爷在本地打好基础后到各地发展，双向传播文化，可谓得风气之先。

四、移民与文化传播的现实意义

移民会不会形成一种新文化？那要看移民具有什么条件。一般来讲，如果外来的移民超过了本地居民，无论在数量上还是质量上，当地的文化就有可能被移民所改变。比如，南宋的杭州就是客强土弱，本地人数量虽多，政治地位却不能望移民的项背，从皇帝到官员、将士，甚至商人、僧道，都是外来的，所以杭州本地人得学河南话，以至到现在杭州话中还有不少北方话的成分，杭州原来的文化肯定被改变了。另一种情况是土强客弱，比如一个小县城里来了两三个移民，一般只能接受本地文化。这两种情况都不容易产生新的文化，前面一种情况实际上是某种外来文化的复制，至多吸收一点本地因素；后一种情况是本地文化的延续。只有主客相当并且多元的情况，才有可能孕育出一种新的文化。这种文化的孕育最典型地反映在近代的上海。

上海的租界就建在县城外面，原来基本是农田，至多包含若干村镇，相当于一张白纸，接受来自四面八方的文化。1950 年以前，上海居民的 70% 以上是移民或移民后代，以迁自浙江、江苏为主，也有广东、安徽、湖北、山东及各省各地的多种来源，还有大批外国侨民，最多时达 15 万。除了英、美、法等欧美移民，还包括犹太人、白俄、日本及东亚的移民。华洋聚居、五方杂错的局面，加上租界内相对公平的竞争环境，形成了开放包容的中西合璧的上海文化。

移民与文化传播的关系对于今天有什么意义呢？

首先，一个地方想要发展，就要吸引人才，如果一直没有移民，一直依靠本地，就不大可能出现文化的碰撞和融合，不可能产生新的文化，也不可能一直保持自己的领先地位。今后的世界是一个人才竞争的世界，所以一个地区一定要吸引优秀的移民，并充分发挥他们的作用。现在到全国各地去，凡是发展快的地方，外来人口往往要占很大的比例，甚至大大超过本地人口。问题是怎样使这些流动人口稳定下来，特别是那些优秀的人才，怎么才能使他们成为真正的移民，对当地产生归属感，将迁入地当作第二故乡，荣辱与共。

其次，要鼓励本地的优秀人才移出去发展。现在往往觉得本地人才不应该移出去，其实并不是所有人才都适合留在本地的。如果有一位科学天才，你一定要把他留在绍兴做教师，那他有机会得诺贝尔奖吗？未必。假如他能到一个更广阔的舞台，接触到更先进的技术，也许很快就获得成功。鲁迅、蔡元培、马寅初、竺可桢等如果都留在绍兴发展的话，也许绍兴会多两位师范校长、优秀教师、本土作家，却不大可能产生全国性的影响。当然现在条件不同了，交通发达，通信便利，有了互联网等，但毕竟个人的成长还是需要特殊条件的，在国内外往往只有个别地方才能具备。所以一个有眼光的地方应该让一部分人才到更好的地方去发展，最后他个人的声望、地位、学术影响反过来促进本地的发展，至少能为本地的下一代树立很好的榜样。一个地方的人口如果是不断流动的，那就是活的，而如果只出不进或只进不出，到了一定时候就会枯竭、呆滞，或者饱和、浪费。

未来产业发展的速度越来越快，往往在一个阶段某一个产业是朝阳但很快就变成夕阳了，还有一些当时很先进的技术没多久就落后了。这样的变迁随时随地在发生，所以各类人才应该随着技术流、产业流而流动，才能取得最好的效果。就是学术、文化、教育、科研等方面，也有一个人才的最佳配置问题，并非越高越好，也不是多多益善。如果了解了移民和文化传播的关系和历史经验，对今天的人才战略和可持续发展都是有益的。

本文据 2010 年 6 月 20 日在绍兴文理学院的报告记录整理，发表于《绍兴文理学院学报（哲学社会科学版）》2010 第 4 期

杭州话为什么有北方味儿

到过杭州的朋友一定会注意到一个特殊现象：地处吴方言区的杭州，本地人说话时经常带“儿化”，听起来有北方味儿，与周围地区有很大的差异。在一个方言区内部存在一个使用其他方言的封闭的小区域，这个小区域被称为“方言岛”。那么杭州这个方言岛是什么时候、怎样形成的呢？

早在明代，就有人注意到了杭州方言这一特点。郎瑛在《七修类稿》中指出：“（杭州）城中语音好于他处，盖初皆汴人，扈宋南渡，遂家焉，故至今与汴音颇相似。”看来，明代的杭州方言比今天更接近北方的开封话，所以使身为杭州人的郎瑛颇感自豪。

郎瑛的说法是正确的，杭州方言的北方化是从两宋之际开始的大规模人口南迁所造成的。

在南宋以前，杭州城里的人口结构与江南其他地方差不多，都是由本地人与外来移民构成。但由于外来移民一般不是很多，而且都是陆续迁入的，即使移民操不同的方言，对本地方言的影响也不会很大。东晋和南朝期间、唐朝安史之乱以后，江南地区都有大批北方移民迁入，使江南的方言增加了不少北方话的成分，但杭州的移民状况与周围地区之间并没有什么明显的区别，所以对方言的影响也没有什么差异。

但靖康二年（1127 年）北宋覆灭后，黄河流域的人口大量南迁，一次次的移民浪潮一直延续到南宋末年。自绍兴元年（1131 年）起，临安（今杭州）一直是南宋的“行在所”（临时首都），在此后的 143 年间都是南方的政治中心。因此，从北宋首都开封南迁的皇室和一部分皇族、文武官员、商人、士人、市民、士兵、僧尼大多集中在临安。由于这批移民的身份和地位特殊，数量较多，居住集中，定居在杭州后依然说开封话，所以在杭州城内形成了一个开封方言区。杭州还有来自北方其他地方的移民，他们原来的方言与杭州方言有很大不同，却与开封话接近，自然会选择向开封话靠拢。开封话成为朝廷官话，也成为杭州的强势语言。而杭州的本地人为了与这批处于统治地位的开封人打交道，要做官、上学、经商、当仆佣，也只能学说开封话。久而久之，开封话成为杭州一带的方言，完全取代了原来的方言。当然，在此过程中，移民或多或少会受到本地方言的影响，新形成的“杭州开封话”与原来的开封话也会有些差异。

北方移民也迁入江南其他城市如常州、苏州、湖州、嘉兴、绍兴、宁波等地。但一方面移民人口未必能在当地人口中占多数，另一方面，移民并非来自同一地方，他们也操不同的方言，为了便于适应迁入地的生活，与其学其他移民的方言，还不如学本地话。所以其中即使有开封人，也不一定会导致别人学开封话。不同来源移民与土著往往处于势均力敌、此消彼长的态势，最终只能在多种方言的基础上形成一种新的方言。当然，占人口比例较高的群体，或者在政治、经济、文化上占优势的群体，他们所操的方言往往会在新方言中留下较大影响。

南宋灭亡后，杭州丧失了首都和南方政治中心的地位，但经过 100 多年，这种“杭州开封话”已经成为杭州人的母语。而且从元朝以来，杭州一直是省级政治中心，经济文化也很发达，杭州话也是一种相对强势的方言。由于元、明、清三代的首都一直在北方，北方话是“官话”，带点北方味儿的杭州话接近北方官话，更有利于它的延续。

不过在南宋以后，“杭州开封话”毕竟失去了新的来源和增强的动力，处在一个被周围的方言逐渐消解的过程中。本来它的分布不限于杭州城内，但由于城外的人口密度较低、人口数量较少，文化优势不明显，随着时间的推移和人口的流动，消解的速度更快。而城内居民密集，相对封闭，外来移民处于弱势，“杭州开封话”消解的速度较慢。所以，郎瑛的感觉就集中在杭州“城中”。这说明到明朝时，杭州城内外的方言已经有很大的差异了。

这种方言岛现象并不限于杭州，只要具备以下条件都可能形成：移民迁入时间集中，在迁入地占大多数并拥有强势地位，移民的方言与迁入地方言有较大差异，迁入地环境封闭，或者移民与土著很少交流。例如，明朝在南方设立的军事驻防单位——卫、所的所在地，有的至今还是一个方言岛。

盘庚迁殷　国都奠定

根据史料记载，商人在进入黄河流域后有过频繁的迁移。据王国维的考证，商人建国前就已有过八次迁移：契由亳（今山东曹县东南）迁至蕃（今山东滕州市），昭明迁至砥石（今地不详），又迁至商（今河南商丘东南），相土迁至东都（在泰山下），又迁回商，在夏朝帝芬三十三年迁至殷（今河南安阳），夏朝孔甲九年迁回商，到成汤时又迁回亳，回到了祖宗的发祥地。

商朝建立后，它的都城也有过多次迁移。中（仲）丁由亳迁至嚣（隞，今河南荥阳市北），河亶甲迁于相（今河南内黄县东南），祖乙迁于邢（耿，今河北邢台一带），又迁于庇（今山东郓城县东北），南庚迁于奄（今山东曲阜市）。但自盘庚迁于殷（今河南安阳小屯一带），此后 273 年（一说 253 年、275 年）间没有再迁，直到商亡。其间仅帝乙时有过迁移，但估计不久又回到了殷。帝乙及其子帝辛（纣）经常居于牧（朝歌，今河南淇县东北），但正式的都城还是在殷。

如果再往前追溯，商以前的夏朝也有频繁迁都的记录。据《竹书纪年》记载，阳城（今河南登封市东南告城）、斟鄩（今河南巩义市西南，近年考古学者认为即发现于偃师二里头的遗址）、帝丘（今河南濮阳县西）、原（今河南济源市西北）、老丘（今河南开封东南）、西河（今河南内黄县东南）都做过夏朝的都城。见于其他比较可靠史籍的夏都还有平阳（今山西临汾市西南）、安邑（今山西夏县西北）、晋阳（今山西太原市西南）、斟灌（今河南清丰县东南）等地。

可见在盘庚迁殷以前，一个政权的主体和主要人口的迁移是一种常态，一个都城往往延续不了太长的时间，可是在迁入殷以后，商朝的都城基本固定了。而且从此以后，从西周、东周直到明、清，都城固定成为常态，迁都却成了特殊情况。为什么会产生这样重大的变化呢?

对商人频繁迁移的原因，以往的学者已有几种说法。有人认为，商人并未脱离游牧民族的特点，迁移是游牧的需要。有人认为，当时的农业生产主要利用土地的天然肥力，实行休耕和轮作，过若干年后就要放弃耕作过的土地，到异地重新开垦。另一种观点是“去奢行俭”——都城固定在一个地方，会导致统治阶层生活的奢侈，所以有必要迁至异地重建，以便恢复比较节俭的生活。更多的人相信，商人的迁移是为了躲避黄河下游河道的频繁泛滥和改道。商人历次迁移的范围都不超过今河南、河北、山东三省，且集中在三省交界地区，而这一带正是当时黄河下游河道不时决溢改道的影响区。

看来，盘庚以前的迁移不能用单一的因素来解释，而应该从自然和社会两方面加以综合分析。

就自然条件而言，到公元前 4 世纪左右黄河下游的河道两旁才普遍筑堤，在此前，黄河的泛滥和改道是经常发生的。在当时的生产力和技术条件下，固守都城抵挡洪水既无可能也无必要，而以迁移避害不失为明智简便的办法。但每次泛滥或改道后留下的淤积区又是最适宜的农业区，对农耕民族必然有很大的吸引力，所以不会离黄河及其主要支流太远。

与此前的其他都城相比，殷（安阳）虽然也处于平原，但离太行山脉较近，而离黄河河道较远，不会再受洪水泛滥的影响。当时的年平均气温比现在偏高，这一带气候温暖，降水充足，植被茂密，野生动物众多，既适合农业生产，也能满足放牧和狩猎的需要。甲骨文中就有不少有关狩猎的记载，包括商王一次捕获 7 头大象。殷的自然条件的确比其他都城优越，更适宜长期建都。

尽管在周灭商后，殷被夷为废墟，但到公元前 7 世纪时，齐桓公就在殷墟东北 40 里处（今河北临漳县界）建邺城，后来成为战国初魏文侯的都城，两汉时是魏郡的治所，从东汉末至北朝期间经常成为北方的政治中心和军事据点，其有利的地理环境和战略优势是重要原因，这也证明盘庚的选择是高明的。

从社会因素来说，早期的商人还摆脱不了游牧或迁移性农业的影响，养成了以迁移对付自然灾害、克服生产或生活上的困难、解决社会矛盾的习惯。但随着生产能力的提高、疆域的扩展和统治手段的加强，这样的迁移其实已经没有必要，只是沿用了一种长期形成的习俗。到盘庚决心加以改变，就水到渠成。我们可以推断，在殷以前的夏都、商都，由于统治者没有长期打算，并未着意经营，建置比较简陋，使用一段时间后就不再适用，可以轻易放弃。而在盘庚迁殷后，决心改变这种经常迁移的习惯，大兴土木，建造都城，这从殷墟考古发掘的成果所显示的巨大规模和丰富的器物可以得到证明。从《尚书·盘庚》的内容可以肯定，在迁都后不久，贵族臣民曾有过激烈的反对。如果盘庚迁都的直接原因是黄河水患、农业生产退化或其他天灾人祸，或者盘庚在迁都后一仍旧章，没有什么新的举措，照理是不会出现这种情况的。从《盘庚》中“王”（盘庚本人）对贵族臣民们训话的内容看，他并没有提出什么具体的理由，只是发出了严厉的警告，表明了自己推行既定政策的决心不可能动摇。正是由于盘庚审时度势，不顾守旧势力的反对，坚持建设永久性的都城，才奠定了200多年的商都，也开了中国历代建国定都的先例，殷（安阳）也以其最早的长期都城成为中国七大古都之一。

汉朝的长安和洛阳

刘邦在打败项羽，称皇帝即位以后，把洛阳作为首都。但是几个月以后，他听了一个戍卒娄敬的意见，并且得到了张良的支持，就下令迁都关中。

当时他的部下大多数人都是丰沛故人，就是他老家丰邑（今江苏丰县）、沛县（今江苏沛县）这一带人，他们都反对他迁都。而且原来秦朝的首都咸阳已经被破坏了，迁到关中以后，一开始连住的地方都没有，只好临时找个地方，在今天临潼一带安顿下来，然后要等到新都建好了才能迁进去。这个新都的名字叫长安，原来是当地一个乡的名称，这个名称很吉利，新首都建成就叫长安，但一开始只是说“迁关中”。

为什么刘邦要做出这个决定呢？并且整个西汉的首都就一直在长安。

我们知道，由于首都对于一个国家的重要性，所以它设在哪里必须要考虑到对内、对外这两个因素。对外，要有足够的防御力量。所以一般情况下，必须面对主要的军事威胁，你若离开前线太远，或者不是正面对着主要的敌对势力，就无法主动遏制强敌。一旦国力衰退，就会放弃首都或者迁都逃避。相反，将首都面对主要的军事威胁，迫使自己以及后代能够不断地加强防御或主动出击，只有这样才能够起到御外的作用。当时西汉的主要军事威胁来自北方、西北，主要敌人是匈奴。

西汉初年经常是“烽火照甘泉”，就是在甘泉宫（在今陕西淳化县北甘泉山）一带经常要燃起烽火报警。匈奴人骑兵南下的时候，离长安经常只有 800 里，骑兵一天一夜就可以赶到。在这种情况下，因为长安是首都所在，所以西汉不断地加强周围的防御力量，并且始终守住北方、西北的这些边界，到了国力强盛的时候，就从这里发起反击。到了汉武帝的时候，就将匈奴赶出汉境，稳定地守住了原来秦长城一线，并且以关中为基地向西北开拓，进占河西走廊。事实证明，刘邦选择以长安为首都，在御外上面是相当成功的。

首都还要能够制内，控制国内的敌对势力，防止国内出现动荡叛乱。在冷兵器时代，一般就要考虑选一个相对封闭的环境，便于防卫；还要选择居高临下的地势，需要出击时具有优势。这一点，长安比洛阳强得多，洛阳周围没有什么险阻，那些山都不高，相反通道都很宽敞，很难防御。长安所在的关中当时被称为“四塞之地”，北面是陕北黄土高原和一系列山脉，南面是秦岭山脉，西面是陇山山脉和陇东高原，东面秦岭、华山直逼渭河、黄河，是一个四面都封闭的盆地。在仅有的隘口、通道上都设有重关，往东的通道最重要，有潼关（在今陕西潼关县北）、函谷关（在今河南灵宝市北、新安县西），南面有武关（在今陕西丹凤县东南），西北面有萧关（在今宁夏固原市原州区东南），易守难攻，相当安全。而对于关东人口稠密、经济发达地区，又具有居高临下的优势，便于主动出击。

西汉初年，关东大多数地方都不在朝廷的直接统治下，那些同姓王、异姓王的封地占了大部分。在长安建都，不但能控制关中这个基地，而且守住了以西、以北，以及西南，像汉中、巴蜀这些地方，都成了朝廷可靠的后方。

在关东发生叛乱的情况下，一方面可以确保首都的安全，另一方面，在积聚了足够的力量后就可以随时发动反击。汉景帝三年（前 154 年），吴楚七国之乱，周亚夫出兵镇压。由于后方关中非常巩固，又有忠于朝廷的梁国（国都在今河南商丘）挡住交通要道，周亚夫可以集中兵力进驻昌邑（今山东巨野县南），以深沟高垒固守，等到叛军疲惫粮尽，一举击溃，3 个月就平定叛乱。

可见，建都长安在御外和制内两方面都非常有利。

东汉光武帝刘秀定都洛阳，整个东汉都没有再迁回长安，只是末年才被董卓以武力强制迁往长安 5 年多。东汉时不断有人呼吁首都应迁回长安，班固的《两都赋》虽然极力维护东都洛阳的地位，但一定程度上也反映了西都长安的巨大影响。但洛阳的首都地位始终稳固，原因何在?

以往一般的说法，是认为刘秀的故乡在南阳（郡治在今河南南阳市），刘秀在南阳起家，南阳的宗室豪族是他的政治、经济基础。首都设在洛阳，更容易获得和维持来自南阳的支持。这在东汉初期，的确是一个重要因素，但不足以解释整个东汉的形势。其实，相比长安，洛阳有一个更重要的优势，是便于解决粮食供应。

作为一国之都，必定会聚集大量人口。而且，随着建都时间的延续，人口会以较快的速度增加。西汉的长安建成后，不仅皇室、朝廷文武百官、侍卫、驻军、差役、工匠等首都必备人员入住，还从各地迁入大批特殊移民。这些人都不从事农业生产，需要有供养他们的粮食和其他生活资料。到西汉中期，长安和周围陵县（在皇帝陵墓附近设立的为他守陵的县）的人口已经超过100万。从长安出征的军队和驻守西北边疆的军队，也要从长安调拨大部分粮食。

关中虽号称“沃野千里”，实际上，关中平原的面积是有限的，加上日渐扩大的城市、宫殿、园林、兵营占去大量土地，农业用地很快用尽。尽管有一些人工渠道灌溉比较便利，局部地区粮食亩产较高，但无法满足首都的需求，不得不从关东农业区调运粮食。西汉初，每年就要输入数十万石，汉武帝时每年最多要输入600万石，以后常年需要400万石。

当时最便利的办法是漕运，就是通过水路用船运粮。如果从陆路运输，成本高得无法承受。秦始皇时要将粮食从山东半岛运到河套地区，路上的消耗是最终运达数量的60倍。从关东往长安的唯一水路是黄河和渭河，偏偏都是逆流而上，必须完全依靠人力拉纤。还得经过三门峡天险。黄河流经这里，奔腾的河水被约束在狭窄的峡谷中，形成3股水道，自东至南称之为“人门”“神门”“鬼门”，其中只有宽20多米的人门能够通行。但水流异常湍急，两边巨石壁立，稍有不慎就船毁人亡，整船货物化为乌有。从未建水库前留下的照片上可以看到，三门峡两岸的山岩上形成一道道深深的纤绳磨痕，可见当时漕运所耗费的人力物力多么巨大!

如果首都设在洛阳，从关东产粮区运粮食过来虽然也是逆流而上，但距离就短了很多，而且不用经过三门峡天险，损失减少，也更有保证。如果光武帝刘秀定都于洛阳，主要考虑到离他的基础南阳距离较近这个因素的话，那么以后的皇帝必定会更多地考虑粮食供应因素。而在整个东汉，洛阳没有出现过像西汉长安那样的漕运难题。

另一个因素就是东汉的军事形势。在永元三年（91 年）窦宪大破北匈奴后，北匈奴从此西迁，已经投降的南匈奴逐渐内迁，不构成对东汉的军事威胁。而随着西北羌乱不断，尽管东汉一次次镇压，却止不住羌人的叛乱和内迁，一度不得不将西北的郡治后撤到长安附近，长安成了军事前沿，根本不具备“御外”的优势。

到了东汉末年，关中盆地以北，今天的陕西北部、甘肃东北已经没有汉朝的行政区了，成了羌人、匈奴人和其他少数民族的聚居地。在《中国历史地图集》三国时期的图幅中，这一块只能根据史料中模糊的记载，注上“羌胡”两个字。假设东汉曾经在长安建都，肯定早就迁走了。

当然，洛阳在“制内”方面也没有优势可言。当初娄敬劝刘邦迁都关中时，那些反对迁都的人称“雒（洛）阳东有成皋，西有殽黾，倍（背）河，向伊雒（洛），其固亦足恃”（洛阳东面有成皋，西面有崤山、黾池，背靠黄河，面向伊水、洛水，它的稳固地位也可依靠）。但张良一针见血，道破洛阳的先天不足：“雒

（洛）阳虽有此固，其中小，不过数百里，田地薄，四面受敌，此非用武之国也。”幸运的是，东汉没有出现国内动乱，特别是来自关东的军事威胁，这一缺陷没有影响到首都的安全。等到关东州郡起兵讨伐董卓，董卓知道这“四战之地”是守不住的，就逼汉献帝西迁长安。可见同样的建都条件，在不同的外部形势下会起不同的作用。

自古长安不易居

很多人以为古代人都有迁移自由，也没有户籍的约束，其实不是那么一回事。

在人类的早期，在洪荒年代，或许是可以自由迁移的。只是那时的人如果离开了群体，恐怕是无法生存的，所以恰恰唯恐离开了群体。再说，那时的人没有多少地理知识和概念，对外界几乎一无所知，哪来什么迁移的动力？即使是在“日出而作，日入而息”的年代，“帝力”（老天爷和统治者）对农夫固然奈何不得，农夫又何尝有脱离“帝力”的念头？

但至迟到了春秋时代，已经有一大批人不愿意过“日出而作，日入而息”的日子了。其中的士人，或游学于不同的流派或学者，或效力于不同的诸侯贵族；其中的商人，则无论行商坐贾，逐利而动，趋利而迁；就是农夫，也懂得了“趋利避害”和“人往高处走”的道理，遇到天灾人祸就迁往他处。诸侯国之间也会争夺人口，以更好的生存条件招徕那些背井离乡的流民或邻国的人口。当时大多数地方还地广人稀，或者还是没有开垦的荒地，缺的就是人口。不过，奴隶、罪犯、俘虏不能随便迁移，其他人虽还没有户籍的约束，但因交通困难，实际迁移的人很少。

到了战国时代，各国国君和一般士人都已明白，“普天之下，莫非王土”的“王”已经名存实亡，此后的天下只能靠实力才能夺取。当时最重要的实力无疑就是人力，有了人才能开垦耕种，有了人才能攻城守土，有了人才能出谋划策。所以，一方面要控制已有的人口，不许外迁；另一方面，却要千方百计招揽甚至掠夺外部人口和人才，在增强自己的同时削弱敌方。公元前4世纪秦孝公任用商鞅，实行变法，这两方面正是新法的重要内容，因而在实施新法的秦国，严密的户籍登记制度应运而生——每五家编为一保，每十保为一个单位。其中一家有罪就要牵连五家十家，知罪不报一律腰斩，隐匿罪犯的罪名与降敌相等，检举揭发罪犯一名，按战场上杀敌一人标准奖励。为了防止人口逃亡或迁移，商鞅还规定，合法外出时必须携带官方发给的证明文书，投宿旅店时必须出示。旅店如接待无证明文书的旅客，将负连带责任。这类证明文书不同于后世的身份证明，估计是需要临时申报的，商鞅匆忙出逃，自然来不及预先准备。

失败后的商鞅成为自己所颁法律的受害者，当他逃离咸阳，到旅馆投宿时，因拿不出证明文书而无处栖身。但他制定的这些法律法规都为秦国所沿用，并随着秦朝的建立而推广到全国。秦始皇时实施大规模的移民，如将天下豪强、六国贵族等12万户迁入首都咸阳一带，要是没有严格的户籍管理和对迁移的控制，他们岂会抛弃土地住宅，背井离乡，在遥远的他乡定居呢?

到了西汉，户籍制度比秦朝更加严密，因为朝廷还面临着一场新的考验——能否在中央与地方势力之争中稳操胜券。公元前

202年，刘邦即位不久就决定迁都关中，并在咸阳郊外的废墟上建起新都长安，此后的200余年间长安一直是汉朝的首都。但在汉朝开始的几十年间，朝廷的地位并不稳固。关中虽然有易守难攻的地形优势和控制关东的战略优势，但本地人口和农业生产的规模都支撑不住一个足以统治全国的中央政权。加上连年战乱造成的严重后果，虎视眈眈的匈奴骑兵只隔着一昼夜的路途，形势实在不容乐观。另一方面，以关东为主的地方势力一直在挑战中央的权威，甚至一度爆发武装叛乱。比起狭小的关中来，关东地域辽阔，资源丰富，人口众多，不少地方没有受到战乱的破坏，或者比较容易得到恢复。刘邦好不容易在去世前将自己当初不得不封下的异姓诸侯王一一消灭，却留下了一批同姓王的祸根。到汉景帝时，终于爆发了刘邦子孙间的骨肉相残——吴楚七国之乱。

所以从刘邦开始，西汉一直实行“强干弱枝”的政策，即千方百计增加首都和关中地区的实力，削弱关中以外的地方势力。刘邦在迁都长安同时，就陆续将六国（指战国时的楚、齐、燕、韩、赵、魏六国）的贵族后裔、关东豪强大批迁入关中。以后又仿效秦始皇的办法，生前为自己建陵墓，在陵墓附近建立一个新的聚落，将当朝的大臣、贵族和富户迁入。等皇帝驾崩后，陵墓最终建成，这个聚落也升格为县，称为“陵县”。迁入陵县的对象非贵即富，不是官职或爵位达到一定等级，就是资产超过一定标准。迁入者能得到皇帝的赏赐或补贴，还能合法取得在陵县的户籍。这样，到汉元帝时，在长安附近已经形成了七个陵县——高帝长陵、惠帝安陵、文帝霸陵、景帝阳陵、武帝茂陵、昭帝平陵、宣帝杜陵。其中长陵、安陵、阳陵、茂陵、平陵都在渭河以北，合称“五陵”，权贵聚居，最为繁华。茂陵县的人口比长安还多。

最初从关东迁入关中是强制性的，但由于这些迁移对象大多是贵族富户，又迁自经济文化发达地区，随着关中的稳定和繁荣，他们的后裔如鱼得水，迅速繁衍致富。如齐国田氏后代人口众多，不得不编号区分，从第一至少排到第五，以至后来有一支后裔干脆用“第五”为姓。关中的商业几乎为田氏所垄断，田氏的富裕可想而知。

到汉武帝时，长安和关中已成为政治、经济、社会以至文化地位最高的地方。由于户籍是不能随意迁移的，所以长安和关中户籍的含金量大大提高，成为身份和地位的象征。关中与关外的人员也不能随意出入，必须先申请到官府的文书“传”，否则就是非法，可据以治罪。进关的人必须保留“传”的一部分——符传，日后出关时需要与原件核对无误，方许出关。从西汉期间留下的文书实物看，这类“传”上应该注明持有人的姓名，原籍的郡（国）、县、里，年龄，肤色特征，出行的原因等。一般流民是不可能申请到“传”的，所以一般不可能进入关中。只是在遭受严重灾害，流民大量聚集在关门外时，朝廷才会特许开关，允许流民进入。除非担当一定级别的官职，或者得到皇帝特许，关外的居民无法取得长安和关中的户籍。汉武帝时的楼船将军杨仆，地位虽已相当大军区司令，又饶有资产，却因为是关外人而被人耻笑。杨仆既无法将自己的户籍迁入关中，只能使出绝招——上书武帝，请求自费将函谷关东移三百里，从现在河南灵宝境内迁至新安。正好汉武帝想扩大关中范围，立即批准，杨仆如愿以偿改变身份，合法取得关中户籍。杨仆为一个关中户口花费的成本恐怕是古今最大的，但老函谷关以东三百里范围内的人都沾了他的光。要知道，如果没有杨仆的豪举，这么多人要取得关中户籍，会比登天都难。

另一位陈汤就没有那么幸运了。陈汤是山阳瑕丘（今山东兖州东北）人，年轻时离乡去长安求官，从太官献食丞（皇家膳食处供应科长）做起，几经起落。其间曾远征绝域消灭匈奴郅支单于，建不世之功，汉元帝时深得大将军王凤信任，担任从事中郎，相当于部级秘书长。陈汤早已娶了长安籍夫人，子女都生在长安。但根据当时的户籍政策，他的子女不能取得长安户籍，只能随陈汤的原籍，登记在山阳瑕丘。在陈汤被罢官或去世后，他的子女必须迁回原籍，尽管他们或许从未到那里去过。

由于长安一带人口已相当稠密，加上建设陵县和迁入人口耗费很大，从汉元帝开始已经停建陵县。当时在位的汉成帝虽然已开始为自己建造陵墓，但并没有同时建陵县的计划。将作大匠（皇家工程局长）解万年想通过建成陵县立功升官，就怂恿陈汤向皇帝建议在修陵的同时建陵县。解万年说："建成陵县是一项大功，我可以获得重赏，你可以请求按惯例迁入陵县，不但你的子女不必再担心迁回原籍，还能获得土地和住宅的赏赐，何乐而不为？"陈汤想这样的好事为什么不做！立即向皇帝奏上一封冠冕堂皇的"封事"（密件）："陛下的初陵选在关中最肥美的地方，完全可以设立一座陵县。天下已经有30余年没有移民到陵县了，关东富人越来越多，兼并良田，欺夺平民。应该将他们迁入初陵，以增强首都实力，削弱诸侯，也使中产以下的百姓贫富比较均衡。我愿意与妻子家属迁入初陵，给全国做个榜样。”皇上果然高兴，立即批准，下令建昌陵邑，在全国实施移民。谁知由于昌陵选址不当，工程太大，三年尚未建成，劳民伤财，引起群臣不满。汉成帝不得已，下令停工，不再移民。丞相和御史等也请求撤销昌陵的住宅建设。陈汤还心存侥幸，散布流言，说已经盖好的住宅总得有人住吧！这些都为陈汤的政敌所揭发，陈汤被流放敦煌（今甘肃敦煌一带）。

当然，围绕陈汤的政治斗争涉及其他很多方面。但也可以看出，当时要取得一个长安或关中的户口是多么不容易！这种情况，在以后各朝的首都地区都不同程度地存在，可见能像白居易那样在长安“居易”的人，实在是凤毛麟角。

2009 年 7 月

隋唐时期的两都

在长安的建都史上，唐朝可以说是最辉煌的时代，无论是都城的规模，还是它对全国以及对中国以外的地区的影响，都达到了高峰。但是，唐朝以后再也没有任何朝代在长安建都，是什么原因呢?

其实，在唐朝初年，甚至隋朝的时候，统治者就已经意识到了长安作为一个首都的危机，还是老问题——粮食和物资的供应。翻阅史书，我们可以发现这样的记载：开皇十四年（594年），关中大旱，饥荒，隋文帝率百姓“就食”洛阳。咸亨元年（670年），关中饥乏，诏令百姓任意往各州“就食”。咸亨二年（671年），因上年以来旱饥，唐高宗赴洛阳。永淳元年（682年），关中饥馑，令府兵往邓、绥等州“就谷”，高宗与武后赴东都洛阳，不少随行的官民饿死在路上。隋炀帝、唐高宗、武则天、唐玄宗经常住在东都洛阳，武则天还曾迁都洛阳，改称为“神都”。所谓“就食”，就是就近接受粮食救济。

这是因为关中的粮食供应本来就相当紧张，相当一部分粮食是依靠关东从黄河逆流而上，经过三门峡天险，再进入渭河，同样逆流而上运到长安的。一遇到关中出现自然灾害、粮食歉收的情况，需要的供应量就更大。要在短期内将粮食运上去相当困难，成本也很高，还不如皇帝带领文武百官和百姓到粮食供应比较容易的洛阳接受救济。比较起来，还是这个办法方便，而且也更节省。

所以隋朝就在洛阳建了几个大粮仓。其中最大的含嘉仓位于今洛阳市老城北，始建于隋大业元年（605年）。唐朝时含嘉仓大规模存粮，成为国家的大型粮仓。考古发掘证实仓城东西长612米，南北宽710米，总面积43万多平方米，共有圆形仓窖四百余个。大窖可储粮1万石以上，小窖也可储粮数千石。唐天宝八年（749年）总储粮量约为5833400石。

以前讲到隋炀帝、唐高宗和武则天、唐玄宗喜欢常住洛阳，或者经常往返于长安、洛阳，都说他们是贪图享乐，或者说洛阳的环境比长安好。其实如果只讲生活享乐的话，皇帝和皇后在长安也不会差；如果是为了巡游的话，临时去一下就可以了；但皇帝住在洛阳，即使不带上大批百姓，肯定可以节省一部分将粮食从洛阳运往长安的费用。

西汉时供应关中的粮食都来自关东，即太行山以东的黄河流域和山东半岛。到了隋朝和唐朝前期，相当大的一部分已经要靠淮河流域了。安史之乱以后，北方受到战乱的影响，而南方因为接受了不少新移民，增加了劳动力，促进了土地的开发和粮食的生产。供应关中的粮食来源地已经不是北方的黄河流域，而是南方江淮一带和江南地区了。隋炀帝开通由洛阳到江都（今江苏扬州）的运河后，更便于将江淮和江南的粮食及其他生活必需品运到洛阳，但从洛阳运往长安的条件依然没有改变，所以关中对江淮漕运的依赖性更大了。

唐贞元二年（786 年），为了避开三门峡天险，减少运粮的损失，李泌建议从峡东的集津仓到峡西的三门仓之间开一条 18 里长的车道，将粮食先装车，沿这条路绕过三门峡后再装船运往长安。虽然更费事，毕竟比船毁粮尽人亡强，也救了长安一时之急。那年四月，关中粮食耗尽，禁军将发生哗变，正好江南的 3 万斛米运到陕州（今河南三门峡市）。听到消息，唐德宗高兴地跑到东宫，对太子说："米已经运到陕州，我们父子俩得救了。"

此前的唐兴元元年（784 年），由于李希烈叛军的阻挡，江淮漕运不通，不得不改变路线绕道。王绍只得押运一批缯帛衣料赶到唐德宗逃出长安的临时驻地梁州（今陕西汉中市）。唐德宗喜出望外，亲自慰劳，对他说："将士们还没有春装，我还穿着皮衣。"这时已是农历五月。

唐末天复四年（904 年），朱温逼迫唐昭宗及长安士民东迁洛阳，并拆毁长安的宫室和民居，将木料建材由渭河、黄河运往洛阳，从此长安成为废墟。洛阳取代长安当了首都，但三年后，朱温夺取唐朝政权建（后）梁，立即将汴州（今河南开封市）定为东都开封府，而将原来的东都洛阳改为西都。五代期间，实际首都已到了开封，并为北宋所沿袭。

如果说长安只是宫室被毁、城市废弃的话，在战乱平息后是不难恢复的。举全国之力，重建新城亦不困难，以往长安、洛阳不止一次被完全重建。但唐以后，各朝再也没有以长安为首都，自然有其他方面的充分理由。其他条件都具备的话，战乱以后要恢复长安并不是难事。但是事实上，到了五代，然后又到了宋朝，首都不仅没有再回到长安，还从洛阳迁到了开封。

赵匡胤建立宋朝后继续以开封为首都，如果从军事上讲开封无险可守，是四战之地，毫无优势可言。果然，到北宋末年，金兵南下，长驱直入，势如破竹，很快就兵临开封城下。赵匡胤军人出身岂会不知道这样的形势？其实，还是不得不考虑首都的粮食和基本物资的供应。

因为到北宋初年，整个经济重心，特别是产粮区，能够供应商品粮的地方，都已经转移到了江淮和长江以南了，首都所在的地方对南方粮食和物资供应的依赖性比以前更大了。从这一点上讲，开封的条件比洛阳更有利。通过汴水（汴渠）等水道沟通淮河的支流，连接淮河、邗沟、江南运河，可以形成以开封为终点的非常便利的水运系统，而且沿途基本都是平原，运输成本更低，可以保证开封的粮食和物资供应。

明洪武元年（1368年），朱元璋在应天府（今江苏南京市）称帝建明朝。当时天下尚未平定，元朝的首都大都（今北京市）还没有被攻克。但他也明白，对一个统一政权来说，首都设在应天府太偏南了。所以在当年八月，他就确定以应天府为南京，开封府为北京。洪武二年（1369年）九月，他又就建都地点征求群臣意见，有的说关中是“天府之国”，有的说洛阳是“天地之中”，有的认为汴梁（开封）是宋朝旧京，有的认为北平（元大都改名，今北京市）“宫室完备”，莫衷一是。最后朱元璋裁定：现在天下初定，百姓尚未得到休养生息，劳力供应都得靠江南。应天府有长江天堑，临濠（今安徽凤阳）前有长江，后有淮河，又有水路通漕运，建为中都。所以明初有“三都”的说法，即南京应天府，北京开封府，中都中立府（后改名凤阳府）。

朱元璋的确曾准备迁都中都，所以中都的建筑规划比南京还宏伟广大，但到洪武八年（1375 年）四月，就在中都基本建成，只待进行收尾工程时，他宣布暂停，并且在当年九月正式决定停建。表面上的理由是动用的劳力太多，建筑标准太高，而南京的一些重要设施还没有建成。停建中都后，就集中人力物力改建南京的宫殿，并建设凤阳的皇陵。从朱元璋此后还要考察关中看，真正的原因恐怕是他终于认识到，中都并不是理想的全国首都。

洪武十一年（1378 年），朱元璋撤销了开封北京的称号。原来将开封作为备选首都，是因为比较起来，北方的几个城市中，开封水运条件最好，但之后发现汴渠早已淤塞，河道中的水太浅，漕运无法开通。既然解决不了开封的粮食和物资供应，自然不会再有迁都的打算。

朱元璋晚年还动过建都关中的念头，洪武二十四年（1391 年）八月，他命太子朱标巡抚陕西，考察关洛形势，谋划建都事宜。但太子从陕西回来就一病不起，次年四月就去世了，建都关中一事不了了之。不过，真正的原因应该还是考察的结果并不理想，才不得不放弃。否则，朱元璋在此后的六年间完全有可能继续派人经营。

到此，我们可以总结出这样一条规律。在元朝以前的统一时期，首都最适合设在中原的黄河流域。总的趋势是由西向东，即在西安—洛阳—开封一线移动。决定性的因素是保证首都的粮食供应，所以必须保证从粮食产区到首都之间有可靠的运输渠道。

从元朝开始，首都迁到了北京，离主要的粮食产区更远了，但找到了新的运输渠道。朱元璋生前没有能够选定最合适的首都，只能留给他的后人来解决了。

北魏孝文帝的迁都与汉化

北魏太和十七年（493年）七月十日，全国戒严，军队总动员，北魏孝文帝拓跋宏宣布要进行南征。到八月十一日，孝文帝率领三十万大军浩浩荡荡从首都平城（今山西大同市）出发南下。当时北魏已经统一了中国北方，与南朝大致以淮河和秦岭为界，双方已经形成了一种对峙的均势。孝文帝匆匆忙忙南伐，自然会引起文武大臣的不满。但是因为皇帝下了这样的命令，大家也只能服从。

军队刚离开平城，就遇到了绵绵阴雨，一路艰难跋涉，在九月二十二日到达洛阳。连日阴雨，道路泥泞，但是到了二十八日，孝文帝下令继续南下。第二天清晨，当他一身戎装，跃马扬鞭要出发的时候，早已守候在那里的群臣一下子跪在马前，磕头请求他停止南伐。孝文帝大怒："我正要统一天下，你们干什么要阻止啊？"但是所有大臣，包括拓跋氏的宗室，还有文武百官，通通拦在马前，劝他不要南下。

其实孝文帝并不是真的要南征，他看到时机成熟，就对大家说："你们看我这次采取这么大规模的行动，要是没有一点成果，怎么向后人交代？如果就这样轻易班师，拿什么传之千秋呢？我想我们的祖先世世代代生活在北方的荒漠之中，难道不想南迁来享受无穷无尽的幸福吗？难道只有今天的君子才有这样的念头吗？只是要等到天时人事齐备、王业完成罢了。要是不南伐，就应该把首都迁到这里，在中心地区建都，现在正是机会，说干就干，不要拖延时间。你们赞成迁都的就往左边站，不赞成的往右边站。”孝文帝以为他表了态以后，大臣们肯定都只能赞成。谁知道不少人不断地往右边站，这个时候因为犯了贪污罪，被革去南安王爵位的拓跋桢见到有立功的机会，就站出来大声疾呼：“干大事不必与一般人商量，只有非常之人才能干成非常之事。迁移首都绵延王业，选择中心地区建都，以前周公就这么做的，现在陛下也这么做，真是再合适不过了。天下还有什么比首都更重要？人有什么比生命更重要呢？请求立即停止南伐，迁都中原，上使陛下安居，下使百姓放心，这不仅是我们的希望，也是全体百姓的幸福。”早已准备好的一批大臣高呼万岁，群臣只好齐声响应，孝文帝趁势宣布迁都洛阳。

其实这只是孝文帝打赢的第一仗，因为他要迁都的主要目的，不仅仅是要把政治中心迁到中原的中心地带，有利于将来进一步的统一，更主要的是希望通过迁都实现完全的、彻底的汉化。果然在迁都已成定局的时候，孝文帝就开始实行一系列更加彻底的汉化措施。太和十八年（494 年）十二月初二，他首先下令禁止士民穿“胡服”（鲜卑等北方诸族的服装）。大多数鲜卑人不乐意，很多人没有执行命令，如东阳公（原东阳王）、太傅拓跋丕就公然一身胡服，不愿换装。

太和十九年（495 年）三月十九日，孝文帝的岳父，太师、京兆公冯熙在平城病故。留守平城的拓跋丕本来就不赞成迁都，联合陆叡等大臣上书，请求孝文帝回到平城参加冯熙的葬礼。孝文帝识破了他们的意图，严词谴责："我在迁都之初，你们竟然出这样的主意，想陷我于不义。"他对这些大臣一律给予降职处分，同时下令将冯熙的灵柩迎到洛阳安葬。到五月二十六日，孝文帝宣布了另一项汉化措施："停止说鲜卑话，一律讲正音（中原汉语）。30 岁以上的人或许一时难改，30 岁以下的朝廷现职官员不许再讲鲜卑话。如有故意不改的，就要降职或撤职。"他又责备留守洛阳的官员："昨天我还望见妇女着夹领小袖的胡服，你们为什么不奉行上次的诏书？"群臣只得认罪求饶。六月初二，孝文帝正式下诏，禁止在朝廷使用鲜卑语，违者一律免职。

不久前，广川王病故，他夫人早死，已葬在平城，有关部门请示孝文帝，广川王应在何处安葬。孝文帝又推出一项改革，代（平城及周围一带）人已迁到洛阳的，死后应全部葬在洛阳城北的邙山，六月十九日正式下诏规定。南迁的移民，不管原籍在北方哪里，也不管原来是哪个民族，籍贯统统改成河南洛阳。

太和二十年（496 年）正月，孝文帝走出了汉化过程中最彻底的一步，将本家族的拓跋氏改为元氏。《易经》称"大哉乾元"，"元"就是老大，给皇家用最合适。他下令所有功臣旧族，包括鲜卑族和其他北方民族通通改姓，如拔拔改为长孙，达奚改为奚，乙旃改为叔孙，丘穆陵改为穆，步六孤改为陆，贺赖改为贺，独孤改为刘，贺楼改为楼，勿忸于改为于，尉迟改为尉等。鲜卑等北方少数民族与汉族在姓氏上的差别被完全消除。

同时，他以行政手段促使鲜卑族和汉族通婚，下令北方四个门第最高的家族的代表人物——范阳卢敏、清河崔宗伯、荥阳郑羲、太原王琼，将女儿送进后宫。李冲出身陇西大族，又与鲜卑高门大族结为儿女亲家，孝文帝也将他的女儿纳为妃子。他还下诏为自己的六个弟弟重新娶妻，分别与汉族大家族陇西李氏、范阳卢氏、荥阳郑氏和代郡穆氏联姻。这样大规模的通婚，无疑使鲜卑族从皇族元氏开始不再有纯粹的血统了。

推行这些激烈的措施自然不会顺利，孝文帝万万没有想到，带头违反他命令的竟是他的长子——太子元恂。元恂不喜欢念书，身体又肥大，嫌洛阳夏天太热，常想回平城去。孝文帝赐给的汉族衣服他不穿，经常偷偷穿上胡服。他的老师高道悦多次规劝，他非但不听，反而恨得要命。当年八月初七，孝文帝去嵩山，元恂就与左右密谋杀了高道悦，从牧地调来马匹，准备奔回平城。幸而被领军元俨发现，严守宫门，将他们堵住。孝文帝立即赶回洛阳，在宫里讯问，还亲自动手，和咸阳王元禧轮流打了太子一百多板子，然后把他关押起来，还要把他废为庶人加以监禁。但反对派一直想利用太子。为了断绝后患，太和二十一年（497年），孝文帝只能把这个15岁的孩子赐死。还有些贵族大臣，甚至密谋在平城发动叛乱，结果都被孝文帝无情地镇压下去了。

尽管孝文帝在2年以后就以33岁的英年过早离世，但他的改革措施再也没有逆转。中国历史上掌握了政权的非华夏民族统治者最主动、最彻底的汉化，最终实现了。尽管鲜卑作为一个民族消失了，但它本身就是这场改革的受益者。元氏家族，就是原来的拓跋氏，尽管经历了尔朱荣之乱，东西魏分裂，北齐、北周取代东魏、西魏等屡次内乱、战祸和天灾，但依然子孙繁衍，名人辈出，特别是在中国文化史上留下了好几位杰出人物。比如，在唐朝的记载中找到的就有神童元希声，北门学士元万顷，名士元德秀、元集虚，学者中有元行冲，特别是著名的诗人元结、元稹。元稹跟白居易齐名，被称为“元白”。一直到金朝末年，还出了一个大诗人元好问。其他家族呢？在唐朝的宰相里可以找到好几个家族，像刘、窦、高、房、宇文、长孙、李、于、豆卢、元、独孤等十几支，其实他们都是鲜卑、匈奴等北方少数民族的后代，或者是与汉族通婚的产物，就连唐朝的皇室李氏也并不是纯粹的汉族血统。

至于其他王侯将相，以至士农工商平民百姓中带有胡人血统的，尽管我们没有办法做出确切的分析，毫无疑问也是相当多的。经过孝文帝的主动融合和后来的发展，鲜卑族和其他北方少数民族最终成了汉族的一部分。正是由于鲜卑等民族的不断加入，为汉族不断注入了新鲜的血液，也使汉族人口数量日益增加。今天汉族能成为中国的主体民族和世界上人数最多的民族，实际上离不开鲜卑等民族的贡献。而鲜卑族本身尽管因此不再作为一个单一的民族而存在，却在另一个民族大家庭中得到了永生。

我们中华民族应该纪念华夏族的祖先，但同时也应该纪念包括鲜卑族在内的各民族的祖先，不应该忘记像孝文帝元宏这样为中华民族的形成和壮大做出了巨大贡献的伟人。孝文帝的南迁并不仅仅是首都的迁移，而是以迁移首都为手段、契机，进行了一场自觉地融入汉族的重大改革，并且最终取得了辉煌的成就。

隋炀帝与延安

国人不知道延安的大概很少，但了解延安这个地名来历的人恐怕也不多。

隋炀帝与延安，看来是风马牛不相及的。但要是没有隋炀帝，或许就不会有延安这个地名，或者这个地名不会用之于今天的延安。

今天延安一带在秦朝就设置了一个高奴县，东汉末年，这一带为内迁的少数民族所有，高奴县废弃。到西魏废帝时（551—553），这里又设置了广安县。隋开皇二十年（600 年），后来成为隋炀帝的杨广被立为皇太子。第二年（仁寿元年），隋文帝就下令将有“广”字的地名改掉。由于附近有河流名奢延水，此前已设置了延州，广安县被改名为延安县。隋炀帝继位后，又将延州改为延安郡，于是延安之名就沿用至今。

这种因为地名与皇帝的名字相同而被改掉的例子，称为“避讳”，在中国历史上是有很多的。由于皇帝的名字是至高无上的，不能随便被人称呼，而地名却是随时都被应用的，自然应该避免与皇帝的名字相同，所以必须改用其他字。历史上很多地名，就这样成了陈迹，而新的地名也因此而出现了。

例如秦朝有一个恒山郡，到了汉文帝时，因为他名刘恒，就被改为常山郡。要不，《三国演义》中大名鼎鼎的“常山赵子龙”就得称为“恒山赵子龙”了。如今以红旗渠闻名的林州市（原林县），得名于境内的林虑山。但这座山原来名隆虑山，到了 106 年，一个出生才 100 天的婴儿刘隆当了东汉的皇帝，才因避他的讳而改名林虑。尽管 8 个月后刘隆就死了，林虑的地名却长期保持下来了。

遇到皇帝的名字是常用字、通用字，因避讳而改名的地名就会相当多。如唐太宗名李世民，民字在地名中用得相当普遍，往往都被改为人字。由于因为避讳而改字的不限于地名，还涉及所有用到此字的词语，大概皇帝也感到很麻烦，所以有的朝代给皇子取名时都选了罕用字。可是这样做也不容易，含义吉祥的罕用字本来不多，免不了被人用过。所以宋朝以后对地名的避讳一般采取改用同音字代替，或在书写时缺笔的办法。

唐朝长安是世界的中心吗?

最近一段时间，人们对唐朝和唐朝的首都长安的评价越来越高，一些人甚至提出唐朝和唐朝的首都长安曾经是当时世界的中心，其实这个结论是不符合史实的。

首先，世界还没有连成一片，还没有形成世界，怎么可能有世界的中心呢？其次，无论从政治还是军事角度看，唐朝能够发挥中心作用的范围还是有限的，并不包括当时世界的其他部分。

唐朝的疆域在历代王朝中的确是比较大的，但是唐朝并不始终拥有那么大的疆域，而且曾经拥有的地方也并没有真正去行使主权，实施行政管辖。唐朝最西的确曾经到过咸海之滨，控制了阿姆河流域、锡尔河流域，但这主要是军事上打败西突厥的结果，唐朝并没有真正把那里作为自己的领土去管理、去经营。除了少量军事驻防以外，并没有实施有效的移民，或者去传播自己的制度、文化。基本只是利用了当地现存的部族首领、军事长官，给他们一个羁縻都督或刺史的名义，内部的、具体的事务是不去管的。

而且这一疆域维持的时间比较短。如唐朝的疆域能够到达咸海之滨的时间，也就三年。因为这片土地原来的主人是波斯的一个王子，波斯发生内乱，王子带着这片土地投降唐朝，唐朝就让他继续管理。三年以后，波斯内乱平息，后来阿拉伯人又扩张过来，唐朝就失去了这片土地。

又如751年，也就是安史之乱的四年前，由高仙芝率领的唐朝进攻石国（今乌兹别克斯坦塔什干一带）的军队突然遭遇“黑衣大食”（阿拉伯阿拔斯王朝）的军队，唐军毫无准备，全军覆没。除高仙芝带了少数人逃回，其他几万名将士不是被杀就是被俘。后来唐朝再也没恢复对这些地方的统治，而是退到了葱岭（帕米尔高原）。

安史之乱以后，连今天新疆的大部分、河西走廊、青海、甘肃、四川西部、云南西北，甚至陕西的一部分，都被吐蕃占据了，有一次吐蕃军队甚至攻占了长安。这时候，唐朝或者长安，还是这片土地的中心吗?

如河西走廊，虽然一度由张义潮率领这一带军民起义，摆脱吐蕃控制，回归唐朝。但是到了唐朝后期，这些地方又成了孤悬于唐朝以外的地方政权，与唐朝的联系也基本断绝了。唐朝还是河西走廊的中心吗？长安对他们还有什么中心的作用?

又如朝鲜半岛，唐朝一度征服了朝鲜，并且把它的国王和几万民众内迁，唐朝在那里设立安东都护府，这个时候可以说长安是朝鲜半岛的中心。但三年以后，安东都护府不得不从平壤迁到了鸭绿江以北，后来甚至从辽河以东退到了辽河以西，朝鲜半岛上的朝鲜遗民与靺鞨人联合建渤海国，实际脱离唐朝。此时还能说长安是朝鲜半岛和辽东的中心吗?

应该讲，在唐朝疆域极盛的时候，长安的确是唐朝疆域的中心。但是形势是变化的，到了安史之乱以后，唐朝再也没有恢复到原来的疆域，所以长安只能是那片残山剩水的中心。

比如，阿拉伯兴起了以后不断东扩，根据现有的史料，唐朝与阿拉伯并没有发生什么交往，更谈不上可以影响阿拉伯，唯一的一次战争唐朝大败，后来阿拉伯继续东扩，你说唐朝与阿拉伯谁是中心？长安可能是阿拉伯的中心吗？

一般认为，在古代曾经建起的那些大帝国里，它们的首都、行政中心就是它们的中心，但不能说就是当时世界的中心。这些帝国虽然曾经跨欧亚大陆或者跨欧亚非三个洲，实际上还只是这三个洲里连成一片的一部分，有的还只占了某一洲的一个角落。比如波斯帝国，它的东边只到了帕米尔高原，没有影响到当时的中国。又如亚历山大帝国，它往东还没有越过开伯尔山口，也没有影响到东亚。

到成吉思汗的蒙古军队西征，以后蒙古人建立了连成一片的元朝和四大汗国，把它的控制范围一直扩展到东欧，这是人类历史上第一次真正打通了欧亚大陆。在这种情况下，也许有一个地方可以说是欧亚大陆的中心。但由于元代与四大汗国并不是统一的政权，哪一个国家的首都也只能是中心之一。唐朝时还没有出现这样的形势，连当中心之一的条件也没有。世界的中心必然出现在世界形成以后，没有世界，当然不可能有世界的中心。

有人说，唐朝和唐朝的长安在经济上总可以说是当时世界的中心吧！如果我们只看一方面，盛唐时经济繁荣、商业发达，而且在长安、扬州、泉州、广州这些城市的确有很多来自外国的商人、商品，通过这些贸易、商业活动和国际间的商人影响到周边。但不能说唐朝已经成为这些地区的经济中心了。一个主要的原因是唐朝缺少一种外向经济，唐朝无论是进口还是出口都不是主动的，从事国际贸易经商的几乎都是外国人。比如在长安城里做买卖的，最多的是粟特人，就是今天中亚费尔干纳盆地哈萨克斯坦、乌兹别克斯坦这一带的商人。又如唐朝后期在广州、泉州做买卖的，主要是阿拉伯人以及被认为是阿拉伯人的波斯人。据记载，广州城里外国商人和他们的家属、随员超过十万。有没有唐朝的商人去了阿拉伯、波斯或其他外国经商呢？到现在还没有发现证据。已经发现的往返于中国贸易的海上沉船，有的虽然是中国式样，或者是在中国制造的，但基本上都是外国的船，或者船主是外国人。著名的“黑石号”沉船，20 世纪 90 年代在印度尼西亚附近的海上被发现，后来打捞成功。从船上还保存着的大量唐后期的铜钱和瓷器看来，这是一艘从阿拉伯来中国的贸易船，到唐朝卖掉货物后采购了大量瓷器、丝绸、茶叶等商品，带着还没有花完的唐朝铜钱，准备去南洋采购香料、胡椒，再返回阿拉伯，不幸在印度尼西亚附近沉没。这是一艘阿拉伯船。在广东阳江发现的整体打捞成功的“南海一号”，其船主也基本可以断定是阿拉伯人。

这样一种单方面的由外国的商人将外国商品输入唐朝，根据他们的需求再把唐朝的商品贩运出去，主动权不在唐朝。这种贸易对于对方的影响有多大，决定于对方的需求，而不是出于唐朝的主动。即使对那些有直接贸易关系的国家和地区，唐朝或者长安也谈不上是它们的经济中心。

在文化方面，唐朝也从来没有主动地对外传播，扩大影响。唐朝从来没有派出一位文化使者或者派出一名官员到外国去传播自己的制度、文化、技艺。鉴真和尚东渡，那是出于日本的一次次请求，而且也不是官方派出的，主要目的是弘扬佛法，传播文化是顺便的。日本派遣“遣唐使”来唐朝学习，完全出于主动，派不派，什么时候派，派什么人，到唐朝学什么，学多久，回去后如何应用，推广到什么范围，取舍的标准，哪些学哪些不学，这一切都出于日本的自主，与唐朝无关。唐朝的文化、长安的文化，可以说是当时日本学习仿效的重要来源，甚至是唯一的来源，却不能说长安已经成了日本的文化中心。

实事求是地讲，唐朝时期的确是中国历史上国力比较强、疆域比较广，也相对比较开放的一个阶段。唐朝的长安也的确是当时世界上最繁荣发达的城市之一。但是唐朝和长安城无论在经济、文化、政治上，都没有积极、主动地影响外界，没有成为唐朝以外的任何国家或地区的中心，更不用说是世界的中心。

古来北京知多少

今天的中国人大概很少有不知道北京的，世界上知道北京的人也不会少。但说到历史上的“北京”，恐怕就没有多少人能搞清楚了。

北京是一个有3000多年历史的古城，但这个城市正式称为“北京”却是从明永乐元年（1403年）才开始的。而作为官方正式名称的“北京”，到现在合计也不过100多年。中国历史上被称为北京的城市却多达10个，还有3个政区也以北京命名，而且开始于3世纪。

北京是一个由通名组成的专名，北是北方，京是首都，合起来就是北方的首都。商代的首都是经常迁移的，当然会有一个相对居于北方的首都。但那时还没有京的名称，商王所居的都城称为“亳”，所以商朝的都城之一称为“北亳”（今河南商丘县北）。此后的西周、东周、西汉、东汉的首都都是东西向迁移的，所以东汉时就有了“二京”即西京（长安，今陕西西安市西北）和东京（今河南洛阳市东）的名称，却没有北京或南京。虽然南阳郡因为是东汉开国皇帝刘秀的生长地，郡治宛县（今河南南阳市）

被称为南都，但毕竟没有作为首都。

史籍上最早的“北京”，见于《晋书·张翰传》：张翰在吴县（今江苏苏州市）阊门的船上初次见到贺循时，知道他正要去洛阳，就说“吾亦有事北京”，便搭了他的船一起动身了。当时是西晋灭吴（280年）不久，张翰和贺循都是原吴国人，张翰将晋朝的首都洛阳称为“北京”，既有北方首都之意，也可理解为北朝的首都。可见这并不是西晋洛阳的正式名称，只是南方人或吴国人对它的一种别称。

京口（今江苏镇江市）是南朝宋武帝刘裕的出生地，也是他长期经营并最终夺取东晋政权的基地，所以在当了皇帝以后就给予特殊待遇。由于京口位于首都建康（今南京市）的东北，所以称为“北京”，见于《宋书》卷五《文帝纪》中元嘉二十六年（449年）的诏书：“朕违北京，二十余载。”但京口并没有首都或陪都的建置，也不是当时正式的制度，只是名义上的尊崇而已。

北魏太和十七年（493年）孝文帝将首都南迁洛阳后，故都平城（今山西大同市东北）被称为“北京”。孝文帝的迁都是彻底的，在平城没有留下任何中央政府机构，实际上只是恒州和代郡的治所。但由于鲜卑宗室和贵族反对迁都的意见相当激烈，势力不小，又以洛阳夏天太热，无法适应为借口，孝文帝不得不做出妥协，同意他们每年夏天回平城避暑。尽管这一规定并没有正式实行，却有一些鲜卑贵族留在平城。所以熙平二年（517年）孝明帝的诏书还说：“北京根旧，帝业所基，南迁二纪，犹有留住。”与京口不同的是，平城当过首都，称“北京”有陪都的性质。

正式设立称为“北京”的陪都始于唐天宝元年（742 年）。并州（今山西太原市西南）是唐高祖李渊起兵反隋的地方，被视为唐朝的发祥地，唐玄宗于开元十一年（723 年）将并州升为太原府，建为北都，天宝元年（742 年）改称北京。上元二年（761 年）复称北都，停用北京。五代的唐、晋、汉的开国皇帝都是以太原为基地的，出于同样的原因，后唐同光元年（923 年）以太原府为北京，一称北都，为晋、汉所沿袭。

北宋在首都开封以外，还继承了五代的制度，以洛阳为西京。庆历二年（1042 年），宋仁宗为了在与辽朝的领土交涉中表明强硬态度，宣布准备“亲征”，并将以前宋真宗亲征时的驻地大名府（今河北大名县东）建为北京。

北京作为政治建置是从十六国之一的夏开始的。昌武元年（418 年），夏主赫连勃勃占据关中，群臣劝他定都长安，他说：“东魏（指北魏，因在夏之东）与我同壤境，在北京裁（才）数百余里，若都长安，北京恐有不守之忧。朕在统万，彼终不敢济河（黄河）。”这个“北京”就是赫连勃勃于凤翔元年（413 年）在荒原上新建的首都统万城，故址在今陕西靖边县北的白城子。因为他在长安设置了“南台”（中央政府在南方的派出机构），因而将统万称为“北京”。夏占有关中后，统治的中心区已经转移，必须在长安设置政府，但北方受到北魏的军事威胁，统万是重要的防御基地，赫连勃勃要亲自坐镇，所以实际上是北、南二京并建。但因八九年后北魏就先后攻下长安、统万，这一制度存在的时间很短，影响范围也不大，以后就鲜为人知了。

金朝实行五京制，即在首都的四方分别建有四个陪都，行使一部分中央政府的职权。金天眷元年（1138 年）将辽朝的上京临潢府（今内蒙古巴林左旗波罗城）改为北京，并将原来的上京路改为北京路，该路的辖境相当于今内蒙古昭乌达盟北部、哲里木盟、嫩江西岸一带和吉林白城市，至天德二年（1150 年）全部撤销。贞元元年（1153 年）金朝迁都于中都大兴府（今北京市），原来的中京大定府（今内蒙古宁城县西北大明城）在新都之北，因而改称北京。

明太祖建都应天府（今江苏南京市）后，总感到太偏南方，对统治全国不利，一度想将北宋的首都开封府（今河南开封市）建为首都，洪武元年（1368 年）宣布以开封府为北京，并开始规划迁都。但不久就发现由于南方通往开封的河道淤浅，水量不足，粮食供应无法保证，至洪武十一年（1378 年）撤销。但到燕王朱棣（明成祖）夺取帝位后，决心将首都迁至他原来的封地北平府。永乐元年（1403 年），北平府改名顺天府，建为北京，并着手新首都的建设，这是今天的北京市第一次拥有北京的名称。永乐十九年（1421 年）明朝正式自应天府迁都顺天，北京的名称也随之被改为京师。朱棣死后，继位的明仁宗朱高炽又想将首都迁回应天，洪熙元年（1425 年），京师又被改为北京。但明仁宗在位不到一年，迁都的事并未实行，明宣宗即位后就不再做迁都的打算，但他也没有马上将京师的名称改回来。至正统六年（1441 年）再次定国都于北京，北京又改称京师。

此后的明朝，入关后的清朝和 1927 年前的中华民国都以此为首都，在明代和清代它的正式名称始终是京师，但民间一直沿用“北京”这个名称，连官方的文书也不时使用，所以西方传教士都根据“北京”的发音来翻译。到了清朝后期，“北京”实际上已取代“京师”成为这座城市的通称。1912 年 4 月中华民国临时政府由南京北迁后，“北京”成为首都的正式名称。1927 年，国民党政府定都南京，1928 年改“北京”为“北平”，至 1949 年中华人民共和国成立，北平复称“北京”，被定为首都。

说了这样一个相当烦琐的过程，自然不是为了要读者都记住。地名的变迁是一种专门的学问，不必也不可能要求大家都掌握。即使是这一行的专家，往往也都有自己的研究范围，遇到疑难还得再考订一番。但是有一点却是大家都做得到的，那就是遇到历史上的地名，还是多查查字典或有关的工具书，不要想当然地等同于今天的地名，以免闹出张冠李戴的笑话。像《水浒传》中的青面兽杨志被发配到“北京”，那是当时的大名府，在今河北大名县东。而今天的北京却是辽朝的南京析津府，宋朝的犯人无论如何是不会被遣送到那里去的。“北京”这一地名如此，其他如“南京”“东京”“西京”等地名也是如此。做学问，写书的朋友更要小心，自己搞错了当然不好，给读者留下错误的概念危害就更大了。

“北京”这个地名演变的过程也说明了历史上两个有趣的现象。

一是官方的、正式的名称往往不如民间的、通用的名称使用得广泛，以至前者鲜为人知，常常被后者取而代之，北京之与京师就是一例。而且一些民间的、通用的名称往往比官方的、正式的名称更符合实际情况，一般流通更广。譬如宋室南迁后，杭州被升格为临安府，成为南宋的实际首都，但它的正式建置和名称一直是“行在所”，即皇帝的临时驻地，所以杭州在法律上从未做过宋朝的首都。当初定下这个名称也是煞费苦心的，这表明朝廷志在恢复首都开封和北方河山，迁到杭州不过是临时性的举措。想不到临时了 100 多年，直到南宋覆灭。但南宋的君臣百姓实际早已把临安当成首都了，除了少数学者以外，后人不会深究两者的区别了。又如乾隆皇帝，他的名字是爱新觉罗·弘历，死后的谥号和庙号是高宗纯皇帝，乾隆是他在位时的年号，但乾隆或乾隆皇帝已成为他最普遍的称号，知道他名字、谥号和庙号的人反而是少数。

二是以后来的名称取代当时的名称。如我们现在说北京城有 3000 多年的历史，那是指北京这座城市及其前身。尽管在明朝以前这座城市并没有北京的名称，但我们现在叙述北京历史时都是从头讲起，并且都可以用这个名称。更明显的例子是中国。我们讲中国历史，当然应该从文明社会产生时讲起，但那时还没有中国这个名称，就是以后的秦、汉、隋、唐、宋、元、明、清，它们的正式称号也还是自己的国号，而不是中国。中国这个词虽然至迟在西周初年就有了，但开始所指的范围很小，以后也没有明确的规定，直到 19 世纪后才逐渐取代清、大清、大清国，成为国家的代名词，而真正作为国家的简称则是中华民国建立后的事。但这并不妨碍我们从 5000 年或更早以前开始讲中国历史，或将历史上某一时期或某一朝代称为中国的一部分。又如西汉，当时人只能称汉，因为他们是绝对不会知道以后有光武帝中兴、首都从长安东迁洛阳、后人称以后的汉朝为东汉这些事情的。如果让西汉人自称“西汉”，岂非滑天下之大稽？可惜这类滑稽不时会出现。如《三国演义》的影视剧中常会出现“蜀”或“蜀汉”的大旗或自称。其实，刘备称帝后是以汉朝的继承人自居的，当然是称汉，岂会打出“蜀”的旗帜？陈寿写成《三国志》时已是晋朝，晋朝继魏，当然把魏看成是汉朝的合法继承者，不能承认刘备所建也是汉朝，所以就用了蜀这个别称来代替，也是后人给前人改名，结果是后来的名称取代本来的名称。

1995 年 6 月

重庆的来历

经全国人大批准，我国出现了第四个直辖市——重庆市。重庆虽然是直辖市中最年轻的一个，但它的名称的出现和连续使用时间却比其他三个——北京、天津和上海更早、更长。当然，北京作为一座城市的历史比重庆要长，但正式使用有“北京”的名称却比重庆晚。

南宋绍兴三十二年（1162 年），宋孝宗接受宋高宗的禅位当上皇帝，封自己的儿子赵惇为恭王。尽管当时 16 岁的赵惇实际上住在杭州，但恭州（今重庆市）在理论上是他的封地。到淳熙十六年（1189 年），宋孝宗又禅位于赵惇（宋光宗）。赵惇继位后，按当时的惯例，将自己的封地恭州升格为府，并取了一个很吉利的名字——重庆。

1189 年设立的重庆府在元至元十六年（1279 年）被改为重庆路，明洪武年间（1368—1398）又改为重庆府，直到 1913 年废府时才撤销。重庆府废后，府治巴县仍驻重庆城，习惯上仍沿用重庆的名称。1929 年，将巴县城区划出建重庆市，1939 年升为直辖市，新中国成立后的 1954 年降为四川省辖市。

所以重庆的名称已经使用了 808 年，这个地名所指始终包含今天的重庆城区在内。

明朝的两京并建

中国历史上各个朝代一般都只有一个首都，其他的最多叫陪都，有的朝代中间迁了都，原来的首都一般也是陪都的地位。有些皇帝长期住在首都以外，或者不叫正式迁都，那么就把皇帝住的地方叫作“行在所”，意思就是临时首都。

但只有明朝是两都并建的，明朝一级政区就相当于我们现在的省级单位，称为“两京十三布政使司”，就是北京、南京两个京，加上十三个省级单位“布政使司”。怎么会形成两京的格局呢?

前面一节已经说过，朱元璋生前也知道，对一个大一统政权来说，首都设在南京并不合适，但他一直没有找到或者建成理想的新首都，所以只能留在南京。既然迁不了，他就尽量扩大首都直辖区——京师直隶的范围。元朝的时候，长江以北是归河南江北行省管的，长江以南是归江浙行省管的。朱元璋就要以南京为中心，把相当于今天江苏、安徽两省和上海市的辖境合在一起，称之为“京师直隶”。一度还把浙江的嘉兴府一带也划入京师，后来大概看到这样一来浙江太小了，才又退回给浙江。他自己的故乡濠州，先设为临濠府，因建了中都又改为中立府，后来又改为安徽凤阳府。为了使故乡享受首都的地位，普沾皇帝的恩泽，自然也将其划进了南直隶的范围。

朱元璋死后，帝位传给已故太子朱标的儿子——皇太孙朱允炆，就是建文帝。朱元璋的第四个儿子燕王朱棣驻守在北平，就是原来元朝的首都大都。到第二年——建文元年（1399 年），朱棣就以“靖难”的名义起兵叛乱，建文四年（1402 年）兵临京师，建文帝自焚而死，朱棣入城即位，后称明成祖。

第二年，永乐元年（1403 年）正月，朱棣就定北平为北京，二月又改北平为顺天府，并设立北京留守行后军都督府、行部、国子监，开始按照首都的规格配备了。永乐四年（1406 年），下诏明年营建北京宫殿。永乐七年（1409 年）正月，朱棣赴北京，留太子在京师监国。但此后朱棣仍往返于北京与京师之间，直到永乐十五年（1417 年）三月才最后一次离开京师去北京，永乐十八年（1420 年）九月才将一直在京师监国的太子召至北京，下诏自明年起改京师为南京，改北京为京师，以迁都北京诏告天下。

本来，朱棣曾长期驻守北平，又是从那里起兵的，将首都迁到自己的根据地，是顺理成章的事。而且，当时明朝的主要威胁还是在北方的元朝残余势力，将首都设在那里，对继续打击元朝残余势力，防范蒙古南侵，能起到震慑作用。以后的事实证明，这是正确的战略性选择。但是为什么迁都的过程拖得那么长？如果前面这几年还可以用北平需要营建宫殿及首都各项设施作为解释的话，朱棣以后的事就不便用常理解释了。

永乐二十二年（1424 年）秋，朱棣在北征班师途中病死，太子继位，是为明仁宗。到第二年洪熙元年（1425 年）三月宣布迁都南京，北京的各部门都改称“行在”（临时首都），让太子去南京谒太祖陵后就留守南京。但当年五月明仁宗就去世了，继位的明宣宗在位 10 年，始终留在北京，只是没有撤销迁都南京的决定。明英宗继位后也没有任何迁都的动作，直到正统六年（1441 年）十一月才正式宣布定都北京，各部门不再称“行在”。从此，北京称“京师顺天府”（北直隶），南京称“应天府”（南直隶）。此时距朱棣改北平为北京已有 38 年，距他正式宣布迁都北京已有 20 年。

而且，在这以后直到明朝灭亡，一直是“两京”并建，南京始终与北京一样享受首都的待遇，在形式上几乎具有首都的全部功能。明太祖朱元璋建成和居住的宫殿都保留，只是没有了皇帝、皇室和近侍。皇家的祭祀场所社稷坛、太庙也保留，还按时举行祭祀仪式。国家的重大典礼、诏书的颁布、政令的公布等大多在两京同步举行，或者在北京举行后再到南京补办。皇帝的专用刑罚“廷杖”也可在南京执行，接到命令后，南京的锦衣卫会将被罚的官员押到南京午门前，在太监监刑下按规定数目行刑。

南京六部九卿各衙门一应齐全，各级官员基本不缺，原来使用的印信虽然都已调到北京使用，但当时就为南京另铸了一套，在前面都加上了“南京”两字。不同的是，北京的衙门和官员是实际办事管事的，有职有权，而南京的衙门和官员只是象征性的、礼仪性的、供养性的、安置性的。如北京有兵部，长官是兵部尚书，是真正的国防部长，要处理军事国防的事务。南京也有兵部，长官也是兵部尚书，当然，前面要加上“南京”两个字，但只是个享受“正部级”待遇的官员，平时无公可办，偶然签个文件，逢时逢节或有重大活动时站在、坐在或跪在规定的位置上，按程序做动作就可以了。

有些官员名气响、政绩优、功劳大，但皇帝和同僚都讨厌，却不便撤职罢官，又不到退休年龄，南京就是他们最合适的去处。海瑞生前的最后两年就被任命为南京右都御史，相当于监察部长，正二品，年俸 720 石，第三位高薪，但没有什么事可办，倒使皇帝身边和北京城里清静了不少。

为什么明朝迁都北京要花那么长时间，费那么多周折，最后还得两京并建，花很大的人力物力维持这么一个庞大的空架子呢？表面上的理由只是为了不改变明太祖朱元璋的旧制。仅仅为了这一点，有必要吗？值得吗？

理解历史不能只看史料，只理解史料的文字，还要看这些文字背后的真实内容，看明朝的“两京并建”现象也应如此。

朱棣虽是朱元璋的儿子，但不是太子，不是他的合法继承人。朱元璋死后将帝位直接传给了太孙朱允炆（建文帝），朱允炆合法地当了 4 年皇帝。朱棣是通过武装叛乱夺取政权的，仗打了 3 年多，逼死了建文帝，不是宫廷政变或阴谋篡位，无法隐瞒，全国臣民都知道。他当皇帝后最大的难题，是如何取得政治合法性。

所以朱棣在攻占南京以后，曾经要建文帝的大臣方孝孺跟他合作，起草一道诏书，昭告天下，来证明他继位的合法性，结果被方孝孺拒绝。他曾下令在全国收缴污蔑帝王的非法出版物，目的自然是为了销毁民间流传的对他不利的记录。他 3 次修改明太祖的《实录》，造成朱元璋生前对他有高度评价，曾动过传位于他的念头的假象。但《实录》秘藏于皇家档案馆，是给后世人查看的，当时无法公开，起不了现实作用。

正因为这样，他在涉及明太祖的事上特别小心谨慎，处处要显示自己是合法继承人，绝不丝毫改变明太祖的成规。迁都是国家现实的需要，但既然明太祖定都在南京，就要世世代代“继承遗命”，绝不改变。何况明太祖的陵墓——孝陵在南京，南京如果不保持首都的地位，就是对明太祖的不敬。

朱棣表面上是异常强悍的，但他自然明白自己究竟做过什么，内心是虚的。所以，只要多少能够掩盖暴力夺权的真相，有利于加强他的政治合法性，他就会不计工本、不惜代价去做。迁都北京的过程和两京并建的制度，只有从这个角度去看，才能真正理解。就是郑和 7 次下西洋，耗费空前巨大的人力物力的壮举究竟是为了什么，真实的原因也得从这方面去找。

至于朱棣的儿子明仁宗朱高炽为什么一当皇帝就要将首都迁回南京，因为他当皇帝的时间实在太短，只有 10 个月，留下的史料也太少，实在无法判断。喜欢假设的朋友曾经问我：“要是他多当几年皇帝，是不是明朝的首都就会迁回南京了？但以后其他皇帝是不是又会迁回北京呢？”历史是无法假设的，假设的结果就不是历史，我回答不了。

顺便说一下，现在有些人热衷于研究破解“建文帝下落”这个“千古之谜”，其实从建文帝一死，民间同情他的人就开始制造和传播各种版本的故事，可惜没有一个能得到史料或实物的证明。历史上留下的“千古之谜”很多，大多因为不可能再找到证据，所以是无解的，真想研究历史的朋友千万不要去钻牛角尖，做无用功。如果只是想写小说，编故事，自然可以放心写，大胆编，但这些无关历史，不必让我们这些研究历史的人表态。

从未启用的首都——明中都

历史上新朝建立或迁都时，往往要新建都城，因为原来的城市或者已被毁，或者不能适应首都的需要。但专门建了首都却从来没有使用过一天的，大概只有明朝的中都了。

原来朱元璋于洪武元年（1368 年）在应天府（今南京市）登基后，总感到首都的位置不适于统治全国，所以在当年八月就宣布将开封定为北京，将应天改为南京。但首都建在哪里，群臣意见纷纭，第二年朱元璋亲自决定，建在他的故乡临濠（今安徽凤阳县），取名中都。于是当年就开始了大规模的营建工程，征调的人数最多时有工匠九万、军士七万、民夫十万、罪犯十多万。并从全国调运建筑材料，如城砖由南方各省烧制，大木采自四川，运一根大木就要用上万个人工。中都规模宏大，完全按规划新建。外城平面呈长方形，周长六十一里，开儿门、十八水关。城内有禁苑、皇城两道城墙。皇城建筑完全仿照南京，但范围更大，规格更高，中央政府各部衙署及首都应有的全部设施一应齐全。城外还建有朱元璋父母的皇陵和伯父母、堂兄弟、侄儿的十王四妃坟。由于朱元璋要求尽可能将中都建得雄伟壮丽，不仅使用最好的材料，而且“雕饰奇巧”“穷极侈丽”。为了保证牢固，不仅用桐油、石灰、糯米做浆砌砖，甚至用生铁灌注关键部位的基础。历时六年，中都工程尚未完全结束，而南京的新宫只建了一年，改建只用了两年，以后营建北京也只用了三年半。

而且建南京宫殿时，朱元璋明令要“朴素”，中都工程停止后又规定今后“不事华丽”，要“后世子孙，守以为法”；所以中都的宏伟和华丽程度要大大超过南京和后来的北京。

可是到了洪武八年（1375年）四月，朱元璋突然宣布停止即将建成的中都工程，从此长期闲置，宫殿、衙署陆续损坏或拆除，有的被淮河淹没。明以后又历经战火，到新中国成立后已只存遗迹了。在明朝三百年间，中都没有做过一天首都。停建中都的公开理由是花费太高、百姓负担太重，实际原因至今还是一个谜。但凤阳一带地薄民穷，周围毫无经济基础，恐怕是朱元璋不得不考虑的难题，可见首都的建立并不是统治者随心所欲的结果。

1961年，安徽省公布凤阳皇城为省级重点文物保护单位。但在“文革”期间的1969年，凤阳县竟组织人力扒拆皇城，第二年虽经省文化局制止，已经所剩不多了。1982国务院公布凤阳明中都皇故城及皇陵石刻为第二批全国重点文物保护单位，这些六百多年前的遗物才受到妥善保护，真正起了它们应该起的作用。

天堂杭州

我1945年出生于浙江省吴兴县的南浔镇（今属湖州市南浔区），祖籍是绍兴。1950年初，父亲带着不满5岁的我回绍兴，往返都途经杭州，并住过两三天。这是我第一次见到城市，至今印象中还有当年的拱宸桥、城站（火车站）、钱塘江大桥、六和塔、西湖、灵隐寺、岳坟等。上学后有了些地理知识，知道杭州是浙江省的省会城市，省长周建人是鲁迅的弟弟，他们又都是我们绍兴人。还有浙江大学，听说中学老师中有读过浙江大学的，小学生是没有机会认识的。大人们提得最多的还是上海，去得最多的也是上海，我的父母也先后去上海谋生，在稍能安居后就将我迁至上海上学。不过，"上有天堂，下有苏杭"这句话却是镇上人普遍认同并不时提及的，所以也是我自幼形成的常识。

重访杭州已是20世纪80年代，我成了大学教师，当了先师季龙（谭其骧）先生的助手。先师祖籍嘉兴，但谭氏的祖坟在杭州灵隐寺后的山上，先师少年时每年都会随族人去杭州扫墓兼游玩。1946年他随浙江大学复员杭州，家住长寿路1号，到1951年秋转复旦大学任教。从1940年3月他应聘到播迁贵州的浙江大学，与浙江大学的不少教授有10年同事，患难与共，感情深厚。几次陪他去杭州开会、做报告或主持答辩，只要稍有余暇，他都会访友怀旧，谈及往事，不胜今昔之感。20多年来，我虽未在梅家坞品新茶，未在虎跑汲泉水，但每年少不了有友人馈赠的上品龙井，或在湖畔居楼上饮茶，连在东航航班的万米高空也能享受我预订的龙井茶水。我也曾在西湖畔小住，孤山间探梅，阮公墩夜游，河坊街观光，文澜阁访书，西泠社读碑。近年有机会泛舟西溪，更觉别有一番滋味。还有频繁的各种会议、论坛、讲座、报告、课程，拜动车、高铁、高速公路之赐，往往当天往返而有余，怪不得已有人大胆预测，杭州会与上海连成一片。

尽管我一直在体验“天堂”的生活，但明白“天堂”的来历，还是在从事历史地理研究之后，特别是读了先师的相关论著。

杭州被称为“天堂”至少有千余年时间了。但在2000多年前的秦朝，杭州一带不过是南方一个普通的县，在中原人眼里还相当落后。

秦始皇三十七年（前210年），他在出游时过“丹阳（今安徽当涂），至钱唐，临浙江”(《史记·秦始皇本纪》)。这个“钱唐”（唐改为“钱塘”）就是今天杭州的前身，在今杭州城区西湖以西北灵隐一带，而浙江就是今天的钱塘江。一个聚落从形成到成为县城是需要相当长一段时间的，由此可推断，“钱唐”这个聚落的出现还会更早。

但是从秦汉到南朝这800多年间，钱唐一直默默无闻，甚至还不如周边的其他县。这是由于钱唐虽位于钱塘江边，却已经濒临海滨。那时钱唐以东的土地还没有成陆，今天的杭州湾也尚未成形。连接钱塘江两岸的渡口在钱唐的上游今富阳一带，因此钱唐并不处于主要的交通线上。今天的杭州城区，很多地方也没有成陆，钱唐是一个山中小县，到自己辖境内的交通也不方便，怎么可能得到发展?

钱唐之停滞落后还与江南的人文地理格局有关。

春秋时吴越相争，双方的都城和中心分别在吴（今江苏苏州）和会稽（今浙江绍兴），到战国时越国灭吴国，越又迁都于吴。楚国奄有江东后，吴离楚国的都城寿春相对较近，晚期又是执掌楚国大权的春申君黄歇的封地，继续维持着地区中心的地位。因此秦朝设会稽郡，辖境虽包括钱塘江流域和山阴县（原越都会稽），重心还是在北部，郡治也设在吴县。西汉的会稽郡治所一直在吴县，尽管汉武帝灭东越、闽越后，会稽郡名义上的辖境已扩大至今福建省。东汉期间会稽郡一分为二，北部的吴郡沿用吴县为郡治，南部的会稽郡以山阴县为治所，处于二者之间的钱唐还是没有机会。除了人口分布、开发过程和历史渊源的因素外，主要还是钱唐在交通和区位上的劣势。无论是首都长安、洛阳，还是原来的郡治吴县和后来的扬州刺史部驻地历阳（今安徽和县）都在北方，与钱塘江南的陆路交通都不方便，反是由沿海到山阴的海路更加便捷。直到东汉末年，中原士人南迁避乱，相当一部分人还是由海路直驶交州（今越南北部），或者是由会稽入海南下的。

东晋、南朝以建康（今南京）为首都，钱唐离政治中心的距离大为缩短。“今之吴、会，昔之三辅”；钱唐所在的会稽郡已与汉代的“三辅”（京兆、左冯翊、右扶风三个中央直属行政区）之与首都长安一样成为建康的近畿之地。但会稽郡的治所还是在山阴，而离建康更近的乌程（今浙江湖州）已成为吴兴郡的治所。由建康而南的移民沿太湖西的丘陵地带扩展，在东晋和南朝期间新建了好几个县，并越过钱唐向南、向东两个方向发展，僻处山中的钱唐并未受益。

开皇九年（589年）隋灭陈，改钱唐郡为杭州，从此有了杭州这个名称。当年将郡治迁至余杭，第二年又迁回。到开皇十一年（591年），杭州和钱唐县都迁治至柳浦以西，即今凤凰山麓的平原，有了充足的发展余地。隋灭陈后，将六朝都城建康城“平荡耕垦”，彻底毁灭后变为农田，将原来在建康的扬州治所迁至广陵（今江苏扬州）。后来才在石头城置蒋州，恢复了丹阳郡，但只辖3个县。而在杭州建的余杭郡却辖有6县，在江南地区的地位相对提高。

更大的机遇出现在20年后，隋炀帝开江南运河，由京口（今江苏镇江）至余杭（即杭州改称），长800余里。江南运河是隋炀帝开凿的大运河的一部分，由京口过长江，通过邗沟连接淮河，由通济渠可至洛阳，向西经广通渠可达长安，向东北由永济渠可达涿郡（今北京）。在一个以水运为主的时代，杭州成为大运河系统的起讫点，可以连通钱塘江、长江、淮河、黄河水系，到达首都及其他重要城市，杭州在全国的地位显著提高。

据《乾道临安志》记载，唐初的贞观年间（627—649），杭州已有11万人。到唐朝中期，杭州已被称为“东南名郡”，白居易更将杭州列为江南第一，“江南列郡，余杭为大”。杭州的繁荣得益于唐朝发达的海上和内河贸易，成为与广州、扬州齐名的通商口岸。而促使杭州城市人口增加和城市扩大的一个重要因素，则是居民的饮水困难得到有效的解决。由于杭州城所处的平原处于江海之交，有些地方成陆未久，地下水咸苦不能饮用，只有在山麓地带凿井方可获得甘泉，因而水源不足。唐大历年间（766—779），刺史李泌在今涌金门、钱塘门之间分别开了6个水口，引西湖水入城，形成6个井。白居易任刺史时又加开浚，使城市有了充足的饮用水源。本来杭州在夏秋之际易发生干旱，影响农业生产，白居易在西湖筑堤，利用湖水灌溉农田千余顷。白居易还写了不少题咏西湖风景的诗篇，如《湖上春行》《春题湖上》《余杭形胜》诸诗。离任后，还不时追忆怀念，写下了《留题天竺灵隐》《留别西湖》《思杭州旧游》《忆杭州梅花》《答客问杭州》等篇。随着这些名作的流传，西湖的美景名闻天下，逐渐吸引四方文人雅士和游客。到北宋时，苏轼两次任职杭州，写下更多佳句名篇。“杭州巨美，自白（居易）、苏（轼）而益彰”，这两位地方官兼诗人对杭州的贡献实在不小！

唐末五代中国陷入战乱分裂，杭州却获得了意外的机遇，更上层楼。907年，钱镠称吴越王，以杭州为都城。吴越国传71年，其版图最大时不仅包括今浙江全省，还拥有今上海市和江苏苏州市境，南至今福建福州。此前钱塘江是浙西、浙东的分界线，江两岸分属不同政区，浙西的中心在今苏州，浙东的中心则在今绍兴，杭州的地位还不能与它们比肩。自钱氏将浙西、浙东合为一体，国都杭州自然成了共同的中心。持续的战乱还使国内其他重要城市受到毁灭性破坏，如长安、洛阳、扬州等。南唐的都城金陵（今南京），由于后主李煜没有向宋朝主动归降，亡国后残破不堪，只留下“颓垣废址，荒烟野草，过而览者，莫不为之踌躇而凄怆”。而吴越由于主动效忠，纳土归降，杭州秋毫无损，笙歌依旧。

至唐朝后期，江淮财赋已成为朝廷的经济命脉，包括杭州在内的江南地区的经济实力虽已超过北方，但地方的赋税收入全部上缴朝廷，几乎没有给当地留下发展的余地。吴越国既得免于战祸，又摆脱了对中原朝廷的赋税负担，能够大规模兴修水利，疏浚河道，设置闸堰，建筑江堤海塘，为农业稳产高产创造了条件。杭州作为都城，获益最多。如杭州东南滨海地区以往常被潮水淹没，而防海大塘是土筑，年久失修。钱镠时用巨石大木重筑，自六和塔至艮山门，称捍海塘，使杭州城脱离海潮之患。又在杭州北郭建有清湖等堰，江干有浙江、龙山二闸，城东有大小二堰，这些闸堰调节江湖运河间的水流，控制水量，兼顾水运水利。北宋端拱年间（988—989），朝廷在杭州设置了管理海运的衙门——市舶司，此前全国只有广州设有市舶司，而明州（今宁波）、泉州（今福建泉州）和密州（今山东诸城）置司都还在其后，显然杭州得益于水利建设形成的通海优势。

北宋期间，杭州已上升至“东南第一州”的地位。随着农业、手工业和商业的发达，天圣（1023—1031）、熙宁（1068—1077）间，杭州所收商税、酒曲税居全国第一，比首都开封还多。苏轼说：“天下酒课之盛，未有如杭者。”显然并非夸张。

北宋亡后，宋高宗赵构于建炎三年（1129 年）从扬州渡江，到达杭州后即升杭州为临安府。至绍兴八年（1138 年）以杭州为行在所（皇帝在首都以外的驻地），正式确定为临时首都，直到德祐二年（1276 年）元军灭宋入城。这 138 年间，杭州从“东南第一州”跃居南宋的“天下第一州”，成为当时的中国乃至世界最繁华的都市。杭州市区已扩大到城外，就在定都后 3 年的绍兴十一年（1141 年），都城以外人烟繁盛，南北已距 30 里，为此设置了右厢公事所。乾道三年（1167 年），因城东西户口繁伙，警逻稀疏，分别设置东西厢都巡检使各一员。到了宋元之际，“城南西东北各数十里，人烟生聚，民物阜蕃，市井坊陌，铺席骈盛，数日经行不尽，各可比外路一州郡”。城外的居民比城内的还多，所占范围比城内还大。大街上的买卖昼夜不绝，半夜三四更时游人才逐渐稀少，到五更钟鸣，卖早市的已经开店门。到近代还是西湖风景区和乡村湿地的天竺、灵隐、西溪，远至安溪、临平，当时都是城区，民居、商铺与寺观错杂，陆游诗中“西湖为贾区，山僧多市人”“黄冠（指道士）更可憎，状与屠沽邻”就记录了这种现象。北宋时杭州已号称“十万余家”，《梦粱录》称南宋时“不下数十万户，百十万口”，应接近事实。《马可·波罗游记》的描述虽不无夸大，但当时的杭州是世界上人口最多的城市是毫无疑问的。

南宋杭州还产生了一种文化史上的特殊现象——方言岛，即在吴方言区的包围之中，杭州城区却流行以河南话为基础的北方话，直到今天还有遗存。宋室南渡后，大批北方移民南迁，由于 100 多年间没有返回故乡的机会，就此在南方定居。杭州作为临时首都，不仅定居着皇室、官员、将士，也吸引了大批士人、商贾、僧道和流动人口。很多原在开封的店铺、娱乐场所、寺观也纷纷在杭州重开，其中不少人就迁自开封。尽管开封人与北方人在杭州居民中未必占大多数，但由于这些上层移民及其后裔拥有权力和财富，掌握着主流文化，不仅他们自己继续操北方方言，而且促使土著居民，特别是必须为北方移民服务的人及城内的居民学讲北方方言。年深日久，杭州成了北方话的天下。南宋亡后，北方话在杭州风光不再，却根深蒂固，流风余韵至明朝犹存。直到今天，杭州方言中的儿化还很明显，如小丫儿（小孩儿）、黄瓜儿等。

特别幸运的是，到元朝灭宋时，蒙古统治者已经认识到农业文明和汉族传统文化的重要性，元世祖忽必烈在事先颁发的《平宋诏》中已要求保护农商，维持民生。加上南宋皇室在元军逼近时主动投降，杭州没有受到什么破坏，在元朝依然保持着昔日的繁盛，因而被马可·波罗惊叹为“天城”“世界上最美丽华贵之城”。至元二十一年（1284 年），江浙行中书省的省会由扬州迁至杭州，辖境包括今浙江、福建二省与江苏、安徽二省的江南部分和江西省的鄱阳湖东部分，依然是东南第一州和全国最大、最繁华的城市。由于元朝时海运畅通，杭州也是外国商人聚居的城市，当时人提到钱塘，往往与“诸蕃”“岛夷”连称。在至正初年到过杭州的阿拉伯人伊本·白图泰的笔下，崇新门内荐桥附近多为犹太教徒和基督教徒，而荐桥以西为伊斯兰教徒聚居区，使人仿佛置身于伊斯兰国家。

明洪武十四年（1381 年），划定浙江布政使司，辖境基本即今浙江省，杭州成为省会与杭州府治所在。杭州虽然又回到了区域中心、省会城市的地位，但人间天堂的盛名不减当初，丝绸之都，鱼米之乡，人文荟萃，名人辈出，其经济、文化水准一直居全国前列。

不过与南宋时的巅峰相比，杭州在全国的地位还是有所下降，并且显现了一些不利因素。

一是城市经济逐渐衰退。由于城内外运河年久失浚，填为沟渠，物资流通受阻，导致城内物价上涨。延祐三年（1316 年）、至正六年（1346 年）虽曾两次大加疏浚，但城内河高而钱塘江面低，诸河疏浚不深，仍与江潮隔绝，完全靠西湖水补充，水深不足 3 尺，只有宋时的一半。城南一带本是杭州最早的市区，因河不通江，水运不继，城南商业日渐萧条。明洪武年间一度浚深龙山、贴沙两河，在河口建闸限潮，为船舶提供了出江通道，但不久又淤塞。

一是天灾人祸不断。杭州居民稠密，民居连绵，大多是木构板屋，砖瓦房也不多。不少人家设有佛堂，昼夜香烛，通宵点灯，悬挂纸幢经幡。一旦失火，延烧成片，难以扑灭。吴越显德五年（958 年）城南失火，延烧至内城，共烧毁 19000 家。南宋期间，城区大火 21 次，每次损失都在万家以上。其中嘉泰元年（1201 年）三月二十八日的大火延烧军民 51400 家，绵亘 30 里，经 4 昼夜才扑灭。但那时系首都所在，人力财力充足，会全力重建，能很快恢复。元至正元年（1341 年）四月十九日，杭州大火，“毁官民房屋公廨寺观一万五千三千余户，烧官廨民庐几尽”，以至“数百年浩繁之地，日就凋敝”。至正十九年（1359 年）十二月，朱元璋遣常遇春进攻杭州，“突至城下，城门闭三月余，各路粮运不通，一城之人，饿死者十六七。军既退，吴淞米航辐臻，借以活，而又大半病疫死”（均见陶宗仪《辍耕录》）。这次围城使杭州人口损失过半，元气大伤。

明清以降，杭州在江南的区位优势不断遇到新的挑战。永乐后首都虽已北迁，但南京仍为陪都，清朝又是两江总督驻地，政治地位都高于杭州。扬州处于运河与长江交汇处，地近淮盐产区，是漕运和盐运中枢，经济地位举足轻重，无可替代。苏州是清代江苏巡抚驻地，是太湖流域的政治、经济重心，科第鼎盛，人文荟萃，与杭州不相上下。明代为防御倭寇侵扰，封锁沿海口岸，加上杭州内河与钱塘江隔绝，从此彻底丧失通商口岸的地位。而宁波有优越的海港，又有运河可通，成为浙江主要通商口岸。上海开埠后，迅速发展成为中国最大通商口岸和远东最大城市。上海强大的经济辐射能力，和以上海为基础的新兴工商业，使杭州的传统手工业和商业更趋衰败。

1860 年、1861 年太平军两次攻占杭州，至 1864 年初在清军围攻下撤出，杭州在连年战乱中损失惨重。战前杭州府约有 370 余万人，战后的同治四年（1865 年）全府土著户口仅存 72 万，损失人口 300 万，高达 80%。尽管这 300 万人中也包括因种种原因逃离或迁出杭州府者，但其中大多数是在这场空前浩劫中被杀死、饿死、病死、逃亡途中横死或自杀的。杭州的名胜古迹和图书文物也受到很大破坏，著名的文澜阁被焚毁，收藏于阁中的《四库全书》大多散佚缺损。战后人口的恢复和增长主要依靠外来移民，使杭州城与府属县城的人口结构发生很大变化。土著中精英外流严重，土著比例甚低。而由于附近的嘉兴、湖州两府与江苏的苏州、常州两府同样人口锐减，不可能就近输出，新迁入的移民大多来自浙东和浙南、苏北、淮北和河南，大多是底层贫民。

1927 年，国民政府定都南京，杭州再次接近政治中心。由南京至杭州的公路“京杭国道”建成后，更拉近了杭州与首都的距离。党国要人多浙江籍，当时有“湖南人当兵，广东人出钱，浙江人做官”之说。又称“湖州的中统，江山的军统，奉化的侍卫官”，因主管党务的陈立夫、陈果夫兄弟是湖州人，主持军统的戴笠是江山人，蒋介石本人是宁波奉化人，江浙人大受重用。浙江省省长一度由国民党元老、蒋介石的盟兄南浔人张静江担任，张氏创办的西湖博览会续办至今。蒋介石下野蛰居之时，奉化一时成为实际权力中心。但晚清以来，上海已成中国政治中心，在国际交涉中更加重要，非杭州和浙江所能动摇，沪宁铁路的功能远非京杭国道所能替代。1937 年抗战军兴，杭州陷于日寇，上海的孤岛却持续到了太平洋战争爆发，成了陪都重庆以外的特殊政治中心。

1949 年，解放军占领南京后挥师南下，杭州再次演绎吴越国归宋故事，毫发无损。国民党当局宣布为保护西湖名胜古迹，杭州为不设防城市，国民党军队主动撤退。

浙江人文荟萃，历史上杭州更是名人辈出。但到了近代，随着政治权力、财政金融、市场资本、工商产业、教育设施、新闻出版、科学技术、学术研究、文化艺术越来越集中于上海、北京、南京、天津、武汉、重庆、香港等城市和政治、经济、文化中心，并更受欧美发达国家影响，杭州的上层人物、社会精英和有为青年纷纷外出求学求职，杭州籍的国内国际名人的事业和成功几乎都在外地或外国。

计划经济和意识形态不断加强，更加剧了这种趋势，重理轻文、重政治轻经济的措施也推波助澜。新中国成立后浙江大学历史系暂停，组织教师学习马列政治，先师谭先生仍安心学习，认真接受。但一年后正式宣布撤销，教师改教公共政治课，谭先生不得不自谋出路，接受复旦大学聘书。据说全国著名大学中撤销历史系的仅此一家。竺可桢校长等科学家大多调往北京，成为中国科学院的领导和中坚。1952 年院系调整，浙江大学元气大伤，文科、医科全部分出，理科名教授大多调出。1981 年 4 月，中国科学院重开学部委员大会，400 名新老委员（后改称“院士”）中出自旧浙大者 46 名，而新浙大无一人入选。复旦大学 10 名学部委员，8 名出自旧浙大，包括先师在内。到 20 世纪 70 年代末，“人文荟萃”只是老一辈杭州人偶尔发思古之幽情，留在杭州的学者名流凋零殆尽，比之以南方其他省会城市，杭州的人文资源与环境已无优势可言。

在各种场合，常有记者问我：“你到过国内外不少城市，你心目中最好的是哪一座？”“如果让你选择，你会住在哪里？”特别是在杭州，我知道他们最希望我给出的答案是杭州。不过无论他们如何诱导，我始终没有做过具体的回答，而是说：“这要看用什么标准。”“人生的不同阶段有不同目标，如读书、工作、谋生、休闲、养老，不同的目的会有不同的选择。”有人直截了当地问我：“你认为杭州是人间天堂吗？”我也会坦率的回答：“在现代世界，已经找不到大家都认同的天堂，但杭州肯定是相当大一部分人的天堂。”

在物资匮乏的年代，物质生活是选择的主要标准，人们追求的是吃饱穿暖，生活安定，高于平均水平的地方就是天堂。“苏常熟”产生的粮食就能使“天下足”，“鱼米之乡，丝绸之府”就可称天堂。我读小学时知道“苏联的今天就是我们的明天”，而苏联的生活就是“楼上楼下，电灯电话”。土地改革后，东北农民向往的天堂是“三十亩地一头牛，老婆娃娃热炕头”。

在社会动荡、战乱频仍的年代，“不知秦汉，无论魏晋”的世外桃源是天堂，人们首先选择的地方是能暂避战祸，保全性命，如果还有能享受生活，或者过得比原来还好的地方，那更是非天堂莫属。当年北宋的皇族、官员、名流、富商好不容易逃出开封，终于在杭州定居，在“山外青山楼外楼”的美景中过上了比在开封还奢侈舒适的笙歌诗酒生活，怎能不把杭州当汴州，当天堂呢？当杭州的难民逃入上海租界，不仅不再担心太平军与清兵的杀戮劫掠，富人因投资而获利，穷人因劳作而得以温饱，青年因求学而成功，上海无疑成了他们的天堂。

但当人们已无衣食之忧，更无战乱之虑时，必定更关注精神生活和未来世界，就很难找到共同的天堂了。从政者会选择首都或政治中心，或者有利于仕途的岗位。从商者贵在商机，逐利而来，随利而去。求学者追求学府名校，从教者钟情于优质生源，科学家看重研究设施与条件。崇尚自然的人寻找天然环境，享受生活的人不仅需要蓝天白云、青山绿水，还要有生态食品和丰富文化。显然没有哪一个地方能集中所有的有利条件，所以没有哪一个地方能成为今天和未来所有人的天堂。

改革开放为中国城市的多元发展开辟了广阔的前景，也为中国人提供了更多的选择，现代交通缩短了距离，无所不在的信息首先实践了天下一家的理念。并非政治中心的杭州，在 G20 峰会召开时无疑将成为全球的焦点。更多的人能便捷轻松地欣赏西湖风景，享受杭州生活，而不必离开自己的天堂。杭州人也可以向全国、全球发展，而继续生活在故乡天堂之中。

有些条件已经变了，或者在可以预见的未来会变，甚至会大变，无疑会使杭州具有更大的吸引力。今天我们讲的杭州，早已不限于历史上的杭州城或今天的杭州城区，而是包括 9 区、2 市（县级）、2 县的杭州市行政区域。即使只指城市，也已跨钱塘江两岸，已经或将要连接萧山、余杭、富阳、临安。欣赏自然风光已不限于西湖一隅，享受亲水、山居已不必局促于城边或近郊。随着高速公路、城市轨道交通、高铁、高速航道、跨海大桥的建成和网络化，一小时生活圈、当日旅游圈的范围也不限于杭州本身，定居于此的人固然可以随时去观黄山云海，享上海时髦，品舟山海鲜，流动来此的人也能如此。而当智力、信息、创意、服务成为生存和发展的主要手段时，职场与家居、商务与社交、工作与休闲、学习与娱乐之间的界线会模糊以至消失。得风气之先的城市或地区无疑会使这些变化来得更快。

但有些条件是不会变的。物理空间和距离不会变，人为的缩短总要付出越来越大的代价。无论速度提得多快，最短的距离总是第一选择，但这与舒适的工作与生活环境往往不可得兼。尽管人的寿命一般都在延长，但属于一个人的绝对时间也不会变，只能是按不同的生活方式做出的不同分配。气候、地貌等条件的变化更非人类所能控制，与人的一生相比，它们的改变微乎其微。

人们只能调整自己的期望值去适应，或者听其自然。

正因为如此，在杭州能否过上天堂的生活，杭州生活的幸福度能否提高，既取决于杭州的发展，也在于你自己对生活方式与程度的选择。

至于杭州过去的天堂，已经载入历史，成为中国和世界历史的一部分，成为全人类的文化遗产和自然遗产，是永恒的，也是不可替代的。

成都，成“都”？

在中国的七大古都（西安、洛阳、北京、开封、南京、杭州、安阳）和省会以上城市中，成都的历史不能算是最长，但也名列前茅。但有两个特点是大多数城市都不具备的：2300多年来从未改名，城市的位置基本没有变化。

如西安建城的历史可以追溯到西周，但那时的名称是丰、镐（镐京），秦国和秦朝的都城名咸阳，西汉新建的是长安，五代后长安成了一个县名，明朝设西安府，西安作为城市的名称沿用至今。在此过程中，这些都城的城址有过很大变动，大多是新建。

又如北京，起源于蓟，春秋战国时是燕国都城，汉朝置蓟县，以后先后称广阳（广阳国都、郡治）、幽州（州治）、范阳（节度使），辽朝建为南京，明为京师，亦称北京，清朝沿用。民国称北京，1927年至1949年改称北平。

周慎靓王五年（前316年），秦国派张仪、司马错出兵攻蜀，蜀王被贬为侯。周赧王元年（前314年），秦国封公子通于蜀，以张若为蜀国守（行政长官），并从秦国移民万户于蜀。周赧王五年（前 310 年），张仪与张若建成都城，长 12 里，高 7 丈。成都城以国都咸阳为样本，由两个相连的城组成，少城是成都县治所在，内城有盐铁市场，以民居为主。

2300 多年前，一座与国都相仿的新城拔地而起，并且被命名为成都。但由于它一直远离中国的政治中心地带，所以从来没有成为真正的“都”，却多次充当了割据政权的都。

王莽覆灭后，他所封的“导江卒正”（相当蜀郡太守）公孙述割据益州，自称蜀王。东汉建武元年（25 年），公孙述在成都称帝。但到建武十一年（35 年）就被汉军攻破，公孙述受伤身亡。成都当了公孙述 11 年的“国都”，付出了惨重的代价，“宫殿”被焚毁，城内一片残破。

221 年，刘备在成都即帝位，建国号汉，史称蜀汉。263 年，魏军兵临城下，后主刘禅投降，蜀汉亡。这次成都当了 42 年的“国都”，但蜀汉疆域不足“三分天下有其一”，国力更差。

晋永安元年（304 年），巴氏首领李雄在成都称王。306 年称帝，国号大成。至 338 年李寿改国号为汉，史称成汉。至东晋永和二年（346 年）桓温伐成汉，李势降，成汉亡。这次成都的“国都”史也是 42 年，但控制范围比上一次更小。

唐末，王建据有东川、西川，受封为蜀王。907 年，后梁代唐，王建在成都称蜀帝，史称前蜀。后唐同光三年（925 年）灭于后唐。但西川即为孟知祥所占，934 年孟知祥称帝，建都成都，史称后蜀。至宋乾德三年（965 年）灭于宋。成都作为割据之都前后有近 60 年，但控制范围只有四川、重庆大部，湖北西北部、陕西南部和甘肃东南部。

但是至少在法律上和理论上，成都当过15天全国性的首都。那是在唐天宝十四年（755年）的六月，在安禄山叛军突破潼关后，唐玄宗匆匆逃出长安，于七月二十八日（756年8月28日）到达成都。尽管在此前的七月十三日唐玄宗的太子（唐肃宗）已在灵武继位，改元至德，并已以皇帝的身份发号施令，但消息还没有传到成都，唐玄宗自然仍以皇帝自居，如在八月初二下令大赦天下。在国内，由于大多数地方的官民也未得到唐肃宗继位改元的消息，还将唐玄宗所在地为“行在所”（临时首都），继续使用天宝的年号。如北海太守所遣录事参军第五琦到成都奏事，向唐玄宗建议，派他往江淮征收财赋。唐玄宗大悦，封第五琦为监察御史、江淮租庸使。但到八月十二日（9月10日），唐肃宗的使者到达成都，唐玄宗接受当太上皇的事实，但他还规定“四海军国事，皆先取皇帝进止，仍奏朕知；俟克复上京，朕不复预事”。十八日，唐玄宗才正式派韦见素等奉传国宝玉册往灵武传位。成都失去“行在所”的地位，灵武成为全国一致的“行在所”。但在名义上，到次年十二月唐玄宗回到长安前，成都还分享临时首都的功能，因为全国的军国大事还要到成都报告或备案的。尽管情况特别，但成都的确当过15天的临时首都，在一年多的时间里在名义上是两个临时首都之一，总算应验了当初成“都”的命名。

当然，这与成都本身的自然和人文条件无关，实际上成都在不少方面优于其他古都，只是它的地理位置远离中国的政治中心带。在唐朝以前，统一朝代的政治中心一般都在长安—洛阳。五代起东移至开封，元以后北移至北京，离成都更远。就是在南北对峙的分裂时期，南方的政治中心一般在南京，偶然在今湖北鄂城（武昌）和湖北江陵，因为无论是从自身的安全和北伐收复失地出发，都只能将首都设在长江下游，否则在当时的交通运输条件下就无法顾及南方大多数地方了。抗战期间，中国政府西迁，选定的陪都是重庆。这固然与重庆易防守的地形地势有关，但更多的还是考虑当时的主要战场在东部，沦陷的国土也在东部，战时首都不能离得太远。而且长江水道是主要的运输途径，重庆这方面的优势无可取代。即使不得已时继续西迁，蒋介石预定的目标也是西康，而不是成都。因为成都的天然屏障是四川盆地四周的高原和山脉，敌方一旦进入盆地，成都是无险可守的。

这些条件都注定了成都只能当割据者的首都，或者西南的区域性都会。其实这倒是符合命名者的初衷，因为那时连秦国也不过是 7 个诸侯国中的强者，所谓“都”，不过是一个诸侯国之都。而成都之“都”，应该是首都咸阳之外西南地区的都——蜀都。

大概那几个割据政权的统治者也深谙此道，所以都比较本分，除了诸葛亮一直以攻为守，六出祁山，一次次主动挑起与曹魏的战事，其他统治者一般都安于割据。并且除了第一位割据者公孙述一味迷信符谶，始终以为自己是皇帝命，顽抗到底外，其他如蜀汉、成汉、前蜀、后蜀的末代君主都很识时务，全部俯首投降。无论如何，这都减少了对成都的破坏。

不过，到了统治者或叛乱者、入侵者完全不顾民生、丧失理智时，纵有天府之国的资源和充足的人口也经不起残酷的杀戮和彻底的破坏。在宋末元初、明末清初的大战乱中，成都几度濒于毁灭，居民死亡逃亡殆尽，甚至老虎白昼出没于城市废墟。所幸在巴山蜀水的滋润下，源源不断的移民筚路蓝缕，重启山林，成都得以恢复，并更加兴盛。

由于从元朝以后中国的政治中心一直在北方，统治者对以成都为中心的四川割据或抵抗的能力记忆犹新。本来秦岭是中国南北的天然分界线，也是主要行政区域的天然界线，从秦汉以至北宋，在今陕西和四川的政区都是以秦岭划分的，但元朝将这条界线南移到汉中盆地以南，目的在于打破四川对北方的壁垒，便中央政权能够通过汉中盆地有效地控制四川。张献忠等未能在四川形成割据局面，这样的制度安排也起了一定的作用。

明清时，四川与云南、贵州同属行省（布政司），成都与昆明、贵阳的政治地位并无二致。但由于四川充足的财力和人口，对贫困的云贵有“协饷”（财政资助）的义务，实际地位要高得多，俨然是西南的中心。新中国成立后，成都曾经是中共中央西南局的驻地，一直驻有大军区司令部，到20世纪60年代又是“大三线”指挥部的所在地，还是西藏的大后方，地位举足轻重。

改革开放以来，中央与地方之间的事权划分日趋合理，但区域中心地位也随之弱化以至丧失。重庆市的设立无疑对成都提出了新的挑战，而新兴产业的优势也使天府之国的资源和人力优势相形见绌。如果说以往2300多年间的成都之所以成“都”主要是来自中央政府的授权的话，今后能否成“都”将主要依靠经济、文化、民生。

2008年的大地震曾经使人们对成都的安全产生怀疑，实际上，根据地震史的记载，尽管四川是中国地震最频繁、破坏性最大的区域之一，成都城区（不包括今成都市所辖市县）却是比较安全的。这也是成都之所以成“都”的理由，还是未来成“都”的保证。

南京，还有多少六朝遗风?

南京是六朝古都，也是五代时南唐、明初、太平天国与国民党政府建都之地，但今天除了少量遗址遗迹，称得上与这些相称的文化不是影踪全无，就是寥若晨星，对一些文化现象的寻觅几成无根之谈，或者纯属牵强附会。在中国现存的七大古都中，南京的古都地位远不能与北京、西安相比，也不如杭州富有特色。其根本原因，在于历史文化一次次的流失。

人口是文化最活跃的载体，文化可以随着人口的迁入而移植并发展，也必定随着人口的迁出而流失。一般来说，杰出的、高素质的人口所携带的文化成分，无论是其含量，还是类型，都远高于普通移民。因此，大量高素质移民的迁入和定居，一般都能导致一种新文化的产生和发展。同样，大批高素质移民的外迁必定削弱以至灭绝一种本土文化。

东汉末年，孙吴割据江东，江淮之间与北方人口大量迁入建业（今南京），三国时的孙吴政权就是以北方移民为基础建立起来的。与此同时，江东和南方的优秀人才也汇聚到建业。但到265年西晋灭吴，吴国的宗室和大臣都被迁往北方洛阳等地和淮河流域，连江南的名士都被吸引至洛阳。建业不仅丧失了南方文化中心的地位，区域性的优势也几乎不复存在。

东晋至南朝期间，建康（即建业，因避晋愍帝讳改名）第二次成为南方的政治中心，其影响范围一度扩大至四川盆地和黄河以南。特别是黄河流域汉族的上中层人士和士人大多数南迁，并且主要集中在建康，使建康的文化水平达到前所未有的高峰。尽管在此期间建康经历过多次战乱，特别是萧梁后期的侯景之乱给予建康致命的打击，但直到 589 年隋灭陈时，建康依然是南方的文化中心，发达程度远高于南方其他城市。隋灭陈后，陈氏宗室全部被北迁，文武大臣和著名士人也都在迁移之列。建康的宫室被彻底平毁，设在建康的扬州治所迁往广陵（今江苏扬州），建康的人口大多外迁，连区域政治中心的地位也丧失。在唐朝的大多数年代，江宁（先后改名金陵、白下、上元）只是一个普通县城，属于润州（治丹徒，今镇江）。因此，到唐朝时，六朝文化在建康故地已不复存在，就连六朝的遗迹、遗址也破坏殆尽，只留下了诗人的怀旧诗篇供后人传诵。

这样的历史后来一次次重复，只是程度不同而已。975 年北宋灭南唐，后主李煜及其家属、南唐大臣悉数北迁。1368 年，朱元璋在应天府（今南京）即位，建立明朝，至 1382 年平定云南，统一全国，今南京在历史上第一次成为全国首都。但到永乐十九年（1421 年）迁都北京后，南京虽还享受首都的同等地位，实际成了失势官员投闲置散、养老赋闲的场所。在此过程中，数十万文武官员、军士、工匠、乐工等由南京迁往北京。

太平天国战争使南京遭受了有史以来最严重的破坏。太平天国攻陷南京和该政权对传统文化的破坏，驱使大批文化素质高的南京居民逃离。残留城内的人又受到多重压迫，除了少数效忠于太平天国政权的人外，都只能苟延残喘。天京（即南京，太平天国改名）城破后，清军的杀掠破坏留下了一座空城。由于南京被占的时间长达十几年，加上战后极度残破，外迁难民大多没有返回原地。战后大批外来移民迁入南京，主要来自河南、湖北、淮北、苏北，大多是文化素质较低的底层贫民和贫苦农民，南京郊区成了河南移民的天下。南京城内外的文化，包括风俗、方言、民间信仰等都发生了很大的变化，形成一种新的文化，历史的传统在其中已微乎其微。

辛亥革命后成立的南京临时政府存在时间太短，没有来得及对当地文化产生多少影响。1927 年北伐军进入南京，随后国民政府定都于南京，直到 1949 年春由解放军占领。但这 22 年的首都地位受到多种不利因素的削弱，如国家实际并不统一，抗战期间的破坏和西迁，上海的特殊地位削弱了南京的作用等，其影响远不如此前南京曾经拥有过的地位。

这并不是说南京不存在传承文化或进行文化建设的基础，而是说南京不能简单地依靠历史遗存。即使像民国期间的遗址或遗迹保存得相当完好，离开了承载文化的人，单纯的物也不能发挥其应有的作用。更重要的是，南京必须确定在文化上的发展方向。对历史文化，应着眼于造就一批在数量和质量上都与之相称的研究人员和研究成果，使南京的地理优势和历史文化资源得到充分利用。

原载《南京师范大学文学院学报》2005 年第 3 期

废都之巅

第二天上午，我们在古格故城前一下车，就先往山顶攀去。山高 170 米，登顶似乎不难，但这里的海拔也有近 4000 米，加上山势陡峻，费的力实在不亚于攀一座高峰。

我们是沿着干道上山的，开始的一段路经过度母殿、红殿、白殿和大威德殿（杰吉拉康）曲折而上，原来都铺有石阶，现在虽已残破，毕竟还好走。再往上就只有土路了，有几段已变得又狭又陡，风化了的沙土踩上就滑，常常要手脚并用才能稳住身子。最后一段是暗道，是曲折的山洞，高处勉强站直，低处仅容一人爬得过去。洞中还可见岔道，深不可测，不知通向何处。洞中有洞，洞旁有洞，像迷宫一般。有的洞通往崖边，大概兼有通气透光和瞭望的作用，正好供我坐下歇一口气。从洞口俯瞰，但见一层层废墟错落山坡，一切都已凝固和死亡，令人不得不想起古格王国惨痛的末日。唯有远处象泉河汩汩的流水和河谷中一片绿色，才提示我们，这里的生命和未来并没有随着古格王国的覆灭而终结。

据考古学家调查，除了这条上山的干道外，已发现的还有 4

条支道和4条暗道，分别通向山上各处，用于交通联系、防卫和取水。取水的暗道可以从山顶直达山下的水源处，据曾经在阿里地区当记者站长的D书记告诉我，暗道下面可以走4匹马拉的车。山上有大小窑洞879孔、碉堡58座，不少都与或明或暗的通道相连，构成了一个巨大的防御工事。我们在路旁的一个洞中看到堆放着拳头大小的卵石，显然是当年准备的防卫武器。古格王国经过数百年经营，造就了金城汤池般的王都，拉达克军队和暴动臣民围攻月余而不能下，但却挽救不了最终覆灭的命运，正印证了“堡垒最容易从内部攻破”这句名言。

出了暗道就是山顶，沿路前行就是王宫和议事堂的遗址。这是山上最高的一层台地，高出下一层台地45米多，三面是悬崖峭壁，南端与其他山峦相连的一段很窄的通道也已被人工挖断，四面以城墙环绕，真正是一绝境。台地平面略呈S形，南北长约210米，东西最宽处约78米，最窄处仅17米，约有7100多平方米。靠南边的一组建筑群遗址估计有大小17间房屋，虽然已遭到严重破坏，但从规模和布局看应该是国王的宫室，有国王的议事堂、处理政务的办公处、起居室、大臣朝拜国王的等候厅、侍从和卫士的住房、防卫设施等。中间一组建筑群以佛堂为中心，共有16座建筑物。佛堂面积达250平方米，屋顶已毁，但从残存的供佛须弥座推测，原来在中间供着释迦牟尼大立像，两侧供有八大弟子塑像，壁上绘有精美的壁画。这是一组宗教建筑和处理宗教事务的机构。再向前行数十米就是北端的一组建筑群，估计原来有22间房屋。考古人员曾经在这里采集到大量残铁甲衣、铠甲片、头盔片等，山洞内还清理出了几种装火药的牛角筒、数百件铁箭镞，在一个封口的窑洞中发现了28个藤牌、残马甲衣和上万支成品、半成品或使用过的箭杆。显然这里曾是与安全防卫、军事有关的机构或此类人员居住的地方。

但是，就在这片防卫森严、兵器山积的军事要地，却保留着一座基本完好的金科拉康（坛城殿）和一个供佛的贡康洞（依怙洞）。坛城殿的正殿面积不大，呈正方形，每边约5米，前面是一个三角形的前厅。殿中央供奉“坛城”，梵语称为“曼荼罗”，意思为坛或道场。曼荼罗的种类很多，从殿中所绘壁画的内容看，所供的是“金刚界曼荼罗”。殿四壁绘满了精美的壁画，上下有5层，有数以百计的各类佛、菩萨、佛母、度母、神母、天女、金刚、大德、高僧、译师等，形象丰富，神态各异；第四层是《众合地狱图》长卷，令观者毛骨悚然。殿顶的藻井由8根主梁组成2个方框，错向相叠构成3个水平面，层层上升内收。整个藻井的梁、椽、天花板都用彩绘，色彩华丽，图案丰富，美不胜收。不过给我印象最深的还是殿堂的门框，整个门框和门楣是以忍冬卷草为主的浮雕，门框两侧脚部各有一尊高浮雕的菩萨，门楣中间是一个兽面，横框正中是一尊坐佛。岁月风霜早已剥落了原来的彩色，但却使它与两边的土墙和这座殿堂浑然一体，给人以一种庄严朴实的质感。居然有人在门框的外沿刻了字，但总算没有影响到浮雕，或许正是这种艺术魅力的强烈震撼才使他高抬贵手吧？

在山顶的过道旁有一个洞口，通向国王的冬宫。洞口本来建有围墙，配有门窗和屋顶，下洞的通道也铺有台阶，这些早已坍塌，所以我们是拉着一根绳索，从洞口沿着陡峭坡道攀援而下的。在接近主洞时，见到另一个不到一人高的洞口，深不见底，据说可以通向后山，并与防卫的碉堡和取水洞相连，供国王在紧急情况下使用。这个洞口旁有一个不大的落地龛，估计是守卫冬宫和暗道口的岗哨。

再往前就豁然开朗，原来有几个洞靠山崖一边开着窗口，阳光正由窗中射来。在过洞的内侧有三个单独的洞，在靠山崖的另一侧则有一个单独的洞和两个有过洞相连的洞，而其中最后一个又连着一个小洞。洞内的高度一般在 2 米以上，洞门都不到 2 米，最大的洞约有 20 平方米，而最小的一个估计才 10 平方米，显然是考虑了不同的用途和使用者不同的身份。这组有分有合、结构复杂的山洞总面积超过 90 平方米，据测量估算，当时的开挖量不少于 320 立方米，是一项不小的工程。奇怪的是，这些将作为国王冬宫的洞穴中居然没有任何装饰和居住的痕迹，连洞壁都没有抹过。最大的可能是，当这些洞穴开挖完毕时，古格王国已经危在旦夕，以至国王及其亲属从来就没有在这里住过。或者是在开挖完毕后，国王却改变了主意，所以没有继续进行装修。

从崖边的洞口望去，山下的象泉河谷历历在目，远处的雪山也清晰可见。从洞口吹入的阵阵清风使我刚才爬山时流下的汗水消散，使人丝毫感觉不到山顶阳光下的燥热，也忘了正处在山顶阳光下的燥热，也忘了正处在山顶十几米的地下。看来这山洞确有冬暖夏凉、四季舒适的优点；加上这复杂而精巧的结构，严密而周到的防卫，古格国王满以为一旦有了风吹草动，这里就能成为最好的避难场所，岂料居然等不到它的完工就已家破人亡！

同伴们正根据各人的专业和兴趣在各个遗址考察，我信步下山，又来到了白殿和红殿。这两座外貌平平的殿堂称得上是古格文化的艺术宝库，无论是大门、门框、柱头、替木、天窗、藻井、天花板、塑像、须弥座、莲座、背光、壁画、雕刻，都是罕见的艺术品。特别是塑像的底座，形制多达 10 多种，有矩形、菱形、圆形、椭圆形、多棱形、凸形，须弥座、莲花座，单束腰、中束腰、双束腰等。四周壁画更是一部丰富的古格社会史、文化史和宗教史，充分显示了当时的精神文明和物质文明，其中有名无名的佛像和人物数以万计，各种佛传故事、宗教仪式、庆典舞乐、世俗生活、飞禽走兽、奇花异草、令人目不暇接。

我注意到，佛像往往塑得特别生动、形态各异，直到 T 捡到一只脱落毁坏的手时，我才找到答案。从这只手可以看到，塑造时是用牛皮条做骨架的。原来工匠是用新鲜牛皮条按照手指的形态固定下来，柔软的牛皮条完全可以按照人手的各种形态自由弯曲，而等它自然风干后，就再也不会变形了。

赞叹之余，我不能不想到了事情的另一方面。在一个自然环境如此险恶、资源如此贫瘠的国度，从国君到臣民却如此虔诚地信奉佛教，把国家和个人不多的积蓄全部投入了寺庙。红殿、白殿所用的木材都来自喜马拉雅山的南麓，在这个高原王国中绝无仅有。连国王的宫殿也绝不会比寺庙奢华，而除了寺庙和宫殿，整个古格再也没有什么像样的建筑物。在王都周围山间密布的低矮窑洞，就是当年绝大多数古格人的住房。当时的僧侣估计要占总人口的五分之一或三分之一，他们当然要靠其他人的劳动来供养。即使他们的生活相当节俭，也是国家一个沉重的包袱。要是没有天主教的传入，要是没有拉达克人的入侵，古格王国或许还能存在不少年，就像其他一些处于封闭状态的小国一样，但这个社会还能进步吗？人民的生活会改善吗？难道古格人真有世世代代赎不了的罪吗？极乐世界的门究竟为谁而开呢？

每当我站在有关秦皇汉武、唐宗宋祖的遗迹面前，每当我面对巍峨宫阙、庄严寺庙、金城汤池、舞台歌榭，每当我观赏着一件件耗费了无数人间珍奇和无数人的心血以至生命才造就的艺术品时，我总无法回避这样一个问题：它们难道就是为了供我们今天的凭吊观赏才存在吗？在古格王都的遗址前，我的心再次受到了强烈的震撼。

古老而年轻的拉萨

（1996年6月）19日上午，我感到精神很好，不再有头痛的感觉。收拾好行李，我们得知S有一辆车要进城购物，就与L、X一起搭了他的车。

昨夜下了小雨，路上还有些湿，但空气更觉清新。抬头望去，谷地尽处的山上已有积雪。这些看似低丘的山其实都在海拔4000米以上，因为拉萨城区的高度已超过3600米。

自从7世纪吐蕃的赞普（君主）松赞干布在此择地建城，拉萨已经历了1300多个春秋。据唐朝人杜佑的《通典·边防》中《吐蕃传》的记载，吐蕃的首领论赞索弄赞（据藏文应译为囊日论赞，一作论赞索）建有疋播城，时间在隋朝开皇年间（581—600）之前50年。这座建于6世纪的疋播城，位于穷哇达则（今西藏山南地区的琼结），是目前所知西藏最早的城堡。囊日论赞消灭了赤邦松部，势力扩展到逻娑川（一作逻些，今拉萨河流域）。629年，囊日论赞之子松赞干布继位为赞普，他采取了吐蕃发展史上意义重大的措施——从山南迁都于逻娑。此后他削平内乱，征服苏毗、羊同等部，统一了青藏高原，建立起吐蕃王国。

这个逻娑城就是今天拉萨的前身，此后一直是吐蕃王国的都城，在吐蕃王国分裂衰亡后还是西藏的政治中心。

提到松赞干布，大家都会想到另一位家喻户晓的人物——文成公主。不过当年松赞干布与文成公主的政治姻缘还有一段曲折的过程：松赞干布先娶了泥婆罗（今尼泊尔）王的女儿尺尊公主为妻，634 年与唐期交往后他要求依照突厥和吐谷浑的例子，娶唐朝的公主。唐太宗没有答应，松赞干布就出兵攻击吐谷浑，占据其南部，又进攻党项、白兰等部，逼近唐朝的松州（今四川松潘）。唐太宗派侯君集率 5 万大军分 4 路出击。吐蕃大臣劝松赞干布罢兵，有的甚至以自杀相谏，松赞干布遣使臣向唐朝遣和，但仍求婚。唐太宗也希望双方能恢复和平，同意了他的要求，一场由喜剧开始的战争又回到了喜剧的结局。贞观十五年（641 年），唐太宗封宗室女为文成公主，命江夏王李道宗代表唐室护送至黄河源一带。松赞干布亲自率军队至柏海（今札陵、鄂陵湖）迎接，接回逻娑城。从此，逻娑城也与文成公主的名字联系在一起，如她入藏后兴建的大昭寺，至今仍然是拉萨的主要寺庙之一。

此后，松赞干布派遣贵族子弟去唐朝的首都长安学习，又从中原请来文人为他处理与唐朝来往的文书，还从唐朝引进蚕种，请来了一批工匠，逻娑城内有了常住的汉人。对文成公主入藏在文化上的影响，藏人索南坚赞所著《吐蕃王朝世系明鉴》有这样的记载：

唐王以释迦佛像、珍宝、金玉书橱，三百六十卷经典，

> 各种金玉饰物作为（文成）公主的嫁奁；又给予多种烹饪的食物，各种饮料，金鞍玉辔，狮子、凤凰、树木、宝器等花纹的锦缎垫帔，卜筮经典三百种，识别善恶的明鉴，营造与工技著作六十种，治四百零四种病的医方百种，诊断法五种，医疗器械六种，（医学）论著四种。……又携带芜菁种子，以车载释迦佛像，以大队骡马载珍宝、绸帛、衣服及日常必需用具（入吐蕃）……公主到了康地的白马乡，垦田种植，安设水磨……（公主）使乳变奶酪，从乳取酥油，制成甜食品。以丝绸工织，以草制绳索，以土作陶器。

这些内容可能有夸大的成分，就像古代的朝鲜、日本往往将先进的文明都说成来自中国一样。但可以肯定的是，文成公主入藏引发了一次中原文化传入吐蕃特别是都城逻娑的热潮。

到了唐中宗时，金城公主又嫁往吐蕃。吐蕃先派使者来迎亲，并学习汉语。景龙四年（710 年），金城公主在双方大臣的护送下到达逻娑城的鹿园。《新唐书·吐蕃传》说唐中宗念公主年幼，给她陪嫁了大批“杂伎诸工”和龟兹乐队，《吐蕃王朝世系明鉴》也说“公主嫁妆有绣花锦缎数万匹，各种工技书籍，与王庭扎用的各种器具”；看来随公主到达逻娑的物品很多，汉人也不少。

后来，唐蕃关系既有兵戎相交的对峙阶段，也有盟会通好的和平时期，但无论哪种状态，人员的往来都未断绝。自 634 年至 846 年吐蕃王朝瓦解的 213 年间，唐朝向吐蕃派遣了 66 次使团，每团少则十余人，多则百余人，有的使臣留驻逻娑长达十余年。

在战争中也有大批被俘的唐朝军民被带往吐蕃，其中大部分被安置在逻娑。长庆元年（821 年），唐朝派刘元鼎去吐蕃会盟，到达逻娑后，赞普设宴招待，菜肴和使用的餐具“略与汉同”，乐队演奏了《秦王破阵乐》《凉州》等，还表演了杂技，这些演员全是汉人。长庆元年和二年，唐蕃双方先后在唐都长安城和逻娑城东哲堆园结立“大和盟约”，长庆三年（823 年）用汉藏两种文字刻写的《唐蕃会盟碑》至今还屹立在大昭寺门前。

9 世纪初，吐蕃王国的疆域达到极盛，其东界扩展到今宁夏固原、甘肃天水、四川的茂汶至西昌一线，西部包括帕米尔高原、今克什米尔大部和今新疆境外部分地区，北界到达天山和今新疆乌鲁木齐、哈密和内蒙古额济纳旗一线，南部包括今尼泊尔、锡金和不丹。而逻娑城就是这一辽阔疆域的政治中心。

吐蕃王国瓦解后，青藏高原上的吐蕃各部不相统属，但逻娑城与疋播城依然是最重要的城市。蒙古兴起后，吐蕃宗教领袖八思巴的叔父萨思迦班智达曾于 1244 年会见蒙古大将阔端，表示接受蒙古大汗的管辖，但一部分吐蕃贵族不愿服从。1252 年，蒙古军队在灭大理后进入吐蕃，镇压了不服从的贵族，完全控制了吐蕃地区。从元朝开始，整个青藏高原成为中原王朝的一部分。根据吐蕃地区普遍信奉喇嘛教的实际，元朝将它划归掌管全国佛教事务的机构——宣政院（初名总制院，至元二十五年，即 1288 年改名）管辖，在其境内设置了三个宣慰司，今西藏的大部分和克什米尔属乌思（一作斯）、藏、纳里速古鲁孙等三路宣慰司。乌思，指前藏；藏，指后藏。宣慰司驻于萨斯迦（今萨迦县），取代逻娑成为地区的政治中心。逻娑这个地名也为裕萨所取代，以后演变为拉萨。

15 世纪初，喇嘛教格鲁派创始人宗喀巴在拉萨以东的噶丹山兴建噶丹寺（今已毁），该寺成为宗喀巴坐床之所。此后宗喀巴的弟子在拉萨城西建了哲蚌寺，在城北建了色拉寺，从二世达赖至四世达赖（二世达赖出于追认）都担任过二寺的法台。17 世纪中叶，五世达赖扩建布达拉宫，至清顺治十年（1653 年）基本完工，他从哲蚌寺迁入，布达拉宫从此便成为历世达赖喇嘛的住地。

布达拉宫缘布达拉山而建，高 117.2 米，长 360 米，外观 11 层，总建筑面积 13 万平方米，有殿堂 999 间，是西藏最宏伟的建筑群，从此成为拉萨城的标志。1987 年，我第一次登上通往布达拉宫的台阶。如果说布达拉宫的外观是以其规模和气势产生震撼力的话，它内部蕴藏着的神秘的宗教文化和丰富的艺术宝库则更令人惊叹。进入宫门后我才发现，这外观浑然一体的建筑的内部分成不少独立的殿堂和院落，高低错落，四通八达，一些地方状如迷宫，佛像、佛龛、壁画、唐卡、雕刻、经幡、供品、珍宝不计其数，目不暇接。我唯一不适应的是，一些殿堂内酥油、蜡烛、藏香混合的气味过于强烈，使我不得不经常到室外呼吸一下新鲜空气。可惜这几天没有能去看一下全面整修后的布达拉宫，据说采光和通风都已大为改善。

七世达赖在布达拉宫西 2 千米处建了一座“罗布林卡”（藏语意为“宝贝园林”），成为历世达赖的夏宫。现在已辟为公园，也是自治区文管会所在地。

历史悠久的拉萨同时也是一座非常年轻的城市，因为直到 20

世纪50年代初，除了布达拉宫和寺院外，全城几乎没有什么像样的建筑，3万人口的大部分是喇嘛和尼姑。用现代标准看，很难称得上是一座城市。

1987年我看到的拉萨，比旧城已扩大了十几倍，公共建筑和公用设施几乎全是20世纪50年代后建的，但给我的印象里是城市与乡村或荒地的混合物，建筑物与建筑物之间，街道与街道之间，往往不相连接，留有大片空地，建于50年代的一些房屋已相当破旧，与新的建筑很不协调。

当时拉萨与外界的通讯相当困难，我曾经在所住的军区招待所利用军用线路与上海通话，还是难以接通，通话时杂音和干扰很大，甚至讲了一半就断了。我找过西藏武警总队的一位政委，他答应解决我反映的一个问题，但却没有办法通知驻在曲水的一个基层单位，因为电话线被风刮断了没有修复；而如果乘“班车”（实际是不定时、更不定班的）去办的话，当天未必能够往返，虽然距离不过几十千米。

9年后的今天，这一切都已成为过去。拉萨的中心区不仅早已连成一片，而且已经扩展到罗布林卡以西。布达拉宫前的广场、宽阔的干道、草坪和绿树、一幢幢新建筑、卫星接收天线和街上穿梭的出租汽车，显示出一副现代新兴城市的气派。卫星转输的电视节目和电话，沟通了拉萨与祖国和世界各地的联系。我在拉萨期间几乎每天与上海、北京等地通话，接通率和声音的清晰度与在上海、北京没有什么不同。

以前少得可怜的供销社式的商店已被不同的新商店所取代，在繁荣的八角街以东出现了规模更大的小商品市场，除了传统的藏族工艺品、宗教用品和由印度、尼泊尔进口的商品以外，来自国内各地的商品也琳琅满目，骑着崭新的进口摩托车的人随处可见。餐馆、时装店、专卖店到处可见，消费水准和卡拉 OK 的普及率绝不亚于上海，粤语版与藏语版同样流行，倒令我颇感吃惊。

上次只在八角街附近见到过一排新住宅，这次见到了大片新建的多层住宅。问了陪同我们的一些藏族朋友，他们的住房条件都不错。在街上和公众场合穿西服的藏胞很多，妇女和年轻人的衣着与内地没有什么不同。在市场上做买卖的藏胞大多穿藏式服装，但比过去更整洁得体，他们一般能说汉语，有的还能说简单的英语或日语。有两件事给我留下特别深刻的印象：在大昭寺前选购小佛具时我问摊主能不能还价，那位藏族老太说："做买卖当然可以还价，但这是敬佛爷的，我是按敬佛定的价，有诚意的人就不会还价。"另一次在付了钱后我问藏族摊主："你现在还转经拜佛吗？"这位中年人爽快地回答："我阿爸阿妈转了一辈子经，转来了什么？我靠自己做买卖挣来了钱，佛爷有灵，一定会保佑我。要不做买卖，佛爷会给我钱吗？我生意忙，已经好久不去寺庙了。"

拉萨变了，不仅外表不同了，内部也在变革。对于拉萨的变，国内外都有些人忧心忡忡，甚至无视事实，肆意指责，这是片面的、自私的、不公正的、不人道的，说明少数人的别有用心。

我并不认为拉萨乃至西藏的变革中没有需要注意的问题，或者说已经尽善尽美，但当地人的发展权利是不容剥夺的，他们应该有追求物质和精神文明、享受现代文明的权利。保护传统文化和民族特色与社会的进步并不矛盾，应该互相协调。在拉萨，布达拉宫、大昭寺一类文化遗产当然应该保护，但一般性的破旧房屋、狭窄污秽的街道也不能动吗？难道藏族同胞只能永远生活在这样的环境，只能骑牦牛，披毡袍，吃糌粑，叩长头？为什么不能同样住新房，骑摩托车，坐汽车，看电视，打电话，唱卡拉 OK，穿名牌西服，有不信宗教的自由呢？当然，很少有人公开否认他们的权利，但却一味强调现在的改革“破坏”了他们的“传统文化”和“民族特色”，那么请问他们还有什么路可走？

一些充分享受着现代文明的学者或富人要那些住在百年旧屋、千年古村中的居民永远停留在上几个世纪，以便他们欣赏或研究典型的“田园生活”“传统家族”“村落文化”，最好还能保留叩头跪拜、包办婚姻、缠小脚、童养媳、守活寡、吸鸦片、打屁股、活埋沉潭、砍头凌迟、阉割净身，以证明中国文化的“悠久历史”和“博大精深”。一句话，让一部分人和他们生活的地区成为一座活博物馆。一些外国人就想把西藏变成这样一座活博物馆，永远停留在中世纪，封闭在世界潮流之外，这样的用心岂不是太自私了吗？即使有人对过去情有独钟，愿意身体力行，那也只能是他们自己的选择，没有任何理由要求别人也这样做。

一些西方人惊呼拉萨或西藏受到了“汉族影响”，就更是别有用心，完全是一种殖民主义的逻辑。只要不是完全封闭，一个民族总会受到外界的影响；只要这种影响对本民族有利，只要是出于本民族的自由选择，旁人就没有资格说三道四。文化本来是互相影响的，藏族是中华民族大家庭中的一员，汉族是中国人口最多的民族，汉族文化对包括藏族在内的少数民族产生较大的影响是完全正常的。何况现在传入西藏的文化，很多方面都来自外国，只是经过汉族或汉族地区传播而已。

众所周知，英语和英国生活方式早就通过印度影响着西藏的上层人士，生活在海外的一部分西藏人已经相当西化，可是西方人从来没有为这种“外来影响”而担忧。达赖喇嘛可以学英语，用英语讲演，为什么西藏的官员就不能学汉语？海外藏人可以到美国上学，为什么西藏的青年不能去内地就读呢？发达国家早就实行政教分离，并用宪法保证了信仰宗教和不信仰宗教的自由，信仰宗教的人数一般都在逐渐减少，为什么当这些原则运用于西藏，这些现象出现在西藏时就要怀疑有什么不正常呢？

拉萨的巨变是这个古老的城市的希望，也是西藏的希望。世界上一切善良的人们和藏族人民真正的朋友一定会欢迎拉萨和西藏的进步——历史将做出最正确的回答。

赞美拉萨　祝福西藏

（2006 年）5 月 7 日下午，驶离羊八井不久，公路的高度就开始下降。车上装的和我腕上戴的气压式高度计测量的上限是 4000 米，前几天已经失效，这时都重新显出数字——我们又回到了海拔 4000 米以下。

树木渐渐增加，在拉萨河边连成一片。空气变得清新，带来了春天的气息。公路旁的农田中见到了正在犁地的农民，最引人注目的是并排引犁的两头耕牛，身上都披红挂彩，头上竖起的花球足有一人高。我们刚还在为未能拍上照而惋惜，前面路旁就出现了更多成对的“彩牛”。我们索性停下车来，步入春天的田野。这是由三家农户组成的“互助组”，动用了 8 头牛，9 个人在掌犁和整地，5 个人在撒播青稞。地里还停着一台手扶拖拉机，原来昨天已经先用拖拉机翻过地，今天再用牛犁后才能播种，明天还要引水灌溉。

农田的尽头就是一排新竖起的铁栅，后面是即将通车的铁路。大概是为了人畜的安全，不少路段都是封闭的，为人畜另辟专用通道。在沿途的车站和公共场所，还看到过不少形象生动的宣传画，用汉藏两种文字说明注意事项，如不能随便穿越铁路，不要从列车底下钻过，禁止拆毁铁路及其附属设施，都配着卡通或实物照片。要知道，沿途藏民祖祖辈辈从未见过火车，有些常识在这里得从头开始普及。

路对面的山下是他们的村庄，无论新旧，一幢幢住房一律藏式，藏红、土黄的基色在蓝天白云的映照下分外鲜艳。每座院墙上都竖着风马旗，飘着经幡，外墙上贴着待晒干的牛粪饼——这是农民们的主要燃料。但在院子里可以见到正在烧水的太阳灶，在这片离太阳最近的高原上，阳光已成为新的能源。

这是我的第三次拉萨之行，离上一次已有10年，但在进入城区时就像到了一个陌生的地方。自治区成立40周年大庆和青藏铁路的建设，使拉萨变得更年轻更美丽。记得19年前从城里到罗布林卡时，公共车要穿过大片荒野，现在已经连成一片。宽阔平坦的道路、连排成片的新建筑、各式各样的商店、如流的车辆和如云的游人，使拉萨博得了“小成都”的称号。欣喜之余，我也在担忧，心目中的拉萨还存在吗?

我们直接来到布达拉宫前，虽然还是长假的最后一天，出入口已经相当宁静。早就听说布达拉宫已严格控制每天的参观人数，一到限额，绝无通融余地。穿过大道，在广场眺望这座高达100多米的雄伟宫殿，就像在瞻仰一位历经风霜的百岁老人，他穿上了新衣，但慈颜依然。这就是拉萨，就是西藏。

第二天来到大昭寺前，上次见到的成排商铺已经拆除，寺门前一览无遗。供酥油灯的场地从露天迁入地下室，免除了古碑和唐柳的烟熏火燎。只有柏枝和藏香燃烧时冒出的淡淡轻烟，带来阵阵清香。大批远道而来的信众和僧人按照藏传佛教的规矩，或在寺前叩长头，或者围着大昭寺、沿着八角街转，虽然有时比较拥挤，却井然有序。八角街上游人如云，但地面平整光洁，见不到一点污物。以往在人群中免不了会闻到异味，拥挤中会将衣服弄脏，如今新来的游客不会再有这样的感受。这固然是藏民生活水平提高的结果，但也得益于这些圣地严格的管理。保洁员在人群中穿行巡察，不放过一点纸屑垃圾。不过，从他们几乎空着的篓子看，游人已相当文明，信众僧人自然更会维护圣地的洁净。我问一位值勤的警察，有没有采用罚款或什么其他手段。他有些茫然："从来没有呀！就是让保洁员清扫嘛。"

中午，我们在附近一家藏餐馆用餐，羊肠和酥油人参果是典型的藏菜，我不喜欢吃羊肠，尝了人参果，像是一种煮得很酥的豆子，很甜很油。我吃得最多的还是菠菜，不过可能这并不是藏菜，因为以前拉萨不种菠菜。同时用餐的有不少外国游客，有的吃得津津有味，有的和我一样，只是试着尝尝。但谁也不必勉强，因为同一条路上就有川菜馆、清真餐馆，也有麦当劳和肯德基，市场旁还有大量各色小吃。

下午 3 时，色拉寺大殿二层平台上出现一位僧人，他手持一面大锣缓缓敲响。闻声而来的僧人涌入一个院子，早已等候着的游客纷纷举起相机或摄像机。僧人们丝毫不受外界影响，双双结组后就开始辩经。我们听不懂藏语，就是听懂了也未必理解，但一片击掌声和他们专注的神情使我相信，这不是表演，而是他们的日常生活。我注意到，一位年轻的僧人不时面露得意的微笑，而他的对手——一位胖僧虽急于说话，却常显焦虑，大概处于下风。金巴师父的友人——从塔尔寺来这里进修的学问僧陪同我们参观，我问他怎么可以不参加辩经，他说特意请了假，这是寺规允许的。我问要是下大雨或天气太冷是否还举行，他说一般会暂停。看来寺规也相当人性化。大厨房的僧人告诉我，那口大锅已用了几百年，举行重大活动时仍然在用。但炉灶下已安装了电力鼓风机，大锅旁也有高压锅。我看到离开辩经场的僧人开启手机，电视、电脑在寺院中早已不罕见。

我曾不止一次与西方人讨论过西藏，也发生过多次争执。如有人说，真正的西藏已不复存在，拉萨的街上都是汽车，再也看不到骑牦牛的人。我反驳，为什么藏民不能坐汽车，为什么拉萨街上只能骑牦牛？请问你们国内的城市还用马车、牛车吗？还有人说，他在学校看到学生在学汉语，这样下去西藏文化还能不能延续？我说，藏族学生同时在学藏语，农村的学生一般只学藏语。而且你们也看到了，不少藏族学生还学英语，寺院里的喇嘛也在学英语，为什么看到他们学英语，你们就不担心？看到他们学汉语，你们就会担心影响藏族文化的延续呢？

在接待墨西哥负责人权的副外长时，我将这个例子告诉她。她说这是典型的双重标准，有些人惯于如此，她有同感。其实，来自发达地区的人、某些专家学者也是如此，他们自己充分享受着现代文明，却希望西藏长期停留在骑牦牛的时代，成为 Living Museum（活的博物馆），供他们观赏或研究。

当然，作为中国和人类文化的组成部分，藏族文化应该得到充分保护，特别是其中的文化遗产。这不仅是藏族人民的愿望，也是全体中国人的义务。西藏现代化的过程和青藏铁路的通车，是可能造成对文化遗产和自然环境的破坏，但并非不可避免，也不应该让西藏人民付出不发展的代价。青藏铁路修建时，已经充分考虑了对自然环境和人文景观的保护，但真正的考验还在通车以后。

我与《南方周末》的年轻朋友约定，在青藏铁路通车 10 周年时再来拉萨。当我乘坐的飞机离开贡嘎机场时，我想对拉萨说："我会再来，等不到 10 年。"

赞美拉萨！祝福西藏！

异域之城

活着的与逝去的

——会安古城与美山圣坛

会安古城和美山圣坛都是1999年确定的世界文化遗产，相互距离不远，却有完全不同的特色。

2001年1月9日，我们从顺化到达会安时天色已暗，所住的会安宾馆虽是三星级宾馆，但设施齐全，还有漂亮的游泳池，与越南南部其他城市没有什么不同。加上夜晚暑气渐消，休息时感到很舒适，却想象不出明天将要见到的越南古城会是什么模样，为什么能列为世界文化遗产。

次日一早，我们一行去文化保护中心，这才发现会安古城与周围新扩建的城市还是有明显的区别，而一进入古城，就仿佛通过一条时间隧道，进入了完全不同的历史阶段。由于有联合国教科文组织的专家同行，保护中心的负责人从昨晚开始就在等候我们。他尽管很年轻，但谈到古城时如数家珍，很快根据我们的要求确定了几个参观的重点。

会安城位于越南中部海滨，有良好的海湾和海岸线，离旧都顺化不远，有武嘉河连接内地和山区，交通便利，商业发达，曾经是越南重要的贸易口岸。城内流动人口很多，来自中国、东南亚各国的移民在此贸易或定居，近代受法国殖民的影响，并有日本人迁来。从时间序列看，古城保存了自15世纪至19世纪的文化遗物。从空间序列看，这里分布着不同国家和地区的居民形成的社区和相应的建筑物。作为世界文化遗产，古城得到完整和良好的保护，但它不仅是一座博物馆，还是一座活生生的城市。

15世纪至19世纪的越南城市的基本格局与中国南方的城市相差无几。加上这里的中国移民大多来自福建、广东和海南岛，所以富有粤闽特色的建筑随处可见。广肇会馆是城内最宏伟的建筑物，近年经过整修，更显得气度不凡。据管理人员介绍，为了保持原有特色，整修所需的建材都由广肇同乡捐赠，由国内原籍运来。但会馆对面路旁的博物馆是一座法国式的两层楼房。底层陈列着会安附近出土的文物，大多类似波利尼西亚文化，少数来自中国或由当地仿制，当地历史上的多元文化可见一斑。二楼是革命史迹陈列，将古城的历史延续到当代。

转入福建人聚居区后，就像到了福建某座小城，商店招牌上的汉字更不需要主人做什么介绍。叶同源是最早的华人商店，已有200多年的历史，开始经营药材，后来改为古董店，现在还在营业。穿过几条狭窄的街道，有一座关帝庙，关羽的塑像两旁也供奉关平、周仓。关庙只有一进，走出后门，发现院子的后面一进是一座观音寺，寺门就开在旁边街上。关羽与观音的关系如此密切，以前还未见过。

不远处的小河上有一座廊桥，据说是由日本移民重建的。步入桥内，果然看到悬挂的灯笼是日本式的。较宽的河上还有一家著名的水上餐厅，设在一条趸船上，有小桥与岸上相通，招牌上写着汉字“寒暄餐厅”。会安一带易发洪水，去年的洪水曾将这条船倾覆，至今尚未全部修复。

离开古城前，导游又带我们参观了一家工艺品工场。工场的规模很大，门类也不少，都是用传统方法手工操作。其中的制伞、缝衣绣衣、木雕最富特色，一些作品相当精美。不过这个工场主要为外国游客服务，价格定得很高。

中心负责人说还有些地方可以参观，但对我来说，更感兴趣的是中国文化以外的特色，几位外国同行也希望有更多的时间考察美山圣坛，我们就此告辞登车。

去美山的公路不足100千米，但路况差，有些地方还在修路，我们花了近2个小时才到达。接近美山时，已进入丘陵地区，圣坛景区就坐落在山麓。列为世界文化遗产后，这里已采取了保护措施，停车场和售票处都设在远处，外来车辆不得再往里行驶。步行通过一座竹桥，有几辆敞篷吉普车在等候，这是专门接送游客的。吉普沿着土路穿过密林，越过山谷，爬上坡地。偶尔能看到远处一些暗红色的废墟，在绿色中显得格外醒目。大约2千米后，吉普停在一片开阔地上，前面有道路通向圣坛遗址，是景区的入口。入口处有几家简陋的商店，兼游客接待处。一位范先生在示意图前向我们做了介绍：遗址分为A—H八个区，分布在一个十字形的河网间，已筑有道路和桥梁连接。有的比较完整，有的已完全毁灭。越战期间美国的B52轰炸机曾多次爆炸，造成极大破坏，其中最高的一座24米的塔寺被彻底摧毁。由于轰炸时埋下不少地雷，到战后清理废墟，还有20余人触雷丧生。

沿着参观线路往前，跨过一座木桥，就是精华所在的 B、C、D 三区。在浓绿的密林荒草中，耸立着几座赭红色的建筑物。如果说进入会安古城使我似曾相识，像回到了一个世纪前的中国南方，那么越逼近这些圣坛时，我越感到陌生——它们完全来自另一种文化，看不到一点中国文化的痕迹。

这些建筑物几乎完全是用红砖建成的，连壁龛间精美的佛像和华丽的装饰也是由一块块砖拼合后再雕琢的，与中国的砖雕相似，却更富有石雕的风格。年深日久，这些红砖已浑然一体，在它们的缝隙中顽强生存着的杂树蔓草，就像青铜器上的绿色那样为它们增添了岁月的沧桑。每座建筑的体量不大，残壁高数米至十来米，开间也很小。进入比较完整的内室，见到的也是砖砌的拱券和穹顶，这大概是跨度不大的主要原因。个别建筑物上有条石门框，但只是作为装饰，内部的结构也是砖砌的。

但是在这些建筑中间，却见到大量石料和石建筑的遗存，有倒在地上的巨大石柱，有成排雕琢过的柱础，有刻着成篇占婆文字的石碑，有半埋在土中的石兽，有石砌的祭坛和法器。在利用废墟布置成的陈列室中，更有大量石雕，有栩栩如生的人物、活泼可爱的动物、佛经故事、日常生活。从柱础的间距和残柱的高度推测，原来的建筑比现存的砖建筑更加高大开阔。即使在只剩下废墟的其他区，也不时可见地下残存的石雕或石料。

这使我产生了一个大胆的推测：这里最早的建筑是石结构的，完全仿照它们在印度的原型。以后这些建筑受到过彻底的破坏，后继者没有能力恢复，或者他们找不到足够的合适石料。但对宗教的热情和对祖先的情感驱使他们做出不懈的努力，终于用当地取之不尽的红土烧制成砖，以砖代石建起了这片圣坛。

3 世纪以前，这一带是汉朝的日南郡象林县。东汉末年，县功曹区连的儿子杀县令，自立为王，建林邑国，后来政权为范氏所得。据《晋书》记载，林邑“人性凶悍，果于战斗，便山习水，不闲平地。四时暄暖，无霜无雪，人皆倮露徒跣，以黑色为美”。南朝宋元嘉二十三年（446 年），宋将檀和之率军征林邑，林邑曾请求以“金万斤，银十万斤，铜三十万斤”求和，被拒绝。林邑曾出动大批驯象抵挡宋军，宋军以狮子攻破象阵。檀和之攻克区粟城后，缴获的珍宝都是中原见所未见的。但宋军不久就退回，林邑国与南朝恢复交往。

由于中国古代习惯于将周边地区纳入以中原为中心的天下体系，对外来文明往往要做有利于本身的解释。尽管如此，我们还是可以发现林邑存在的外来文明，如崇尚黑色，驯象作战，有大量金银铜，甚至连珍宝也与中原的迥然不同。实际上，于 2 世纪后期创建林邑国的主体是一个自称为 CHAMS 的民族，属蒙古人种南亚类型，其文化深受印度文化的影响。汉文史料中将他们称为“林邑”“环王”，直到《新唐书·南蛮传》才说：“环王，本林邑也，一曰占不劳，亦曰占婆。”占（占不劳）、占婆、占城的译法倒接近于他们的自称 CHAMS。占人的政权虽经历多次兴衰，但直到 15 世纪后期才被越南的后黎朝所灭，占人大部分迁往今柬埔寨，少数留在今越南金兰湾以南平顺至西宁一带。

林邑（占婆国）前期的都城就在象林，即今广南省维川南茶桥，不仅在郦道元的《水经注》中有详细正确的描述，而且已由法国学者鄂卢梭等认可，并经近代考古学家发掘所证实。美山圣坛离象林不远，但靠近占人心目中的圣山，占人长期建造经营，当然不是偶然的。联合国教科文组织将这一遗产的时段定为4世纪至13世纪，就是指占人、占婆国、占文化有代表性的阶段。5世纪中叶檀和之的征伐肯定给了占人一次沉重打击，或许早期的圣坛受到极大破坏，但促使圣坛建筑转变的真正原因大概还是本土化的趋势。在我们沿一号公路南下胡志明市的途中，曾多次见到较后期的纯砖构塔寺，而再也没有发现大规模的石建筑，也可以支持我的推想。

其他区大多只剩下废墟，有的已完全无法看出建筑物的原状，只有一个夹着碎砖的土堆。但今后如果进行发掘，或许能有不小的收获。

离开不久，在公路旁有一座建在高丘上的天主教堂。陪同的范先生说这里就是当年CHAMS的中心，国王常住在此，而不是在今天的会安。古称狮城，所以最早的狮城应该在这里。我手头没有资料，加上用英语表达越南地名时只能根据读音，却无法复原为汉字，所以我不知道这里是否是茶桥遗址。忽然在一家小店门前见到一只残缺的石狮，莫非就是狮城的证据？不过，在占人的中心建起天主教堂，圣山有知，是欣慰于文化的融合，还是哀叹遗存的荡然？

2001年1月初稿，2004年1月改定

吴哥古迹的最早记载

最近，我国应联合国有关机构的请求，准备派考古专家协助修复柬埔寨的吴哥古迹。

或许大家并不知道，中国与吴哥有着特殊的渊源：世界上现存最早、最完整、最精确的有关吴哥的史料是由中国人用中文记载下来的，那就是元朝人周达观和他所写的《真腊风土记》。这是现存的吴哥文化极盛时代当时人留下的唯一记载，就是在柬埔寨本国也找不到类似的史料，所以是全世界学者，包括柬埔寨学者在内，研究吴哥和吴哥文化最权威的根据。

周达观，浙江永嘉县人，元成宗元贞元年（1295年）奉命随元朝使臣赴真腊（今柬埔寨），次年到达，居留一年后回国，根据亲身见闻写成此书。周达观的生年不详，但到元顺帝至正六年（1346年）还在为别人作序，如果他出使时20岁的话，那么至少活了70岁。

10世纪至13世纪是真腊文明最灿烂的时代，当时的国都在吴哥，因而也称为“吴哥时代”。吴哥城中的许多建筑和雕刻都是该时代的文物精华。对此，《真腊风土记》中有翔实、生动的描写。如说进城要经过“通衢大桥”，“桥之两旁，各有石神五十四枚，如石将军之状，甚巨而狞”，“城门之上有大石佛头五，面向四方”，又说“当国之中有金塔一座，旁有石塔二十余座，石屋百余间”。这些都完全符合今天吴哥古迹的实际情况。

吴哥作为柬埔寨首都的历史至 15 世纪结束。吴哥城废弃后，很快被热带丛林掩盖，从此湮没无闻，直到 1564 年（或 1570 年）才被葡萄牙传教士多尔塔发现，但没有引起人们的重视。1850 年，法国人部耶服前往考察，重新发现。后来经过多次调查发掘，成为东南亚最重要的古迹之一，也是世界闻名的文化遗产。但吴哥现在留下的都是石建筑和雕刻，当年用黄金、铜、铅和木料建成的金碧辉煌的外观就只能根据《真腊风土记》的文字来想象了。

此书有著名考古学家、历史学家夏鼐的校注本，中华书局 1980 年出版。不过现在大概很难买到了。

巴塞罗那掠影

随着1992年奥运会锣密鼓紧，即将举办奥运会的西班牙名城巴塞罗那也越来越引人注目，报刊上介绍的文章资料也与日俱增，但浏览之后，发现作者自己到过巴塞罗那的却并不多。这使我动了将我对巴塞罗那的印象写出来的念头，尽管这已是近两年前的事了，而且我在那里只停留了几天，只能是浮光掠影而已。

一、初到巴城

我是1990年9月2日晚上乘火车离开西班牙首都马德里的。次日天色微明，只见车窗外又是一片黑暗，原来列车驶入了地下。不久就停在巴塞罗那车站。

从站台上乘自动电梯进入车站大厅，但见各种设施一应俱全，旅客虽多，站内却忙而不乱，井然有序。车站建筑有好几层，地下一层是站台，与地铁相通；到达和出发则分别在地面的各层；都有自动电梯连接。车站也有两个方向的出口，与上海新客站相似。所不同的是，进出的铁路都铺在地下，因此尽管车站地处闹市，却绝不影响地面交通，也不产生什么噪音。

步出有空调的车站，天已大亮，只觉得晨风中带着阵阵湿热，天空中飘浮着久违的乌云，与马德里早晚的丝丝凉意迥然不同。我在马德里的10天中，天天见到的都是晴空如洗，气温都在36℃以上。但由于地处高原，气候干燥，昼夜温差大，并不让人感到太热。这里的预报气温是32℃，可是早上就已显得闷热。

在旅馆住定后，我就迫不及待地奔向海滨。为了多观赏市容，我乘上一辆公共汽车，十来分钟就看到了耸立在地中海滨的哥伦布塑像。漫步在海滨的大道，我越来越感到像回到了上海外滩：一边是错落有致的大型建筑，宽阔的大街旁是大片绿地，花木葱郁，海上桅樯林立，对岸的建筑物遥遥在望。由于这一带正是一个港湾，海面水波不兴，加上早上薄雾，恰似面对浦东。只是那些高大的棕榈和成群的海鸥在提醒我：这是地中海，不是黄浦江。

二、居易、行便、食贵

欧洲各国的旅游城市都很注意方便旅客，在机场、车站都有介绍旅馆的机构或资料、专用电话，但一般只有一部分旅馆可供介绍或查询。那次我到达西柏林的动物园火车站时已近午夜，附近旅馆都告客满，回到车站的旅馆查询牌前，只见到数十个旅馆名字下几乎都已亮起红灯，好几位坚持打电话询问的旅客不久纷纷败下阵来，加入了在车站门口露宿的队伍。可是在巴塞罗那，我却发现了最完善的旅馆查询、登记服务。

刚到车站，我照例先来到问讯处，索取地图和旅游资料，询问旅馆的情况。接待小姐听我问旅馆，立即取给我一张地图和一本书："请你先看看，有什么问题可以再问。"原来是一张全市旅馆分布图，每个旅馆的位置一目了然。每个旅馆都编有号码，在那本书中都可以找到详细的介绍，包括地址、电话、星级、各类房间的数量、价格、基本设备，大多还附有旅馆外貌和房间的彩色照片。旅客只要根据自己的要求，就可按图索骥，找到合适的住所。

我把搜索范围定在火车站一带，很快找到了步行可及的圣广场边一家旅馆，带浴室的单间每天 1600 比塞塔（当时约合 17 美元）。但房间里没有电视和电话，我想反正有了也不会用，无关紧要。于是拨通电话，回答是正有空房，我报了姓名，说定立即就到，请保留到 8 点钟。不过此时我心中还不无疑虑，这价格比马德里便宜得多，会不会结账时冒出什么费、什么税来，被斩上一刀？办登记手续前，我不厌其烦地问了几遍：这 1600 比塞塔是不是就是我最后该付的钱。为了怕那位英语不太行的老人弄不懂我的意思，我还问他，如果我住上 5 天，是不是付 8000 比塞塔。得到的回答都是"Yes"，我才放心地住下。房间内设备虽已陈旧，却与照片上一样，卧具、浴室也相当整洁。最后结账，果然没有什么花样。我问那位老人，旅馆能不能临时改变价格，他说不行，所有的旅馆都必须执行公布的价格，设备也必须与公布的相符。

这时我不禁想起有时出差找不到旅馆时的狼狈相，有时徘徊在宾馆门口，却慑于其气派，怕不是穷教授的栖身之地；有时见接待者过于殷勤，价格显得便宜，又恐其中有诈，怕到时脱不了身。要是每个城市都有这样一图一书，即使要收工本费（其实每家旅馆的花费比派人拉客便宜得多），中外旅客也会额手称庆的。

巴城的行也十分方便。在 91 平方千米的市区内有 5 条地铁线，全长超过 80 千米。公共汽车线路很多，与地铁、铁路连接成贯通全市的网络。上下城郊的小山有有轨电车和索道，还有缆车飞越海港。绵延十几千米的码头上大小游船密集，既可沿岸游弋，也能越洋远航。普拉特国际机场可起降各类客机，伊比利亚航空公司和其他航空公司的航线可飞往世界各大城市。铁路连接西班牙各大城市和法国，可订购全欧洲的车票。我离开时也乘火车，不到 2 小时就见到了湛蓝的地中海，再穿过一条隧道，就到了法国的塞贝尔。欧美人出入国境只需将护照一扬，就像我们在车上出示月票一样；对我们虽要验证盖章，手续也很简单；所以一车人不消几分钟就都进了法国，到另一个站台转车了。

巴城的饮食虽然也很方便，却比马德里贵不少。除了西班牙人必不可少的橄榄，这里的海鲜品种丰富，但售价并不低。与马德里一样，街上不时可以看到中国餐馆，布置和菜点也无二致。我在一家餐馆用餐，老板来自中国台湾，招待周到。但我一看菜谱就暗暗吃惊：在马德里市中心的中餐馆花 500 比塞塔就能吃上 5 种菜点加饮料的一顿正餐，这里每道菜都在 500 比塞塔以上。

老板说正好有豆腐。我就要了 1 盘，外加 1 碗汤、1 小瓶啤酒和 1 碗米饭，连小费在内竟花了 2000 比塞塔，印象中比纽约、华盛顿的中餐馆还贵。

据说其他餐馆一般也比马德里的要贵，当地的工资水平却并不比马德里高，原因何在不得而知。或许是失之东隅，收之桑榆，住得便宜了就让你吃得贵一些。但超级市场和杂货店中的食品价格与马德里相仿，所以倒霉的是游客，而不是本地居民。

三、南方的北方城市

巴塞罗那历史悠久，文化灿烂，但它又是一座现代化的城市。在这里，既能在古罗马的遗址发思古之幽情，又可以从最新的建筑中领略现代化的风采。西班牙人将巴塞罗那称为“南方的北方城市”，倒是非常贴切的。这就是说，这座城市是新兴的、工业化的、中产阶层的和欧洲化的，但同时又是传统的、大众化的、典型的地中海式的、气候适宜的。

巴塞罗那的东、北、西三面为半圆形的群山所环绕，最高的山峰海拔 512 米；城市位于山下的平原，地势向南面的地中海缓缓倾斜。由于平原上已无发展余地，市政当局已决定城市的范围和人口数量都不再扩大，未来的建设方向是将街道和建筑物修复原貌，同时改善生活和服务设施，原则上是以质量的提高取代数量的扩大。

为了使我能在短时间内对巴塞罗那的历史和概貌有比较全面的了解，巴塞罗那大学的路易斯教授陪我参观了城市博物馆。大量图片和实物，加上各种灯光音响的配合，使观众能直观地了解城市发展的过程。巴塞罗那地区的先民是伊比利亚部族，以后先后成为腓尼基人、希腊人、罗马人的属地，又受到哥特人的入侵和阿拉伯人的占领。到了9世纪的查理曼帝国时期，法兰克王国决定将这里建为边防据点，结果形成了一个新的国家。随着时间的推移，也由于巴塞罗那的核心作用，这个国家与周围的国家联合起来，成了这一带第一个独立国。当阿拉贡和加泰罗尼亚联合王国建立后，巴塞罗那成为首都。15世纪末，阿拉贡又与卡斯蒂利尔王国联合，形成了统一的基督教西班牙。18世纪，加泰罗尼亚丧失了独立地位，成为波旁王朝的西班牙王国的一部分。

相传巴塞罗那是腓尼基人建造的，公元初成为罗马帝国的殖民地。今天巴塞罗那中心区的圣乔马广场，就是2世纪的罗马广场的故址，当时这个殖民地的两条主要道路就在这里交会。4世纪时，小城的周围筑起了城墙，这就是最早的巴塞罗那城。几经沧桑，当年的城墙已荡然无存，但其范围和城门的位置还清晰可见。中世纪时，罗马广场成为圣乔马广场，两旁相向建起了两座哥特式的宫殿，一座是控制整个加泰罗尼亚和阿拉贡王国的加泰罗尼亚政府所在地，另一座是市政厅。这两座建筑物和广场周围很多富有历史意义的建筑物，不仅具有极高的艺术价值，也是了解巴塞罗那历史和文化的最好实例。

这样的历史决定了巴塞罗那在文化方面的多元性，丰富多彩又兼收并蓄，对世界各地的游人都有巨大的吸引力。在这里，玻璃幕墙的高楼可以与中世纪的宫殿和谐相处，哥特式的建筑中会出现阿拉伯的装饰，庄严肃穆的教堂回廊中却有一个花木葱郁的庭院，电子音乐喷泉与罗马式的大理石圆柱浑然一体。

尽管如此，由于建筑年代的不同，城市还是可以分为不同风格和形态的区域。我在路易斯的带领下，穿过一个个街区，从古代走向近代。在中央大学的封闭式大厦前，路易斯告诉我，这里已是旧城的边缘，以外的部分是近代发展起来的。当我们来到城西北的巴塞罗那大学时，但见宽阔的大道旁是一幢幢高楼大厦，贸易中心的高大身影遥遥在望，与欧洲其他大都会无异。

在西班牙乃至欧洲的近代史上，巴塞罗那都有重要的地位。它不仅曾经是地中海沿岸主要的港口、工商业城市，而且是欧洲第一个有报纸的城市、西班牙最早有印刷所的地方，巴塞罗那大学已有 540 年历史。它是加泰罗尼亚分离主义的据点，1936 年西班牙内战期间，又是共和主义者的基地，遭到佛朗哥军队的严重破坏，但经过 20 世纪 50 年代的重建和以后的发展，今天已找不到战乱的痕迹了。

我与巴塞罗那人接触不多，但也能感觉到这些南方的北方人与马德里人的不同。在马德里，用英语问讯只适用于机场、旅馆等场所，在街上就很困难；在这里就方便多了。西班牙语当然是官方语言，但当地人大多说加泰隆语。由于靠近法国，不少人会说法语。我问卡贝尔教授读中学的女儿学什么语言。她告诉我正在学西班牙语、加泰隆语和法语，明年开始学英语。马德里的中学生大概不会有这样的条件。

四、度假的魅力

西班牙人酷爱度假，假期是神圣不可侵犯的。每年夏天，成千上万的西班牙人举家从城市涌向乡村，从北方移往南方，中产家庭一般都在南方或度假胜地拥有别墅。近年来在假期结束时，4000万人口的西班牙竟有700万辆汽车在途中行驶，当局不得不出动全部有关人员疏导交通。

我到马德里那天正是假期中的星期六下午，地铁上乘客屈指可数，到最后一节车厢中只剩下我一人。在马德里大学站前一站就是终点，因为是暑假期间。下车后刚整理一下行李，发现站上已空无一人，连检票的人也不在了。在附近转了几圈，竟不见一个人影。最后还是拦住了一辆贴有历史大会标记的小车，才找到了报到的医学院大楼。事后知道，这在度假期间是很正常的，何况又是假期中的假日。

在马德里看斗牛时，居然当场能买到票子，入场后发现看台上最多只坐了三分之一，而且不少人在观看时像我一样没有挥舞绿手巾，显然也是来“开洋荤”的外国人。莫非西班牙人对斗牛并不如以往听说的那么狂热？问了当地人才知道也因为正是假期，马德里人大多外出度假。否则，别说买当场票，提前都不一定有。

离开马德里时，我想将一包文件先寄回国，可是找了好几家邮局，居然都关门大吉；开门的邮局不是缩短了营业时间，就是减少了业务种类。最后找到邮政总局，也已过了接收国际邮件的时间，我再三说明当晚就要离开，才算破例收下。原因不言自明：大批邮局职员度假去了。

在巴塞罗那这几天，气温都在32℃以上，与上海的夏天一样炎热。可是我注意到除了公共场所或办公室，居民住宅几乎看不到空调。在巴塞罗那大学的卡贝尔教授家中吃饭时，见他家中也只是以电扇降温。按照他的经济条件，装空调是毫无困难的，究竟是什么缘故呢？饭后闲谈时我提出了这个问题。卡贝尔告诉我，这是因为夏天的大部分时间他们是在南方的别墅中度过的，在巴塞罗那的日子并不多，所以空调的用处不大。他还告诉我，在假期，巴塞罗那的200万人口中至少有100万不在城里。

我想起奥运会开时正是夏天假期，就问："那么开奥运会时，你们是去度假呢，还是留在巴塞罗那？""当然是去度假。"他毫不犹豫地回答。他的夫人和两个女儿也同声附和。我又问："巴塞罗那的其他人也会像你们一样吗？"他们不假思索地说："是的，一样。"

我简直不能理解，也不知道是否真会如此，反正到时候看吧！

五、高塔奇观

巴塞罗那值得参观的场所太多，像加泰罗尼亚美术馆、弗雷德里科·马塞斯雕刻陈列馆、毕加索纪念馆、海洋博物馆等都是世界闻名的。我时间有限，连走马看花都来不及，更无法遍及。但我在马德里时就看到过圣家族大教堂的照片，被那高耸的钟塔和塔顶瑰丽的装饰所吸引，所以早已将它列入寻访的目标。

在西班牙的旅游书上几乎都少不了这座教堂的照片，但或多或少都能看到一座塔吊的身影。我很奇怪，为什么不拍一张没有塔吊的照片呢？难道这座教堂没有不维修的时间吗？看了介绍才知道，这还是一座未完成的教堂，尽管已经建了 110 年，这本身就够得上是一项建筑史上的奇迹了。

教堂是从 1882 年开始由维拉主持建造的，但他只建成了地下部分。1883 年由著名的建筑师高迪负责续建，他制定了一个雄心勃勃的规划，要建成一座巨大的教堂。但直到他 1926 年去世时，也只完成了新哥特式的后殿和 4 座上面有钟塔的神龛中的一座；其余 3 座是到 20 世纪 50 年代才建成的。现在正在进行的工作，是完成神龛中最大的一座和为教堂盖上屋顶。

作为一座教堂的建造，固然是宗教活动的一部分；但几位建筑大师如此长时期的努力，如此执着的追求，显然已经远远超出了宗教的虔诚，而是对人类创造力和想象力的探索。毫无疑问，完成后的圣家族教堂必将是人类文化的瑰宝。当我穿过后殿，浏览教堂的各种图纸、不同时期的照片和模型时，这样的想法油然而生。

钟塔高100多米，用花岗石砌成。一块块巨石间留着排列规则的空隙，就像一扇扇明亮的窗户，使塔身显得玲珑剔透，重实而不失轻盈。内部都有石梯可以登上顶部，最大的2座中装有电梯。4座塔的中间有通道相连，在离塔顶不远处，左右2座塔之间又有天桥可通。我沿着石梯向上攀登，透过一扇扇“漏窗”随时可以欣赏脚下的风光，因此并不觉得劳累。到了天桥上，视野更加宽阔，巴塞罗那全城尽收眼底。只见鳞次栉比的建筑处于三面小山和地中海的包围之中，在密集的屋顶间，一座座拱顶、尖顶分外引人注目。再往上，就接近了高塔之巅，石梯至此而止。这时仰望塔顶，那用彩色石块砌成的圆形顶饰更是硕大无朋，在蓝天的衬映下宛如盛开的花朵，又似光芒四射的太阳。俯视教堂的基地，两边各有十几座小塔，如众星拱月，由大塔向后面排开，未来的屋顶将在小塔间架起。

我不知道自己还有没有机会看到建成后的教堂，但我已经满足了，甚至感到了更大的满足。因为未建成的其实比建成后更美，而现在所见的情景将在建成后消失，所以是更宝贵的。

六、迷人的蒙特惠奇山

在巴塞罗那西南的地中海之滨，有一座高 212 米的小山，被称为“蒙特惠奇山”，得名于罗马帝国时代曾以此山奉献于朱庇特。最早的古城建于山顶，名叫巴克努。罗马时代是一座卫城，中心有一座神庙。中世纪曾建起了警卫海防的灯塔。17 世纪的要塞今天还能见到，而 19 世纪又成为本城最大的墓地。20 世纪以来，森林被辟为公园。为了举办 1929 年世界博览会，又建造了体育场和娱乐设施。这里也将是 1992 年奥运会主会场所在。“不到蒙特惠奇山，就等于没有到过巴塞罗那。”当地的朋友这样说。而从蒙特惠奇山下来时，我感到此话毫无夸张。

我是从西班牙广场步行上山的，穿过 2 个巨大的门柱，就进入了当年博览会的展览区了。数十只喷泉排列在大道两旁，后面是一座座展馆。在大道尽处拾级而上，迎面是高耸的国家宫。这是世博会的中心和最高点，现在是著名的加泰罗尼亚艺术博物馆，其藏品为世界同类之最，尤其以绘画和哥特艺术品著称。

从西侧的道路下坡就是“迷你西班牙”——一座由小型博物馆、手工作坊、商店等各类建筑物和街道组成的村落。漫步在狭窄的街上，可以看到形态各异的房屋，有的竟与我国的民居非常相似。随意进入这些房屋，有的布置为住宅，有的是小型工艺品展览，有的是饮食店，还有不少人穿着民族服装或古装，用原始的工具在生产，或用独特的方式接待游客。在不长的时间里，我领略了西班牙各地的风情，弥补了无法遍历的缺憾。

我又乘缆车登上另一侧山顶，17 世纪的要塞已被布置为军事博物馆。从这里俯视地中海，但见港湾外烟波浩渺；要塞城垣上的铁制巨炮，面向大海。这提醒我们，地中海曾经是巴塞罗那的财富来源，也是侵略威胁所在。

顺盘山公路而行，绿树中现出奥林匹克体育场和其他场馆。由于没有赛事，大家只是绕场观望，想象着未来的激战。山上还有考古博物馆、人类文化学博物馆、植物园、希腊剧场、游乐场、名人墓地等值得参观的场所，真如在山阴道上游，令人目不暇接。可惜我只有半天可以利用的时间，连走马看花的时间也不够。

从东侧下山，不远处就是哥伦布塑像。塑像前的海面上停着当年发现美洲的远航船的复制品，塑像后是海洋博物馆。面对地中海拂来的清风，我又回眸望向夕阳辉映中的蒙特惠奇山。唉，真是个迷人的地方!

名城乐水

来剑桥以前就听到过这样一句话:“没有剑河，就没有剑桥。”2000年前罗马人在剑河边的高地上建了一个城堡，以后在剑河两旁形成聚落，逐渐发展成剑桥城。剑河既然如此重要，所以在我的想象中，至少应该有上海苏州河那样的宽度。

我是在半夜到达剑桥城中的汽车站的，过马路等了一辆出租车，就去城外的住处。20多小时的长途旅行已使我疲惫不堪，只想早点休息，一点也没有注意到窗外的夜景。

第二天下午，我第一次步行进城。沿着城堡街下了坡，不知不觉中已走到一座小桥上，原来下面就是剑河。我发现，剑河是那么窄，估计不到10米宽；剑河是那么小，就像以前在四川路横浜桥看到的小河那样。不过，我还是停下脚步，从桥上仔细看看闻名已久的剑河。微绿的河水虽还说不上清澈见底，却非常干净。由于正是拐弯处，二三十米外的河面就已隐入一片古老的建筑物。此时，墙边荡出一叶扁舟，一个健壮的小伙子用竹篙撑船，船上坐着一对悠闲的情侣。船穿过桥洞，我也随着越过马路，来到桥的另一侧。那边河面略宽，竟是一个游船码头，密密麻麻停着一排排同样的小船，右边岸上是一个露天酒吧。虽然是个微有凉意的阴天，正在上下船和小酌的游人还是不少。一辆敞开式的双层观光车驶过，导游正向游客们介绍剑桥的传统游览项目——泛舟剑河。

以后我几乎每天都要往返于剑河两侧，或步行，或骑车，经过最多的是3座桥，也到过剑河边的其他地方，渐渐发现，这涓涓细流果然值得慢慢体验，居然也有气象万千。

气温终于升到26℃，剑桥迎来了一年中最美好的晴朗的夏日，成群的游客涌入城区狭窄的街道，也散入剑河上一条条小船。站在桥上，但见一泓碧水上首尾相衔的船队，宛如流动的彩带飘拂在绿草地上。被时髦服饰包装、携带着现代摄影和音响器具、头脑中充满网络和未来的人群，正徜徉在13世纪以来的教堂和学院之间。剑河成了时间的隧道，把过去和现在连接起来，将喧嚣化为清新。如云的游人，散而复聚，去而复来，但河上不见纸屑垃圾，空中不闻呼叫喧闹，剑河并不显得狭窄，剑桥依然恬静。当金色的夕照辉映着蓝天碧水、绿树红墙时，我摄下了剑桥的绚丽，却无法带走剑河的平淡。

还是那座桥，风雨吹散了游人，也将河水吹皱吹碎，码头上的船已稀稀拉拉，我正在急步回家。忽然见到一位老人正凭栏凝思，他没有戴帽子，风扬起他不多的白发；他没有撑伞，雨沾湿了他整齐的衣裳；他还是站着，像一座雕像。是怀旧？是悼亡？是陶醉？是沉思？是灰心？是神往？我稍一停步，马上又继续我的归程。我不能干扰他，也无法帮助他，他自然不愿受到任何干扰，不需要任何帮助。只有剑河能抚平他的心绪，满足他的企望，同他一起等待风雨之后的宁静。

我过往的另一座桥，是在维多利亚大道上的那座。桥南路两旁都是大片绿地和一排排大树，河滨也是柳色深沉，将那些典型的英国古典建筑遮掩殆尽，恰似暮春三月的江南风光。一天下午我提前回家，骑车爬上桥南的高坡，河滨景色吸引我停下车来，取出相机，绿树、绿水，满目凝绿。两位垂钓者大概“钓翁之意不在鱼”，似早已入定。只有几只野鸭错把他乡当故乡，在河面戏水，河滨觅食。这时我想，要是没有剑河……不，剑桥不能没有剑河！

我走得较少的是银街上那座桥，但从地理系去大图书馆或李约瑟研究所都得经过。此桥本身极其平常，妙处在于站在桥上可见近在咫尺的那座著名的古老木桥的全景。这里的剑河特别窄，木桥从圣凯瑟琳学院一座楼房后门直接通向王后学院的院子，只供内部人员来往，桥上经常空无一人，唯有桥下不时穿过的游船。我想拍一张桥上有人、桥下有船的照片，几次都没有候到，倒一次次欣赏了一幅“小桥流水人家”。

剑河上有桥，也有坝，还有小小的船闸，剑桥人像修饰盆景一样照料着剑河，也像赏花一样享受着剑河带来的景色和乐趣。游船码头、划船场、水上俱乐部、水上餐厅、水上旅馆、河滨花园……剑桥人近乎贪婪地利用着剑河所能提供的一切，而凡沾了剑河光的就身价倍增。就连来剑桥的人也会有离不开剑河的感觉。当我在牧羊绿地滨河的步道上邂逅霍金时，我就猜想，吸引他天天来此散步的，大概就是剑河的流水。我几次拍摄三一学院的塔影，却都不满意，最终找到的理想位置还是在剑河边上。

一个艳阳高照的周末，我踩着芳草中的小径，又循着一段盘旋而上的台阶，登上了剑桥的制高点。小丘顶上就是罗马城堡的遗址，如今已空无一物。2000 多年前的罗马人选中了这个剑河拐弯处的高地，建起了控制周围地区的城堡。剑河给驻军提供了汲饮之便，舟楫之利，也滋养了逐渐增加的人口，直到剑桥城和剑桥大学的诞生。剑河水哺养了这座世界名校的师生，包括大批有世界影响力的人物和 60 多位诺贝尔奖得主。在剑河下游的伊里，我还看到了一些“水上人家”——一艘艘家用设备齐全的小船，与我在国内看到的船民用船一样。今天这些船或许主要用于游览，而过去肯定有不少人是以船为家、靠水吃水的。

但是，这样一条狭窄的剑河能够历尽 2000 多年沧桑，未曾消亡，没有被污染，也是剑桥人善待她的回报。在剑桥的几个月里，我一直在注意着剑河的清洁程度，只在 2 条支渠中看到过几个扔在那里的空瓶废罐。

仁者乐山，智者乐水。以我所知，世界上的名城大多与河流或海洋结缘，可谓名城乐水。我这次欧洲之行中，在伦敦、格拉斯哥、巴黎、阿姆斯特丹、罗马、佛罗伦萨、拿波里、威尼斯等城市，都充分体会到了水的魅力。

其实，中国和世界上的大多数城市都是濒河而建，依靠河流滋养的。在上海，在我的故乡浙江，像剑河那样的河流何止百千！上海何尝不乐水？上海人何尝不爱水？我已与英国友人相约，以后陪他坐船游苏州河。

1998 年 10 月

威尼斯，我没有失望

欧美的旅游胜地已经去过不少，说实话，去过后的感觉往往不如事前的想象。当然，完全名不符实的毕竟是少数，但真正让人流连忘返的也不多，大多是不过尔尔的感觉。特别是一些经诗人墨客长期传诵，因而已经名气很大的地方，也许是我的期望值太高，亲临其地后总会有些失望。至于超出事先想象的地方，除非原来一无所知，到时才会有意外的惊奇，否则真只是凤毛麟角，而且都限于自然景观。

所以，在米兰登上去威尼斯的火车时，我就在抑制自己的冲动。但我还是无法控制遐想的思绪，就像每去一个陌生的地方一样，何况毕竟是鼎鼎大名的威尼斯。

幼时就知道意大利有个水城威尼斯，记不得第一次是在什么地方见到这个名字的。是在课本中，还是在杂志上？是因为有《威尼斯商人》，还是因为不少人称苏州为“东方威尼斯”？后来又在很多书刊、电影中见到过威尼斯的风光，印象深的有《威尼斯面包师的儿子》和《最后的贵族》。所以我已经不止一次地想象如何在海上遥望圣马可广场，然后在鸽群中走到教堂前的景象。在我选择了历史地理这个专业后，也曾惊叹于威尼斯人利用地理环境的辉煌业绩，感慨于他们在保护旧城和开发旅游方面的捷足先登。但百闻不如一见，这些今天能见到吗？

在米兰候车时，原定9点5分的车一晚再晚，只得先搭另一班车到维罗纳。维罗纳车站的显示牌上通知去威尼斯的列车11点26分停靠六号站台，可过了时间还不见动静。这时我发现候车的人纷纷走下地道往对面站台奔去，原来那边一列车才是去威尼斯的。等我醒悟过来跟着上车时，车厢里已挤得满满的，连吸烟车的过道上也站满了人。半小时后我才找到一个加座，但只能忍受邻座喷出的阵阵烟雾。这时我又想到今晚的旅馆还没有订好——出发前在布鲁塞尔和昨天在米兰都被告知旅馆已订满——对未来的威尼斯之夜又增添了一分担忧。

忽然，眼前闪过一片蓝色，原来火车已行驶在连接威尼斯岛与大陆的3千米半长的铁路桥上，火车的右侧还可以看到一条平行的公路桥。这使我想起乘火车进厦门的情景，所不同的是鹰厦铁路铺在连接厦门和大陆的5千米长堤上。但讲历史的话，威尼斯铁路桥建于1846年，公路桥建于1932年，而厦门的跨海堤建于1955年，公路桥建于1991年。极目望去，空中有飞机在起落，海上有轮船在航行，远处可见一片石油化工设备和大量油罐，近处有一座繁忙的码头。莫非威尼斯也已“现代化”了？

火车停在大桥尽头，沿着长长的站台步入车站大厅，与意大利其他车站并无二致。我见厅内有旅馆介绍处，赶快去询问，居然还有车站附近的旅馆，带卫生间的单人房15万里拉，比米兰的22万里拉一夜便宜了不少。我马上付了3万里拉的定金，要了一张地图。住处有着落，心里就舒坦多了，打开地图一看，火车站门前就是著名的威尼斯大运河。

踏上站前的广场，就仿佛进入了另一个世界。波光粼粼的运河上，大小船只穿梭而过，路上却见不到一辆汽车或摩托车，连三轮车、自行车都没有。有的是古老建筑的圆顶、尖塔、拱门、露台，却没有高层建筑、玻璃幕墙、大商厦，更没有烟囱、高压电线铁塔、露天管道。有如潮的游客，却人人步行，见不到送他们来的交通工具。原来火车站、汽车站、客货码头、停车场全部设在岛的西端，登上威尼斯岛后唯一的交通工具就是船。最近的马可波罗机场在对面的海岸，旅客下飞机后由渡船送到岛上。在岛上如果不愿坐船，即使贵为总统国王，或富可敌国，也只能安步当车了。

我走到运河边的路上，但见靠河一侧布满了售票处和候船亭，指示牌上分别标着 BUS 或 TAXI，令人称奇的是，BUS 还有 3 位数的线路。当然这只是借用现成的名称，以便游客识别。所谓 BUS，就是票价、班次、线路和沿途停靠地点都固定的船，因而有不少不同的线路；而 TAXI 则是随时可以启动，终点悉听尊便，到时按路程收费。由于岛上的水路四通八达，离水面最远的地方也不过一箭之遥，TAXI 船体小，可驶入所有的河道，几乎可以到达岛上和周围岛屿的任何地点。这些都是机动船，速度快，适于时间有限、快节奏的游客和本地居民。如果时间充裕，又想发思古之幽情，自然有更合适的“贡多拉”—— 一种威尼斯特有的黑色小船。贡多拉的宽度只容两位游客并坐，由一位船夫在船尾划一根单桨，船体细长，头尾翘起，只有一半吃水，驶在河上就像一只轻盈的燕子。贡多拉至少已有900年的历史，在1881年机动船被引进以前，威尼斯曾有1万条贡多拉，如今只剩下数百条了。

一条最主要的线路是沿运河驶向圣马可广场的。看到一艘艘待发的轮船，我差一点就要跨上去了。这时才想起肩上还背着行李包，手里还拿着旅馆的订单，于是赶快找到那家旅馆，安顿好后立即返回码头，好在距离相当近。

买了一张7000里拉的单程票，我就在船头找了一个视野开阔的位置坐下，在船离岸后就开始用相机摄下一幅幅熟悉又陌生的画面。很快我就如在山阴道中，感到应接不暇了——要知道，在这条3千余米的运河两岸有200座宫殿和10座教堂，都是12世纪至18世纪（相当于中国北宋末年至清朝嘉庆初年）的建筑。每座建筑都联系着一段历史，都能讲出几个故事，甚至可以写一本书。开始时我还想根据导游图上的介绍，一一辨认，但这只有在船到站停靠时才有可能，否则就实在来不及，顾了这边就漏了那边，这座还没有拍好，那座又已快过去了。于是我干脆放弃了导游图，完全凭着感觉来选择，来欣赏，更确切地说，贪婪地注视着我所能看到的一切。

运河两旁连接着46条水道，所以隔不多远就能见到1条。这些河上毫无例外地架着桥梁，只是有的就连接着傍岸的道路，有的离运河较远。多数河上可以见到不止一座桥，这种桥下有桥、桥内有桥的景观我以前只在江南水乡见到过，但如此集中的“桥展”却是见所未见。整个威尼斯有400余座桥梁，沿大运河见到的只是其中的一小部分。

横跨大运河的桥也有3座，其中最著名的当然是约建于1590年（明万历十八年）的里亚托桥。这是一座高大的单孔拱形石桥，洁白的桥身在河上亭亭玉立，尤其是横跨整个桥面的两排建筑更显得气度不凡，宛如水上楼台——每排有13座拱门，除了居中那座大拱门敞开外，两翼各6座拱门里都是各类店铺，中间既是行人的通道，也是购物的场所。中国和其他国家有廊桥、亭桥，无非是让行人避风雨，休息观光，而威尼斯真不愧为商人的城市，400年前就已将商店开到桥上。这样的桥我在佛罗伦萨也见到过，或许是意大利的特色。但与里亚托桥相比，佛罗伦萨的那座就会相形失色。不知道世界上还有没有能与它匹敌的桥梁。

船沿着运河行驶，更确切地说，是漫步在一条水街。两旁见不到堤岸，只有延伸到水中的台阶、面水而开的门窗、临水而立的阳台、一个接着一个的大小码头和一条条宽窄不一、深浅不等的水巷。沿河的每一户人家、每一幢建筑都连着水面，融入水中，里面的人都可以立即踏上水街，街上的人也能自如地进入每一户人家。各种船只系在各种桩上，就像路边停着的各种车辆，随时能够汇入街上的“车流”。

大运河的尽头是这条线路的终点，码头前面是宽阔的圣马可海湾，对面岛上的建筑物历历在目，仿佛烟波中的仙山楼阁。要是有时间的话，可以坐船到对面岛上去远眺圣马可广场的全景，然后再在广场的入口登岸。这是许多电影中拍的镜头。由于广场四周的建筑都相当高大，在广场周围的陆地上是无法拍下它们的全貌的。我没有更多的时间，只能放弃海上之游，登岸后步向广场的入口。

作为一个世界性的旅游胜地，威尼斯一年四季游客不断，据说每年达 200 万人之多。而圣马可广场是威尼斯的象征，也是威尼斯的中心，是游客必到之处，所以现在虽已是旺季的尾声，依然是人山人海。加上那些无处不在的鸽子，广场上更显得拥挤，有几处只能随着人流向前移动。

与我到过的北京天安门广场、莫斯科红场、巴黎协和广场、华盛顿纪念堂广场、梵蒂冈大教堂广场以及其他国家的主要广场相比，这座长 175 米、宽 79 米的广场并不显得特别宏伟，但在环顾一圈后，我不得不承认，圣马可广场有其独特的魅力，不愧为世界最著名的广场之一。

广场的三面是封闭式的对称三层和单边二层拱廊，最精彩的东面一侧是富丽堂皇的总督宫和美轮美奂的圣马可大教堂，总督宫对称拱廊的尽头，高耸着一座 99 米高的钟楼。教堂的五扇拱门上各有一个圆顶，正面屋顶装饰着哥特式的金色尖塔，还有大量富有东方气息的雕塑，将不同的形式巧妙地融为一体。而紧贴着的总督宫风格迥异，本身的三层拱廊也有不同的结构，隐约显示出阿拉伯文化的影响。

当然，真正要领略这种魅力，还得进入这些建筑的内部。花 17000 里拉买了门票，就能进总督宫参观。总督宫始建于 814 年（唐元和九年），至 14 世纪初基本定型，16 世纪的大火后又部分重建。宫中间是一个封闭的院子，主要建筑在东、南、西三面，共四层，下面两层有贯通的拱廊。沿着那宽大的拱廊进入一个个展厅，就像走进一条时间的隧道，可以回顾威尼斯的历史，欣赏它不同时期的文物宝藏。

总督宫的一部分已经辟为展室，陈列着各种珍贵的文物和艺术品；其主要部分还保留着当年的原貌，浓缩着一部威尼斯作为一个国家和城市的兴衰史。踏进辉煌的接见大厅，人们可以想象当年欧洲各地的使节纷至沓来、争相结交的情景。这个大厅提醒参观者：这里曾经是地中海和欧洲的一个中心。568 年（南北朝末年）伦巴第人侵入意大利北部，大批难民从陆地逃到这里的岛上定居。至 7 世纪中叶（唐朝初年）形成了自治性质的拜占庭威尼斯群岛，9 世纪 40 年代摆脱了拜占庭的统治，成为威尼斯共和国的中心。直到从 16 世纪起，走向衰落以前，威尼斯共和国不仅在陆地上拥有大片领土，而且控制着整个地中海，影响遍及欧洲、西亚和北非。在高大宽敞、足以容纳数千人聚会的议事堂中，我仿佛听见了当年这个共和国的国民为捍卫自己的权益而做的激烈争辩。作为这个城邦国家长期保持的民主传统——尽管还不是现代意义上的民主——国民一直要对重大问题发表自己的意见，不同的意见要进行辩论，执政者也得听取国民的意见。整座总督宫处处显示这个小国昔日的富裕和文明，威尼斯一度拥有 4000 艘海船，创造了令人难以置信的巨大财富，也哺育了无数杰出的艺术家。

总督宫的建筑和设施大致相当于中国的明清时代，这自然使我想起了故宫。故宫的宏大规模固然使总督宫望尘莫及，与明、清的辽阔疆域相比，威尼斯也只能是蕞尔小国。但在这里，我却看到故宫所没有的东西。威尼斯本岛只有几平方千米，整个共和国不过 10 余万平方千米，其影响所及却超过数百万平方千米。与现代建筑相比，其舒适豪华程度没有哪一方面逊色，而其艺术水准更是无与伦比。

看完了顶层的兵器展览，我踏上一条不长的甬道，进入了另一翼建筑。这是一座地面四层的监狱，到处是冷酷无情的石壁、钢槛、铁门，狭小的窗户与黑暗的过道。即使是中间一个小小的院子，也在高墙和铁栅的严密包围之下。被关押在这里的人犯真是插翅难飞，更不用说还有严酷的刑罚和无情的岁月的折磨。当我回到这条甬道时，我突然想起这就是闻名于世的“叹息桥”。我踮起脚，透过铁栅的空隙，果然看到了下面的流水。想当年，在总督宫经过审判的犯人被押着走过这座桥，不知何年何月才能走出黑牢。那时他们何止叹息？从外表看，这座威尼斯最负盛名的石桥是多么美丽！雕琢精美的花岗岩构件装饰着巴洛克式的石拱和顶棚，就连桥上两扇小小的铁窗也不愧为一件精致的工艺品。站在海边的桥上望去，叹息桥就像这条水街上的一座巨大拱门，观赏之余，谁能想到400年来发生在这拱门里的悲惨往事。

我又随人流进入圣马可教堂，由于游客太多，只能沿着固定的路线，浏览这座已有900多年历史的大教堂。透过幽暗的光线，祭坛、壁龛、雕塑、立柱、穹顶，无不给人一种神秘感，也处处显示着金玉的华贵。限于时间，我没有另外购票登上屋顶的平台，或参观祭坛及其他展览，因为我想趁天色尚早时登上对面的钟楼，一览威尼斯全貌。

排队购买了一张8000里拉的门票，乘电梯登上钟楼。这是一座99米的高塔，是威尼斯的制高点，供游客观赏的平台大约在80米处。极目四望，整个威尼斯岛尽收眼底，一片密密麻麻的红瓦屋顶浮现在蓝天碧海之中，一座座圆顶、尖顶、方顶，一幢幢白色、彩色的建筑点缀其间。威尼斯的历史条件和地理环境，使它能拥有多种建筑风格——意大利、拜占庭、哥特、巴洛克、阿拉伯，但又融合为一个整体——威尼斯。

近处的一列岛屿像一道天然的防波堤，远处的一些岛屿又像撒落在海上的珍珠，威尼斯岛作为一座海港的地理环境真令人称绝！它正处于一个长约51千米、宽8—14千米的新月形潟湖的中央，潟湖与亚得里亚海之间隔着一道由半岛和岛屿组成的屏障。岛屿间的空隙成为天然的出海口，而潟湖内却风平浪静，怪不得轻盈的贡多拉也能悠闲地游荡在岛屿之间。威尼斯处于地中海的中点，往西欧、北非、东欧、西亚都比较便利。但上帝在给威尼斯创造了最有利的航海条件的同时，也给了它一个贫瘠的生存环境，这些岛屿和泥滩没有任何资源。威尼斯岛是仅高于海平面的一片滩涂，既没有岩石，也没有树木，更没有矿藏，造船的木材、盖房的石料、玻璃制品和纺织品的原料都依赖外界的供应。要不是威尼斯人发展了航海和贸易，它充其量只能是一个荒岛或渔村。

下塔后，我又沿着海边的道路走到了岛的东端，游人渐稀，最后只剩下我一人。两座桥连接着一个小岛，上面有一座圣彼得罗教堂和一座高耸的钟楼。推开教堂的门，大厅里空无一人，在教堂外的条凳上坐了一会儿，还是见不到一个人；等我从另一座桥上离开小岛时，依然只有夕阳和海水伴随着它。这里与圣马可广场似乎处在两个世界。

我漫无目的地穿行在一条条水道之间，不知过了多少桥——木桥、石桥、铁桥，宽的、窄的、直的、斜的，有两座桥并成一座的，有一座桥分而为二的，有在桥上拐弯的，有跨度不足2米的，还有可望不可走的——因为它直接连接着两户人家。不知经过了多少水道，据说岛上有180条运河，但给我的印象似乎更多。在居民区，一艘艘小船塞满了狭窄的水道，横跨两岸的绳索上还挂着各种衣物，像一串串万国旗飘扬在水面，真是靠水吃水，一切都离不开这些水道。

这是我自幼熟悉的水乡风景，不由得我不想起我的出生地南浔镇和见过的同里、周庄、甪直、朱家角和苏州。

当然苏州有比威尼斯更悠久的历史，有威尼斯所没有的大量园林寺庙，有独特的工艺品，还有其他足以夸耀的人文景观。而威尼斯人从19世纪起就用旅游业来取代衰落了的传统产业，从现代交通工具和工业传入时就注意了城市的总体规划，1966年后采取了一系列保护措施，如封闭了2万口深井，改用管道从山区引水，规定只使用煤气和电。威尼斯人付出了一定的代价，但他们获得了回报。

此外，苏州与威尼斯相比，还有其先天不足。独立的威尼斯面向世界，吸收了多方面的营养，而古代长期处于专制集权下的苏州根本没有对外开放和吸收外来文明的机会，远不如汉唐的长安、洛阳，唐朝和明清的广州，宋元的泉州。明清以来，当威尼斯已经历了从文艺复兴和工业革命的极盛而渐趋衰落时，苏州还没有到达它的起点。这不是苏州一个城市的悲剧，而是由于中国落后于西方至少已有500年的时间，苏州自然无法例外，其他水乡的衰落也同样无法避免。

次日清晨，教堂的钟声把我唤醒，昨夜隐约可闻的市声似乎还在耳畔，睡梦中一直徜徉在水城之中。威尼斯不仅没有使我失望，还远远超出了我的想象。我渴望再访水城。

1998 年 10 月

永远的庞贝

一般来说，灾害总是意味着破坏和毁灭，而破坏和毁灭的结果自然是一种事物的消失。当然，旧事物的消失往往是新事物产生的先声，但这不会是旧事物的复活。

世界上的事总有例外，庞贝古城遗址就是这样一个绝无仅有的例子——自然灾害将它彻底地毁灭，又将它完整地保存了。人类重新将它发现，并将它最大限度地恢复了。庞贝遗址不是新建的，也不是复原的，它是残缺的，却是真实的。

公元 79 年（东汉章帝建初四年）的一天，庞贝城中一位商人背着满满一袋钱兴冲冲地回家。他的前脚刚跨入大门，一声天崩地裂的巨响将他惊倒，还没有等他做出反应，由维苏威火山喷发出的灼热火山灰已经将他掩埋。就在这一瞬间，他和具有 600 年历史的古城庞贝一起死亡了，一起消失在历史之中。

差不多 1700 年后，这位商人与庞贝古城被重新发现，他居然还保持着一脚跨入大门的姿态，使人们不难想象他当时喜悦而急切的心情；而钱袋中正宗的罗马金币证明他不是赚了足够的钱，就是有了新的发财计划。

像这位商人一样的故事，在庞贝城还可以写出很多很多，因为从1748年开始发掘至今，三分之二以上的古城已被考古学家探明，大量建筑和文物得到整理和修复。城墙、城门、大街、小巷、民居、官邸、花园、喷泉、雕塑、壁画、公共浴场、给水站、作坊、店铺、食堂、市政广场、朱庇特神庙、阿波罗神庙、会议堂、大剧场、体育场、角斗场，以及神态各异的居民都已呈现在今人的眼前。

世界上还没有出现第二个庞贝遗址，看来永远不会，庞贝遗址实在是自然界与人类共同创造的奇迹，一个偶然而又必然的奇迹。

要是维苏威火山喷发的不是火山灰，而是岩浆，庞贝城就只能留下一堆石头；那位商人就会粉身碎骨，金币也会熔入岩浆，化为乌有；所有的壁画、雕塑、装饰品都会被烈焰焚烧，荡然无存。即使后人发现了，也将难以清除熔岩，将遗物完整地发掘出来。要是火山的爆发不是那么突然，城里的居民一定会及时逃亡，重要的或值钱的物品一定会被带走，历史上会留下更多的记载，却不会保存如此完整的遗址。要是火山灰掩盖得太薄，岁月的风霜早已将遗址毁灭，人类的好奇、无知和贪婪也早已将它破坏殆尽。要是覆盖它的火山灰太多太厚，或许它今天还没有重见天日，或许就此长眠地下，永远不再为人类所知。

庞贝城始建于公元前6世纪，是属于希腊移民城邦的一个小镇，公元前3世纪归属罗马帝国。要是没有古希腊和罗马的文明，本来就不会出现庞贝，当然更不会有今天的庞贝遗址，无论维苏威火山是否爆发，如何爆发。要是当时没有详细的文献记载，仅凭1763年发现的铭文是无法复原庞贝城的真相的。要是庞贝城的建筑不是采用大批石料，或者过于简陋，就无法经受当年灼热的火山灰的侵袭，更难以从1000多年的掩埋中重生。要是意大利人和曾经占有这块土地的人不懂得庞贝遗址的价值，要是人类没有对文明遗产共同的关怀和爱惜，就不会有庞贝遗址延续200多年的发掘和维护，虽屡经天灾人祸而不息。

这就是庞贝，自然界和人类永远的庞贝!

1998年10月14日早上6点半，我从佛罗伦萨乘欧洲之星特快列车去拿波里（那不勒斯）。一般旅游者都视意大利南部为畏途，游踪不超过罗马，单人去拿波里更被友人当作冒险之举。但是我抵不住拿波里之夜、圣塔露西亚、苏莲托，特别是庞贝遗址的诱惑，还是在我的旅程中加上了拿波里，而将在罗马逗留的时间缩短了一天。

8点30分车抵罗马，在车站上停了半个小时，车上的乘客都已走光，我几乎怀疑这列车是否还会继续行驶。进入罗马时，我已经看到了铁路旁的古堡和城墙，似乎在召唤我：还是先来罗马吧！罗马毕竟是罗马！幸亏火车重新启动了，要不，可能我真会先投入罗马的怀抱。

穿过几条很长的隧道，前面出现了一座高山，当时我还不知道这就是大名鼎鼎的维苏威火山。维苏威火山的海拔高度只有1277米，似乎不该如此伟岸；火山应该有锥形的山顶，前面的山顶却看不见这样的形状。其实这是我的错觉，由于它直逼海岸，又是孤峰独峙，海拔高度就是相对高度，所以显得格外高大；看不见锥形的山顶是由于角度不合适。既然维苏威火山已经在望，庞贝遗址就不远了。

10 点 40 分到达拿波里车站，我匆匆安顿好后又赶回车站，购了一张 7300 里拉的庞贝往返票，就到地下站台候车。拿波里去庞贝的火车不到一小时就有一班，我见 11 点 20 分有一班经过庞贝的车，就准备上去。一位老人拦住我，问：“你是去庞贝遗址吗？”他告诉我，这班车只停庞贝城，步行到遗址还有很长一段路，下一班车才停靠庞贝遗址，于是我乘上了 11 点 41 分的火车。

出拿波里市后，火车就沿着海湾绕行于维苏威火山脚下。山下是一片片住宅和别墅，有时从海滨一直延伸到山麓。农田中栽种着果树和蔬菜，还不时可见密集的塑料大棚。山腰以下覆盖着森林，再往上是草地，顶部则还保留着濯濯童山的原貌。隐约可见一根通往山顶的斜线，这是将游客运往火山口的索道。维苏威火山曾经毁灭了公元 1 世纪的文明，但正是它喷发出的肥沃的火山灰长期滋养着这里的人民。而今，火山和庞贝又吸引了多少游人，为意大利带来了多少财富，这千秋功过，究竟该如何判定？

12 点 40 分，列车停靠庞贝遗址（RUIN OF POMPEI）站，下车的旅客无不为参观而来。走出小小的候车室就见到了醒目的指路牌：左侧 50 米就是购票处。门票每张 12000 里拉，比预想的便宜。可能这是意大利规定的限价，因为我在各地所购门票从未超过此数。

沿着一段坡道走进一座巨石垒起的城门，就进入了庞贝城。首先映入眼帘的，是石块铺成的街道，望不到尽头；两旁有宽阔的广场，巨大的立柱，雕镂精美的祭坛，整齐密集的街坊。尽管到处是断垣残壁，给人的感觉却完全不像是一片废墟，倒好比一个在建的工地。这并非我的直觉，实际上，过去的200多年间考古学家的确在不断地致力于古城的修复，现在还在继续。所以，我们现在看到的，是经过修复的遗址。尽管离原貌还是很远，但当年庞贝城的繁盛已可见一斑。

此前我曾看到不少有关的资料和照片，但当我见到壮观的市政广场和2座神庙遗址时，我还是受到了强烈的震撼。这种震撼，在我见到其他古罗马遗迹时也出现过，我并非毫无思想准备，但身临其境的感受和冲击往往难以控制。我惊叹2000年前的文明如此发达，先民的创造力何等伟大，自然灾害的破坏性这般残酷，人类生生不息的毅力多么坚韧！在庆幸终于有了亲身体验的机会时，也暗暗为以往的狭隘见识而自愧。

我自西向东，沿着第一条大街走到尽头，看了几处民居后，来到东面的角斗场和体育场。我登上台阶，走到看台顶层，俯瞰这2个圆形建筑。除了进行了一些局部的加固和修复外，角斗场和体育场基本保持着发掘出的原貌。但比之于现代建筑也毫不逊色。我又折往南面的大剧场，虽然只见一排排立柱，仍然可以看出原建筑的范围和高度，想象当年的华丽和高雅。

回到城中，又从南北大街向北走去，大街也是以石块铺成，两旁还有高于路面的人行道。几百年的岁月，无数过往行人和车辆，已将顽石磨光，还在石块上留下了深达尺许的车辙。由此可见，这些街道的设计和铺设远在公元1世纪之前。由十字路口转到第二条东西大街时，我已放弃了按导游图逐段参观的计划，改为只看一些最重要的遗迹，因为遗址太大，街巷太多，我不可能在半天时间内看遍。

我没有找到那位商人，却在一个玻璃柜中见到一具遗体，外表还粘连着火山灰，但形状清晰可见。我还看到几幅陈列的照片，发掘出的遗体姿态各异，保持他们临难前的各种动作。我看到很多壁画，有的色彩相当鲜艳，有的内容非常丰富，工拙不一，风格迥异。一些大型遗址和公共建筑中有保存完整的宗教雕像，镂刻精美的装饰品和生活用品；拼饰成各种图案的地坪，大面积的花园、草坪和喷泉，就是寻常民居内也有天井、水池、浴室、餐厅、大厅和居室。在一扇大门上，我发现了几排残存的门钉，与我国古代官府豪宅的大门十分相似。好几处墙上有残留的文字，据说其中还有新闻和竞选的内容。

3 个多小时脚不停步，还是只能走马看花。有的参观点正好有导游在用英语介绍，却来不及全部听完，稍听几句就赶往下一点；在多数点只是随着人流转了一圈。如果跟随一位专家慢慢参观，仔细询问，认真考察，恐怕至少要几天时间，何况发掘还没有结束，随时可能有新的重大发现。

登上城外的高坡，古城遗址一览无遗，一根根残柱划破蓝天，似乎在向曾经将它们吞没的维苏威火山示威，仿佛在向游人倾诉着这段不堪回首的历史。或许正是它们的存在和显露，才引起了考古学家的注意，使古城重见天日。一条电气铁路与古城擦身而过，通向山海间的拿波里和苏莲托，通向远方，将过去和现在联系在一起。沉默了近 2000 年的维苏威火山表面依然平静，是在向人类反省，还是正孕育着新的爆发？

庞贝城存在的时间大致相当于中国的春秋至东汉前期，不妨将它与当时中国的城市做一番比较。

庞贝城遗址东西长约2600米，南北长约1600米，面积约4.2平方千米。该城是罗马帝国的一个普通小城，地位无足轻重，至多相当于中国的一般县城。

临淄（今山东淄博市东北）是公元前7世纪至公元前3世纪初齐国的都城，也是秦至东汉的地区性都会。据史籍记载，战国时临淄有7万户，西汉时有10万户，应是当时全国人口最多的城市。官吏和百姓生活和活动的临淄大城东西约4000米，南北约4500米，面积约18平方千米。除去被小城（宫城）占去部分，其面积大致是庞贝城的4倍。

长安（今陕西西安市西北）是西汉的首都，汉长安城的面积约36平方千米。但城内主要部分是宫殿，如长乐宫约6平方千米，未央宫约5平方千米，桂宫有1.6平方千米，其余面积至多占总面积的三分之一，比临淄还小。

东汉的首都洛阳城的面积约10平方千米，城内的南宫约1.3平方千米，北宫比南宫大，城内还有其他宫殿。除去宫殿，面积不过6平方千米，为庞贝城的1.5倍。

这就是说，罗马帝国的一个普通小城的面积，相当于同时代中国人口最多城市的面积的四分之一，相当于中国首都面积的三分之一至三分之二。我们无法得知庞贝城的人口数量，但估计不会有临淄的四分之一，所以人均居住面积要比同时代的中国城市居民大得多。这从遗址中的民居格局也可以得到证明，而且一般民居的差别不大，没有见到过于狭小简陋的住房。

庞贝城有完整发达的公共建筑，除了用于祭祀的神庙外，还有市政广场、会议堂、体育场、角斗场、剧院等。从体育场和角斗场的遗址看，每处至少能容纳万余观众。如果这些公共建筑同时使用，大概庞贝全城的居民都能容纳。庞贝城中的大街都用石块铺成，大多数小巷也有石砌路面，但长安、洛阳的大街，包括其中专供皇帝与大臣通行的驰道也都不过是夯实的黄土。

庞贝城背山面海，耕地有限，即使维苏威火山保持安宁，仅仅依靠农业也无法使庞贝人致富。但从遗址的状况分析，庞贝人是相当富足的，那么他们的财富是从哪里来的呢？那位商人或许能向我们传递一个信息：商业在庞贝人的生活中占有重要地位。而使商业发达得以实现的地理条件，无疑就是庞贝所面临的海洋。

在暮霭即将消散时，我站在拿波里的海滨遥望对岸，在海上百舸千帆和山麓万家灯火的辉映下，维苏威火山只显出淡淡的身影。游人散尽的庞贝遗址想必已经恢复宁静，就像它长眠于火山灰下一样，但庞贝给我的震撼却依然在脑海中翻腾。

我又想起了那位商人。他是不幸的，在获得幸福后遭遇厄运，在向往着幸福中突然身亡。但比起人类历史上无数更不幸的人来，他又是幸运的，2000年后的人还知道他的存在，还从他的存在中感觉历史，他也得以与历史共存。

庞贝城岂不也是如此！

这就是庞贝，自然界和人类永远的庞贝。

1998年10月初稿

1999年1月改定

寻访“卡萨布兰卡”

和不少国人一样，我知道卡萨布兰卡这个名称是看了电影《北非谍影》(原名《卡萨布兰卡》)。后来学历史，才知道第二次世界大战期间美、英首脑曾在卡萨布兰卡开过重要会议。因此一到这里，就想看看我心目中那惊心动魄的浪漫故事真相如何，为什么会发生在这座城市?

与我们住的旅馆一街之隔就是老城，沿着残存的城墙往前不远，就是市场。迈进市场的大门，我仿佛回到了儿时的江南市镇：狭窄的街道两旁密布着各色大小摊店，顾客与游人摩肩接踵。这一带卖的都是食品，肉类、蔬菜、水果、调料一应俱全。有我们熟悉的，也有见所未见的，如各种五彩的橄榄。我差一点忘了采访的任务，看到对着我的镜头，才赶快找合适的老人。但一次次询问，一次次失望，大多数人对我的问题不是一无所知，就是不知所云，偶尔有一个能说两句，也是道听途说的，竟然没有一个人曾看过那部电影，或者知道一些电影中的情节。

再往前走是服装街，早上生意冷清。我们决定离开，我想换一条路，翻译沙姆斯丁却犹豫不决，原来他不是本地人，怕在这迷宫般的旧城中迷路。于是从原路返回，在一家肉铺前见一位胡子一大把的人正在买肉，沙姆斯丁说他是犹太人，我立即上前问他："你知道第二次世界大战期间这里有很多西方人吗？"他正忙着与摊主说什么，等他付完钱，回答说："听说是这样。"我知道没戏，但还是问道："你看过《卡萨布兰卡》吗？""没有，我是前几年才迁来的。"

将出市场时，遇到一位能说英语的中年人。交谈后他告诉我，当年的西方人和与他们打交道的人大多早已迁走，而这里的人大多太年轻，不会有亲身经历。经他提醒，我才意识到，由于阿拉伯男子都留胡须，中年后又显老，其实我刚才采访过的"老人"不过与我差不多年纪，有的还是我的小兄弟，大概都是第二次世界大战结束后才出生的，哪会有什么亲身见闻？我见对面走过一位穿着西装、颇有风度的老人，但还没有开口，他就摇手拒绝了。

我们还想再试试，就在一家咖啡馆的露天座上采访，结果也一样。有人还说："你知道，那时的阿拉伯人也不会上电影院看电影。"又有人很热情地告诉我，他认识一位老人，应该知道这些情况，住得不远。我们大喜过望，立即跟着他去。走了没几步，迎面走来一位老者，听了我们的来意，说："何必去找他呢？我就知道。"随他回到咖啡座，但等沙姆斯丁将他滔滔不绝的谈话译出时，我大失所望，原来也是东拉西扯的道听途说。

中午遇到一位导游，能说流利的英语，他生于1939年，干这一行已有30多年。一谈到电影，他笑着说："你们外国来的游客都会问那电影，其实这全是美国人编的，好莱坞拍的，根本不是在卡萨布兰卡，只是在丹吉尔拍了一些街巷外景，看起来像发生在摩洛哥。”“可是从那以后，一批批美国人、外国人都来找那座里兹饭店，找那个酒吧，找那个钢琴师，倒给我们带来了不少游客。”我问他：“真有那旅馆和酒吧吗？”“你们住的旅馆里不就有那酒吧吗？”

原来如此！果然在凯越（HYATT）酒店大堂旁的酒吧门口放着一张海报，每晚7点至11点都有一位来自美国洛杉矶的黑人钢琴师演奏，样子颇像电影中的山姆（Sam）。走进酒吧，四壁挂着大幅黑白照片，将游客带回到了60年前。在男主角鲍嘉的巨幅照片下，那位黑人钢琴师正在自弹自唱。当他见到下面坐着几位日本人时，就唱起了《纽约—成田》（*NEW YORK, NARITA*）。10点半他休息，我和他交谈，说到保尔·罗伯逊。他一下兴奋起来：“他是30年代的歌手，你怎么会知道？”我哼着《老人河》说：“我还会唱他唱的歌呢。”他要我猜他几岁了，我估计他70来岁，故意让他乐一下：“你总有60了吧！”“你们说呢？”为了逗他乐，海波他们越猜越小。他得意地说：“我82了。”我一问他电影的事，他就告诉我：“与电影有关的人都已逝去，就剩下我了。”我以为又是天方夜谭，听下来才明白他所言不虚。原来他的母亲是男主角鲍嘉家里的厨娘，所以他从小出入鲍嘉家，并有机会参加鲍嘉举行的派对。在他20来岁时，鲍嘉知道他能弹能唱，就说他倒可以演钢琴师山姆，可惜年纪太轻，要扮得老一些。不过时过境迁，他也没有想到以此谋生，直到5年前来到摩洛哥，才发现他在卡萨布兰卡的酒吧中大受欢迎，从此每年来此3个月，让游客们见到当年的山姆。

看来历史上本来就存在着两个卡萨布兰卡：一个属于长期居住在老城的摩洛哥阿拉伯人，一个属于随着殖民统治而来的形形色色的西方人。他们制造的那个浪漫故事，当然与普通摩洛哥人无关。

不过，随着外国游客的不断增加，肯定会有更多的遗迹和旧事会被“发掘”或“复原”出来，更多的人会来寻梦，更多的“山姆”会来淘金，就像各地历史上曾经出现过的遗闻轶事一样，《卡萨布兰卡》中的故事会继续流传，甚至会越来越丰富。

2003年2月27日于卡萨布兰卡

火红的马拉喀什

1985年列入《世界文化遗产名录》的马拉喀什城位于摩洛哥南部，是一座有近千年历史的古城。1062年，由北非土著柏柏尔人建立的穆拉比特王朝的首任国王尤素福·伊本·塔什芬开始兴建，并一直为穆瓦希德王朝、马林王朝、塞阿德王朝、阿拉维王朝沿用和增建，是西北非保存得最好的古城之一。

不过，我知道马拉喀什这个名字纯粹出于偶然。多年前，在一本印刷精美的画册上见到一张照片，阳光斜照在一片赭红色的建筑物，前面升腾着一片红色的烟雾。那种独特的红色，那种混沌弥漫的气氛，令人无法忘怀，尽管当时我完全不了解它的历史。

2003年2月28日早晨，我们的车队从卡萨布兰卡出发，地势逐渐升高，天际横亘着一道绵延不绝的山岭，山巅渐渐显出熠熠闪光的积雪。近中午时，原来似乎近在眼前的雪山离我们远了，而一座城市却越来越近，马拉喀什到了。

进入新城后，我发现大多数建筑物——无论是现代化的西式旅馆，还是一般民居——基本都以深浅不同的红色为基色。步入旧城，无论是那庄严肃穆的大清真寺，还是曲折的小巷里那些低矮的古屋，也一律都是红色。登上城边的小山，但见蓝天、雪山衬映着一片红色，令人赏心悦目。

马拉喀什为什么选择了红色呢？我曾经在书本上寻找答案，也请教了当地的居民。民间传说解释为神的鲜血，但真正的原因还是地理环境。一方面，马拉喀什夏季酷热干燥，阳光炽烈，如果也像摩洛哥其他一些城市那样采用白色或浅色，就会令人目眩，而赭红色反而与环境适宜；另一方面，马拉喀什与阿特拉斯山区仅一箭之遥，那里有取之不尽的红石和红土，自古以来就是马拉喀什的建筑原料。

不过，只有在感受了马拉喀什市场火一般的热情后，你才能理解马拉喀什的红色。

下午 5 点，阳光依然强烈，我穿一件单衣还不断冒汗，非纳清真寺广场上更是热浪滚滚。但广场周围的市场上人头攒动，有些地方只能随着人潮流动。狭窄的街道两旁大小店铺林立，每一段都有好几家同类店铺和货摊，只要你有足够的时间和耐心，完全可能货比三五家。给我印象最深的是各种工艺品和土特产，如各种皮革制品、五彩缤纷又香味各异的植物或矿物香料、形式多样的灯具、令人目不暇接的陶瓷制品、矿石和化石标本，其中不少商品是我见所未见、闻所未闻的，以至来不及一一询问我们的翻译。有时忍不住问店主，他们也会用简单的法语、英语或日语解释，接着就热情地劝我购买。对这些精明的商贩的热情自然得报之于大幅度砍价。我看中的一双皮凉鞋要价 280 第纳尔，最后以 120 第纳尔成交。

广场上是一排排餐饮和食品摊档，水果、干果、饮料、小吃品种繁多，特别是各种现榨的果汁、现配的饮料和色拉、现烤的牛羊肉、现蒸的咕斯咕斯（一种粗麦粉与各种肉类、蔬菜、调料配成的食品）使人食指大动，胃口大开。空气中弥漫着烤肉、香料、调料、水果混杂的香味，摊档前不时腾起一阵阵轻烟，和着喧闹的人声和不绝的鼓乐声。摊主中有不少柏柏尔人，他们大多来自外地和山区，但已习惯于在城市中经商，尽管他们念念不忘自己的故乡。历史上马拉喀什曾经是柏柏尔人、罗马人、拜占庭人、阿拉伯人、犹太人反复争斗冲突的地方，但今天构成摩洛哥人口主体的阿拉伯人和柏柏尔人已和睦相处，并逐渐相互融合，曾经存在过的各种文化形成了马拉喀什特有的魅力。

广场中心已成为欢歌劲舞的海洋，一圈圈自发汇聚的观众围着各种民间艺人，杂技杂耍、弄蛇斗鸟、打击弹唱、翻滚跳跃，一个个热情奔放。有为女人纹手掌的，有看相占卜的，还有穿戴奇特并背着带龙头大水壶的卖水老人，也有禁不住随着节拍起舞的游人。多数人自然是以卖艺为生，也有的似乎只是自娱自乐，并不理会游人扔下的钱币。如潮的游人也大多任意观赏，或者随意徜徉，感受马拉喀什奔放的热情。

黄昏时分，我们登上广场边一家餐馆楼顶的平台。天际的晚霞烧成一片火红，热浪、声浪和气味升腾而起。俯瞰广场，我忽然发现了曾经在照片上见过的图景，赶紧对准镜头。拍过几张照片，前后两座清真寺的高塔已经在灯光中显出梦幻般的轮廓，广场成为一片灯海，轻烟若隐若现，人潮不减，声浪更高。

我见到了不夜的广场，我感受到了火一般的马拉喀什。

2003 年 3 月

非斯散记

车队循中阿特拉斯山而下，两旁的景观不断变化，由荒漠、稀树、森林演化为富饶的河谷。当海拔降低至五六百米时，一座绵延不绝的城市出现在我们面前——非斯（Fès）到了。

但远远望去，一片黄色和白色中散布着一些绿色，却没有我们想象中的蓝色。进入新城，但见整洁的街道两旁是一座座西式建筑，大多是法国式的，以白色为主。我们住的酒店是阿拉伯庭园式的，以米黄色为主。登上城外的小山俯瞰全城，又找不到多少蓝色。

就像卡萨布兰卡以白色闻名，马拉喀什以红色著称，非斯的代表色彩是蓝色。蓝色的非斯在哪里呢？第二天才从导游那里找到答案：原来非斯一向盛产马赛克，而马赛克以蓝色为主。漫步非斯旧城，随处都可以看到镶贴着蓝色马赛克的建筑或室内装饰，商店中陈列的马赛克工艺品更是蓝得丰富，蓝得可爱。

非斯的蓝色是有内涵的，深沉的，长久的。

进入旧城前，导游告诉我们，务必不要离开他，也不要单独行动，否则 3 个小时也走不出来。曾有不少外国或外地游客在旧城中迷路，所以现在一般都结队而行，必须由导游带领。我以为不过是导游的夸张，或许只是保证客源的手段。我还说：“我有GPS，不怕迷路。”

但随着导游步入旧城，特别是转入迷宫般的小巷后，我倒真愿意在这里迷路了。

小巷完全没有规范和方向，大巷套着小巷，小巷可以接着更小的巷，也会豁然进入大巷，通向干道。几乎找不到几条直巷，不是东弯西拐，就是三步一斜，五步一转。我仿佛回到了江南的故乡，但这里的巷比故乡的巷更长、更深、更奇。

我们来到一条宽仅1米的小巷，正饶有兴趣地拍照，导游却说还有更窄的，窄到只容一人侧身而过。跟他走了一段，又拐了两个弯，果然见到了“一线天”。两旁高墙夹着的通道不过数十厘米，我缩着身子勉强通过。

巷内所见，比我家乡那些高墙厚门、深院大宅要简陋得多，甚至显得相当破旧。旧建筑的窗一般小而少，但门却很高大。透过岁月沧桑，依然能从残留的雕刻和装饰中想见当年的奢豪。偶然见到一座贴着鲜艳瓷砖的小门，经导游指点，才发现它是套在一座更高大的旧门之间，大概是新主人改建的。

如果你有机会推开其中一扇门，或许你会为内部的辉煌所震惊——一座座阿拉伯贵族名流的宅邸正是这样隐藏在寻常巷陌之间，这正是非斯旧城的一大特色。

在一座普通的西式建筑的外墙上，嵌着一块白色大理石碑，导游告诉我这就是著名的独立纪念碑。1944年1月11日，数十位聚集在非斯的独立党人发表宣言，要求取消法国的“保护”，争取摩洛哥的完全独立，呼吁世界各国予以支持。碑文的最后一段记录了这些独立志士的英名。他们大多已离开人间，但不少人的后代今天还活跃在政坛。摩洛哥人不会忘记他们，在取得独立不久就树立了这座纪念碑。碑的左下角还留着 1991 年重修的记录。

1944 年，正是第二次世界大战取得最终胜利的前夕，包括法国在内的同盟国最关心的是如何消灭德、日、意法西斯，并在战后取得最大的利益，恢复自己的殖民地和特权，但为第二次世界大战的胜利做出巨大贡献的摩洛哥和北非人民理所当然地要求自己的独立。这使我想到了中国人民与摩洛哥人民的共同经历：第一次世界大战后，作为“战胜国”之一的中国却只能听从大国的摆布，原来由德国在山东占有的权益被移交给日本。第二次世界大战期间，奋力抗击日本侵略者，支持着世界反法西斯战争的中国人民当然会要求列强在战后放弃根据不平等条约获得的一切权益，收回殖民地、租界，取消治外法权。

洁白的大理石镌刻下了摩洛哥人民的神圣意愿，独立的实现却经过了曲折的过程，渗透着烈士的鲜血，充满了人民的苦难。直到 1956 年，法国当局迫于大势，才同意让被放逐的摩洛哥苏丹、独立后的国王穆罕默德五世回到拉巴特。3 月 2 日，当年由法国强加给摩洛哥的《非斯条约》被废除，摩洛哥从此独立。

1912 年摩洛哥成为法国实际上的殖民地后，在法国的压力下，首都迁往拉巴特。但 600 多年古都的深厚积淀，非斯依然是大学和知识分子最集中的地方，聚集着一批追求自由、独立的爱国志士，在全国具有举足轻重的影响。独立党人在非斯形成和壮大，在非斯发表独立宣言，绝不是偶然的，这也是为什么非斯至今还被称为摩洛哥的“精神首都”。

古老的非斯不会忘记历史。

在一条寻常小巷中，有一座相当精致的镂花铁门。推开里面一座厚重的铁门，显现在眼前的一派豪华气象：中庭有金碧辉煌的拱顶，悬挂着巨大的吊灯，回廊四周的房间都装饰得富丽堂皇。但最引人注目的还是正面墙上挂着的前国王和现国王的巨幅照片，以及照片下面一张旧照片。照片中的景象与这座大厅的正面完全相同，只是显出几分凄凉。原来正是在这座大厅，正是在这座墙壁面前，摩洛哥被迫与法国签订了《非斯条约》，接受法国的“保护”。

这是摩洛哥历史上最屈辱的一页：1911 年法军大举入侵，占领了非斯、梅克内斯、马拉喀什等地区，西班牙也趁机派军队占领了部分摩洛哥领土。1912 年 3 月 30 日，哈菲德苏丹被迫签订《非斯条约》，接受法国的“保护”。当时这里是国防大臣的官邸，这座大厅成为签字的场所。1912 年 11 月，法国与西班牙签订《马德里条约》，对摩洛哥实行瓜分。

摩洛哥独立后，这座官邸被私人购买，如今是一家高档餐馆，唯一保存下来的就是这张旧照片。经理告诉我们，有时又有人来这里追寻历史，有本国人，也有外国游客，还有教师带领的学生。但今天这里没有其他参观者，要是没有导游的引导，没有这张旧照片，我们大概不会发现这个重大的史迹。

我想，这绝不意味着非斯人忘记了这段历史，只是非斯人有自己的纪念方式。

走在非斯新城的街上，你不会怀疑正置身于一个法国式的城市，连路上的妇女中也很少有人戴着包裹严密的传统头巾。用法语的传媒似乎比用阿拉伯语的还普遍，在言谈中法语也比带摩洛哥方言的阿拉伯语更流行。法国文化的影响处处可见，要是没有这一切，大概也就没有今天的非斯了。

非斯是理性的，在用独立洗雪了被法国殖民统治的耻辱后，并没有排斥殖民统治同时带来的现代化，也没有因此而完全拒绝法国文化。非斯是开放的，它的历史文化既来自阿拉伯人，也来自西班牙的安达卢西亚人，突尼斯人，还得益于犹太人，而法国文化也已成为非斯文化的一个组成部分。

漫步非斯，我忽然想到，非斯人选择蓝色作为自己城市的象征，似乎不仅是因为有蓝色的马赛克。非斯的色彩是那么丰富，蓝色只是其中之一。

2003 年 3 月 7—9 日于非斯—丹吉尔

在伊本·白图泰的故乡

对大多数中国人来说，伊本·白图泰是一个陌生的名字，但在中外交流史上，他是一个非常重要的人物。他是阿拉伯历史上一位伟大的游行家，到过世界上很多地方。元朝末年他到过中国，在他的游记中留下了不少有关中国的重要记载，继马可·波罗后向外界介绍中国，为阿拉伯人民了解中国做出了重大贡献。

3 月 9 日清晨，我来到丹吉尔市的地中海之滨，一群少年在海滩上踢完足球正准备回家。我问他们："你们知道伊本·白图泰吗？"面对陌生人和一个大的话筒，一位少年显得不知所措，但另一位马上抢着说："知道，我们教科书上有。"气氛顿时活跃起来，"他是丹吉尔人""他到过中国"。一位年长的过路人听到我们在谈伊本·白图泰，又对着我们的话筒说："他是我们丹吉尔的伟人，也是阿拉伯的伟人。"他告诉我们，丹吉尔有伊本·白图泰的墓，有以他的名字命名的学校，有以他的名字命名的游轮。直到今天，伊本·白图泰还是丹吉尔人的骄傲。

我们开始寻访伊本·白图泰的踪迹，第一个目标是一位研究伊本·白图泰的老人。摩洛哥著名历史学家塔兹教授在拉巴特告诉我们，他对伊本·白图泰的事迹和遗址如数家珍，只要找到他，就有了活辞典和活地图。一位本地导游不认识那位老人，但知道这条街。我们随他穿过一条条小巷，时而登上高坡，时而拾级而下，累得我气喘吁吁，满头大汗。问导游这条街究竟在哪里，原来这一带都是。导游问了几个人，才从一位老妇那里打听到，以前是住过这样一位老人，他是阿拉伯传统医生，但现在不知搬到哪里去了。

第二个目标是一个图书馆，据介绍那里有不少有关伊本·白图泰的资料。还是那位导游带着我们在旧城转了一大圈，来到城边一条马路，他指着一间像文具店般的店铺说就在这里。门锁着，透过玻璃橱窗可以看到书架上放着一些书，也放着一些文具和杂志。我们觉得这不像个图书馆，导游也不知所以然。问了几位过路人，才知道这是那家图书馆的一个分部，本部在码头附近。新城路上车流不绝，好不容易找到一个停车位置，我们十分惊喜地发现，图书馆的牌子就出现在马路对面一幢楼房的墙上。但接连按着门铃，却不见动静。导游绕到楼房另一边，带回来的是令人失望的回答："今天和明天都是周末，图书馆关门。"

第三个目标是伊本·白图泰的墓。我们随着导游折回旧城，又在迷宫般的小巷中转了很久，登上几级台阶，我们停在狭巷中一间上了锁的小屋前。这巷狭窄得仅容两人通过，所以我退得很远还是无法照全小屋的全景。门前没有任何标志，即使有人带领，我还是将信将疑，白图泰的墓怎么会在这里？一群少年围了过来，其中一位 12 岁的男孩说可以回家去取钥匙。原来管理人是他爷爷，今天卧病在家。

门打开了，里面比想象的还要狭小。男孩示意我们脱下鞋子，显然是代表他的爷爷在行使管理职责。一具同样狭小的灵柩赫然在目，上面覆盖着绿底金纹的锦缎，四周围着一道铁栏。墙上挂着《古兰经》摘录和几件简单的装饰品。我还是有些怀疑："这真是白图泰的墓吗？""当然是。"导游和其他人异口同声地回答："世界各国的人都来过，大家都知道这是白图泰的墓。"

离开这座小屋时，我意外地发现，小屋的背后竟还有一个公用的水龙头，一位老太太正在打水。当她得知我们是来寻访白图泰的墓时，就十分自豪地说："这里的一切都是从白图泰开始的，有了白图泰才有这里的一切。"或许那位老太太根本不了解白图泰的游记，更不会理解我们此行的目的，但在她的心目中，白图泰无疑是最值得尊敬的人。我想起了塔兹教授曾经向我们引用过的一句名言："不要问我的墓在地球的什么地方，我的墓在你们的心里。"作为一位严谨的历史学家，塔兹教授完全了解悠远的传说与史实的差异，但他知道，白图泰的墓存在于丹吉尔人的心中。

我们来到离丹吉尔市西北20多千米的斯帕特尔角（CAPE SPARTEL）。在海岬尽头是一座白色的灯塔，这座灯塔与欧洲海岸的一座灯塔遥遥相对，它们间的连接线就是直布罗陀海峡的起点，也是大西洋与地中海的分界线。站在灯塔前，我的左边是地中海，右边是大西洋，身后是欧洲，面对着非洲大地和丹吉尔。望着波涛滚滚的大西洋和蔚蓝色的地中海，看到远处隐约可见的巨轮，我仿佛看见当年无数阿拉伯商人和旅行家就从这里起航，其中就有伊本·白图泰。白图泰出在丹吉尔，直到今天都与丹吉尔联系在一起，绝不是偶然的。至迟从唐朝后期开始，大批阿拉伯商人到达中国，一部分阿拉伯人在广州、泉州等地定居，形成自己的社区。往返于中国和阿拉伯之间的人络绎不绝，白图泰只是其中之一，所不同的是，他留下了内容丰富的游记，并且流传至今，被翻译为包括中文在内的各种文字。

其实我们不必再寻访，伊本·白图泰的游记就是了解他的最准确的史料。伊本·白图泰属于丹吉尔，丹吉尔人就是他的传人，理解了丹吉尔和丹吉尔人，你就找到了真正的伊本·白图泰。

2003 年 3 月

凯鲁万古城

670 年，阿拉伯伍麦叶王朝驻北非总督欧格白·伊本·纳菲在今突尼斯中部建立兵营，以此作为西征的据点，由此形成的凯鲁万城逐渐成为阿拉伯帝国征服北非和传播伊斯兰教的中心。与此同时，一座以他的名字命名的欧格白清真寺开始兴建，以后又经多年修缮和扩建，如 870 年时艾格莱卜王朝苏丹齐亚德特拉一世进行扩建，并筑起 4 米高的围墙；稍后执政的易卜拉欣二世再次进行大规模修缮。10 世纪后，法蒂玛王朝、穆瓦西德王朝、哈夫斯王朝先后成为凯鲁万城的主人，但它的重要地位一直没有改变，是伊斯兰教圣地之一，也是北非的政治、宗教、商业和文化中心。此后，凯鲁万城先后被奥斯曼帝国的军队所占，又成为法国的“保护地”，直到 20 世纪 50 年代才重归突尼斯。历经 1000 多年沧桑，凯鲁万古城风采依旧，欧格白清真寺巍然屹立，至今仍被穆斯林视为圣地，凯鲁万城也于 1988 年被确定为世界文化遗产。

当我们的车队驶近古城时，城墙上出现了一座三层高塔，不必指引，我们就来到了这座著名的大清真寺。从外表看，从墙基到塔顶，都是清一色的米黄色，完全是用同种石料建造，围成一座长 130 米、宽 80 米的大院。穿过拱形的大门，就可以看到一个回廊围着的长方形庭院。回廊和礼拜大堂都是由一排排石柱支撑着一道道拱券，规模宏大。据介绍，都有 300 根石柱支撑。大堂内可容 3000 人礼拜，而回廊和庭院中还能容纳 5000 人。大堂与宣礼塔隔着庭院遥遥相望。

7 世纪后期的阿拉伯建筑还保持着相当简朴的风格，现在普遍用于清真寺装饰的马赛克还没有产生，所以内部几乎没有什么装饰。但回廊的石柱却大多是大理石的，还有一些是花岗石。仔细看去，不仅柱子与柱础的高度不尽相同，柱头也有不同的纹饰和形状，原来这些都是从迦太基建筑、罗马建筑或其他建筑的废墟上拆迁来的。在塔下的墙基上，还可以看到几块石碑残片，上面有两处汉尼拔的名字，3 世纪的罗马建筑在 7 世纪的阿拉伯建筑中延续至今。从罗马人毁灭迦太基城开始，每一个新文明、新王朝的兴起，都少不了对原存文明的巨大破坏，但旧的文明却顽强地在新文明中找到自己的位置，甚至成为新文明的一部分。

露天的庭院内全部铺着大理石板，并略微向中心倾斜。通过中心的集水孔，可以将落在庭院的雨水全部汇集到地下的蓄水池。这不仅为这个缺水地区增加了水源，而且就地解决了信徒礼拜前净身的用水。在这个集水口附近还有一口水井，由于汲水绳的长期摩擦，石井栏已经被磨出一道道深槽，记录着这座古寺悠久的岁月。

清真寺、居民区和市场是任何一座阿拉伯城市所不可或缺的三个组成部分，凯鲁万旧城的居民区和市场就在大清真寺旁。与我们到过的其他阿拉伯旧城相比，凯鲁万旧城显得格外素雅和宁静，尽管商店里的传统工艺品同样琳琅满目，本地特产的地毯更是花团锦簇。这大概是由于这座旧城更多地保持着原始风貌，建筑物的基色主要是白蓝两色，清真寺的外墙也保持着米黄的本色。

不过给我留下最深印象的，还是城中那座始建于 796 年的巴鲁塔水房。巴鲁塔的含义已经无人知晓，但水房还保持着初建时的格局。每天清晨，一头骆驼被牵着走上楼梯，来到楼上的水车旁，然后拉着水车一圈圈地转动。一个直径近 2 米的木轮上挂着 3 个葫芦样的水瓶，每转一圈就灌满了水，站在旁边的管水人不停地将水倒入水缸。1000 多年来，城里的人就是这样从地下获得生命的源泉。日复一日，年复一年，一头头骆驼就这样一圈圈地转，一个个管水人就这样一瓶瓶地倒，生命在繁衍，城市在进步，文明在延续。如今，城里人已不需要用这样的方法汲水，但白发的管水人、披红挂彩的骆驼和古拙的水车依然在静静地诉说历史。

2003 年 3 月

托泽尔旧城的魅力

与我们到过的其他阿拉伯旧城相比，托泽尔的旧城似乎没有什么吸引力——年代不久，不像凯鲁万旧城那样始建于1000多年前，至多只有三四百年历史，在众多阿拉伯旧城中实在算不上什么；范围不大，不像有的城那样方圆十里，烟火万家；没有高大的清真寺、百货杂陈的摊店、喧腾的市场和如织的游人，看不到豪华的宅邸，甚至看不到马赛克装饰。漫步托泽尔旧城，目光所及只有一种颜色和一种规格——构成全部建筑的都是最原始的土黄色小薄砖，与周围的土地浑然一体，连博物馆也设在一处同样不显眼的民居。漫步托泽尔旧城，感受到的只是一种恬静，或许会感到过于冷清——除了在进口处有两家商店外，城里见不到商贩。

这两个特点既来自悠远的传统，也得益于当地官民的明智共识。这里的建筑都保持着阿拉伯建筑最原始的风格，只用那种小薄砖砌就，而不用现在常见的马赛克装饰，因为马赛克装饰是安达卢西亚人从欧洲带回来后才流行的。在建城之初，这或许只是无奈的选择，因为这里已处于撒哈拉大沙漠的边缘，对以往任何国家来说，都只是一个边陲小镇。这里也不产石料和马赛克，人们最关注的是如何在险恶的自然环境下生存。商品既不多，也无须多少交换。但到了近现代，显然他们已经认识到了保持旧城原有建筑风格和生活方式的必要性，所以才用法律的方式做了明确规定，并且有效地执行到今天，给他们自己和子孙，也给世界留下了这一片净土。

但面对这清一色的旧屋小巷，你丝毫不会感到单调乏味。同样的薄砖，在不同的建筑、不同的部位会显出无穷的变化，貌似简单的几何图案可以明白地区别男性或女性，表达主人对幸福的追求，显示建造者的美学意识。曾经拍摄过电影《英国病人》的建筑是一座大屋，但一面只有一座门，上面两层的窗很少，看起来像一座城堡。仔细观察，在门窗间的墙壁上，薄砖砌出三角形的、圆形的、菱形的、正方形的各种图案，简朴中蕴涵着繁复。拱形的门用于过道、公共建筑、寺院，长形门是私宅和一般住房。有的拱门是虚的，走近后只是一个拱券，是巷口的装饰；有的拱门是实的，不知里面有多深的庭院。

私宅的门上一般有三个门环，各有各的用途。左面那个是男主人专用的，当他拍那个门环时，女主人就会来开门。右面那是供客人用的，听到这个门环声时，男主人会出来开门，女人却要回避。而装在稍低处的门环是供个子不高的孩子专用的。我们见有些门上只有两个门环，显然那户人家还没有孩子。导游给我们出了一道难题：如果男主人不在家，有客人来打门怎么办？因为女主人是不许去开门的。有人以为这再简单不过，女主人隔着门告诉客人其他时候再来就行了。其实，这是触犯禁忌的，女人不能与陌生人说活。正确的办法是，女主人用门背后的环敲三下，这表示男主人不在，客人应该知趣地离开。

走得有点累了，我就在街沿上随处坐下。风沙已被挡在曲折的小巷外面，只渗入丝丝凉意。偶尔走过一两位游客，也是那样悠闲，相互会心一笑，胜过不同语言的问候。街巷内的门几乎都关着，或许主人外出了，或许主人正在休息，因为他们不必再用什么招待客人，古朴、恬静——有这两样就够了。

2003 年 4 月

山海胜境第巴萨

在我到过的罗马古城遗址中，第巴萨既非最大，也不是最壮观的，但那掩映在苍松翠柏中的遗址依山傍海，蓝天碧水间一道道风景，却是最美的!

第巴萨遗址离阿尔及利亚首都阿尔及尔不过 70 千米。我们去的那天，尽管来自撒哈拉沙漠的司机因不识道路标志开错了路，也只花了 1 个小时。踏进遗址，看到一般罗马城那种宏大的气象或高大的建筑物遗址，倒也像进了一个公园。由于遗址范围很大，就显得相当分散，密集的树木更使它们成了绿海中一座座岛屿，或一连串航标——罗马人兴建的神庙、露天剧场、公共浴池、司法大厅、凯旋门、广场、港口、街道、住宅，一直延伸到海滨，越过地中海，通向罗马人的故乡。

沿着这些航标，我们还可以追溯到公元前 14 世纪。那时腓尼基人来到这里，修建了码头和仓库，还将住宅修到了山上，这座第巴萨城成为他们在马格里布地区扩张的一个基地。公元前 2 世纪中叶的第三次布匿战争后，罗马人挟攻占迦太基的余威西进南下，至公元前 1 世纪征服第巴萨城。所以，尽管我们今天还能找到一些腓尼基人的遗迹，但第巴萨的主要部分都是罗马人留下的。

罗马在北非设立阿非利加省，全盛时约有 500 座城市、400 万人口，农业、手工业和商业都非常发达，对外贸易不但连接本土，还深入撒哈拉南部。但随着罗马帝国的衰败，汪达尔人于 430 年侵入第巴萨，居民弃城逃生。虽然直到 7 世纪阿拉伯人占据第巴萨后这座城市才最终被遗弃，但这 200 多年间只是苟延残喘。此后的 1000 多年间，第巴萨完全退出了历史舞台，也从人们的记忆中淡忘，直到 1854 年被重新发现。

虽然得到发掘的只是古城的一部分，但荒烟蔓草中的一排排立柱、一道道石墙、一块块巨石和那些随处可见的残雕、断碑，都透露着昔日的繁华和文明。露天剧场的椭圆形基础基本完整，从残存的建筑构件可以看到拱门、走廊、台阶、看台、地道，还可以看到几块碑石，上面的文字清晰可辨。公共浴池虽然规模不大，但分割为不同的小间，墙壁上绘有图画，至今还保留着色彩。住宅遗迹显示其中不少是楼房，有的有阳台或露天走廊，每户都不止一间，有浴室和庭园。街道循山坡通往海滨，街面铺的石板虽已不复存在，但两旁的立柱证明，街两旁曾经是密集的商店，商店的骑楼在两旁形成相连的走廊，行人可无日晒雨淋之虞，也弥补了街面狭窄的不足。站在海边眺望，山上建筑遗迹绵延不绝。据介绍，古城遗址范围有 10 多千米。

当我们返回时，在离古城不远处忽然见到一座半圆形的坟墓，恰如中国的古墓。仿佛置身于咸阳原上、北邙山下。驱车而近，才发现是一座高达数十米的巨大陵墓。墓的外表完全由花岗岩垒成，底部由数十根石柱和石壁围成圆形，四面有巨石构成的门框和墓门。上部一圈圈的石块，层层收缩，形成半圆的墓顶。站在墓旁，发现地中海就在眼前，原来墓是建在一片耸峙海滨的台地上，只是我们从陆地方向而来，事先没有注意。

问了导游，才知道墓主是“埃及艳后”克里奥帕特拉女王与安东尼所生的女儿。25 年，罗马帝国执政奥古斯都立尤巴尼二世为毛里塔尼亚（今阿尔及利亚、摩洛哥一带，不同于今天的毛里塔尼亚）国王。这位国王虽是土著柏柏尔人，却是在罗马长大，又由奥古斯都做主娶了这样一位妻子，所以在位 40 年间对罗马十分恭顺。看来那位公主离开繁华的埃及和亲人远嫁异域，也是一场政治婚姻的牺牲品。不知她生前是否获得了真正的爱情和幸福。将她的陵墓建在海滨，是为了便于她遥望故乡，还是便于她的灵魂与父母相通?

2003 年 4 月

君士坦丁的桥

对于生长在江南水乡的我来说，桥一般不会有太大的吸引力。但当我们即将进入君士坦丁城时，一座悬挂在峭壁中的大桥和一座蜿蜒于山谷中的长桥还是使我身不由已地下车眺望。

就像水城威尼斯离不开桥一样，山城君士坦丁的历史不能没有桥。

真巧，我们住的旅馆名为塞尔达（SERDA），这是公元前3世纪柏柏尔人马西尼萨创建的努米底亚国的首都的名字，也是目前所知在君士坦丁地区最早的城市。登上海拔696米高的山头，我们看到了这片最早的城址，它高踞山巅，傲然耸立，的确易守难攻，不愧为一座要塞。山谷中流水喧腾，远望道路曲折，四周群峰环绕，这里距地中海百余千米，有河流相通，也可通过山谷和隘口连接两翼和腹地。当年马西尼萨能够周旋于迦太基与罗马之间，不仅能在罗马战败迦太基后继续存在，还将其疆域扩展到今阿尔及利亚北部和突尼斯，都城的优越位置和有利形势无疑是重要因素。也正因为如此，2000多年来这块土地的其他主人也都在此建都设城。直到20世纪，阿尔及利亚民族解放运动还以君士坦丁为基地抗击法国殖民军，迫使敌军数易主帅，铩羽而归。

不过事情总有另一面，险峻的地势和狭窄的空间也制约了城市的发展，影响了居民的生活。尤其是在古代，这些山峰的下部森林密布，野兽出没，溪流环绕，相互间的联系相当困难。于是连接各座山峰间的桥应运而生，成为君士坦丁城不可或缺的设施，也成为防御外敌入侵的隘口。

经过千年风霜，我们已经无法找到当年最早的跨山大桥，当地人也说不清最早的桥建于何时。今天构成这座城市交通系统的桥梁大多建于 19 世纪后，都是现代的钢结构或钢筋混凝土桥。但因地形地势和功能不同还是有石拱桥、悬索桥、吊桥、高架桥等不同类型，有的能双向通行汽车，有的只能单向行车，有的仅供步行，有的有电梯上下，有的与隧道相连，有的直逼悬崖，有的横跨峡谷，有的高悬云端，有的蜿蜒闹市。最高的桥离地 300 多米，最长的桥由 20 多个拱相连而成，市中心不时可看到多层高低不同的桥。游人站在这座桥上观赏桥下的风景，却正好进了上面那座桥上摄影者的镜头。

时过境迁，君士坦丁人已经不再需要踞桥而守或断桥固守，而是通过一座座桥连通全国和全球。在此处我见到的桥中，还没有我们国内流行的斜拉桥。或许在不远的将来，来自中国的工程师会为君士坦丁增加这一品种。

2003 年 4 月

萨布拉塔永远的辉煌

萨布拉塔遗址离利比亚首都的黎波里仅五六十千米，从中国驻利比亚大使馆出发，不到一个小时就到了。

进了遗址范围后，远远就见到了那座著名的剧场，这是遗址中相对最完整的建筑物，也是参观者的主要目标。第一眼看去，似乎是一座三层的建筑，体量并不大，加上已经残破，外观还没有吉姆竞技场那么夺目。走了一段路后，剧场遗址还是那么远，而外形却越来越大，这才意识到不能等闲视之。记得有人说过："在罗马面前，谁都会显得渺小。"离它越近，我越意识到这一特点。

和在北非的其他罗马古城一样，萨布拉塔城也是濒地中海而建。其实，这座城市是公元前 7 世纪时腓尼基人始建的，但自从公元前 46 年罗马恺撒的军队占领该城后，就进行了大规模的建造，朱庇特神庙、伊西斯神庙、塞拉皮斯神庙、剧场、市议会厅、公共浴室等一批富丽堂皇的建筑拔地而起。腓尼基人的建筑已荡然无存，估计不是被罗马人摧毁了，就是被利用改建了。4 世纪中叶，阿斯图里亚尼斯人攻入萨布拉塔城，朱庇特神庙等建筑被毁，从此繁华不再。100 年后拜占庭帝国据有萨布拉塔后，曾在城东修建城墙，并盖了几座基督教堂。无奈罗马时代使北非沿海地区繁荣的基础已不复存在，萨布拉塔城的风华已似落花流水，一去不复返。

到 7 世纪中阿拉伯帝国成为该城的主人时，城内已成一片废墟，因而没有加以利用，以后就湮没在无垠的黄沙之中，直到 20 世纪 40 年代末才重新被考古学家所发掘。但此时的萨布拉塔城仅存遗址，成了一件文物，就像一位风华绝代的佳人只留下了一具骨骸。即使如此，这副骨骸还不同常人，所以早在 1982 年就名列世界文化遗产。遗址中最引人注目的就是这座剧院，已经成为遗址的标志，就像一副遗骸的头骨。而散落在各地的石柱、柱础、台阶、房基、残石，就像是这位巨人散了架的骨骼。拜占庭人增建的教堂，虽然还能见到基本完好的形状，却只是散落在遗骸旁的饰物残片。

进入这座剧院内部，你才能体会到它的气势，感受到它的魅力。在环形的外墙里面，大约有三分之二的范围是逐级而上的露天看台，足以容纳 5000 名观众，对面是三层高的舞台和包厢。包砌在石料外的大理石大多已不见踪影，但从残留的碎片还能想象当年这座殿堂的雍容华贵，纯洁无瑕。从较完整的柱头，可以看到都雕刻着精美的纹饰。舞台的周边更布置得美轮美奂，不仅每一层石料上都有装饰，后壁还有大幅浮雕和立雕。那一条石雕的大鱼表面虽有残缺，但优美的形状和流畅的线条，仿佛它刚从地中海中游来。在的黎波里博物馆的陈列中，有几件堪称艺术瑰宝的大型雕像，据介绍就是从这座剧场的遗址发现的。

透过廊柱和舞台上方，就能见到地中海湛蓝的波浪。遥想当年，罗马人在观赏戏剧之余，凭栏远眺，不仅是在追忆故乡，也在向往未来——地中海不但联系着他们的故乡，而且通向各国各地，给他们带来新的土地、人民和财富。无论是风和日丽的白昼，还是星月交辉的夜晚，地中海海滨的笙歌伴随着罗马人度过了年复一年的奢华岁月，却抵不住盛极而衰的必然结果。

萨布拉塔城遗址的范围很大，只是已看不到像剧场那样风韵犹存的建筑。不过如果仔细寻觅，还是能发现不少历史的片段。例如，在一处标志着“私家浴室”的场所，你可以根据残存的浴池、立柱、柱础和地坪来想象这座浴室的规模和水准，你不能不感叹罗马人的生活方式和富裕程度。就是拜占庭教堂的残迹，尽管与俯拾皆是的罗马遗迹相比，显示不出什么创造性，毕竟也是一段历史。

2003 年 4 月

大莱卜提斯

——不仅是辉煌

如果我不是先到过萨布拉塔，而是先到大莱卜提斯，那么“辉煌”这个形容词肯定会用在大莱卜提斯。不过，我想不出还有什么更确切的词汇，可以取代“辉煌”，所以只能说它不仅是辉煌。

与萨布拉塔古城一样，大莱卜提斯城也是由腓尼基人创建的，但时间更早——在公元前 8 世纪。腓尼基人的选择也离不开航海的需要，从修建港口开始，用于贸易、渔业，逐渐发展成一座城市。

尽管大莱卜提斯也曾由努米底亚王国征服，并统治过 100 多年，但使这座城市在北非称雄 1000 多年还得归功于罗马人。公元前 46 年，恺撒的军队占领莱卜提斯，此后此城成为罗马帝国非洲行省的橄榄油出口和贸易中心，并被命名为大莱卜提斯。公元初，大莱卜提斯大兴土木，先后建成了维塔斯广场、利泊尔·帕特神庙、维塔斯教堂和圆柱拱门等气势宏伟的建筑物，以及街道、市场、下水道等市政设施。该城的地位也节节高升，74

年成为自治市，109 年由罗马皇帝图拉真升格为罗马殖民区。为此，该市特意为图拉真建造了一座高大的拱门。193 年，出生于大莱卜提斯的塞普蒂米厄斯·塞维罗登上罗马皇帝宝座，使这座城市的地位达到巅峰。塞维罗给自己的出生地确定了特殊法律地位——永久性地豁免了该城居民的全部赋税。感恩戴德的居民在市中心建造了颂扬皇帝功德的四面拱门，后又建起更宏伟的大会堂。从 284 年起，大莱卜提斯又顺理成章地成为的黎波里塔尼亚省的省会。

大莱卜提斯的厄运开始于 365 年，当年发生的一场大地震使城市遭受巨大破坏，后来一直没有恢复元气。439 年后，汪达尔人、拜占庭帝国先后成为它的主人，642 年又成为阿拉伯帝国的疆域，但史料和考古发掘都没有发现这座城市有过复兴的迹象。奥斯曼帝国于 16 世纪占有大莱卜提斯后，罗马时代留下的大理石构件和雕塑被大量拆除，成为新建的清真寺中的装饰品。法国人在 17 世纪故技重演，将城内留下的精美雕像、石柱运回本国。

不幸中的大幸是这座古城的过早衰败使它提前成为一片废墟，基本被数米至十余米的流沙所覆盖，从而避免了被彻底破坏。20 世纪以来，法、意、英、美等国和利比亚的考古学家对该城进行了持续的发掘，使遗址逐渐重见天日，一些建筑的轮廓骨架大致修复，并于 1982 年成为世界文化遗产。

由于事先就知道遗址的范围很大，我们安排了两天时间。尽管如此，我们也不得不放弃了那座号称北非之最的罗马竞技场。有些地方，在我经过时光线不太合适，准备在返回时再拍照，可是由于参观路线过长，没有返回的机会，至今还觉得遗憾。

我们先经过那座著名的四面拱门，这是当初城中心两条大街相交的地方，但如今却是靠近参观入口，说明已经发掘和恢复的遗址只是古城的一部分。拱门搭着脚手架，正在维修，但丝毫不减它青春年代的绰约风姿。

在此前参观过的罗马古城中，公共浴池从未缺少，但相比之下，大莱卜提斯的一座浴池是保存最完整的。看过以后，你不能不叹为观止。可以这样说，不了解罗马时代的公共浴池，就无法理解罗马的社会生活。且不说浴池建筑和装饰的雍容华贵，就其结构和设施而言，放在今天也毫不逊色。从大门入内，依次有像标准室内游泳池般的凉水池、稍小些的温水池和热水池，最后的一间是当时的“桑拿浴室”。残留的墙壁显示，四周的墙壁都是用管道状的方砖砌成，从地下引来的热水沿这些密集的管道在室内通过，将池中的水和室内的空气烤热。走廊旁的一个小间设有类似阀门的装置，可以调节水量和水温，保证浴客的需求。在浴室附近，我还看到了残存的公共厕所，一个个以大理石板凿成的蹲位下面，都有引水冲洗的水沟。

遥见一座大理石建筑，导游告诉我是当年的市场。穿过宫殿般的大门，首先看到的是鱼市。半人高的大理石板雕成活泼的鱼形，成为一排摊位。上面搁的石案板已荡然无存，但我们还是可以想象，上面陈放着的由地中海内捕捞来的鱼正供顾客挑选。再往前是一座正八边形的建筑，很像一个大型的中国亭子，这是纺织品市场。旁边是粮食市场，还留着几个“标准秤”——在石头上挖的圆洞壁上划有刻度，将粮食倒下后就能显示其分量。中国从公元前 3 世纪的秦始皇时代就统一了度量衡，不知罗马帝国的度量衡是否已在全国范围内统一。

与这里的剧场相比，萨布拉塔那座就只能算小巫了。这座剧场不仅是规模大——可容纳15000名观众，是前者容量的3倍；而且舞台更加开阔，演出和观赏效果更加完美。巨大的塑像、精致的纹饰、挺拔的立柱，使剧场本身就成为一件杰出的艺术品。登上50多级的半圆形看台顶上，蔚蓝的海水就在眼前，就像舞台后的一道天幕。歌台舞榭，人去楼空，只剩下残柱断垣，诉说当年的繁华。

据史料记载，大莱卜提斯最繁盛时有8万人口。如果同时有15000人观剧，数千上万人洗浴或在浴池娱乐，数千人在市场购物，再有数千人在神庙礼拜，这些公共设施竟能容纳一半以上的居民同时活动。这还不是在罗马帝国本土，这座城市也算不上帝国最富庶发达的地方。

继续参观新市政广场和大会堂，我发现了部分答案。这座广场的一侧是高耸的看台，加上大会堂内，足以容纳数万人聚会。该城的重大事项，就是在这里用罗马式的民主方式决定的。而在残存的码头遗址上，沿着石砌的海堤往前走，可以看到石板上用来系船的100多个圆孔，还有神庙和灯塔的遗迹。在灯塔的指引下，这支庞大的船队将橄榄油运往帝国各地，又运来了大理石等建材和居民的生活用品。大莱卜提斯的兴衰都离不开这样的政治和经济基础，这是我参观后的深刻印象。

2003年4月

沙漠古城古达梅斯

清晨，我们的车队从利比亚首都的黎波里出发，午后就进入了一望无际的荒漠。道旁不时出现一座座沙丘、一片片流沙，有时流沙淹没了公路的一半，沙子随着风拍打着车窗。终于在沙漠深处见了高耸的宣礼塔、成片的建筑物、墓地，古达梅斯到了。从地图上看，古达梅斯处于利比亚、突尼斯和阿尔及利亚三国交界处，已经是撒哈拉沙漠的北缘。

今天的古达梅斯，已经分为古城和新城两部分。但无论哪一部分的历史，都离不开这样一个传说：一支商队跋涉于浩瀚的撒哈拉大沙漠，在一个地方埋锅造饭。第二天，有人发现将一口锅遗忘在昨天做饭的地方。为了找回这口宝贵的锅，他骑着马赶回原处，果然那口锅还在。干渴难忍的马却不肯离开，而是在取锅的地方不停地刨着，突然地下涌出清泉，而且越来越大。从此这里就有了这被称为“马泉”的清泉，有了两支部族，有了古达梅斯，有了这里的历史和文明。

现在已经无法查清马泉究竟是谁发现的，发现于哪一年，甚至我们也无法肯定这故事是否属实。但考古的证据表明，早在公元前 3000 年时这一带已经有人类生活。公元前 795 年，腓尼基人占领了这片绿洲，成为他们从地中海南岸延伸到非洲腹地的商路上一个重要据点。公元前 19 年，罗马帝国的军队攻占此城，在这里建立城堡。5 世纪后，汪达尔人、拜占庭人先后成为古城的主人。7 世纪中叶，阿拉伯人征服了古城，从 668 年开始相继建造了 10 多座清真寺。16 世纪后，土耳其、意大利、法国先后侵占这座古城，直到 1951 年利比亚联合王国成立，古达梅斯才成为王国的一部分。

对马泉这样一个生命之泉，古达梅斯人自然呵护有加。同时，当地也形成了一套独特的管理和分配办法。居民的饮水可以自由汲取，但灌溉用水却需要严格管理。在马泉的周围有六个出水口，分别用渠道通向每家的土地，而每家都有一个单独的进水口，可以自由启闭。全城的居民每年都要选出德高望重的人负责水的管理，并根据传统和实际需要，确定每家的用水量。用量一旦确定就不能改变，只能相互间调剂或购买。而控制流量却是依靠一种相当原始的计时方法：每天月亮升起时（当地习俗一天的开始），值班的管水人就来到广场旁一个仅供一人席地而坐的半敞开的龛内。他的面前是一口井，从下面开始的渠道连通着每家每户的进水口。他的身旁放着一束草和若干大家公认的草标（如麦秆、草棍等）。他的工具不是钟表或流量仪，而是一个像普通水桶一样的铜器——嘎杜兹，所不同的是它底下打了一个孔。当他将嘎杜兹从井中盛满水提起，挂在墙上的铁杆上，里面的水就开始从底下的孔流出，等水全部流尽所需要的时间就是一个嘎杜兹。每家的供水量是用若干个嘎杜兹来计算的。在供水开始前，他会将一个草标扔入井中，草标随井下的渠道流到哪家门口，那家就打开自己支渠的闸门（或者就是一堆泥沙）。管水者每流完一嘎杜兹，就在一根草上打上一个结，等打满规定的几个结时，他再扔下一个草标，当这个草标流到那家门口时，主人就该关闭闸门，让水流往下一家。

随着人口的增加、耕地的扩大和人们对现代生活的追求，“嘎杜兹”越来越不适应人们的需要。用水纠纷逐渐增加，传统的管理办法显得无济于事。旧城的居民开始感到生活上的不便，最大的困难还是水——取水路太远，家里无法洗澡，不能用抽水马桶。年轻人更觉得旧城限制了他们的发展，希望迁出旧城，去过现代人的生活，进入更宽阔的天地。但导致古达梅斯旧城最终被遗弃的决定因素，还是马泉的衰竭。但这不是自然界的变化，还是人们藐视自然规律的结果。20 多年前，为了获得更多更清洁的水，当地决定对马泉进行“整治”，将它淘深挖大。谁知贸然行动的结果是破坏了地下水的来脉，堵塞了泉眼。如今我们看到的马泉只剩下一泓静水，但还是不时见到的一串珍珠般的水珠从地下冒出，使我们能想象它昔日清泉喷涌的壮观。古达梅斯旧城也结束了它的辉煌，作为一件遗物静静地陈放在沙漠之中。要不是联合国教科文组织将它列为世界文化遗产，并且在近年资助修复，它大概还像其他荒城废墟一样，在茫茫沙海中逐渐被埋没了。

为了适应沙漠地带的严酷气候，当地人创造了独特的建筑形式。城内的住房一般都是土木结构的两层楼，全部连成一片。底层一般当储藏室或过道，二层是起居室、卧室、粮仓等，楼顶是相连的平台，供各家各户来往和活动。土坯墙非常厚实，加上巷道大多在建筑物的底层内，从烈日下进入后顿生凉意，又像到了地下迷宫。从也是土坯垒成的楼梯进入当地土著居民柏柏尔人的家，又到了另一个世界，室内和墙上到处装饰得异常艳丽。当地还有从撒哈拉以南的非洲迁来的移民。他们能歌善舞，为古城增色不少。

2003 年 4 月

昔兰尼

——两千年的古城，两千年的古墓

公元前 7 世纪，一批希腊人渡过地中海，来到今天利比亚东北绿山区的海滨。他们的目的是寻找新的生存空间，多山少地的希腊已经使它的居民感觉到了人口增长的压力，连供水也已显得不足。所以，这批希腊人最感兴趣的是水源，但他们未能如愿，败兴而归。生存的压力驱使希腊人做不懈的努力，当他们第二次登上利比亚海岸时，据说已获得神的启示，居然如愿以偿找到了一个水量充足的泉源。2700 多年后，当我们来到昔兰尼时，这个被希腊人命名为阿波罗泉的泉源依然在日夜不息地喷涌，但希腊人在找到水源后才建成的昔兰尼古城早已成为一片废墟。

古希腊人敢于冒险的开拓精神自然值得钦佩，但能够生活在地中海之滨也是希腊人的幸运。因为从希腊本土或所属的岛屿出发，要不了多少时间就能到达非洲大陆或亚洲西部，海上航线距离不长，一般没有风浪之虞。更加有利的条件是，地中海周围是人类文明的摇篮，多种文明像满天星斗，先后辉映，相互激荡，虽然此消彼长，却长盛不衰。

昔兰尼就是希腊在北非的复制品。在这里，希腊人建造了阿波罗神庙和宙斯神庙，也建造了市场、民居、道路、水渠和喷泉，使来自希腊的移民就像生活在故乡一样，昔兰尼城也成为希腊在北非的经济和文化中心。这就不难理解，为什么希腊人在昔兰尼建成了全希腊第二大的宙斯神庙。

尽管早在公元前 321 年，昔兰尼就成了当时统治埃及的托勒密王朝的辖境，公元前 1 世纪起罗马人又成为它的主人，公元 365 年的大地震使很多建筑面目全非，拜占庭、阿拉伯、奥斯曼帝国和意大利人在此各领风骚，但这座宙斯神庙却顽强地存在到了今天，依然是遗址中最宏伟的遗存。

这是一座正方形的建筑，每一面有十几根三四人合抱不住的巨大立柱，屋顶早已荡然无存，但残留的横梁和门楣上还能见到清晰的文字和精美的图案。在殿内中央有一个硕大的基座，据介绍，原来安放着的宙斯神像有 14 个人那么高。相比之下，罗马人留下的建筑就显得更加美观轻盈，而拜占庭人的建筑却无足观览。

不过昔兰尼最具特色、最有吸引力的，却是希腊人始建的陵墓。这些墓，有的依山而建，凿岩为室，如一排石窟；有的耸立山巅，垒石而成，像一座神殿；有的墓室仅足容膝，有的宽敞高大，有的朴实无华，有的像豪华殿堂，有的还有雕像装饰。大概希腊人已经占尽风水宝地，所以到罗马人统治此地时已无优质的墓地。或许要建造一座豪华的陵墓花费太大，罗马人干脆来个“废物利用”，将希腊人的墓室清空，或者加以必要的整修，让它们成为新墓。这样的利用又一代代地沿用，延续上千年。由导游引导，我们沿着山间的小路来到一片凿山而建的墓室前，又从长满荒草的山岩攀到一座墓门上有几座雕像的墓室前。根据考古学家的判断，这一墓室是希腊人开凿的，后来又成为罗马人的墓室，前后沿用了至少1000年！这样的墓在这里比比皆是，编号统计到的就有1000多座，成为世界奇观。

只是希腊人和罗马人绝对没有想到，在第二次世界大战期间，这些墓室又成了当地居民躲避空袭的场所，在2000多年后再次“废物利用”。求生的欲望使他们不得不亵渎亡灵，但希腊人、罗马人在天有灵的话，也会庇佑那些无辜的生命，尽管不是自己的后裔。

望着漫山的千年古墓，想到在伊拉克刚爆发的战争，我但愿这样的奇迹不要再出现。让昔兰尼的古墓永远成为文物，而不要再有其他利用的需要。

2003 年 4 月

致读者

去年接到韩建民先生的电话，说河北教育出版社的朋友建议将我有关城市的文章汇编起来，出一本专门“说城”的书。我听了颇有点意外——我真的发表过那么多“说城”的文章吗？又有些犹豫，因为我给自己定过这样一条原则，已经发表过的文章，自己一般作一次结集。如需要再版，不能改变书名，以免关注钟爱我的读者误以为我又有新书问世。我请韩先生代谢他们的好意的同时，转达我的意见：我自己觉得没有必要，文章都已发表，需要的读者不难找到。而且我对能否编成这样一本书没有把握，更不知道读者是否有需求。如果他们认为有必要，不妨请他们先搜集起来，再分析一下是否可能。

等打开他们发来的压缩文件，居然有长长短短上百篇。我一一翻阅，有的连我自己都已经忘记什么时候发表在哪里了。从电脑上检索，又找到了一二十篇他们没有发现的。既然如此，看来汇编出版还是可以使读者查阅起来更方便。不过我还是提醒出版社的朋友，毕竟不是新著，得作个市场调查，究竟会有多大需求。

这些文章撰写发表于以往三四十年间，这次汇编，除改正了若干错字及删除个别不合时宜的词句外，均保持原貌。但因当时是根据不同需求不同书刊中发表的，内容往往有不同程度的重复。如完全删除又会影响单篇文章的完整性，或影响文章的逻辑性，所以除有 2 篇作了删节并在标题上注明外，其他都未大改，请读者谅解。

葛剑雄于壬寅元宵